大结局

Priest 著

国际文化出版公司
·北京·

本书故事和人物纯属虚构

目 录

卷三 001
功 德 笔

卷四 075
镇 魂 灯

番外 247

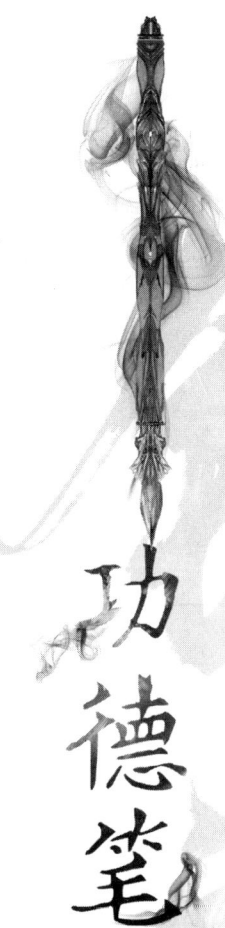

功德笔

卷三

以善恶之源，封东方青苍。

第十一章

龙城的群妖夜宴，定在阴历腊月二十八，这一年依然没有年三十，因此腊月二十八就是除夕前的最后一天。

赵云澜一早就收到了妖市的帖子，是一只麻雀送到他窗口的。他的办公室被保洁打扫得窗明几净，一侧是巨大的向阳落地窗，拉开窗帘，冬日的阳光就成片地扫进来，空调开得很足，里面的人可以穿衬衫。办公室里还养着两株翠绿欲滴的滴水观音，门口有一缸悠闲自得的银龙鱼。

音响里放着一首舒缓的古琴曲，宽敞的办公室里，他和沈巍两个人各自占了一边——沈巍给他的植物浇了水后，就拿了本书坐在一边看，在他眼睛不方便的时候临时充当他的助理。赵云澜让他帮忙调好了一碗朱砂，摸出厚厚一沓黄纸，闭着眼趴在桌上画符，一开始画一张废一张，但慢慢地，他开始习惯盲画，画符从打发时间变成了一种平心静气的放松，没多大一会儿，平安辟邪的符咒就在他桌角上摆了一排。一进门，就能感觉到纸符上温暖而充沛的力量。

赵云澜平时最不耐烦准备这些东西，这都是楚恕之的活计。可也许是因为眼瞎，也许是和沈巍在一起的时候，不由自主地受对方影响，这会儿他心里难得沉静，竟坐得住了。

祝红敲门进来时，看到的就是这样相得益彰又互不相扰的两人，她的脚步在门口迟疑了一下，忽然觉得自己进去有点多余，没意思得很。她暗暗咬咬嘴唇，冷淡地冲沈巍点了个头，站在门口对赵云澜说："我要出去一趟，年终奖下来了，我得替汪徵去银行。"

穷鬼赵云澜一听这话，立刻有了精神，忙不迭地说："行，快去吧。"

祝红又从文件夹里抽出一张表格："这是咱们部门今年年夜饭的预算支出，除了食品以外，一些祭祀用品需要提前采购，我给你念念，没问题你就签字，我去向财务申请借钱。"

祝红一项一项地念，赵云澜坐在那儿听，两人快速核对完，赵云澜接过来在她手指的位置签字。祝红说完公事，这才看了沈巍一眼，有些吞吞吐吐地问："今年……今年你还和我们一起守夜吗？"

赵云澜头也没抬："啊，不然呢？"

祝红方才面露喜色，下一刻，她却听见赵云澜又说："不单我来，我还要携带家属呢，是吧，沈老师？祝红，给你介绍一下，这是我同居对象。"

沈巍因为要照顾他，这些日子一直留宿赵云澜的小公寓，已经被他逗习惯了，没什么反应，头也不抬地说："去你的。"

祝红的脸一瞬间又沉了下去，闷闷地说："哦，那我走了。"

"哎，等等。"赵云澜叫住她，把桌上写好的平安符收拾好，递给祝红，"古董街那头有个小店，就在最里面那棵大槐树后面，没有门牌，只有一个看门老头，你直接进去，替我把这个给看店的老头看看，跟他说价格老规矩，他都明白，不过也提醒他一声，我这是摸瞎画的，让他仔细检查一遍，要是有瑕疵，可以给他打折。"

祝红顺手揣在羽绒服兜里，诧异地说："你居然卖纸符？"

"养家糊口嘛，"赵云澜伸了个懒腰，"总得有点外快，刚买的房子，急着用钱装修。啧，你说我脸这么白，怎么就没个大款富婆的愿意养我呢？"

祝红揣起纸符，转身走了。

办公室的门关上，沈巍这才从古书里抬起头："她对你，是不是……"

"嗯。"赵云澜铺开一张新的黄纸，一边用手指量，一边说，"我以前没注意到，现在既然知道了，最好还是趁早断了她的念想。"

沈巍叹了口气。

"你叹什么气？"赵云澜笑了，"办公室恋情能有什么前途？再说，人妖殊途，没事往一块儿瞎搅和什么，最好保持安全距离。"

他是说者无心，沈巍却是听者有意。沉默了片刻，沈巍说："是啊，人妖殊途。其实你和我也算是人鬼殊途……"

"嗯？"赵云澜伸手沾满朱砂，愣了一下，脱口说，"你怎么会一样？我可喜欢你了。"

他这句话说得那么轻描淡写，轻得毫不刻意，又任性又笃定，在漫天大雪里，寻常而真挚。

赵云澜压着纸符的手突然被人握住，他笔尖一顿，符咒上灵力顿时泄了，一张纸符就这么废了。

不知什么时候靠近了他的沈巍双手撑在椅子把手上，贪婪地汲取着他身上来自尘世的温度。眼前的人对沈巍来说，就像某种致命的毒药，努力挣扎过了，依然难以抗拒，反而越陷越深。

就在这时，有人不敲门就闯了进来。沈巍骤然被门声惊动，回过神来，掩饰什么似的干咳了一声，退到一边。门口的大庆欲盖弥彰地用猫爪挠门，拖着长音问："领导？赵处，你在吗？忙着呢吗？"

赵云澜："干什么？滚进来！"

大庆屁颠屁颠地跑过来，看了沈巍一眼，觉得很新奇，它还没在赵云澜身边见过这样容易害羞的人类——沈巍这会儿的表情简直像扫黄打非新闻里那些刚被铐起来的不良从业者，脸都快红到了脖子上。这样看起来，竟有一点人面桃花画中人的感觉。

黑猫翘起尾巴，蹲在他的办公桌上："我给花妖族写过信了，你应该收到请柬了吧？妖族你的熟人不少，黄昏过后，有人在古董街西口等你，直接过去就行，别忘了带礼。"

它说到这儿，又不放心地看了沈巍一眼："沈老师也知道规矩的吧？"

沈巍点了点头："放心吧，我会照顾他的。"

大庆就放心了——它始终认为，人类要知道害臊才有底线，要有底线才靠得住，沈老师看起来比某个人靠谱多了。

赵云澜正打算下逐客令，电话突然响了，他漫不经心地摸到自己的手机，接了起来。大庆瞥见来电显示上的"太后"二字，立刻精神抖擞，挺直了腰杆，等着看赵云澜的笑话。

就听赵云澜先是人五人六地说:"您好,特别调查处赵云……"

然后他的声音骤然降低八度,声气都弱了,几乎是点头哈腰地说:"哎哎,刚才没看见,我错了,真错了,妈……"

赵云澜原本大马金刀地坐在他的转椅上,一接电话,就自动蜷缩成了一个球,大庆无声地笑倒在了办公桌上。

"没有,没敢忘。"赵云澜听音辨位,打了大庆一巴掌,"我今天晚上有事,真的……确实有事,哎,您别问了,工作上的事……不,我什么时候出去鬼混过?再说这大冷天的,我上哪儿混去?"

沈巍站在一边,听着他与电话那头的人亲昵中透着撒娇的交谈,先是微笑,随即眼神却不由自主地黯了下来。这一刻,沈巍清楚地意识到,赵云澜是个有父有母、有血有肉的人,他在红尘中有无数牵扯,和自己是不一样的。

赵云澜可能是觉得这通电话破坏了自己英明神武的形象,于是扶着桌子站起来,走到了里屋。

大庆舔了舔爪子,跟沈巍大眼瞪小眼了片刻,这才问:"你是人吗?"

说完就觉得哪里不对了,大庆连忙解释:"不是,别误会,我没骂人,就是字面意思……字面意思你懂吧?就是……就是你是人还是别的,嗯……别的那种,什么什么的,明白吗?"

这问题戳到了沈巍的痛处,他沉默了一会儿,摇摇头。

谁知大庆却好像松了口气,自言自语地说:"不是人就好,不是人……嗯,那小兔崽子虽然看起来很贱,但其实人还是不错的,他很喜欢你,也很信任你,别辜负他。"

沈巍轻轻地说:"怎么会,只要他还需要我,我必定死生不负。"

大庆盯着他的眼睛,似乎连一只猫也感觉到了男人那份厚重的真意,它已经有很多年没在人身上看到过这样浓重的情绪,一时间有些呆住了。

直到赵云澜接完电话出来,大庆才回过神来,蹿到了他脚底下,绕着他的腿转圈:"老太太怎么说?我要吃她做的干煸小黄鱼!"

"吃个屁,滚开,别绊我。"赵云澜伸脚拨开它。

大庆不依不饶,伸出双爪钩住他的裤子,圆球一样的身体在空中一甩一甩,中气十足地嚷嚷:"我要吃干煸小黄鱼!"

"带你去，带你去行了吧？猫祖宗。"赵云澜弯下腰，抓着大庆的后颈把它拎起来扔在一边，又顺手拍了它的尊臀，"初一晚上，我带你去。对了，我妈刚才还提到你了。"

大庆喜滋滋的："提起我了？夸我什么了？"

"她说那猫都活了那么多年了，估计也差不多快老死了，让我对你好一点。"

大庆一屁股坐在他脚上。赵云澜早有准备，迅捷地缩回了脚，忍着笑转头问沈巍："我刚才跟她说让她多准备一个人的饭，你呢？有别的安排吗？要不要跟我回家？"

沈巍猝不及防，当场呆住，好一会儿才找回自己的声音，艰难地说："我？我就不了，大过年的，我一个外人怎么好……"

"外人？"赵云澜揪住他的领子，"哎哟，官人，你打算对我始乱终弃吗？"

沈巍："你又胡说什么！"

大庆没眼睛看，从门缝里溜了出去，伸出后腿，灵巧地把门带上了。

傍晚，沈巍一路把车开到了古董街，赵云澜戴着一副墨镜，手里还拎着根拐杖。沈巍匀出一只手扶着他，另一只手上拎了一个漆盒。漆盒总共四层，第一层是山中灵芝玉露，第二层是古物金玉法器，第三层是海底宝珠龙须，第四层是泉下乌金黑铁，起码有百斤重，他拎起来却轻飘飘的。

古董街没有西口，它的最西端是一条封死的路，几个店家早早地打烊关门，只有大槐树上挂着一盏红纸糊的灯笼，在斑驳的墙上打下一片圆润的光晕。

两人走到灯下，眼前虚影一闪，一辆马车凭空出现，一个"人"从车上下来。这"人"身量颀长，穿一身长袍，脖子上顶着狐狸的头，远远看去，就像戴了一张毛茸茸的面具。狐狸双手拢在袖子里，细长的眼睛贼溜溜地在沈巍手上的盒子上转了一圈，一躬身："贵客光临，这边请。"

妖市各地都有，就像旧时农村的集市，一年一次，有的地方很热闹，也有相对比较冷清的。龙城的城市化程度太高，人气过旺，大城市里虽然鱼龙混杂，有"大隐隐于市"的说法，但实际并不适合修行，除非是与尘世有牵连，或者千里迢迢地远来报因果，否则一般的妖族人为了前途着想，不会选在这种地方定居，因此本地的妖市比较冷清。

赵云澜和特别调查处在龙城落脚以来，已经有数不清的妖族人给他当过线人，其中同他称兄道弟的也大有人在，可他还从没来过妖市——妖市相当于妖族过年的年夜饭，一个外人，平时怎么样勾肩搭背都无所谓，但这种场合，识趣的一般不会来凑热闹。

大约一刻钟后，马车停了下来，引路的狐狸掀开车帘，请车里的两人下车。冷风灌进来，不远处传来了一阵粗陋的琴箫合奏，调子凄清，却又要别扭地弄出一派欢快来，听着有几分诡异。

门口一左一右站着两个迎客的，都是马脸人身，一个露着蛇尾的男子等在那儿——这也是妖市约定俗成的规矩之一，各族都要露出原形的一部分，供修为不高的后辈辨认，以免发生不愉快的误会。

蛇身的男子迎上来："令主到了。"

天寒地冻，蛇族人受本性影响，一到冬天就不愿意出门，通常不来凑妖市这个热闹，一般只会派一两个族人过来，匆匆露个面就算了。

这蛇族人出现在门口，显然是特意等赵云澜的。

赵云澜侧耳仔细辨认片刻："我今天眼睛不大方便，但愿没听错，这是四叔吧？"

蛇族男子忙应了一声："难为令主还记得，快进来吧，祝红和我打过招呼了，有什么事，告诉我一声就行。"

沈巍把手里的漆盒交给了迎客的马人，扶着赵云澜往里走去。

里面是一条百十来米的步行街，两边是青石板铺的路，中间有一条细长的河，上面架着座小石桥，桥上已经架好了台，河两岸热闹非凡，到处张灯结彩，行走其中的大多是半人半兽的模样。也有妖族摆起了小摊子，在开宴之前向其他族人兜售自家宝贝。

蛇四叔带着他们一直到了桥下，冰冷的石桥上还盖着一层薄薄的雪，桥头的小石柱上却已经缠起了细细的花藤，上面长出了稀疏的鹅黄色小花。

蛇四叔对那朵小花说："迎春姑娘，令主带到了，请出来见一见吧。"

他话音刚落，那原本单薄的迎春花藤突然暴长，瞬间缠满了桥头，像是在桥头铺了一层花毯，无数细小的花骨朵生出来，遍地开花。一个少女从花藤中升起，上半身是人，下半身依然是花藤，人的部分看上去是个十四五岁的小姑娘，梳着双丫髻，长着一双细长的眼睛，在赵云澜身上溜了一圈，又转头看沈巍。

不知道为什么，迎春似乎有些怕沈巍，目光只在他身上略略一扫，就老老实实地收了回来，转向赵云澜，笑嘻嘻地说："黑猫叔叔说，令主是个大帅哥，帅哥哥，你戴那么大的墨镜干什么？"

赵云澜摘下墨镜别在领口："好博人同情，小妹妹一看这哥哥这么帅，可居然瞎了，说不定就多给我一口花蜜呢。"

迎春嬉笑了一阵，仔细看了看他的眼睛，又问蛇四叔："黑鸦族怎么了？好端端的，干什么要去招惹凡人？"

蛇四叔摸了摸她的头，没回答。

迎春又往四周看了一眼："今年夜宴，鸦族一个人也没来？"

"不光是我们这里，其他地方的妖市也一样。"蛇四叔说，"这些事，你小孩子家就不要管了，用心修炼，报春的时候好好开你的花。"

迎春闷闷地应了一声，掏出一个小瓶，放在赵云澜手心："这是族长让我给令主带来的，他还托我转给你一句话，说以后令主的事，只要告诉他一声，我们都任凭你差遣。"

赵云澜愣了愣，有些受宠若惊："不敢当，贵族长实在太客气了……"

他话没说完，桥上的高台中跳上了一只小猴，手持铜锣，用力一敲。妖族众立刻安静了下来，路边转眼多了不少石头桌椅，迎春"哎哟"一声："要开宴了，我要上台的，令主哥哥，我不和你说了，多保重。"

赵云澜："等……"

迎春已经化成一片花藤，飞快地卷过了石桥，把每一根栏杆上都缠上花藤，与细雪遥相呼应，说不出地有生气。

赵云澜伸进兜里的手还没来得及掏出来，他兜里其实有个小玩意儿，是大庆给他的，据说是前几任镇魂令主的珍藏——那是一个小小的夜光杯，杯身上刻着几朵月光花，说不出地精致可爱。据说杯子里可以贮藏月光，对花妖来说，是修炼的珍品。

赵云澜的本意是拿这东西交换花妖的千华蜜，谁知道人家不单白给了，还给得和上供一样。

花妖一族的态度十分耐人寻味，赵云澜心里琢磨着，正要招呼沈巍离开，谁知一转身碰到了一张石桌。沈巍忙扶住他，侧身一带，挡住众多小妖偷窥的视线，对蛇四叔说："妖族夜宴，我们两个外人就不多打扰了，告辞。"

蛇四叔看了看他占有欲十足的动作，说："既然他们已经给二位上了桌子，就当二位是我们的贵客，总要喝杯酒，暖一暖再走吧？"

沈巍一皱眉。

蛇四叔又说："明年是我族本命年，所以今年的夜宴由我主持，恕我失陪片刻。"

他说完，不等沈巍拒绝，就拖着蛇尾和曳地的长袖，缓缓地登上了桥上高台。乐声再次四起，这次不再是古怪的琴箫合奏，而是一首上古流传下来的祭歌。

远处，一个清亮的女声唱道："天生万物，始于不周。"

所有妖族肃然，蛇四叔敛衽垂目站定，低低沉沉地开了腔："去旧启新，年关，群妖拜三圣，拜大荒山神，拜列族宗祖……"

群妖纷纷起立，面朝西北参拜。

那女声又拖着长音唱："大荒之间，山有不合，承云之巅，以为天柱。祝融之子，为水之帝，引龙触之，斗转星移……"

赵云澜小声问沈巍："这是在说谁？听起来像是在说水神共工。"

沈巍不知怎么的，脸色越发阴沉，惜字如金地说："嗯。"

赵云澜又问："是说共工撞倒不周山那段吗？"

沈巍再次无比简短地应了一声。

赵云澜奇怪："共工不是水神吗？那他们说的'大荒山神'又是哪个？什么山？我没听说过不周山也有山神啊。"

这一回，沈巍沉默了更久，含混不清地说："可能有的吧。那时候的事我也不是很清楚。"

赵云澜不知从他的语气里听出了什么，不再言语，用手指扣着手心，有一下没一下地顺着对方的歌声打着节拍。

妖族的唱词冗长拖沓，啰啰唆唆地说了当年颛顼和共工相争，后来共工一怒之下损坏公物、掀翻了不周山的故事。据说就是因为共工这么一撞，才有了世界上太阳东升西落等的秩序，听起来，这个故事好像和妖族起源有莫大的联系，然而究竟是什么联系，歌词里却又没有说清楚。

历史上的很多事记载都已经不全，只能从字里行间推算其中"另有隐情"，更遑论是上古神话这么久远又不靠谱的东西。赵云澜知道自己不该对几句老掉牙的唱词刨根问底，可他就是忍不住，心里仿佛有一个声音在告诉他，那些看起来风马牛不相及的事，似乎有什么重要的意义。

尤其让他在意的，就是"大荒山神"。赵云澜没听说过上古神明还跨行业兼职的，共工既然已经是水神，自然不可能是妖族拜的那位仅次于三圣的"大荒山神"。在古代传说中，山神一直是和土地公差不多的小仙。究竟是哪个山头的"村干部"这么流芳千古？

赵云澜指尖一顿，骤然想起鸦族同他说过的话，两个字在他心里浮现出来——昆仑。

昆仑山！

好一阵繁文缛节，妖族才参拜完落座，美丽的女妖穿梭在群妖间端茶倒水，群妖夜宴正式开席。沈巍以开车为由拒绝了酒水，看着赵云澜喝了一杯下去，这才又催："我们是不是该告辞了？"

赵云澜虽然不知道他着什么急，但多留无益，也就点点头，正要起身走人，就听众妖中突然起了喧哗。

赵云澜侧耳："怎么？"

沈巍往高台上看了一眼，告诉他："那条蛇把一个半妖推到了台上，半妖身上妖气外露，黑气缭绕，身上有血气，应该是犯了不少事，大概为了避免他遭天谴连累别人，妖族内部要先拿他开刀吧，老传统了。"

如果郭长城在这里，他就会发现，台上的人正是那天差点儿被他撞倒的男人。

赵云澜知道这是别人的家务事，也就没了兴趣，在蛇四叔宣读这人种种罪状声中，他把胳膊交给沈巍，让他扶着自己往外走去。

就在这时，蛇四叔念完了罪状，宣布："鸦族半妖，不思正道，多次伤人，有违天理，我等不才，愿清理门户，替天行道……"

"鸦族"两个字，让赵云澜和沈巍的脚步同时一顿。

与此同时，一个人高声打断蛇四叔："慢着！"

那声音沙哑得不像样，带着一股说不出的不祥意味。

沈巍一抬手把赵云澜拉到自己身后，目光冷了下来。只见妖市门口，齐刷刷地站了一排身披黑袍、其貌不扬的矮人，他们个个背负双翼，羽毛漆黑。

是鸦族。

第十二章

"沈巍！"赵云澜一把攥住沈巍的手腕，即使他瞎，也能感觉到对方身上凛冽刺骨的杀意。

沈巍的声音不复平时的温文尔雅，一时间竟有种阴森意味："鸦族竟敢伤你，这样忘恩负义的东西，千刀万剐、亡族灭种不足……"

他话音里带出了血气，赵云澜一把拦住他，沈巍本能地重重一挣。那一刻，赵云澜忽然福至心灵，脱口说："小巍！"

沈巍蓦地一僵，好一会儿，他难以置信地偏过头，颤声问："你……你叫我什么？"

"嘘，听我的，别动。"赵云澜闭上眼睛，将被妖市影响得有些模糊的天眼打开，拉着沈巍往后退了些，两人一同隐藏在了群妖里。

沈巍方才心神乱了，有一句话明显是说脱了口，让赵云澜瞬间就抓住了那么一条线索——什么叫"忘恩负义"？

他和鸦族……不，他和妖族之间，到底有什么关系？

赵云澜想起很久以前听说过的一句话："天降不祥鸦先知。"

现在，黑鸦一族"先知"了什么？

蛇四叔矜持地冲群鸦点了个头，不温不火地说："我还以为鸦族今天不会来了。"

鸦族的长老是个女人，不过这一族中，除却半妖，个个都是小矮子、大鼻子、满脸褶，也看不出个年轻年老、貌美貌丑。她眼睛有点歪，好像在看别处，又好像不经意地向赵云澜的方向扫了一眼，浑浊的眼睛里发出一线内敛的光，把手里的权杖重重地敲在地上，一抬手，缚在半妖身上的绳索就掉了下来："孩子，你过来。"

蛇四叔双手拢进袖子里，并不阻拦。妖市里议论声四起。

半妖踉踉跄跄，已经快要走下高台的时候，蛇四叔才慢吞吞地说："长老要把自己的人带走，我是没话说的，只是鸦族这样做，是想要脱离其他族，自成一家吗？"

鸦族长老哑声说："不错！"

一言既出，四下一片哗然，小妖们面面相觑，迎春也从满架的花藤上露出一个头来，不知所措地看看这个，又看看那个。

蛇四叔淡淡地说："乌鸦就算食腐肉、与死人白骨打交道，你们也始终是妖，既不是阴差，也不是鬼仙，长老这话上嘴唇一碰下嘴唇，心里可得想好了。"

鸦族长老笑了，她的笑声沙哑厚重，听不出喜怒，带着亘古以来的讥诮："四爷要是没听清楚，我不妨再说一次——我黑鸦一族，从此脱离妖族众，自成一家，永不回头。"

迎春惊叫道："乌鸦长老，你真要让鸦族成为幽冥的附庸吗？"

蛇四叔一抬手拦住她。鸦族长老深深地看了迎春一眼："诸位，人间繁华如镜花水月，不知道还能持续几十年，我劝诸位也别乐不思蜀，长点心眼，早做打算吧。"

说完，她一挥手，黑压压而来的鸦族又跟着她黑压压地走了。来去匆匆，叫人来不及反应。

座中窃窃私语顿时变成了喧哗一片。

蛇四叔一摆手，旁边拎着锣鼓的小猴子重重地在锣上敲了几下，呵斥住众人的混乱。赵云澜趁乱把沈巍从妖群里拉了出来，两人快步离开妖市。

顺着门口的青石板路一直往前走,尽头有一团雾。走出那团雾,就是龙城大街小巷的满眼霓虹。

一排乌鸦降落在古董街口的大槐树上,一辆出租车飞快地开过去,多嘴多舌的贫嘴司机对他的乘客说:"您看,那乌鸦也在那儿开年会呢!"

黑猫却从角落里悄无声息地走出来,脚下的肉垫轻轻地点着地,轻巧地蹿上了墙头。

数十只乌鸦同时转过头去看着它,一排排猩红的小眼睛好像不祥的灯泡。大庆站在十步远的地方,便不再上前,以示自己没有恶意。

鸦族长老往前一步,不客气地问:"阁下有何贵干?"

黑猫墨绿色的眼珠就像两颗真正的猫眼石,它眼角微挑,光华幽然,猫科动物特有的懒散和优雅在一瞬间到了极致,几乎能让人忽略它毛球一样的体形。

"有个不情之请。"大庆客客气气地说,"我想问一问长老,几百年前我丢失的铃铛,为什么会在贵族手里?"

鸦族长老端详着它,冷冷地说:"我黑鸦一族,从来报丧不报喜,不近活人近死人,你这话问得好多余,从何处而来?自然是从一个死人手里。"

大庆的身体紧绷了一瞬,又追问:"那人死于何时何地?为了什么?"

鸦族长老笑了一声:"死人就是死人,六道轮回,他前生已逝,今生是猪是狗都没准,你管他死于何时何地。"

大庆略微低了头,好一会儿没有说话。

鸦族长老陪着它沉默片刻,又略带不耐烦地说:"山海关外二十里亭,愿意看,你就去看看,别说我老鸦故意瞒着你,死人的铃铛,戴着也不嫌晦气。"

她说完,口中发出呼哨,大群的黑鸦冲天而起,往沉如墨色的天际飞去。

大庆在黑暗里垂下头,原地站了一会儿,那模样忽然就像是一只落寞的野猫。一排车灯打过来,它悄无声息地跳下墙头,消失在了夜色里。

烛龙一眨眼,便是一昼夜,转眼,就到了除夕。

特别调查处的除夕之夜灯火通明,人吃盛宴,鬼享香火。传达室的老吴终于可以和他白天喜欢骨雕的同事欢聚一堂，高高兴兴地敬了对方一根香——老李则用一杯倒在骨瓷里的酒回敬了他，老李似乎总是对骨头怀有近乎病态的执着。

新年钟声响过，到了后半夜，喝多了撒酒疯的人人鬼鬼们就开始四处乱窜。郭长城趴在桌子上一通大哭，也不知道是为了什么，哭完，又旁若无人地坐在一个小角落里，小心翼翼地拿起一块眼镜布，没完没了地擦自己的工作证，继而滚到桌子底下，睡了个人事不知。楚恕之、林静、祝红和大庆则围成了一个麻将桌，别人桌上手边的砝码到了猫那里，会自动变成小鱼干，大庆面色凝重——它只能不停地赢，因为它的砝码已经快被自己吃光了。

老李不知从哪儿掏出一根大棒骨，当众跳起了钢管舞。桑赞一把拉起汪徵的手，猝不及防地把她拽进自己怀里，双手托着她的腰高高举起。汪徵笑起来，哼出一段来自遥远时空的小调，与他跳起瀚噶族的舞蹈。

赵云澜被灌过一圈，坐不太稳当，花妖一族的千华蜜果然效果奇佳，他的眼睛已经能看见一点东西了，只是视线还有点模糊，类似于高度近视的状态。虽然连六筒和九筒都看不清，却依然身残志坚地眯着眼，把脸贴在桌子上，在大庆身后指手画脚："碰碰碰！"

大庆用爪子一扒拉："碰你妈！沈老师，赶紧把这头支嘴驴牵走——四条！"

祝红："不好意思，和了。"

赵云澜怒其不争地敲打大庆的脑袋："你看，不听老人言，吃亏不花钱！"

大庆心如刀绞地看着自己的小鱼干被拿走，咆哮道："快领走！"

沈巍轻巧地把赵云澜拖起来拉走了，一个牛高马大的男人也好，百十来斤的大漆盒子也好，拎在他手里，都像随手夹走一本薄薄的旧书。

祝红欲盖弥彰地低下了头，故意避开他的目光。

沈巍坐下，让赵云澜枕着他的大腿，轻轻地按着他的太阳穴："闭眼，眼睛还没好，别硬看东西，伤神。"

赵云澜无比幸福地闭上眼，含含糊糊地说："再给我温一杯酒吧。"

沈巍有些心不在焉，一时没听见。

赵云澜就透过模糊的视线看他，发现沈巍的目光落在桌子上的一角，正在发呆。赵云澜心有九窍，一转念，立刻就明白了，抬手拉了拉沈巍的领子，小声说："你紧张什么？"

沈巍回过神来："过年都是跟家人一起，你冒冒失失带我回家，是不是不太合适？"

赵云澜闭上眼睛——自从他恢复视力，天眼似乎也受到了肉眼的影响，别人的功德字他看不见了，但他总是记得，沈巍身上潮水一般淹没在不见底的黑暗里的字迹。

"我如果不叫你跟我走，过年你要去哪里？"

沈巍："过不过年的，还不是一样……"

"回那边吗？"赵云澜打断他，"黄泉下？连一束光都没有，身边只有偶尔经过的几个幽魂？"

沈巍抿了抿嘴——不，比那还要不如。

他本来觉得这些都没什么，数千年如一日，都是这样过来的。可不知为什么，赵云澜这么一说，他忽然委屈了起来，原本习以为常的日子，他现在只是想一想，就觉得连一天也过不下去。

从洪荒伊始、万物有灵时，一直到如今，沧海桑田已经变换了不知多少次，他依然固守着一个当事人都已经忘了的承诺，就好像他一辈子都是为这么一句话而活。

赵云澜不再吭声，把他攥着的手放在了自己的心口上。大概是喝酒的缘故，赵云澜的心跳有点快。过了不知多久，直到沈巍以为他就快睡着了，赵云澜才低低地问："巍……为什么要叫这个字？"

"原本是山鬼'鬼'，"沈巍垂下眼，沉沉的目光透过锃亮的地板，不知道看见了多久远的过去，"可是有一个人跟我说，山鬼虽然应景，但是未免显得气量狭小，这世间山海相接，巍巍高峰绵亘不绝，不如再加上几笔，好凑个大名。"

赵云澜摸了摸鼻子，总觉得这人的语气听起来耳熟："什么人这么狂妄，张嘴就给人起大名？"

沈巍笑了笑："只是个偶遇的路人。"

他们没再继续交谈。才破晓，整条大街就都被鞭炮声点着了，屋里打麻将的几个人嚷嚷成一团，小鬼们到处躲晨曦。

热闹得让人迷眼。

一场小雪，拉开了龙城整个新年的帷幕，正是四海升平、华灯初熄。

千家万户，都在瑞雪中闻到了第一口混杂着火药味道的空气，新年伊始，人间又是无数的喜悲。

年初一快到中午，光明路4号的群魔乱舞才散场，众人一个个醉醺醺地裹上外衣离开，在门口排队打车。

老李却等别人都走了，才洗了把脸，不知从哪儿找到了清扫用具，慢慢地打扫起乱七八糟的办公室。大庆探头走进来，一见满地的狼藉，先拈轻怕重地缩了缩爪子。老李忙抽出一条抹布，把凳子面擦了，摆成一排，恭恭敬敬地把猫大爷抬上了椅子："从上面走，上面不脏。"

"又剩你一个人，现在的年轻人，真是越来越不像话。"大庆老气横秋地嘀咕了一声，小心翼翼地借着椅子做跳板，跳上了办公桌。

"那儿还有一个呢。"老李往墙角一指，大庆就看见了刚爬起来的郭长城。

"那小孩，过来，我正找你呢。"大庆瞪了郭长城一眼，从祝红的办公桌上找到一个杯垫，用爪子拨开，杯垫下面有一个装了几张购物卡的红包，它叼起红包劈头盖脸地扔在了郭长城身上，气哼哼地说，"老赵让你带给你二舅的，回去跟你二舅带个话，赵处说领导这几天过年难得休息，他就不登门打扰了，一点年礼，给嫂子和孩子添些新衣服——呸呸，愚蠢的人类，居然让我带这么恶心猫的话。"

郭长城慢半拍才反应过来，头昏脑涨地在原地站了一会儿，好不容易想起了自己身在何方，讷讷地笑了一下，有些拘谨地捡起红包收好，回头看见拿着拖把的老李，立刻卷起袖子凑上去："李哥！我来帮你，我来……"

然后他被一个椅子腿绊了个大马趴。

大庆哼了一声，爬到一台电脑前坐定，伸爪开了机，非常不便地用猫爪挪动着鼠标打开浏览器。

老李看见了，热心地走上去："你要打什么？我来帮你。"

大庆脱口说："山海……"

"海"字从它嘴里滑出来，变了调子，听起来有些像"和"的音，而后大庆住了嘴，面无表情地盯着屏幕看了一会儿，垂下目光："哦，我是说我想上上微博。"

赵云澜说他要去干一件"大事业"，等一会儿再回来接它，大庆就坐在不知道谁的电脑后面，打开"喵爷天下第一"的微博账号，无所事事地用摄像头自拍上传。老李和小郭在它旁边静静地收拾着残局。

方才那么一瞬间，大庆知道，它是想说，它想看看山海关外二十里亭到底是个什么样的地方。可是鸦族长老说的话有道理，看见了又能怎么样呢？死了的人就是死了，尘归尘土归土了。

"咔嚓"一声，大庆把自己的大饼脸传到了网上，加了文本"绝世帅喵"发送。很快有一些吸猫重症患者留言，有人称赞猫的毛色纯，还有人友好地建议说："博主，你的猫猫太胖了哟，要注意它的饮食，多带它去锻炼才健康。"

大庆光速删了那条留言，心里愤愤不平地想："你才胖，愚蠢的人类。"

它脖子上的铃铛随着它的动作轻轻地晃，却并不发出声音，只有折射的金光间或反射在雪白的墙壁上。老李忍不住抬手挡了一下被金光刺到的眼，回头看了一眼心情莫名低落的黑猫，刚想说什么，楚恕之却从墙里走了出来。

楚恕之是图书馆的拒绝往来户，每年只有初一能进一次，但他此时看起来既不像借了书，也不像是查阅了什么资料，脸上的表情非常奇怪，像是憔悴，又像是含着一点讥诮。

郭长城立正站好："楚哥！"

楚恕之好像没听见，径直地拿起自己的包，露出一个几乎称得上凄厉的冷笑，往外走去。大庆从显示屏后面探出头来，前不着村后不着店地问了他一句："多少年了？"

楚恕之脚步一顿，哑声说："三百年整。"

大庆"啊"了一声："那不是……嗯，要恭喜了吗？"

它话音没落，楚恕之突然从腰里摸出了一块漆黑的木牌，头也不回地将那木牌在猫面前一晃。不知道是不是郭长城的错觉，他觉得楚恕之脸上好像有字迹一闪而过，正在脸颊的位置，像古代犯人脸上刺的字。

大庆竖起耳朵，睁大了眼睛。

楚恕之捏着木牌的手指泛了青，手背上露出了狰狞的青筋，然后他一声不吭，大步往外走去。大庆立刻转头对郭长城说："小郭，打辆车送送你楚哥！"

见郭长城懵懵懂懂，大庆又加重了语气："他喝多了，送到家，送到你确定他没事了才能回来，听见没有？"

郭长城迅速抽出一张餐巾纸擦了手，小跑着跟了出去，替楚恕之拿过他的包。楚恕之像是有些失魂落魄，任郭长城拿走了手里的东西，毫无反应。他的背影极瘦，看起来竟显得有些形销骨立。

沈巍才带着烂醉如泥的赵云澜离开，他们学校里那个大腹便便的年级主任就给他打了一通电话，急着要一份材料。沈巍有点奇怪，刚想细问，那头的主任就好像被火烧了屁股一样，匆匆忙忙地交代一声，挂上电话跑了。

赵云澜的公寓近期正在挂牌出售，这两天节假日，下午中介约了好几拨人来看房，有点乱。赵云澜喝了酒，沈巍只好带着他回到了自己那冷冰冰的小出租屋休息。前脚才进了门，主任的催命电话后脚又到了，非让他把东西送到龙城大学西门。赵云澜在他柔软的沙发上滚了一圈，醉眼惺忪地微微睁开眼，说："大年初一的，你们学校那胖子吃错药了吗？"

沈巍一边找东西，一边伸手在他额头上垫了一下，省得他一头磕在茶几上，还顺手塞了个枕头在他脑后："我很快回来，你……"

"我要睡一会儿。"赵云澜的话音几乎和眼皮一样黏在了一起。

沈巍低声问："喝水吗？"

"唔……"赵云澜偏头避开，挥开他的手，"不要。"

他眼睛里有水光，薄唇嫣红，长眉斜斜飞起，几乎要没入头发里，因为头微微仰起，下巴上划出一条略有些绷紧的线，打开的衬衫扣子露出顾长的脖颈，说不出的倜傥风流。沈巍小心地拨开他额前的头发，拉过一条毯子搭在他身上，这才拿过主任要的东西和车钥匙，往外走去。

沈巍家大概是很久没住人了，屋子里没什么人气，阴凉阴凉的。赵云澜睡了一觉，被冻醒了，爬起来找热水喝，踅摸了一圈也没找着热水壶，却无意中发现了一间暗室——那小屋的门没有把手，也没有明锁，几乎和墙融为一体。

赵云澜掏出一个小手电，在门缝和门轴里扫了一圈，既找不到门轴，也找不到暗锁。他心里暗暗奇怪，试探着把手掌贴在门上，用天眼看到门上有浅淡的纹路，漆黑的门板里仿佛有某种流动的能量，平和中正，带着说不出的沛然庄重之气，严丝合缝，一丝不苟。

赵云澜感觉了片刻，忽然觉得有些熟悉，下一刻，他自言自语地说："昆仑锁？"

这些日子他瞒着所有人，在桑赞的帮助下找关于昆仑的资料，但只确定了它是一座很牛×、很古老的山，除了一些以"昆仑"冠名的流派和奇技淫巧外，他没找到任何有价值的东西。

而昆仑锁，就是他偶然扫见的一本书上记载的。传说昆仑锁中上圆下方，寓意天圆地方，中间十四道锁扣封条，暗合八荒六合，那时六十四卦象未出世，只有阴阳相承，却更诡谲多变、不好把握。

屋里有什么东西，要用得上昆仑锁？

不……或者说，斩魂使和昆仑有什么关系？为什么沈巍会对这种古老的封印这么熟悉？

赵云澜在门口迟疑片刻，试探着伸手，掌中蓄力，小心地引着灵力，在昆仑锁上拨动了一下，昆仑锁立刻被触动，十四道封条此起彼伏，阴阳相生，一时间让人应接不暇。赵云澜心思太多，杂而不精，有时候又太天马行空，所以对这些精巧的东西并不像楚恕之那么擅长。可不知怎的，面对昆仑锁，他有种与生俱来的熟悉感，每一道变化都在他的眼里，每一次封条变动，都正好踩在他心里某种呼之欲出的节拍上。

赵云澜的手指在门上飞快地游走，好像有什么人牵着一样。

天门、地合、方圆、循三十六柱，直至……

"咔嗒"一声，门缓缓往后拉开，露出一条缝，门开了。暗室里一丝光也没有，赵云澜站在门口，忽然有点踟蹰。

不知为什么，他后悔起自己推开了这扇门。然而开都开了，赵云澜徘徊片刻，还是打开了手机手电，小心地走了进去。

暗室里飘着一股隐约而古老的墨香，还有纸的味道，墙上挂满了东西。

画？

赵云澜抬起手机，吃力地眯起眼睛，四下看去，继而呆立当场——

只见满满的一面墙，大的、小的、发火的、大笑的，全都是同一个人。赵云澜手一颤，手机险些跌落在地，那一点微醺的醉意刹那间就蒸发了。接着，手电光缓缓地落在房间正南墙上的一面古画上，那是一幅巨大的水墨画，几乎占了一面墙，纸张薄如蝉翼，表面光滑雪白……画的是一个人。

那人眉目精细，气韵传神，身负曳地长发，着一袭简而又简的青衫，微侧头，嘴角似乎含笑，笔触传神，画中人浑似有灵……分明就是赵云澜本人！

那画旁边写着一行小字，不是现代简体，也不是古代繁体，甚至不是他熟悉的任何一种字体，赵云澜见所未见，但不知为什么，只一眼，他就明白了上面写了什么：

邓林之阴初见昆仑君，惊鸿一瞥，乱我心曲。

巍笔

大荒山圣，昆仑君……原来就是他吗？

沈巍办完事，急匆匆地赶回了自己的公寓，一推门发现客厅里没人，心先是重重地一跳。

他在门口呆了片刻，胸口涌起压不住的焦躁——自从上一次他一个没留神，让赵云澜双眼受伤开始，沈巍心里就一直有根紧绷的弦。此时，空荡荡的客厅险些把他这根弦拉断。

沈巍的眼睛里泛起血色，但就在这时，阳台上的声音唤回了他的神志，沈巍勉强定了定心神，身形一晃，瞬间凭空出现在了阳台上。

赵云澜正好好地趴在窗边，懒洋洋地点着一根烟，骂骂咧咧地打着电话："……不要石头的，大理石丑死了……我知道……什么，汉白玉？我他妈又不是装修故宫！你听我说，你老老实实的，把活儿给我干好了，该给的回扣我给你算额外奖金，一分不少地都给你加上好吧？别把我家装成KTV，我可告诉你啊，敢糊弄我你就死定了……"

沈巍吊起的心重重地砸在胸口，这才发现，自己方才竟然出了一身的冷汗，连手心都是凉的。

赵云澜听见动静，一偏头看见他，立刻眉开眼笑，对电话里的人说："这点事别扯皮了，都给我用环保材料啊……我那屋还要住呢，别给我弄得跟刚让生化武器糟蹋过似的，好几百年散不了甲醛——哎，我不跟你扯淡了，挂了，挂了。"

沈巍走过去，把他拎下了窗台，回手带上了窗户："你不知道冷吗？"

赵云澜撑开肩膀伸了个懒腰，脸上隐约带了些平静安宁的笑意，像一只吃饱喝足的大猫。

沈巍觉得他有些奇怪，于是问："你怎么了？"

"没什么。"这三个字似乎在赵云澜嘴里滚了好大一圈才说出来，他注视着沈巍近在咫尺的侧脸，面不改色地说，"等我洗把脸醒个酒，去接大庆，然后我带你回家。"

昆仑锁，以及他在那间卧室里看见的任何东西，赵云澜只字未提。

依照赵云澜和大庆的打算，他们俩是想空着手、带着嘴回去的，但沈巍不好意思强行蹭饭，硬是拉着哈欠连天的赵云澜买了不少年货。

离赵云澜家越近，沈巍就越紧张，要不是有古训"君子一言，驷马难追"，他不便出尔反尔，否则早就掉头跑了。赵云澜父母住了一套大平层，面积挺大，因此显得有些冷清，走进去才能听见厨房里传出的一点动静，门口早早摆好了两双崭新的拖鞋。

大庆从赵云澜身上跳了下来，轻手轻脚地走到厨房门口，乖巧地出声："喵——"

赵云澜一边换鞋一边嘀咕："这老不死的，还卖萌，要脸吗？"

大庆扭过头瞪了他一眼，面露凶光。

"哟，这不是大庆吗？"女人柔和的声音从厨房里传出来，她拍了拍手上的面粉,轻柔地抱起黑猫,"看这油光水滑的样,你怎么越来越胖啊?"

这话毫不留情地戳中了大庆的死穴,它蔫耷耷地把两只胖爪搭在女主人的手上,委屈地呼噜起来。

赵母保养得非常好,长发绾在脑后,露出颀长的脖子,长得和赵云澜不像,但仔细看,眉目间依稀有些影子。她的面部线条温柔秀丽,不笑时也带三分喜意,鼻梁上架着一副眼镜,就像旧时那种知书达理的大家闺秀。

不料"大家闺秀"闻声往门口看了一眼,一见赵云澜,立刻变脸,一秒变成了母夜叉:"笑什么笑?也不怕嘴笑豁了你,滚进来!"

赵云澜依言滚了进去,赵母就看见了一直被他挡住的沈巍。

她愣了一下,回头把沾了点面粉的手洗了洗,扶了一下眼镜,这才一副温柔好客的模样说:"啊,这是小沈吧?"

赵云澜一搂沈巍的肩膀,把他往亲妈面前一推:"我给您找的儿媳妇,漂亮吧?"

沈巍窘得不知道说什么才好。

所幸赵云澜胡说八道成性,赵母没当真,又看见沈巍手里拎的东西:"哎,你这孩子,到阿姨家来吃饭还拿什么东西。"

赵云澜指着自己的鼻子说:"我、我、我,那是我买的。"

赵母抄起擀面杖来,驾轻就熟地往赵云澜身上抽去:"你买?你要有这觉悟,我早就瞑目了——滚去给人倒杯水,倒完水给我擀皮,就知道踩着饭点回来,赡等着吃!"

赵云澜背着一条擀面杖抽出来的白面痕迹,敢怒不敢言:"哦。阿姨呢?我爸呢?怎么就我们大美女一个人在家干活?"

"阿姨回老家过年了,你爸晚上有应酬。"

沈巍拘谨地落座,腰背绷得直直的,就像一张拉满的弓。

"沈巍!"赵云澜叫了他一声,"听见没有?我们家今天缺劳动力,快过来擀皮,再坐地等吃,咱俩要被赶出去了!"

赵云澜对客人毫不见外,一来就让人干活,赵母愣了愣,却没阻止。看了一眼手脚不知道往哪儿摆的沈巍,她大大方方地笑了:"会包吗?来,咱俩包,让他一个人擀皮就行了……小沈寒假放几天?"

"三周多,偶尔要回去轮值。"

"哎我们也是,你现在主要是带课还是跟项目?"

……

赵母也是老师,也是文科,平时跟家里一大一小两位大混混说话,总觉得水平都被他俩拉低了,难得有个能聊的,很快把赵云澜丢到了一边。

赵云澜几次三番试图插话,插得比较没水平,又因为干活不力,把饺子皮擀得参差不齐,还挨了一顿擀面杖。他耸了耸肩膀,半真半假地躲了一下,却并不真的躲开,一边让她打,一边说:"你儿子你看腻了是吧,来了个新的,旧的不值钱了。唉,只闻新人笑,不见旧人哭……"

赵母怒喷:"光吃饭不干活,一年到头不着家,养你干什么用?你值什么钱?公费医疗免费生的!"

赵云澜嬉皮笑脸,伸开沾满了面粉的手,重重地往沈巍后背一拍:"那沈巍还是买一送一呢。"

沈巍的黑毛衣上立刻多了几道雪白的爪印。

赵母:"赵云澜,你这辈子能干点好事吗?!"

蹲在厨房门口的大庆赞同:"喵——"

"哎哎哎,妈,你手上都是油!面能弹掉,油不好洗……"

沈巍夹在横飞的擀面杖和油手之间,非但岿然不动,还麻利地包完了十几个饺子,工工整整地排成一排,然后在鸡飞狗跳的厨房露出了一个微笑。

第十三章

楚恕之上车后报了个地址,就靠在那儿一声不响地闭目养神。

郭长城一路偷偷瞄他,感觉楚哥脸上好像笼罩了一层灰。一路把他送到家附近,楚恕之下了车,郭长城才发现他的包还在自己手里,连忙追了出去:"楚哥,你的包!"

楚恕之头也不抬地接过来:"嗯,你可以走了。"

楚恕之家住在一条非常深的胡同里，他俩正在风口处，西北风灌进楚恕之的领口，鼓起宽大的风衣，他仿佛马上要随风而去一样。

郭长城想起了大庆的嘱托，亦步亦趋地跟了上去。

楚恕之皱眉："我说——你可以走了——没听懂吗？"

郭长城讷讷地说："大庆说让我送你到家，确定你没事了才可以走……"

楚恕之顿住脚步，恶狠狠地瞪向郭长城，用一种异常险恶的语气说："我用你送？你不知道我不是人吗？"

郭长城"啊"了一声，好像被吓住了。楚恕之掉头就走，可是才走了几步，身后脚步声又起——那傻乎乎的小青年没完了！

楚恕之倏地转过身，猛地凑近郭长城，身上阴森潮湿的气息不加掩饰地淹没了郭长城，薄唇下露出两颗獠牙。

郭长城吓了一跳。

楚恕之充满恶意地注视着他："没人告诉过你我是个尸王吗？"

郭长城打了个哆嗦，他的胆子可能是出生时剪脐带顺出去了，什么都怕，害怕阴晴不定的楚恕之仿佛是理所当然。可是在这偏僻幽静的小巷里，他看着楚恕之嘴里那仿佛还沾着血迹的獠牙，偏偏生不出应有的恐惧感。

他脑子里甚至不着边际地闪过了一个离奇的念头——怪不得楚哥不吃豌豆。

楚恕之以为吓坏了他，嗤笑一声丢下了他，不料郭长城吃了熊心豹子胆，又跟上来了！

楚恕之："你打算跟着僵尸进棺材？"

郭长城站住。

楚恕之耐心告罄，吼了一声："滚！"

郭长城就"嘤嘤嗡嗡"地说："大庆让我把你送回家里，还没到……"

他没说完，就被拎起来摁在了墙上。楚恕之枯瘦的手好似一双钢条，冰凉冰凉地扼着他的喉咙。郭长城双脚离地，很快开始喘不上气来。他蹬着双腿，徒劳地在空中乱蹿。楚恕之冷冷地抬起头看着他，离得近了，郭长城看见楚恕之的瞳孔有点发灰，平时并不明显，但被阳光直射的时候，里面有种微妙的死气。

"我自认对得起天地良心，戴罪三百年，做过的事，早该赎清了，他们又算什么东西，有什么资格评判我？"楚恕之从牙缝里挤出一句话来，"那我不如把这罪名落实了给他们看看！"

郭长城的眼睛里开始冒水，他本来就是个鼻涕精，动辄哭一场，没骨头得很，一点血气也欠奉。看着楚恕之，他的表情有难以置信，有哀求，也有难过，却并不见怎么愤怒。郭长城艰难地张张嘴，发不出声音来，只依稀能辨认出他的口型，是在叫楚哥。

他是个稀泥做的人，一拳打上去，非但听不见响，还粘一手黏，楚恕之忽然觉得没意思，手一松，又把他扔在了地上。他漠然站在一边，冷眼看郭长城咳了个惊天动地。

这个小青年，是个纯种跟屁虫，每天端个小笔记本，东跑西颠地跟着他，什么都记，别人说什么他写什么，大庆喵喵叫一句"愚蠢的人类"，他也一丝不苟地付诸笔端，要是在旧社会，活脱脱一个给万岁爷记起居录的小太监。快把肺管咳成蝴蝶结的郭长城身上散发出厚重的功德，幽幽的白光灼着楚恕之的眼。

他那只方才掐过郭长城脖子的手突然抬起来，放在了那乱七八糟的鸟窝头上。郭长城本能地瑟缩了一下。楚恕之摸了摸他的头顶，声气平静了一些，有些疲倦地说："你小时候没好好念书吧，学过《窦娥冤》选段吗？里面说得挺明白，'为善的，受贫穷更命短，造恶的，享富贵又命延'，记得吗？"

郭长城不是读书的料，学过的东西每年定期还给老师，从不拖欠，因此蹲在地上，迷茫地看着楚恕之。

楚恕之就抬起他的下巴端详了片刻："你上庭不饱满，额头窄，主父母缘淡薄。耳郭薄，主少年多舛。寿上微凸，中年后，必失长辈庇佑，晚景难测，天生的薄命相，这辈子也就这样了，攒多少功德都没用，捐钱修桥，也就只能让你自己过得更穷困潦倒而已。以后啊，别那么傻，好好当你的官二代，该享受就享受，先过几天好日子。"

郭长城一脸不明所以。

"我看你是有点缺心眼。"楚恕之和他大眼瞪小眼了片刻，伸手一拎，把郭长城拽了起来，"你回去和那只猫妖说，我还能怎么样？我只是个小人物，一个任凭别人搓揉的角色。放心，我没本事找事，也肯定不会寻死觅活。春节我要请假几天，出去散个心，过了十五再回来。"

说完，他就像一缕水汽，蒸到半空，旋即不见了踪影，在郭长城的眼皮底下消失了。

空无一人的小胡同里充斥着鞭炮碎屑的硫磺味，大年初一的街上有些萧条，冷风在这里打了个旋，吹起郭长城头顶上一撮呆毛，他带着一点泪痕，吸了吸鼻子。楚恕之说的那些话，不像是规劝他，倒像是自己发牢骚。郭长城想，牢骚这玩意儿，听过就算，必定是没有道理的。福浅祚薄，这是天生来的，跟他后天做什么事、选择过什么样的生活，又有什么关系呢？

郭长城一直觉得自己是个无可救药的废物，占有了很多他这种人不该有的资源，所以总是诚惶诚恐。他做一些力所能及的事，其实也称不上"慈"或者"善"，只是让他觉得自己还有些用处而已。

他也没想过从中得到什么。

虽然如此，听别人有理有据地点评他"命不好"，郭长城心里还是有点堵，于是结着郁气，回家去了。

沈巍从赵云澜家里出来，身上的面还没抖干净，被赵母揪住，用掸子一通扫才放行。

两人一猫全被赵母喂撑了，大庆懒洋洋地舔着爪子，蹲在赵云澜膝盖上："对了，老赵，跟你说个事，你知道老楚身上的功德枷今天到期吗？"

"今天？"赵云澜愣了一下才反应过来，"已经三百年了吗？那他怎么说？功德枷下了，以后他就自由了，会离开特别调查处吗？"

大庆："别想那么远了，幽冥地府根本不给他摘。"

赵云澜："为什么？"

大庆："我哪里知道，总归就是'功德没积满'之类的屁话，也没个指标，谁知道这个'功德没满'是个多大的标准，反正他们说了算。"

沈巍问："楚恕之戴着功德枷？"

"嗯。"大庆点点头，"镇魂令有时候人手不够，令主就会去地府领在押的戴罪人，算是一种劳动改造吧。"

沈巍会意："这也没办法，能被幽冥抓起来的，大多是些幽灵小鬼，不堪大用，真正有些本事的，除非自愿，否则不会那么容易束手就擒，好不容易逮着一个，当然要压榨。拖延功德枷年限是他们的惯例了，一两百年都算正常的。"

赵云澜没吭声，眼神微冷。

各方有各方的打算，很正常，赵云澜也不是不当家不知柴米贵的少年人，但是大面上不出错，私底下你进我退，互相占点便宜，也无伤大雅。可是近来，几次三番，都有那边暗戳戳掺和的痕迹，赵云澜心里多少有点恼火。

沈巍问："楚恕之因为什么戴上的功德枷，方便告诉我吗？"

大庆坐在后座上，幽幽的猫眼看向沈巍，感觉到沈巍对幽冥地府各种潜规则十分熟悉。

他到底是谁？

黑猫心里掂量着，慢吞吞地说："楚恕之修的是尸道，他死后成僵，走上这条道，可以说是机缘巧合。尸道中人，大多性格古怪，各有各的离经叛道，楚恕之算脾气好的，所以有时被人们认为是邪魔外道。楚恕之当年误打误撞入门，自己闷头修行，懵懵懂懂的，很多规矩和忌讳他不知道。沈老师深藏不露，博闻强识，大概也应该知道，尸道修行的本体是他自己的陵寝，如果修为不高，陵寝被毁，还可能会伤及元神。当年有人为了抓一只蛐蛐，追到乱葬岗，令人刨开的野坟正是楚恕之的埋骨之处，那人没找着蛐蛐，一怒之下，放火烧了乱葬岗。幸好楚恕之当时已经过了'地门'，正往'天关'上修行，到了可以不避白日的地步，所以尸身没在墓中，总算没伤及根本。万物修行讲因果，无故坏人修行，恩仇相报，天理昭昭，他自然是要报仇的。"

赵云澜也是头一次听说，追问："后来呢？"

"后来他报了仇。"大庆说，"问题是，令人挖坟的，是个小孩，大户人家，打小娇纵得不像话，办出这事的时候，正好差了一天半，没满七岁。"

赵云澜没听明白："没满七岁怎么了？有什么讲究？"

沈巍轻声解释说："小妖修行未成时，最怕遇到未满七岁的幼童，孩子年幼不懂事，不管做出什么事，天道不罚，被顽童抓住打死了，也就只能认命，不能报复，倘若一意孤行伤及幼儿性命，就是重罪。"

修行，其实本就是逆天，能成功的万里挑一，天资、勤奋与运气一个都不能缺，运气尤为重要。

这件事要是落在赵云澜身上，他就算觉得熊孩子不是东西，最多也就是上网骂几句街、晚上托噩梦吓唬吓唬，毕竟自己没死没伤，他不至于跟个小崽一般见识——"天不降罪于垂髫幼童"，这是有道理的，小孩傻乎乎的能懂什么？各路修行的小妖大可以躲开，装个死、弄个障眼法糊弄过去，也不难，那些实在躲不开迎头撞见的，多半是宿世因果，或是有人陷害，应了那句老话，"上天注定"。

可惜，尸道的楚恕之就是那种睚眦必报、目下无尘的人。

"天命不可违也就算了，什么时候说地府命也不可违了？"赵云澜从兜里摸出手机，往后座上一扔，对大庆说，"给楚恕之打电话。"

黑猫熟练地用肉垫按触屏，第一遍拨，楚恕之挂断了。

赵云澜："再打。"

打了三遍，楚恕之干脆关机。

赵云澜一脚刹车把车停在了路边，从钱包里摸出一张镇魂令，抽出笔，在上面飞快地划拉了几个字——"午夜之前，光明路4号来见我。"然后把这张镇魂令折成了一只纸鹤。折成纸鹤的镇魂令飞出窗外，像一缕烟，转眼消散在了半空。

第十四章

赵云澜没有回家，他趁着天还不太黑，先把车开到了龙城大学附近的新房。

那里距离龙城大学的后院只隔了一条街，是一片建筑风格独特的花园洋房。赵云澜摸出一串钥匙，把其中一把放在了沈巍手里："虽然我知道你进屋不用钥匙，但这个就当是一种仪式吧。"

沈巍的手指像是被烫了似的，微微一蜷："给我的？"

"对啊，咱家钥匙。"赵云澜在前面领路，边走边说，"现在水电和墙面基本都弄完了，他们过年前在贴木地板，屋里有点乱，再过一个月差不多就收拾好了,到时候你先把东西搬过去,平时常用的放在我那儿,等春天放一放味咱们再住过来——来,电梯在这里。"

沈巍觉得自己心里像是被一汪水泡着,酸软得发胀。

楼房总共四层,一户一层,车库在地下,私人车库里有直升电梯,这会儿新房里还有不少装修材料的渣滓。但室内采光非常好,即使夕阳西下,也有余光潜入房中,给满地狼藉的装修废料都镀了一层金边。透过窗户,一边是龙城大学古树掩映的民国建筑群,一边是小区内部人工设计的流觞曲水,虽然正值冬天,景观的水被抽干了,但是从上往下望去,依然能看见那石雕上被流水冲刷出的痕迹。

"先凑合住着,"赵云澜笑起来,"等我慢慢攒,以后有钱换更好的——主卧是南边那间带阳台的,你再挑一个自己喜欢的当书房。"

沈巍深深地看着他,几千年苦苦压抑的思念,就被他这样轻描淡写地点燃了,猝不及防,浓烈到了极致。

然而纵使他心里天崩地裂,本人在赵云澜面前,却连一口大气也不敢出,只有目光在烧。

这时,大庆一步蹿上窗台:"我也要客房!我要豪华猫爬架!"

"滚一边去,"赵云澜气笑了,"还猫爬架,脚手架也让你压塌了!"

大庆:"你说什么?瞎子!"

赵云澜眼皮也不抬:"说你是胖子。"

愤怒的大庆蹦上了赵云澜的肩膀,两只爪子扑到他头发上,一阵乱刨。

一人一猫就地掐成了一团。

沈巍缓缓地呼出口气,侧身靠在窗边,温暖的余晖打在他身上,连他那常年苍白的脸色都跟着亮堂起来。他静静地看着乱哄哄的客厅,肩背不由自主地放松下来。

这时,沈巍袖子里忽然黑影一闪,他微微翘起的嘴角顿时落了下去,指尖一捻,黑影就幻化成了一封信,上面写道:"三十三层天西北起黑云,不祥,请大人速归。"

沈巍伸手把信纸捏成了团,攥在手心里:"云澜。"

赵云澜和大庆同时转头望向他。

沈巍："我有些急事，要出去一阵子，你如果放假没事，就多回家陪陪父母，你最近眼睛不好，他们照顾你，我也放心些。"

赵云澜："怎么了？"

"还不知道，只是傀儡传地府信，说三十三层天起了黑云，恐怕是大事，我得回去一趟。"沈巍伸出手指，轻柔地推开他皱起的双眉，"别皱眉，别担心。"

普通的云雾到不了三十三层天，那里的云通常只有两种，要么是紫气东来，要么是黑云压顶。

大庆："黑云已经很久没出现过了，据我所知，上一次三十三层天起黑云还是八百年前的事。"

赵云澜问："上一次是因为什么？"

大庆莫名其妙地说："我怎么知道！"

沈巍却言语一滞，不由自主地避开赵云澜的目光。

赵云澜察言观色的本事登峰造极——尤其沈巍不大会掩饰。他心里飞快转念，脱口问："是不是和鬼面有关？上一次难道也是？我说他到底是个什么玩意儿，那么神通广大？"

大庆莫名其妙地问："鬼面？鬼面又是谁？"

沈巍脸上被夕阳镀上的一点血色也不见了："……抱歉，我不能说。"

赵云澜一滞，最见不得他这副模样，艰难地克制住下文，叹了口气："行吧，那你去吧，小心点，晚上我给你留门，早点儿回来。"

碍于大庆在场，沈巍并没有说什么，只是很用力地看了他一眼，走进了一团黑气里。

赵云澜心事重重地走到露台上，抬头望向余晖渐灰的天空，点了根烟。

大庆跳上栏杆，不放心地问："沈老师的来历，你到底知道不知道？"

赵云澜点点头。

大庆一歪头："你在担心什么？"

"很多。"赵云澜吐出一口烟圈，在白烟中眯起眼，"大庆，我问你，那么多的经典，将诸神的八卦挨个数落了个遍，为什么单独找不到关于一个人的只言片语？"

大庆："谁？"

赵云澜："昆仑君。"

大庆张了张嘴。一人一猫相对无言片刻，赵云澜烦躁地点了根烟："怎么，你也不能说？"

"那倒不是……草木动物不像人，天生没有开灵智，我们需要天大的机缘，才能走上修炼之路，随着道行渐深，才能慢慢地懂一些人事与道理。昆仑君……昆仑君在不周山倒下之前，就已经大荒封圣，乃至于后来销声匿迹，少说也有五千年了。说真的，直到你……我的前任主人离开我，我都只是只傻吃憨睡的小动物，你太高看我的道行了。"黑猫卧在窗台上，有些落寞地说，"我们和人不一样，又傻又笨，千百年也修不出几个心眼，只会认主人，其他的缘故，知道得不多。"

赵云澜弹了弹烟灰："其实是我在一个地方看见过一张昆仑君的画像。"

大庆抬起头来。

"小动物，"赵云澜沉默了片刻，"你当了多少年的小动物……世上什么地方会让一只小动物生长停滞？"

昆仑山巅是诸神之源，也是无数洪荒神魔的埋骨之地，白雪终年不化，上有一千年长一朵骨朵的花，从亘古绵延至今，依稀也不过一把粗的枝干虬结，每一段年轮里，都充斥着说不完的峥嵘故事。

大庆心里涌起了浓浓的不安，就好像有一只看不见的手，在把所有人往一个既定的方向推，让它连毛都立了起来。

人事有代谢，往来无古今，无数神祇升起又陨落，与蝼蚁一般的凡人殊无二致，天地间，原来从没有什么能一直高高在上。盘古真的劈开了混沌吗？还是混沌只是变了一副面孔？

大庆一瞬间恐惧起来，对它而言，幼年的记忆基本荡然无存，然而就像它依然能在轮回中闻到最初的主人味道一样，有些东西，还是已经深深地埋进了它的骨血里。它依稀想起一袭远山似的青衫，袍袖中带着新雪与竹枝的气息，放荡不羁的一声笑，温暖的手托起它的身体……

就在这时，不远处突然传来一声尖厉至极的鸟鸣。

大庆和赵云澜同时回过头去，只见大群的乌鸦冲天而起，好像整个龙城的乌鸦都躁动了起来，飞起来遮住了天幕。

天降不祥鸦先知。

赵云澜在一片风声和鸦声里，突然对大庆说："我跟你说件事，你的嘴紧吗？"

大庆慎重地转过头："有进无出，你说。"

赵云澜："沈巍就是斩魂使，我现在有点担心他。"

大庆一个趔趄，好像中风一样一脚踩空，笔直地从窗台上掉了下去。

"什么？！赵云澜，你吃了熊心豹子胆了！"

赵云澜心不在焉地"嗯"了一声。

大庆横行于世，自以为已经见过人间诸多怪现状，却还是头一次真正领教了什么叫"狗胆包天"。一时间，赵云澜和"沈老师"相处的点点滴滴都在大庆脑子里划过——沈巍对幽冥地府的熟悉程度、举手投足间熟悉的做派、每次出现都和四圣有关、审讯王向阳时的"金口玉言"……它惊悚地发现，很多古怪之处都有了解释，它想不信都不行。

大庆："你知不知道斩魂使到底是什么人？"

赵云澜面不改色："我就是想问你这个。"

大庆快疯了："自封神开始，诸天神佛、遍地小妖，老猫我都能把来龙去脉说个大概，只有斩魂使的来历我说不清！你知道这是什么意思吗？"

赵云澜听完，并不意外，他看见过沈巍亲手画的画——"邓林之阴初见昆仑君"，沈巍是见过昆仑君的人，生于上古时代，那会儿大庆还没开蒙，说不清他的来历很正常："你说你知道的。"

大庆的爪子焦躁地在窗台上来回刨："你知道'后土'吗？"

"嗯。"赵云澜应了一声，"《山海经》里记载，是共工生了后土，算是炎帝一系的后代，《招魂》里则认为'后土'是掌握幽冥的神。但是后世民间传说里，'后土'一般与'皇天'并称，地位很高……因此也有一些传说，认为后土其实就是女娲。"

"当年共工掀翻了不周山，女娲补天，炼五彩石扛住了天柱，自己身化黄土，隔开阴阳，那是幽冥秩序伊始，后世于是尊其为'后土'。"

赵云澜有些疑惑，不知道它提及"后土"是什么意思。

"关于斩魂使,他们说他生于'黄泉下千尺',但问题来了,斩魂使生于不周山倾倒之前,那时幽冥没有出生,黄泉也没有成形,哪来的'黄泉下千尺'?"

赵云澜:"也就是说,斩魂使并不是生于幽冥。"

"你没注意到吗?幽冥的人怕他怕得要死。"大庆说,赵云澜手里的烟快要烧到了头,他浑然不觉,大庆叹了口气,"你……你啊,怎么和他搅和到一起了?"

赵云澜没吭声,默默地站在了窗根底下,身影被余晖拖得老长,一根一根地闷头抽烟,把自己周围熏得一片云山雾绕,堪比南天门。烟头落了满地,赵云澜的口袋空了,他这才一伸手,示意大庆跳到他的胳膊上,往外走去。

大庆:"你去哪儿?"

"回光明路4号,"赵云澜说,"我先见楚恕之,再约阴差——我的人,在我手底下一天,就容不得别人欺负。"

光明路4号白班的人刚走,楚恕之还没来,赵云澜给大庆放好小鱼干和牛奶,进了图书室。他从门口取了一副护目的眼镜,刚戴上,就看见角落里慌慌张张分开的桑赞和汪徵。

赵云澜:"你俩继续,不用管我。"

汪徵啐了他一口,捂着脸飞出去了。

桑赞抓了抓头发,他脸皮倒是厚,也没觉得有多不好意思,冲他走过来:"还要'昆仑'吗?"

赵云澜戴上眼镜,把鼻梁凸显得越发地高,抬头时露出下颌尖削的线条,英俊的侧脸平添了几分冷淡。

"没用,有用的都已经被人故意抹掉了。"赵云澜的手指顺着架子上的书籍一路探寻过去,"我想知道……和女娲有关的事。女娲造人、补天,蚩尤与炎、黄之战,共工和颛顼之争,这些我都要,我就不信他们掩盖得了一个人,还能掩盖住来龙去脉了。"

没想到赵云澜古文造诣意外地高,能一目十行,熟悉多种古文字。他跷着二郎腿坐在高高的铁梯上,看完一本就丢下来一本。桑赞也不打扰他,在地上等，默默收拾，整个图书室只剩下"沙沙"的翻书声。

赵云澜视力不佳，看累了眼前就有一层膜，时不时地得停下来休息，他就会跟桑赞说几句话。

"不周山是一座神山，传说它是上天的路。"赵云澜伸手比画了一下，仔细地对桑赞解释，"历史上记载，共工和颛顼这两个人为了权力而争斗，最后，共工失败，愤怒地坐着神龙撞倒了不周山。"

桑赞听力很差，要反应好半天，才迟钝地点点头。

"我不信。"赵云澜轻声说，"炎、黄二帝与蚩尤大战数年，打得天崩地裂、飞沙走石，不周山好好的，盘古一斧子劈开天地，不周山依然好好的，怎么会被一条坐骑轻易撞塌？"

桑赞已经学会把他听不懂的形容词和名词都剔除，过了一会儿，才操着奇怪的口音说："如锅……一件不可能发生的四……事发生了，久是有人详……湘……想让它发生。"

"截断天路，"赵云澜的手指点着古书，"谁做得到？为什么？"

桑赞仰着头，看到他的目光深邃。

"不周山倒后，女娲用巨石堵上天，自己化身后土，散魂于幽冥。"赵云澜继续说，"女娲像是用双手撑开了天地，地上……地上……泥土……"

赵云澜的声音越来越小，几乎变成了自言自语，忽然说："等等，你把女娲造人的那一段拿来我看看。"

桑赞刚把书递给他，大庆就钻了进来，对赵云澜说："老楚来了。"

赵云澜立刻把书夹好，从梯子上爬下来，正要往外走，桑赞却忽然在他身后说："拉个时候，是没有秩序的吧，眉个人都想要更多的圈……权力。山……你说的那个到天上的路，如果端……断了，也徐是什么人，围了结束……"

他说不出合适的词，打了个手势。赵云澜看明白了，那是争斗不休的意思。

赵云澜眉梢轻轻一抬，忽然被桑赞打开了一个新的思路。

洪荒初定，诸神征战不休，炎黄大败蚩尤，形成了新的秩序，而人越来越多，当年女娲吹口气活了的小泥人中间，一种叫作权力的东西应运而生，人族随即加入混战。那么……撞倒不周山，截断天路，难道是想打破这样的乱世，结束诸神之战，让人间重回那万物伊始、欣欣向荣的模样吗？

赵云澜想起了他那个梦，梦里那个和他说话的人究竟是谁？

楚恕之不是自己来的，他还带了个小尾巴——郭长城穿得像个棉球，脖子上围了两条围巾，盖住了半张脸，把自己裹成了忍者神龟。

据说郭长城在楚恕之凭空消失之后，无计可施，只好回家，可还没等打上车，他又改了主意，觉得新年第一天就辜负大庆的重托，实在是良心不安，于是转身又走回到那个小胡同里，一路找，一路硬着头皮跟人打听。

在凛冽的寒风里找了半个多小时，郭长城终于顶着冻红的鼻头，被一位热心的社区服务阿姨给捡到了，好心送到了楚恕之家门口。阿姨走了，郭长城既不敢敲门也不敢走，直到楚恕之收到镇魂令传唤，准备出门去光明路4号的时候，才发现门口冻住了这么一位，只好顺手领了过来。

办公室里气氛压抑，楚恕之坐在办公桌前，有一下没一下地玩着赵云澜的打火机，神色冷峻。大庆在一边走来走去，也是一言不发。整个刑侦科，只能听见郭长城吸溜鼻涕的动静。

赵云澜匆匆夹着本书从墙里出来，楚恕之才抬头："你叫我来干什么？"

赵云澜坐在他对面，端详了一下楚恕之的表情，直截了当地问："你是不是打算离开？"

楚恕之不吭声。

赵云澜冷冷地说："插在兜里的手给我拿出来，别以为我闻不见那玩意儿的臭味！"

楚恕之皮笑肉不笑地扯了扯嘴角，把手从兜里掏出来。只见他的手心里有一段小小的骨头，尖端闪烁着幽幽的蓝光，骨头空心，上面缀着四个孔，这东西名叫"骨笛"，是一种专门驱使僵尸行尸与亡灵的东西。因为死者为大，辱人尸骨不祥，所以骨笛自古就被认为是一种妖邪之术。

郭长城打了个喷嚏，楚恕之斜了他一眼，慢吞吞地说："我看你还是先叫人把这倒霉孩子送回去吧。"

"小郭，跟大庆去厨房，弄一碗板蓝根喝。"赵云澜等郭长城和大庆出去，脸色倏地撂了下来，一拍桌子，"你想干什么？拿着这臭烘烘的玩意儿，往泥里一躺，继续当你的尸王？戴着功德枷，一辈子不见天日，到处躲躲藏藏吗？"

楚恕之梗着脖子："三百年前，是我张狂不懂规矩，既然犯了事，自然要承担结果，这三百年是我自己认下的，不冤——不然区区几个鬼差，能把我怎么样？他们现在还给我蹬鼻子上脸了！"

"功德枷期限拖延是惯例，怎么别人能忍耐你楚恕之不行？"

"因为我、不、是、别、人！赵云澜，你记着，我戴上功德枷是我自己乐意，是给他们脸，不是低三下四地承认我有错！"

"你自己办的那破事，现在还有脸跟我说你没错？"

"我没错，我就这么说了，怎么了？我还真不后悔，让我重来一次，我照样找那小崽子报仇，大不了再坐他三百年的牢！什么大人小孩功功过过？既然他们逼我，既然我已经十恶不赦，三百年都不能赎罪，那我还不如把这罪名坐得实实在在的，多干几桩买卖不冤！以后谁家有孩子，可都看好了，别让一声骨笛吹得三魂散了七魄，叫都叫不回来！"

他话音没落，赵云澜就扬手抡了他一巴掌，又快又准，又脆又响，把楚恕之的脸打得往一边偏去。

不放心回来看的大庆和郭长城正好看见此情此景，大庆"嗷"一嗓子炸了毛，以为他俩要动手。

这时，一团灰雾从窗口钻了进来，一头撞上赵云澜的肩膀，滚到他怀里变成了一封信。

赵云澜低头一看，那是沈巍匆忙间写给他的字条："阴差已经在路上，无论他要你做什么，千万别答应，等我回来——巍。"

赵云澜不动声色地看完字条，快要冻成冰的脸色终于缓了缓。

楚恕之看了他一眼，站起来就要走，三张镇魂令同时从赵云澜的手里飞了出来，带出了一串火花，烧成了一团，像一道枷锁，重重地砸在了楚恕之背上，硬是把楚恕之压回到了椅子上，一动也不能动了。

楚恕之气得要吐血，他和镇魂令之间的契约没解，就算他有天大的本事，此时也依然要受镇魂令约束。赵云澜从抽屉里摸出一支录音笔，选择了回放，正是楚恕之最后说的那句"以后谁家有孩子，可都看好了，别让一声骨笛吹得三魂散了七魄，叫都叫不回来"。

录音笔里，男人的声音显得越发阴冷，听着让人起鸡皮疙瘩。

赵云澜："你自己听听，说的是不是人话？"

楚恕之目光闪了闪，却仍是固执地偏过头："我本来就不是人。"

郭长城瓮声瓮气地劝他："楚哥，你别说气话。"

楚恕之冷冷地瞥了他一眼。

郭长城小心翼翼地凑过去，又"嗡嗡"道："我、我觉得你肯定、肯定不是那么想的，虽然我没听太懂，但是楚哥是好人，不会无缘无故地做这样的事……"

赵云澜往座椅背上重重地一靠，把打火机在桌上"嗒嗒"地磕了两下，抬手点着了烟，没好气地对楚恕之说："你还明不明白什么叫冤有头债有主？急了就会耍狠放嘴炮，还不如一个小破孩懂事，我都替你脸红。"

楚恕之恶狠狠地瞪他。

"看什么看，不嫌丢人，我现在没空处理你——小郭，把他推我办公室去，锁上门给我看着他，那里面连着个休息室，有张单人床，你要是累了可以躺下。"

郭长城好心肠地问："那楚哥呢？"

"他？"赵云澜斜眼扫了楚恕之一眼，"让他坐着吧，正好参参禅，给我好好醒醒盹。"

他端起茶杯，晃了晃里面已经凉了的茶根，不解气，又来了一句："我想泼你一脸，滚。"

郭长城推起绑着楚恕之的转椅，滚了。

赵云澜就把两条长腿架在桌子上，书放在膝头，翻看起来。

关于女娲的传说非常散碎，四处都有，他手里这本书名叫《上古秘闻录》，里面特别罗列了"风氏女娲"一章，作者不详，原版本不详，大概是宋朝以后某位修道的前辈写的。

开头就援引了《太平御览》里关于女娲造人的记载："俗说天地开辟，未有人民。女娲抟黄土作人，剧务，力不暇供，乃引绳缅于泥中，举以为人。"

而后作者又补充小注:"人者,头面五官,皆以肖娲皇之态,能言善语,脱于泥胎,天风点其三火,浊土生其三尸,不死不灭,灵慧而不净。自婴孩至耄耋,朝生暮死,娲皇怜之,因置婚姻,遂为女媒,使之百代不息。"

赵云澜摸到一支笔,在"天风点其三火,浊土生其三尸"下面重重地画了一道,而后又往下翻,看到"补天"那一段。

"《淮南子》曰:往古之时,四极废,九州裂,天不兼覆,地不周载,火爁炎而不灭,水浩洋而不息,猛兽食颛民,鸷鸟攫老弱。于是女娲炼五色石以补苍天,斩鳌足以立四极,杀黑龙以济冀州,积芦灰以止淫水。苍天补,四极正;淫水涸,冀州平;狡虫死,颛民生。

"注:老鳌断足以献,娲皇感其大德,赐诸锦衣以为鳍。以四柱镇四方,西北天倾,昆仑封字,封曰:未老已衰之石,未冷已冻之水,未生已死之身,未灼已化之魂。此皆不可成之事,封之以不可抵之地,以为四圣。天不落,地不陷,则四圣不出——天下遂安。"

赵云澜有一下没一下地顺着大庆的毛:"这书里说,人六根不净,缘于泥土坯子不好,而后女娲用老鳌的脚撑起天柱来补天,昆仑给这四根柱子下了封词——这里的'昆仑'应该是指昆仑君吧……这个判词我以前听说过。"

大庆立刻问:"在哪里?"

"在山河锥脚下。"赵云澜说,"'不可成之事'如果指的是四圣,那意思是不是说,得到了四圣,实现了这些'不可成'的事,就能抵达四条大天柱下?"

大庆围着他的手转圈,嘀咕说:"都什么乱七八糟的,说得我头都晕了。"

赵云澜不理它,自言自语地整理思路:"先说了五彩石补天,按照对仗,'补天'说完了就应该说'镇地'了。那'四柱'很可能是用来'镇地'的,这个'地',应该是造人时期的那个'地',不是后土……这就说得通了,怪不得鬼面一定要得到四圣,得到了四圣,他就能找到摧毁四柱的法门。"

赵云澜摸过小鱼干,手指上带着炸鱼干的香味,大庆一边在赵云澜手指间嗅来嗅去,一边问:"你们说的鬼面到底是谁?"

赵云澜简单地把山河锥的经过和大庆说了,说完,他的面色有些凝重:

"鬼面戴着面具，但是我大概能猜到他长什么样。"

大庆："难道是……"

"我猜他长得可能和沈巍很像。"赵云澜说，"沈巍这人啊，心思重得很，对谁都好，唯独不肯放过他自己，也不知道怎么跟自己那么大仇，我实在是担心他……"

大庆一抬头："什么？"

赵云澜略略地垂下目光，与黑猫一对，忽然，他把桌子上的脚放了下来，低声说："来人了。"

话音刚落，一阵梆子声远远地响起来，越来越近，浓郁的阴冷气也越来越清晰，西北风刮得窗棂乱颤。赵云澜从抽屉里抽出一小把香，点燃了，插在办公桌上的花盆里，又从桌子底下摸出一个瓷盆，抽出一捆冥币纸钱，点燃后扔在瓷盆里。在冉冉升起的烟里，他把书收好，回手给自己倒了一杯热茶。

这次，阴差学乖了，在距离门口还有一段路的地方就站定了，扬声打招呼："不速之客，幽冥行走求见镇魂令主，令主可否拨冗赏脸？"

赵云澜缓了缓面沉似水的表情："请。"

刑侦科办公室的门"吱呀"一声被推开了，一开门，对方就闻到了满屋的香火和纸钱味道——有钱能使鬼推磨，果然，来人神色一缓，没说话，却先笑了，连忙作揖说："令主客气，太客气了。"

赵云澜见到来人也是一愣，站了起来，讶异地说："什么风把判官大人给吹来了？"

判官依然是一团和气的模样，笑呵呵的，不像鬼差，倒像个散财许福、说媒拉纤的月老，进来以后先跟赵云澜三姑六婆地寒暄了一会儿，而后两人各怀鬼胎地面对面坐了。大庆纵身跳进赵云澜怀里，尾巴钩住他的手腕，一声不吭，绿油油的眼睛冷冷地盯着判官，是个保护主人的姿势。

判官唉声叹气了半天，想引着赵云澜开口问，结果赵云澜就跟看不懂人脸色似的，默默地在一边喝茶，完全不理他那套。过了一会儿，判官终于自己憋不住了："小老儿无事不登三宝殿，大半夜地来叨扰，实在也是有一件要紧事，求令主看在苍生大局的分上，能出手相助。"

"可别，"赵云澜忙摆摆手，"您快甭给我戴高帽，我肉体凡胎小老百姓一个，会点小戏法，承蒙各位把我当棵葱，我可不敢真拿自个儿当瓣蒜。您这么客气，我找不着北，有什么事尽管吩咐，能力范围内，能帮到哪儿，就尽量帮着。"

判官问："今天傍晚的时候，令主应该注意到鸦族的示警了吧？"

赵云澜一脸莫名其妙："没有啊，我下午在我妈那儿看了场春晚重播，还真没留神。乌鸦怎么了？"

判官心知肚明赵云澜在装糊涂，他头一个不愿意和这个镇魂令主打交道，一来镇魂令主身上封着山圣之魂，他不愿也不敢得罪这尊大神；二来令主不要脸，奸诈油滑，平生就擅长三板斧——无赖、太极、避重就轻——哪个拎出来都够别人喝一壶的。

"乌鸦报忧不报喜，从来没好事。"判官愁眉苦脸地说，"我们收到消息，西北起了黑云，有人不怕天打雷劈，在昆仑山巅大泽处摆下大阵，要从所有生灵身上提一魄出来。"

赵云澜："所有生灵？地球都快人口爆炸了，他拎得动吗？"他笑了笑，"我是个见识短浅的凡人，您想支使我干活，也得先给我讲明白啊。"

判官又叹了口气，从袖子里摸出一张通缉令。赵云澜打眼一扫，熟人——鬼面。他明知故问："这是哪位？"

"说来话长，此人乃最污秽地生出的魔物之王，又叫混沌鬼王，是洪荒时期，神魔大战时，被女娲娘娘亲手封在千尺黄泉下的，经年日久，女娲的封印日渐松动，叫他脱困而出了。令主是明白人，我不和你绕弯子，实话实说——他现在十分被女娲神印封住八分，我们联手，还有一战之力，要是真被他脱困而出……"

赵云澜听着他半真半假的扯淡，并不接判官这个忧心忡忡的茬，只是假装没听懂似的追问："被女娲封印的魔物，那跟平时说的魔物不是一回事吧？哪个比较厉害？"

赵云澜兴致勃勃，不等判官开口，继续问："而且他要这么多人的魂魄干什么？"

判官好容易缓上一口气来："他的目的是逼出功德笔，功德笔连着人身上的一魄，这一魄上书写着此人前世今生的功功过过，红字为功，黑字为过，他把这一魄抽出，聚齐在昆仑山巅，功德笔自然跟着出世。我们绝不能让他得到功德笔，否则……"

"功德笔啊，这个我知道。"赵云澜打断他，"前一阵，有个鸦族小妖，用疑似功德笔的东西把我引过去，还伤了我的眼睛，弄得我至今有点二五眼，看东西重影，看判官大人您，都觉得虚胖了八斤，这么说，他说的那根功德笔是假的，是'有人'故意要找我的麻烦啊？"

判官一抬头，正好对上赵云澜说不出的戏谑眼神，登时心里好一阵抱怨——判官想用一点非常手段，唤醒昆仑君封印在赵云澜身上的神魂，为了刺激他的天眼，让手下人想办法动点歪手段，不料手下办事不力，找鸦族去跑腿。鸦族食用腐尸为生，历来受地府驱使，派个鸦族出去，别人不用想也知道是谁指使的，哪个蠢货，办的什么破事？

赵云澜又说："四圣流落人间那么多年，这么厉害的东西地府都没放在心上过，没说找也没说收，现在出事了，才来告诉我这东西严重了，现上轿现扎耳朵眼——这说不通吧？"

判官勉强一笑："这……确实是我们思虑不周……"

"思虑不周？"赵云澜一挑眉，"我怎么觉得是有所倚仗呢？"

判官简直如坐针毡。

赵云澜伸手敲了敲桌子："大人，咱们也算合作多年，打开天窗说亮话吧，您想让我干什么？"

判官拱手说："下官恳请令主引我们上昆仑，破了他这个勾魂的大阵。"

赵云澜面色淡淡："这是什么话？我是个死宅，不是驴友，连香山都没上过，昆仑山门冲哪边开都不知道，您让我引路？"

判官连忙说出准备好的托词："令主可能不知道，您手中的镇魂令真身是一片木头，正是来自昆仑山的大神木，那大神木是盘古所栽，与天地同寿。昆仑山巅一直是诸神禁地，唯独此物可作为通行证。"

赵云澜："哦，这么说，上昆仑山的通行证只有我有？"

判官："正是。"

赵云澜伸手点了点通缉令上的照片："那这个'魔王'怎么上去的？难道他特别有后门，是盘古的小舅子？"

"可不敢这么亵渎圣人。"判官诚惶诚恐地说，"不瞒令主，此魔物生于黄泉下功德古木旁边，那功德古木与昆仑山神木原本是一体双生，他也算和昆仑有些渊源，所以……"

赵云澜似笑非笑地说："那上昆仑山巅摆阵召唤功德笔，也是和那棵树有关吗？"

判官讷讷的，因为不知道他是什么意思，所以没敢随便答话。

赵云澜说："黄泉下……哎，我怎么觉得那离斩魂使大人的府邸很近？"

判官听了这话，眼神一动，故作迟疑道："也可以这么说。"

"哦，"赵云澜脸上的笑意加深，眼神却分外冰冷，"原来判官是在暗示我，斩魂使与魔物瓜葛不浅。"

判官也不知道他是真棒槌还是故意的，竟然就把这些本该心照不宣的话大大咧咧地说出来了。他犹疑不定地抬眼打量着赵云澜的表情——黑皮本已经留给他了，他到底知不知道沈巍就是斩魂使？

上次阴差来报，据说这镇魂令主眼瞎都没耽误猎艳，那看来，斩魂使和他没什么联系吧？否则那人又怎么会容忍……

判官伸手捋了捋自己的胡子，掩饰性地一笑："小人怎么敢在背后论上仙的短长？令主说笑了。"

赵云澜伸手往自己腰间摸："要借镇魂令，可以，等我给你找找。"

判官忙摆手："不、不，神木的镇魂令我们哪里敢动？得劳烦令主亲自跟我们走一趟昆仑才行。"

赵云澜的动作顿住，意味不明地望向判官。他的眼珠又黑又亮，说不出地锐利刺人。判官硬着头皮迎上，总觉得自己是讨了个吃力不讨好的活。

赵云澜不慌不忙地问："哦，你们连镇魂令都不敢拿，却偏偏敢认我一个凡人为令主。我这人，吹牛水平很高，真本事半点也没有，脑子也不好使，您看，别人一给我灌迷魂药我就傻。"

判官讪讪赔笑："哪里，哪里。"

赵云澜忽然往前一倾，凑近他问："不会是我祖上也跟昆仑有什么关系吧？"

判官心里暗暗叫苦，赵云澜却不肯放过他："最近这半年，我就没消停过，先是轮回晷，又是山河锥，这回还来了根功德笔，就快要凑成东南西北一把杠子了。这幽冥四圣都是打哪儿来的？这么看来，功德笔是跟昆仑有关系的了。轮回晷相传是三生石做底，相传女娲造人时，甩一个泥人落下一粒沙砾，沙砾聚集成石，上面记录了人的前世今生，幽冥落成后，这石头就镇在黄泉边，后世称其为'三生石'，这样，轮回晷算是和女娲娘娘有关。还有山河锥，大玄武属水，难道山河锥和当年的风氏伏羲有关？"

判官擦了把汗。

"再说惊动了三十三层天的黑云，这么大动静，贵方总不会独挑大梁，联合了谁？妖族？各路修道高人？斩魂使大人应该也是义不容辞。"赵云澜觑着判官的表情，"大能云集，要我干什么？我除了斩魂使，谁也不认识。您特意来请我带路，总不会……"

判官的心被他高高一吊，就听赵云澜轻笑一声："是专门让我和那位斩魂使大人打招呼、叙家常吧？"

判官悚然一惊，有那么一瞬间，他几乎觉得坐在对面的男人把自己看穿了。

赵云澜笑嘻嘻地说："判官大人，您这手段，跟我妈骗我去相亲的时候一模一样啊，怎么，打算把斩魂使介绍给我当对象？"

大庆分外不友好地"喵"了一声，那声音是从喉咙里压出来的，不像猫叫，倒有些像是虎豹的咆哮。它从赵云澜腿上站了起来，冲着判官露出了尖利的爪子，颈间的铃铛微晃。判官明显忌惮它，连忙往椅子后缩了缩："令主这玩笑过了，过了。"

赵云澜没型没款地往椅子后面一靠："大过年的，我一个小小凡人，卷进这么危险的事，万一有个三长两短可怎么办？"

判官："当然保证令主的安全。"

赵云澜嗤笑一声："你们连个山都进不去，拿什么保证我的安全？"

判官："这……"

赵云澜："我要带上我自己的人。"

判官没料到他竟然答应了，当即一愣。

就见赵云澜又露出一个让他牙疼的表情："可是我人手不够，您看，我手下大多都是小鬼，充其量只能跑个腿，能用得上的，总共就一条刚刚能化形的小蛇妖、一只不到一尺长的小猫、一个什么也不会的实习生，还有个自拍网瘾少年……"

判官心里一动，隐约明白了他什么意思。

赵云澜："好容易有个尸王，还算有点本事，可是啊……唉！"

判官忙就坡下驴："没关系，尸王的功德枷到期了，就是我们那边有些小手续没办完，既然令主提了，那我可以做主替尸王撤下去，其余那些不要紧的程序我们慢慢办。"

"是这么回事啊！"赵云澜半真半假地说，"我还以为是他不好好劳动改造，又背着我干了什么不该干的事呢，这不，刚让我捆起来锁在隔壁反省了！"

判官："都是误会……"

"可不是误会吗？"赵云澜说，"贵方也该精简一下流程了，办事效率这么低，不知道的还以为是地府故意拖延呢。"

判官就见赵云澜拿起桌上的座机，拨通了人事部的电话："汪徵，是我，刚才看见我信息了吧？嗯嗯，好，打印一份，带上来给我，拿给客人看看。"

汪徵训练有素，很快穿墙飘了进来，带来了一份长长的名单。群鬼跟在她身后，一个个堵在门缝里，全在幽幽地往里探头看。赵云澜按着桌上的名单，往前一推："要说冤假错案，近年可真不少，有手续拖延的，也有压根儿就判得重了的，我看择日不如撞日，既然您在这里，干脆一起结了吧——哦，对了，楚恕之当年戴上功德枷的时候，是不是还有些'旧物'落在您那儿了？嗯？"

判官彻底领教了赵云澜的难缠，从牙缝里挤出一句话："自当奉还。"

赵云澜还不满意："什么时候还啊？您要急着走，也得给我们留点收拾行李的时间吧。"

判官再也不想看见他，撂下一句"天亮之前"，卷起桌子上的名单，一溜烟跑了。

赵云澜笑了笑，借着烧纸的火星点了根烟。

大庆抬头问："斩魂使不是不让你答应吗？"

"你干吗偷看我的信？"赵云澜白了它一眼，而后又正色下来，"我非去不可。"

沈巍那人，看起来温润有礼，其实固执强硬得很。区区地府，这么猜疑他、算计他，他身为上古神祇，为什么要忍？赵云澜隐约觉得，那人似乎是在坚守某种只有他自己知道的职责。他没有多说，逆着毛在大庆的脑袋上撸了一把，又经验丰富地躲过猫爪袭击："我想要功德笔，正好拎回来当聘礼……"

大庆乍毛："说人话！"

赵云澜可能是不会，所以不开口了。

大庆又跳上他肩膀："楚恕之呢？"

"管他呢，居然敢跟我人五人六地叫板，什么玩意儿——让他死去吧，凉了再通知我。"

第十五章

郭长城一直照顾楚恕之，解不开镇魂令，他就在楚恕之身上搭了一条毯子，怕他无聊，还给他塞上耳机放电影。

陪着楚恕之看了半部电影，郭长城已经撑不住睡着了，第二天被赵云澜一通电话叫醒的时候，才惊讶地发现，楚恕之已经站起来了，毯子盖在了自己身上。楚恕之脸色凝重地站在窗前，望着外面的天——天色漆黑一片，路灯到了时间，却已经自动灭了。

而天却没有亮。

赵云澜在电话里说："等一会儿有客人去光明路4号，你看着你楚哥，让他冷静点，还不是撕破脸的时候。但是也别露怯，不用跟他们客气，明白了吗？"

郭长城懵懵懂懂的："赵处，您在哪儿呢？"

"出门办点事。"赵云澜那边的信号似乎有些不好，里面"刺啦"了一下，"别乱跑，记得给你家里人打电话报平安，跟着楚恕之。"

郭长城刚撂下电话，就听见了一阵让人毛骨悚然的梆子响。他猝然回头，只听办公室的门被人轻敲几下。楚恕之转过头，不轻不重地说："进来。"

上锁的门"吱呀"一声打开，一个头戴高帽的纸人手里拎着一个巨大的包裹走了进来，恭恭敬敬地放在楚恕之面前，双手合十，低低地念了一句什么。楚恕之身上立刻发生了变化，脸颊上浮起刺字，手腕脚腕和脖子上都露出了沉重的枷锁。这些东西在他身上浮现后，又迅速地脱落，掉到地上，团成了一个小球，被收到了纸人手里。

郭长城吃惊地张大了嘴。

纸人冲他鞠了一躬。郭长城连忙还礼，不小心脑袋磕在了办公桌的电脑显示器上。

楚恕之打开放在自己面前的包裹——里面的东西多为骨制品，闪着阴冷的光，都是他三百年前用惯的旧物。

楚恕之："我们令主呢？"

阴差不敢说话，只是摇头，一问三不知地冲两人作揖行礼，唯恐来不及似的跑了。

而此时，斩魂使已经来到了昆仑山下。

这里的空气稀薄而冷冽，带着来自远古的苍凉沉重，分明已经到了破晓时分，漆黑的夜幕却没有要卷上去的意思。

风声如泣。

他不禁伸手摸了摸腰间的斩魂刀。

这时，身后有脚步声响起，斩魂使没回头，只是淡淡地说："都来了，那就走吧。"

"再等等，"一个熟悉的声音说，"人没齐呢，我怕飞机误点，特意早来了一会儿。"

斩魂使猛地转身，只见身后人居然是赵云澜，他穿了一身登山装备，脚底下跟着一只黑猫，拎着一杯咖啡，说话间，还一口咬掉了小半个汉堡，冲他挥挥手："吃了吗，大人？我这儿还有一个薯饼呢。"

斩魂使——沈巍，只想把眼前这位捶成薯饼。

他一时急怒攻心，身边的黑雾都跟着哆嗦了起来。

赵云澜随便找了块平整的石头，一屁股坐下，把咖啡喝干净，又用犬牙把汉堡里的起司片叼出来扔掉，好像一点儿也没意识到自己把斩魂使气成了葫芦。

沈巍往风口处站了站，替他挡住冷风："我跟你说过什么？"

赵云澜擦了擦嘴："地府说的话别答应，等你回家。"

沈巍一字一顿地说："那你来这里干什么？"

赵云澜往四周看看，发现除了黑猫之外没别人，于是走上去，伸手拉住身上冷得像个冰雕一样的斩魂使："怎么，生气了？"

大庆默默地扭过头，觉得有些惨不忍睹。

沈巍一把推开他："难道不是你非要把我气死才甘心？"

赵云澜诚恳地小声说："回家我就去跪主板，好不好？这回我也是迫不得已的，你问大庆，都是因为楚恕之那小子，让地府拿住我的把柄……"

黑猫：分明是你拿住地府的把柄，逼他们卸了楚恕之的功德枷。

"再说我现在回去也来不及了，"赵云澜一摊手，"别生气……沈巍？阿巍，小巍……说句话。"

大庆抽筋似的打了个寒战，没耳朵听，默默往旁边退几步。

赵云澜刚想觍着脸凑过去，忽然感觉到了什么，瞬间退到了五步以外——随即，一群阴差簇拥着判官、牛头马面、黑白无常等人到了，身后还有一大群瞧不出来历的人，有妖族，有人，还有几位面带宝相。

赵云澜与斩魂使各站了一边，斩魂使依然是裹在黑雾里，赵云澜没什么表情，不知是冻的还是高原缺氧，他脸色有些发白，嘴唇也不见一点血色，回头看见他们，似乎是皱了皱眉，随即冷淡地点了个头。

两人之间的气氛似乎有些不对，外人一时也说不清。让斩魂使先单独见着赵云澜，确实是判官事先算计好的——既然已经到了昆仑山脚下，斩魂使不可能放心让赵云澜自己回去，只能带着他上山，那人是他的心头肉，哪怕斩魂使真的生了异心，有赵云澜在，他也要有所顾忌，绝对不敢在这个节骨眼上动手。

但这么一来，地府就是伸手撸斩魂使的逆鳞，算是把他彻底得罪了。判官惊疑不定地打量着斩魂使黑气浓郁的身影，不知道自己这步棋走得对还是不对。他这判官的名头虽叫得响,实际上有十殿阎王在上面压着,轮到他手里,基本没什么实权,有时候判官自己都觉得自己就是个专门背黑锅的。

判官干笑一声:"令主来得真早。"

而后他转向斩魂使,双手作揖,几乎弯腰到地,毕恭毕敬地说:"小人见……"

斩魂使不等他拜到底,就一声不吭地转身往山上走去——连起码的礼数都不讲了,可见是气急败坏。判官不敢有意见,苦笑一声,连忙招呼众人跟上。

天越来越黑,九天风雷涌动,抬头望去,隐隐地似乎有条黑龙在其中跳跃不休。

昆仑山终年冰封,高千仞,巍然嶙峋地直入云中,这里是千山鸟飞绝,万径人踪灭。

赵云澜从未来过昆仑山,也从未想过这座大雪山会和他有什么关系。然而当他长途跋涉踏上昆仑的一瞬间,就恍然明白了什么叫作"血脉相连"。那种感觉非常微妙,好像是有一根数据线从他灵魂深处找了个接口,把他和这山连在了一起。

赵云澜一时忘了心里纷杂的算计,忘了周围的牛鬼蛇神,甚至忘了一直在生气的沈巍。他几乎是出于本能地往前走,贴着胸口安放的镇魂令滚烫起来,热得灼人。随着他们走进山区中,一直蹲在赵云澜肩膀上的大庆也紧张了起来,像是感觉到了什么。

"……令主,令主?"

赵云澜一惊,回过神来,转过头看着拉住他的判官。

原来是他们不知不觉走到了一片平地,满地的雪白是没有人踩过的新雪,一侧是一人多高的巨石,按着八八六十四卦排列,四周不时有细小的旋风经过,独有一种静谧到近乎肃穆的气氛。

判官显得有些拘谨:"过了这里就是昆仑山口了,劳烦令主带我们上去。"

赵云澜看不见沈巍的脸,却感觉到了他的目光,然而当他转过头去追那目光的时候,沈巍又装作毫不关心的模样转开了脸。赵云澜苦笑,拍拍大庆的屁股,让它从自己的肩上下去,从怀里摸出镇魂令,走进巨石中间。

他每一步踏在地上,众人都不禁屏息,朔风在他走到石阵正中间的时候，突然停了下来。赵云澜身后留下了一串长长的脚印，显得孤绝而宁静。他站定在其中，闭上眼睛，露出一张静如渊岳的侧脸，侧耳听到了来自十万大山的回响——

赤水之北，承天接地，万九千之大丘，天人之故里。

浩然之巅，览六合渺海内，为三十六山川之始，宇内万物之纲……

此名昆仑。

没有人教他怎么做，赵云澜偏偏就知道，他心里好像一直有一个声音在引导。赵云澜蓦地睁开眼，目光所到处，巨石都跟着他的心神转动，莫测如同星辰轨迹，一时让人目不暇接。

沈巍眼里只剩下了一个人。

尽管他穿着不伦不类的冲锋衣和登山鞋，短发被山下的风吹成了一个没型没款的鸟窝，可在沈巍眼里，却奇异地与不知多少年前的那个青衣曳地的影子重合在了一起。他忽然难以自抑，一团黑雾从袖子里升腾出来，将赵云澜裹在其中，隔绝了所有人的视线，只有他自己能看得到，仿佛天地之间只剩下了他和赵云澜两个人。

沈巍自嘲地苦笑了一下，想起数千年前，自己一边想着，只要那人肯多看自己一眼，就是为他死了也值得，一边又觉得自己不配污了他的眼睛；眼下却丑恶地贪心不足，希望他只是自己一个人的，别人连看也不要看见——原来不知不觉中，千万年前的一颗种子，已经长成了他勘不破的心魔。

天性、本能，沈巍从出生以来，就一直苦苦地反抗着它们，然而只是一次猝不及防的萍水相逢，就能让他永世不得超生。

大地震颤起来，昆仑山上传来遥远的轰鸣声，一道天雷终于突破了厚重的云层，摧枯拉朽般地落在地上、山顶上，一张诡异的面具若隐若现，似乎是鬼面站在那里，正冷冷地俯视着地面。

"轰隆"一声，九重帝阙般的石柱落下，一瞬间将所有人带上了诸神禁地的昆仑之巅。

众人还没来得及落稳，黑猫就突然凄厉地叫了一声——众人随着它的目光望去，只见那与天地同寿的大神木就在面前，虬结的树干却已经枯了一半，片叶不生，片花不留，泛着沉沉的死气。

黑猫从赵云澜怀里挣脱出来，落地的刹那，它的身体迅速抽长，化形成人。赵云澜从不知道大庆也会化形，一时间愣了一下，只见这人鬓如鸦羽，长长地束在身后，一双猫眼像名贵的石头，盯着几乎枯死的树干，眼圈都红了，沉声说："什么人敢在昆仑山撒野？"

他话音没落，一群幽畜从地下冒出来，就像是吸着神木的根茎而生。紧接着，狂风卷过，鬼面巨大的头出现在厚重的云层里，数千米宽，遮天蔽日似的，脸上挂着诡异的笑容。他巨如山峦的身体在昆仑山巅终年不散的云雾中若隐若现。只见他一手掐诀，一手探入身后，身后浮起一个足有几十层楼高的鼎，转得飞快，搅起剧烈的风声，震得人耳朵生疼。

有人惊叫出声："炼魂鼎，是炼魂鼎！"

鬼面背到身后的手忽然探出来，手举巨斧，直线下劈。

赵云澜被人用力推到了一边，带着血腥味的劲风刮得他一时睁不开眼。"锵"的一声巨响，众人骇然望去，只见那山脊一般劈下来的巨斧，被一把三尺三寸长的厚背刀架住了。斧下的斩魂使就像撑起千钧的蝼蚁，厉风将他的袍袖割破，露出修长的双手，随后只听一声轻响，斩魂使手腕一别，巨斧硬生生地崩裂了一角。而后他侧身一扛，"锵啷"一声清越的回响，巨斧往上弹开三尺，狭细的裂口顺着崩裂的地方往斧身上蔓延。那巨斧轰然落地，在雪山之巅劈开了一条近百米的深渊，不少幽畜还没来得及从地底下钻出来，就枉死于自家主人的斧下。

"炼魂鼎。"斩魂使低低地说，"你疯了。"

"我没疯，山河锥既然被你拿了，那也就算了，因为迟早有一天你会带着它一起来找我，不过功德笔，我志在必得。一旦四柱断了两柱，掀起半边的天，世上就没有什么能拦得住我。"鬼面黑沉沉的目光扫了一圈，"你来就来了，还带这么多乌合之众——他们是怕你当场反水吗？"

这话无差别攻击，在场所有人几乎都被他扇了一巴掌。

鬼面目光一转，看到了赵云澜，脸上的笑容愈加诡异："哦，原来令主也在，怪不得。"

大庆表情一冷，可是才迈动腿，就被赵云澜一把拉住了长发给扯了回来。

赵云澜一手抓着大庆的头发不让他乱窜，一手伸进兜里，摸出根烟来。大庆变成了人，也依然遵循了猫被揪毛时候的本能，回手给了赵云澜一爪子，只不过没了长指甲，只给他留下了一道浅浅的白印，觉得那手凉得像冰。

"别添乱，死胖子。"赵云澜的手指在烟上捻了捻，用一种比耳语还要低的声音对大庆说，"我有些紧张。"

大庆瞪大了眼睛。

赵云澜目光往旁边转去："地府后面跟着鸦族，其他妖族人自成一家，西天的罗汉，那一头是什么人，道家吗？"

鬼面惊天动地的一斧子劈下来，人群中已经自动分出了群。

"这些人，要么是德高望重的，要么是得道升天、有了神职的。"大庆说，"但是没有一个有资格插手这两人争斗的，要是没有你带，他们连上都上不来。敢在这里大动干戈的，除了他们两个，我就只见过拖着蛇尾的女人。"

人首蛇身，是女娲。

阴沉的天空开始有雪片飘过，丑陋的幽畜和各路神鬼泾渭分明，彼此对峙，一触即发。

大庆扭头不去看大神木，勉强自己冷静下来，对赵云澜说："你最好退后一点。"

雪片打湿了赵云澜的烟头，他从兜里摸出一张纸巾，把烟头和烟灰裹好，很环保地塞进兜里，退到了战圈之外，绕过其他人，走到了大神木下，伸手放在冰冷干枯的树干上。大神木不知有多高，从地底暴露出来的根都已经到了赵云澜的胸口，它本身就像一个盘踞在这里的神明。

"虽然我什么都不知道，"赵云澜心里想，"但你是认得我的吧？"

他这样想着的时候，手指碰到了什么。赵云澜一愣，发现自己按在大神木树干上的指缝间长出了一个细小的嫩芽，它慢慢抽出纤细如发的茎，温柔地缠住他的手指。

赵云澜惊讶地笑了，摸了摸自己随身带着的微型登山包。

这时，鬼面伸手一抓，炼魂鼎就被捧到了他那双几乎能遮天蔽日的手心里，在惨白的手指映衬下，一股一股黑气在炼魂鼎中涌动。

"功德古木——未生已死之身。"鬼面说,"令主知道功德笔究竟是什么东西吗?"

赵云澜转身背靠大神木,远远地对鬼面仰了仰脸:"你说来听听。"

"炎、黄大战蚩尤之前,就有诸神之争,伏羲、女娲二帝为了建立秩序,上昆仑山,讨了大神木的一根树枝,女娲记恨造人时带有三尸的泥土,于是自作主张,把神木插在了大不敬之地的……"

斩魂使断喝一声:"住口!"

他手中的斩魂刀无限延长,像当年传说中的定海神针一样,只有刀柄处依然不足两寸,以供人握,承着这千斤的重量,刀尖似乎已经碰到天际,涌动的风云被他一刀搅起,"哗啦"一道惊雷落下,让人有种他把天捅了个窟窿的错觉——神雷笔直地劈向鬼面的头顶。

鬼面大笑一声,硬是仰起头,张嘴接住了这道神雷,吞进了肚子。斩魂刀随即落下,就着鬼面手中的炼魂鼎,斩向他的胸口。刀口卷起了凄厉的风,拳头大的碎冰四处纷飞,大片的幽畜扑过来,在一片飞沙走石里,与昆仑山顶众人不分青红皂白地战在了一起。

赵云澜坐在大神木隆起的树根上,在一片兵荒马乱里没什么事,心里终于明白斩魂使的尴尬处境——鬼面不拿他当敌人,其他人也不拿他当盟友——打成这样,才是他们俩的真实水平,上回在山河锥下,要不是鬼面手下留情,恐怕绝对没有那么容易结束。

鬼面当时似乎不想认真地和斩魂使斗。

"大不敬之地?"赵云澜低低地重复了一遍。

鬼面三言两语,就将他心里一直疑惑的事交代清楚了——传说人有三尸,就是指人的"贪、嗔、痴"。那本《上古秘闻录》里说,人身上的三尸是从泥土中来的,那么"大不敬之地",很可能就是所谓"三尸"的源头。

鬼面腾空而起,躲过了斩魂刀,落地时整个昆仑山都跟着颤了颤。

鬼面仍不肯闭嘴:"神木慈悲,先枯死,后生根,长成了后世传说的功德古木,在炎、黄二人与蚩尤一战之后……"

"闭嘴!"斩魂刀横切过来,赵云澜几乎看不见沈巍在什么地方,更想象不出来他是怎么把手里近百米的刀挥洒自如的。

斩魂刀步步紧逼，鬼面话音再一次断了。他的身影骤然缩小，刚好在缩到原本的一半时，斩魂刀从他的头顶划过，炼魂鼎一声巨响落在地上。

以炼魂鼎为中心，幽畜层出不穷，鬼面却不见了。

赵云澜冷眼旁观，感觉到身后有人靠近，也没回头。大庆却没有那么镇定，他从树上扑了下来，手里握着一把巴掌大的短刀，猫爪似的隐藏在他的手心里，鬼魅一般地扑向了那靠近的人。

鬼面一抬手，生受了黑猫一刀，他的手腕如同铁铸，一声轻响，把大庆的刀刃弹向了一边，回手做爪，抓向大庆的脖子。大庆化形以后依然灵敏，往后连翻了两个跟头，一跃跳上了大神木的树枝，虎视眈眈地瞪着他。

"打猫，你也得看主人。"赵云澜缓缓转过头来，敛去笑容，淡淡地看了鬼面一眼，"不过是靠着我肩上魂火，混上昆仑山巅，还真以为这是你家的地盘了？"

他这一句话比电闪雷鸣都管用，方才还嚣张得要上天的鬼面脚步倏地停下，在他身后三米处谨慎地站定，一步也不敢往前挪了。而匆匆赶来的沈巍也猝不及防地撞见了这话，整个人怔立当场。

"炎、黄与蚩尤一战后，三皇不忍，请示天道，用功德古木削出一杆功德笔，万物有灵，功德笔记一切生灵的功过是非。"赵云澜不慌不忙地说，"后来功德笔作为四圣之一，在女娲补天时，成了大鳖四脚化成的天柱封辞，轮回晷流落民间，山河锥落入地下，功德笔……"

赵云澜轻轻地牵扯了一下嘴角，目光转动到一边："功德笔化成千千万万碎屑，落在了天下所有生灵身上——对不对，判官大人？"

一个隐于大神木后的人影缓缓地踱步出来，双膝一软跪在了地上，五体投地，颤声说："小人多有隐瞒，实在迫不得已，昆仑君赎罪。"

这时，炼魂鼎突然震动了起来，继而是整个昆仑山，赵云澜身后的大神木突然冒出无数的新芽，枯枝"哗哗"作响，竟生出稀疏的小花来。

男人懒散地靠在树干上："既然功德笔是我昆仑的东西，为什么你们不把它物归原主呢？"

鬼面面具上的人脸不由自主地扭曲着。

赵云澜扫了他一眼："不用和我故弄玄虚，我知道你长什么样。"

感觉到沈巍一僵，赵云澜又微微降下了声音，像是解释什么似的说："万般色相皆虚妄，难道我会连人都分不清楚？"

斩魂使还没来得及开口，昆仑山巅突然卷起大风，比方才他和鬼面斗法时还要剧烈，坐在树上的大庆险些给风掀下来。他化身黑猫，四爪紧紧地扒住树干。赵云澜靠着大神木，正好避风，其他人就没这么幸运了。判官摔了个狗啃泥，数十只幽畜被卷上了半空，搅进了风旋里，飞天遁地的人们都滚落在地。

旋涡之中，一支大笔的影子若隐若现，正是功德笔！

炼魂鼎一瞬间分崩离析，功德笔重现人间。

赵云澜、沈巍与鬼面三个人，正好是彼此牵制，一时间谁也没动。

鬼面先开口："既然令……山圣对功德笔志在必得，为什么不请？"

赵云澜在站都站不稳的大风中，成功地保持住了他世外高人的造型，意味深长地说："恐怕有人等着坐收渔利呢。"

判官头上撞出个大包，不敢出声。

鬼面叹了口气："山圣对我们有借火之恩，我实在不想这样。"

说完，他呼哨一声，几百只幽畜从地下涌出来，将他们团团围在中心。斩魂使立刻站在了赵云澜身侧，手按在了刀柄上。

突然，功德笔骤然缩小，电光石火间，竟冲着大神木飞了过来，在众人都没反应过来的时候，竟然就这么笔直地没入了大神木里。谁也没想到这个变故，鬼面一甩袖子，径直把判官打飞了出去，当即就要把手伸进大神木，赵云澜抓住他的手。

鬼面的胳膊又冷又硬，赵云澜觉得自己的手腕骨撞在了一块石头上，不用掀开袖子，也知道里面肯定青了。

好在鬼面不敢和他硬碰，从他身边滑过，爪子插进了大神木中。只听见一声让人牙酸的摩擦声，鬼面的手被大神木毫不留情地弹了回去，坚硬如铁的指甲竟然折了两个。

赵云澜强忍着没去管自己生疼的手腕，表演了一副早有预料的样子，笑眯眯地说："怕你手疼拦着你，可真不识好歹啊。"

鬼面牙咬得"咯咯"作响，一转身化成一团黑雾，不见了踪影。幽畜却没被他带走，依然在往赵云澜他们身边涌，全都被一把斩魂刀毙在三尺以外。

赵云澜松了口气，试探地伸手摸了一下大神木的树干，感觉到似乎有一种引力，正在把他往里拉。

沈巍头上的兜帽被功德笔出世时的罡风掀掉，身上的黑气已经给吹得溃不成军，隐约露出那张赵云澜熟悉的脸。他表情复杂，似乎是期盼，又似乎带了一点小心翼翼的慌张："你都想起来了？"

赵云澜龇牙咧嘴地甩了甩手腕："想什么想，当然是连猜带蒙外加胡说八道……嘶，这小子什么构造，身上怎么这么硬？"

"替我拦住他们，大神木好像在呼唤我。"赵云澜说着，纵身钻进大神木里，身体已经没入了一半，又想起了什么，回头对沈巍说，"先回去的留灯留门。"

说完，他的身影已经消失在了大神木里。

第十六章

沈巍把昆仑山巅的幽畜收拾干净，剩下闲杂人等，但凡识趣的都自己散了。只有牛头、马面一边一个扶着判官，远远地看着他，像是有话说，又像是不敢过来。沈巍对大庆一伸手："走吧，我带你回家。"

大庆犹豫了一下，腿短气也短，孤身一猫被困冰天雪地也不是办法，只好低声下气地道了谢，跳上他的肩膀。其实沈巍身材和赵云澜差不多，可大庆就是觉得浑身别扭，只好把自己缩成一个黑毛团。

这时，判官好似才鼓足了勇气，开口叫住了他们："大人……"

沈巍把斩魂刀收好，脚步没有停顿，表情淡淡地打断他："诸位也散了吧，别逼我口吐恶言。"

天终于亮了，露出了迟到的天光。

斩魂使能缩地成寸，瞬间千里，回到赵云澜在龙城的小公寓里，时间方才过了正午，所有的电视台都在滚动播放早晨的异象，各大媒体也是没什么正事,各显神通地弄来一帮野路子专家胡乱解读一通。

这一等,足足等了三四小时,直到下午太阳快偏西,沈巍放在桌子上的手机才连着振动了几下。沈巍不习惯电子产品,刚开始没反应过来。大庆小心翼翼地"喵"了一声,把手机往他面前一推,他这才回过神来,整个人一动,就好像忽然"活过来"了一样。

打开以后,里面是一连三条信息。

第一条:"终于有信号了,没什么事,我一会儿回家。"

一分钟以后第二条:"领导召唤,晚上有个饭局,我得去陪席,刚看见,甭等我了。"

紧接着是第三条:"早点休息。"

大庆围着沙发转了半圈,最后仿佛是鼓足了勇气,恭恭敬敬地问:"大人,请问是我们令主吗?"

"嗯,"沈巍点点头,"他说有点事,晚些回来。"

大庆松了口气,犹豫了一下,又说:"那……那我就先告辞,回光明路4号了。"

沈巍垂下眼,大庆本能地在他的目光下低了头——全然不是它一口一个"沈老师"什么话都往外放地不见外了。

沈巍一点头:"慢走。"

大庆如蒙大赦,蹿起来拨开门闩,小跑着出去了。

赵云澜没去赶什么应酬,他其实哪儿也没去,发完那条信息后,就漫无目的地走在龙城的大街上。

今年冬天雨水格外丰沛,雪多雾多,地面上结着一层细小的冰碴,街边的一些小店已经关门了,连行人也少了很多,露出几分萧条相。赵云澜眼睛里有些血丝,显得很憔悴,也不知去哪儿。忽然,他的电话响了。赵云澜瞄了一眼来电显示,犹豫了一下才接起来:"爸。"

"嗯。"电话那头的人应了一声,"为什么一直不在服务区?"

赵云澜正好站在了风口上,干冷的风刮得他眼圈有些红,反应慢半拍地回答:"信号不好吧。"

赵父问："那你现在在什么地方？"

赵云澜自己也说不好，挂断电话，用手机发了共享位置。他蹲在路边等了一会儿，大概二十分钟以后，一辆车停在了他旁边，开车的人从车里探出头来，嫌弃地看了他一眼："怎么跟个要饭的似的？上车。"

赵云澜有气无力地白了他一眼，跺了跺蹲麻的脚，浑身弥漫着很丧的气场。

他爸踩下油门，扫了他一眼："去哪儿了，怎么穿成这样？"

赵云澜面无表情地回答："青藏高原。"

"干什么去了？"

"配合抓捕一些盗猎分子。"

赵父说："别放屁。"

赵云澜于是就不吭声了，刚参加完三界斗殴，他身心俱疲。

"你小时候正是我事业上升期，忙，没怎么尽过职，一直觉得没有什么，直到后来你上学，你妈拉我去参加学校组织的家长俱乐部，周末跟别的家长聊各自家的小孩，我才发现，你跟别的孩子是不一样的。"

赵云澜苦笑了一下："行了爸，咱俩换个时间沟通，我今天实在是不想说话。"

"我已经够惯着你的了——当初由着你异想天开地去申请什么特别调查处，还帮你活动了一些关系，我问过你多余的话吗？别给我得寸进尺啊。"

赵云澜往后一仰："行吧，你想问什么？"

"你上次带回家的，是什么人？"

赵云澜从旁边拎出一瓶矿泉水，一口灌进了小半瓶，声音依旧是沙哑："一个……认识了很久的故人。"

"你从来不把你那些'朋友'带回家。"赵父说，"你知道我是什么意思，不是凡人的那种。"

"他不一样。"赵云澜说。赵父转头看了他一眼，赵云澜靠在车座靠背上，眼睛半闭着，可能是睡眠不足的缘故，本来就比别人宽厚一些的双眼皮几乎折成了三层。赵云澜沉默了很久："你知道吗，世界上有一种人，要是对不起他，你就觉得自己简直不是东西。"

赵父听了,说:"你的事我也干涉不了——改天有空,我在家的时候,你可以带他再来家里吃个饭。"

"谢谢。"赵云澜算是安全过关,脸上却没有多少喜色,眉头一直轻轻地拧着,片刻后,他说,"爸,能陪我喝几杯吗?"

赵父看了他一眼,掉转车头,把他带到了一家本地人开的比较僻静的小餐厅,打开酒水单,推到赵云澜面前,又给自己点了一壶铁观音。父子两个相对坐着,气质上有一些微妙的相像,喝茶的喝茶,喝酒的喝酒,谁也没打扰谁。

赵云澜喝酒不上脸,喝得越多脸色越苍白。他面前的空瓶子已经超过两个的时候,赵父按住了他叫服务员的手,回头说:"给他拿一杯蜂蜜水——虽然有时候心里不舒服可以喝一点,但我是你爸,我得看着你,别让你酒精中毒或者胃穿孔。"

赵云澜顿了顿:"还没吃饭呢,再给我一盘炒饭。"

"现在能跟我说说是怎么回事了吗?"赵父问,"天塌了,你喝什么闷酒?"

赵云澜盯着大理石的桌面,似乎把那些毫无规律的纹路看出了朵花来,直到他点的水和饭都上来了,他的眼珠才轻轻地动了一下,自言自语似的说:"很多事……不知道自己是对是错,怎么办?"

赵父点了根烟:"我活到这个年纪,感觉人这一辈子,有四件事不能太执着,一是长久,二是是非,三是善恶,四是生死。"

赵云澜抬起眼看着他。

"执着是种美德,但是如果太不知变通,非要求一个'长久',你就会患得患失,你会看不清自己脚下的路。正义感应当有一点,但有时把'是非'分得太清,你就容易钻牛角尖,世界上本来就没有那么多绝对的'是'或者绝对的'非'。弃恶从善是理所当然的,但总是把'善恶'挂在嘴边,你眼里就容不得沙子,你会自以为是,希望世界上所有的规则都按着你的棱角改变,结果你总会失望。至于'生死',死生亦大矣,但太过贪生怕死,你这一辈子,最多也就只能成为二等层次的人了。"

赵云澜一声不响地听着。

"有些东西，经不起拷问，不值得琢磨，我觉得你既然心里有了决断，就没必要太过纠结对错，与其用这些东西折磨自己，不如想想以后怎么办，你说呢？"

赵云澜心神一颤，黯淡的眼神忽然有了点光。他僵坐片刻，把一整杯蜂蜜水都喝了，然后镇定地说："饭我吃不下去了，要去吐一场，吐完你开车送我回去吧。"

赵父一路把他送到了楼下，没跟上去："那个老师住你家吧？没提前打招呼，我也不方便打扰，你自己上去吧。"

赵云澜背对着他挥了挥手，披星戴月地走了上去。

沈巍一直在等门，听见钥匙响，立刻走过去，在他没拧开锁之前打开了门。赵云澜看起来还算清醒，可身上飘着一股酒气，抬脚就被门槛绊了一下，沈巍忙扶住他："你喝了多少？"

"没事。"赵云澜把额头抵在他的肩膀上，"我先去洗个澡……有吃的吗？"

先前赵云澜自作主张，招呼也不打一声就上了昆仑山，沈巍其实是有很多账想和他算的，可是此时，看着他可怜巴巴地按着胃的模样，又什么话都说不出来了，只是叹了口气："我去给你热盘点心。"

赵云澜手探进怀里摸了摸，摸出一个细长条的木头盒子，塞进沈巍手里，说了声"礼物"，就转身进了卫生间。

沈巍一愣，只见那包装精良的木盒里装的是一支毛笔，木笔杆，毛竟然是金灿灿的，宝光流转，华润内敛，赫然就是缩小了的功德笔！

这时，卫生间里突然传来一声巨响。沈巍吓了一跳，赶紧把这圣器收好："云澜，你没事吧？"

赵云澜的浴室里有个浴缸，浴缸上面装了淋浴。赵云澜可能是把水温调得太高，本来三分酒意，这会儿被热气一蒸，顿时上了头，浴缸又光滑，他没注意就失去了平衡，重重地栽进了浴缸里，满眼都是晃动的金星。

沈巍半天没听见他吭声，忍不住一把推开了浴室的门——

赵云澜摔得七荤八素，淋浴器里的热水劈头盖脸地打在他身上，直冲着脑袋喷，冲得他越发头昏脑涨。沈巍犹豫了一会儿才上前，轻手轻脚地把赵云澜放在了床上，又不知怎么办了，手足无措地杵在旁边。

赵云澜含混不清地开口说了句什么，沈巍弯下腰，紧张地侧耳凑到他嘴边："你说什么？"

"对不起……"赵云澜呓语似的低声说，"我对不起你……"

沈巍愣了愣："你对不起我什么？"

赵云澜原本有五分醉意，还能装得人模狗样，此时酒气上了头，又摔了那么一下，更是昏昏沉沉，自己都不知道自己在说什么，翻来覆去只是一句"我对不起你"。

沈巍呆立片刻，眼睛里像是装了一对深渊。良久，他轻轻地笑了一下："全天下的人都对不起我，但是你没有。"

赵云澜摇摇头，他睫毛上挂着一滴水，不知是浴室的水汽还是眼泪，他觉得自己快要连说话的力气也没有了。他这一生，不过三十年光阴，还从未体会过这样沉重的心事。

沈巍低下头，抹去了那颗水珠，几不可闻地说："我的命是你给的，我的眼睛也是你给的，我的一切都是你给的，你有什么对不起我？"

"我如果知道……"赵云澜含混不清地说，"我如果知道，宁可当年就杀了你，也绝不会……"

他的话没有再说下去。沈巍倏地睁大了眼睛，猛地挣开他，死死地盯住赵云澜，像是喘不上气来："昆仑，是你吗？"

赵云澜仰面躺在床上，一缕细细的水痕顺着他的眼角淌下去。他忽然闭上了眼，像是伤心到了极点，翻来覆去，依然只有一句："我对不起你。"

"天上人间，上下五千年，你就只想和我说这一句话吗？"沈巍低低地问。

沈巍曾对李茜说过，人这一生，只有两件事值得为之赴死——为天下家国成全忠孝道义，或是为知己成全自己。自古有"轻生酬知己"之说，他觉得自己既肯为了赵云澜死，也肯为他而活，鞠躬尽瘁，甘之如饴。

"他们都想找回昆仑君，为了唤醒昆仑君的神魂，不惜刺瞎你的肉眼、强行打开你的天目，再逼你上昆仑直面大神木。"沈巍轻轻地说，"我也想他，我想他想得发疯……可我不想让你变回他。昆仑君身上压着十万山川，压着天道、大封、轮回……过得那么痛苦，我只想让你一直当一个高高兴兴的凡人。"

赵云澜含混地问："是你封住了大庆的记忆？"

沈巍虔诚地闭上眼。

"我当一个高高兴兴的凡人，大封你来替我扛着吗？你凭什么？"赵云澜的声音哑到了极致，用尽了力气，说出来的话仍然含着气声，"凡人一生不过百年，一眨眼就过去了，死生轮回一场，我又会忘记你，对不对？现在大封将破，你想最后陪我走完这一段，然后……效仿女娲吗？"

沈巍："你喝多了，休息一会儿吧。"

"我没有。"赵云澜一把拉下了他的领子，手指颤抖得近乎痉挛，牙齿撞得"咯咯"作响，"我死也不会答应！"

沈巍闭上眼睛，缓缓地伸手按住赵云澜的后颈。

梦不知何时醒、何时灭，天崩地裂，见不得天日，原来都是青天白日下不敢细想的思量……从来无处表白的，那些生不得、死不得、忘不得也记不得的心。

第十七章

赵云澜走进大神木的那天，不只拿到了一根功德笔。

大神木和昆仑山一脉相连，承接上下五千年，赵云澜走进去，就觉得好像进了一个异次元，回头已经不是来路，前面一眼望不到头。

周遭没有光，空气也不流动，漆黑一片。他眯细了眼，极目远眺，终于，在一片黑暗里发现了一点萤火般的微光，走近一看，是已经缩成了普通小狼毫那么长的功德笔。

赵云澜试探着伸手一抓，竟然就这么把它攥在了手心里，简直可以说是得来全不费"功夫"了。

可是紧接着，功德笔上传来一股引力，引着他继续往前走。

理智上，赵云澜知道自己已经拿到了东西，应该立刻想办法回去，可那一刻，不知为什么，他就是情不自禁地被那东西吸引着往前走。

他在黑暗中也不知走了多久，手机黑屏，打火机打不出火——身上一切可以照明的东西全部失灵，所幸他心志坚定，既不怕黑，也不怕幽闭。而这里的黑暗很奇特，人在其中，并没有太多的不舒服，反而会生出某种自己本该在此安眠的错觉。

赵云澜走着走着，打了个哈欠，莫名有点困了。

就在这时，他耳边忽然响起一声碎裂的响动，还没来得及分辨那是什么，就听见一声巨响，黑暗被震碎，一道寒光闪过。赵云澜跳起来，往后退了十来步，再一抬头，大片的光劈头盖脸地抡了下来。他情不自禁地闭眼，在眼皮缝隙中，窥见一把巨斧。

正是那巨斧劈开了黑暗！

巨响传来，他脚下大地开裂，裂口越来越大，越来越宽，分开两边。

一个男人挥动着巨斧，身影高大无比，他头顶苍天，脚踩大地，须发虬髯，口中发出怒吼，震得整个世界喏喏回响。

神于天，圣于地。天日高一丈，地日厚一丈，盘古日长一丈。如此万八千岁，天数极高，地数极深，盘古极长。

"故天去地九万里，后乃有三皇。"①

那就是盘古。

赵云澜眼睁睁地看着天高地厚成形，盘古的身体轰然倒塌，那巨斧掉落两头，长柄成不周，大刃成昆仑，男人的四肢、头颅化为三山五岳，拔地而起，擎天而立。

而后有江河日月、山川深谷。

星河似海，一股无以名状的悲怆之情忽然流进赵云澜心里。他忍不住走过去，本想走近了再看一看那个与他血脉相连的男人，却眼睁睁地见他悄无声息地消失。

---

① "神于天，圣于地。天日高一丈，地日厚一丈，盘古日长一丈，如此万八千岁。天数极高，地数极深，盘古极长，后乃有三皇……故天去地九万里。"——《三王历纪》

赵云澜猝然回头，原来他已经置身在了漫漫无际的大荒之间，数万年的光阴轰然而过，他听见不周之风的呼号，也听见来自大地深处的风起云涌，却没能留下一点浮光掠影般的痕迹。

大地深处那些真挚的、暴虐的、无礼的、奔放的、桀骜不驯的……全都与真正的昆仑血脉相通。

昆仑山天生地长，亿又三千年，幻化出山魂，被封为昆仑君，遂为大荒山圣。

那时，三皇尚且年少，五帝还未出生，天地间只有飞禽走兽，没有人。

赵云澜紧紧地握着手里的功德笔，他一方面知道自己从什么地方来，一方面又觉得自己好像变成了一个漫山遍野撒泼捣蛋的野孩子，记忆一瞬间混乱了。

后来女娲不知从哪儿捡来了一只刚出生的小兽，是白虎一族的混血种，变异出一身黑毛，灵智未开，不为族人所容，可怜巴巴的，就扔给他养。小东西非常脆弱，在终年冰封的昆仑山上，总是仿佛要死。昆仑君第一次见到这麻烦的小东西，只好亲手融了金沙，做了个固魂开智的铃铛，挂在它脖子上，前后不知费了多少功夫，才让这小东西跌跌撞撞地活下来，也没空去给别人捣乱了。

直到团子大的小兽能跑会跳，他才带着它下山去，正撞见女娲捏泥人。她手持仙枝随意一摔，地上就生出无数与诸天神魔别无二致的"人"。昆仑君从没有体会过这样的热闹，一时被吸引住，迟迟不愿挪动脚步。

女娲回头对他一笑："昆仑，长这么大了。"

昆仑君小心地走过去，与一个女娲刚刚造出的泥人大眼瞪小眼片刻。他看见那个人一眨眼就从幼儿长大成了青年，青年诚惶诚恐地跪拜他，没等站起来，又变成了中年人，而后满头青丝开始脱落，染上了白霜，再委顿在地，重新化成泥土。

一生转瞬如烟火。

昆仑君心里却忽然生出说不出的羡慕，大概是他的光阴太过漫长，便羡慕起这些流星般灼热而灿烂的生命来。他伸手捧起泥土："这叫什么？"

女娲说："这是人。"

昆仑君有口无心："人真好，身上带着泥土的气息。"

女娲听了这话，表情突然就变了，好像一瞬间惊惶到了极致，显得有些狰狞起来。

那时候昆仑年纪还小，只知道和毛团滚在一起围着大神木捣蛋，没能看懂她的眼神，原来她在那电光石火的刹那，就洞穿了千劫百难。

人脱胎于泥土，地下混沌戾气趁机混入人体，成为三尸，等女娲发现的时候，他们已经像猴子一样快乐地生活起来，甚至按着她的规矩分为男女，互为婚姻，延续后代。泥做的人跑了漫山遍野，甚至大荒边际的河海里，无数星辰日月，几代已经过去了。女娲猝然回头，看见人声喧闹，已经起了部落炊烟，男女身披兽皮，儿童成群，其乐融融，五官长相与诸天神魔殊无二致。

然而木已成舟，无法收拾，除非把人族灭族。

女娲因为造人，已经被天降下大功德，她抬头望向星辰混乱的天空，突然触碰到了某种东西——冷冷的、无处不在地束缚着她，仿佛一只看不见的手，推动着所有的人神滚滚前行，谁也阻挡不了。

她忽然掩面哭泣……昆仑和小兽手足无措地站在旁边。

后来，女娲请来伏羲大神，又向银河借了三千星辰，两人一起，用三十三天织就了大封，网住了整个大地。

昆仑君就抱着他的毛团坐在一边，他还从不知道山川下埋着那么多地火，一股脑地喷出来，带着来自地下最深处的咆哮。两个旁观者都懵懵懂懂，还不知道自己历经了一场比之后的神魔之战、封神之战更加激烈的较量。

最后，太昊伏羲做八卦，将大封强行压下，与地下混沌戾气两败俱伤，大封初成。从那以后，昆仑再也没有见过伏羲。

女娲向昆仑君借了大神木的一根树枝，立在大封入口，把大封之下贬为"大不敬之地"。

大封落成时，昆仑心里忽然一空，地下混沌的暴虐与凶戾就像一团火种，灼热而危险，稍不注意，就是滔天巨祸，可它也是自由而热烈的，昆仑有些留恋。年幼的昆仑说不出自己是什么感受，只是莫名地掉下了一串眼泪，这眼泪汇入了长江的源头。

伏羲不见了，只剩下女娲，形单影只地徘徊在洪荒大地上，看着日出而起、日落而息艰难求生的人,脸上的忧虑神色越来越重。

后来,女娲闭关不见外人,昆仑君也回到了他的昆仑山上。百年间,他几次经过大不敬之地,看见那根枯死的神木枝。而随着光阴荏苒,他也慢慢懂事,渐渐地,昆仑君知道了大封里关的是什么东西,隐约地领悟了先圣的意思,尽管一直好奇想进去看看,却从没有踏足过一步。他始终记得大八卦落下时,太昊伏羲呕出的那一口殷红的心头血,因此不敢做任何可能辜负他的事。

然而,三尸的种子始终是埋下了。

再后来,人皇成圣,神农势衰,轩辕统领人族,巫、妖二族奉古战神蚩尤为尊。轩辕与蚩尤打得你死我活,将要没落的神与魔、尚未兴起的巫与妖——整个三界,全被卷入了那一场浩劫里。三皇陨落的陨落、失踪的失踪,原本荒凉寂静得过分的洪荒大地"你方唱罢我登场",那些昆仑印象里欢天喜地的小泥人成了某种不可思议的存在,他们虔诚而坚强,温暖而快乐,却为了生存和权力,杀戮争斗。

他们的神性和魔性并存,比世界上任何一种东西都能滋生千奇百怪的感情——嫉妒、仇恨、偏执、克制……与无与伦比的爱憎。

直到这时,昆仑君才明白,为什么女娲造人时享了天降的大功德,却那样惊惶畏惧。

当年被盘古劈开的混沌从未消失过,它自行融入了天地万物,自行更迭不休。

那时,三界烽火连天、九霄云动,鲲鹏往西,一去而不返。昆仑在第一次神魔大劫中冷眼旁观,似乎是被戾气沾染,他千万年不染尘埃的心里,无端被勾出了难以自抑的悲愤和无从反抗的寂寥。

那时蚩尤似乎已预感到自己的失败,元神出窍,来到昆仑脚下,昆仑君紧闭山门,避而不见。三头六臂的战神就从山脚,用双膝爬上了终年被雪覆盖的昆仑山,衣衫褴褛,血流了一路,后来化为冰川下冻土中艰难生长的格桑花,祈求昆仑君看在巫、妖二族脱胎于大山的分上,能照看一二。

昆仑君不见他,他就跪在山门外,反复叩首。

昆仑久在冰天雪地,心比山巅冻挺了的石头还要硬,他的毛团却生于妖族,不由自主地被巫妖始祖吸引,偷偷溜出去,舔了蚩尤额头上撞出来的血迹。等昆仑君发现的时候，因果已经结成，大荒山圣也终于和女娲一样，被他千方百计躲不过的轨迹推着，往他既定的结果走去。

蚩尤战死，化为血枫林，轩辕黄帝感其勇猛，封为战神。昆仑君为还蚩尤因果，将巫、妖二族收入麾下。从那时开始，天下巫与妖，尽归于昆仑麾下，受群山庇护。

昆仑君不出山，他一直在等。从他眼睁睁地看着伏羲陨落、女娲避世、神农丧失神力并销声匿迹开始，他就一直在等。他看轩辕挑起蚩尤的人头，未置一词，只觉得谁都好，但凡能还世间一个河清海晏，都可以。他在等黄帝一统神州，等所有争端尘埃落定。

然而他没有等到。

神魔大战后，太平盛世并未降临。

轩辕氏一生征战，才不过稍有起色，就悄然离世。他死后，炎、黄二帝的后代们开始为争权夺势而战。东方也不平静，后羿机缘巧合地得到了太昊伏羲的大弓，给自己拟了"帝俊"的名号，深入蛮荒，统一了东方诸部，又联合了大荒巫族。

昆仑君记得那一年——那年，天下群鸦缄默，沉寂了多年的神农氏后人，水神共工与轩辕氏后人颛顼再起争端。共工司水，因此水中之灵的龙族最先站队，此后，无数妖族被卷入战场，虽然后羿没来得及掺和到那场中原大战里，可是同受大荒山圣庇护的巫、妖二族已经有了分道扬镳的趋势。

在那场战争里，无数妖族战死，流血漂橹，整个大陆动荡不安，被困在地面上的妖精魂魄日日夜夜凄凉啼叫，满地焦土。蚩尤死后得到了他毕生宿敌的尊重，却被他到死也放心不下的后辈们一把火烧了战神祠。

慢慢地，人族、巫族和妖族忘了蚩尤这个祖先，忘了他遗留在血脉里的那些暴虐但勇敢的传承。蚩尤在民间传说里，逐渐变成了一个面目狰狞的邪神。

昆仑君终于失望。

至此，他方才明白，原来女娲早在造人初始，就预见了这样一个乌烟瘴气的三界，但她无能为力，只好千万年如一日地不闻不问。

昆仑君掌管人间十万大山，又应承了蚩尤一诺，照顾着这些靠山吃山、靠水吃水的巫族与妖族多年。他亲眼看着他们长大、修炼、入世，如今，又在他眼皮底下像不值钱的杂草，一批批地在烈火里死去。

如果这就是天意——

后来，共工战败，驾神龙出逃，准备东山再起。龙族是昆仑君的心头肉，可是他们逃到西北大渊时，昆仑君依然狠心刺瞎了神龙的眼睛，共工与神龙一并撞在了不周山上，将不周山下的伏羲大封撞了个窟窿。大不敬之地动荡，十万恶鬼同哭，戾气冲天而起，它们如同那身在山巅的神祇一样不知天高地厚，呼啸着裹挟过不周山。昆仑君以左肩一朵魂火相助，一把火唤醒了沉寂地下的幽冥，将天柱拦腰折断，天塌地陷。

"斡维焉系，天极焉加？八柱何当，东南何亏？"①

昆仑之巅上飘然而立的大荒山圣，终于走上了一条与先圣完全不同的路，失踪多年的女娲重新出世，却几乎已经认不出面目全非的故人——昆仑的青衫被山顶罡风掀起，猎猎而鸣，眼神凌厉，依稀是开天神斧的锋锐。

昆仑君把陪伴了他多年的毛团送到了下界，在一片天柱崩塌的尘嚣中回过头来，背负双手，见了女娲，他眉目不惊，只是轻轻地开口，说："当年你不忍心、不敢做的事，我都替你做了。"

盘古穷尽生命，分开了天地，将一无所有的混沌敲碎，最后迫于天意，力竭而亡。

大荒中风餐露宿长大的神祇们，他们又凭什么要向"天意"这种虚无缥缈的东西卑躬屈膝？

凭什么任凭它摆布？

凭什么要屈从于命运？

"我要颛顼之民，殉我清白一片的洪荒大地；我要天地再不相连，化为莫须有的神明再难以窥探人间；我要天路断绝，世间万物如同伏羲八卦一般阴阳相生、自成一体；我要……没有人能再摆布我的命运，没有人能评断我的功过；我要把大不敬之地处枯死的神木削成笔，每个生灵自己写自己的功过是非——我要把这一切肃清。"

女娲说不出话来。

---

① "斡维焉系，天极焉加？八柱何当，东南何亏？"——屈原《天问》

"其他的，尽管都冲我来——盘古和伏羲都不在了，剩下你我，你韬光养晦，可我依然心有不甘。"昆仑君轻笑一声，声音几乎被卷得碎不成声，他一手指天，"天意有本事，就一道雷劈下来，劈开昆仑山，劈死我，不然，我不服。"

他每一句话落下，就有一道天雷落下，昆仑山巅冰雪飞溅，女娲被强光晃得满眼泪水，只听得见昆仑君大笑。

那雷整整落了一宿，天上连日暴雨，地面幽鬼横行。隔日，昆仑君身上的衣服已经面目全非。他浑身焦黑，赤裸地端坐在山巅。过了不知多久，他才再次站起来，身上的皮肤如蝉蜕，伤痕结痂脱落，长出了新肉。

他伸手，大神木就落下一片叶子，往身上一卷，又是一袭青衫。昆仑君把披散的头发拢到身后，站直了，呛出一口血，而后他就带着没擦干净的血迹，桀骜不驯地冲女娲笑："你看，它拿我有什么办法？"

那笑容似乎一如往昔，有种满不在乎的天真。

女娲终于开口："昆仑，天破了，和我去找补天石，别任性。"

昆仑君低笑一声，头也不回地往山下走去。

盘古力竭而亡，留下创世神力，生出诸神。

而后，"天意"借女娲的手造出人族，埋下伏笔，伏羲以阴阳八卦给出暗示，最终没能逃过天意，神农氏衰微，渐渐泯然众人，唯有女娲硕果仅存，谨小慎微。"天意"似乎不愿创世之力留在世间，于是借盘古神力而生的诸神们一个接一个地失落，总有一天，也会轮到昆仑君，他已经感觉到了自己的死期。

可是凭什么呢？这个世界上，难道只有不够强大、足够蒙昧，才能朝生暮死地苟延残喘下去吗？

那么就由他这个大荒山圣来当这第一个逆天的人。

昆仑君下山，见那些被从大不敬之地释放的恶鬼四处游荡，那是真正的"鬼族"，并非生灵幽魂，而是被封印在大不敬之地的千尺戾气，经年累月凝成的实体。

然而就是这些东西，竟然可笑地也有等级。低等的不成人形，如同污泥一般在地上滚，以腐尸为食，稍高等的有头有身，直立如人，只是满身脓包，五官扭曲，性情暴虐——就是"幽畜"。

越高等的恶鬼，就越像人，鬼王有仙人之姿，仿佛血泊里绽开的花，越是污秽，就越是美好。

传说大封之下，只诞生了两个得天独厚的鬼王，这样算来，竟好像比人间三皇还要金贵一点。说来也巧，昆仑君途经夸父的埋骨之地邓林，竟然就碰上了其中一位。

那是个黑发黑眼的少年，坐在大石上，坐没坐相，披头散发，很不像话。他身上披着一件不知谁给的粗布麻衣，赤着脚，见到突然出现在邓林中的昆仑君，似乎受到了惊吓，从大石上摔了下来，落在了小溪里，沾了满身的水渍。

昆仑君正忍俊不禁，就见一只幽畜突然从地下钻了出来，一口咬向少年纤细柔弱的脖颈。那少年鬼王的手突然从一个诡异的角度伸了出来，一抬手捂住了幽畜的嘴，回身把那东西按在了溪水中，血落到那张素净的脸上，就像是雪地上开出的红梅。少年鬼王偷偷瞄了昆仑君一眼，羞赧地看了看自己一身的血，小心地蹲下来，在溪水里洗了洗手和脸，对他捕到的猎物幽畜露出略微有些尖的虎牙。

美貌的少年坐在一溪血水里，细嚼慢咽，发现昆仑君仍在看他，轻轻地抿了抿嘴唇，好看起来文雅一点。

昆仑君借火给鬼族，却只是为了斩断天路，既不屑于和这些茹毛饮血的低等东西打交道，也没把他们放在眼里。可是此时见了这鬼族少年，他却不由自主地走了过去，开口说："小孩，你是个鬼王吧？为什么不和你的鬼族人在一起，还要打扮成人样？"

少年鬼王低下头，沉默了一会儿，轻轻地说："嫌脏。"

昆仑君饶有兴致地问："嫌你的族人脏？"

少年不敢看他，只盯着昆仑君浮在水面上的倒影，认认真真地说："除了知道杀，就是知道吃，还懂什么？我不想与他们一起。"

昆仑君说："鬼族天生就是这样的。"

少年鬼王眼神阴郁了一下，然而当他抬起头面向昆仑君的时候，又成功地克制了那股暴虐，看来是经常这样做。他认认真真地反问："难道因为我生为鬼族，就必须和他们一样吗？"

昆仑君一愣,见他眼神明如秋水。少年鬼王从水潭里站起来,把幽畜的尸体拖出来,扔在一边,然后默默弯下腰去,把身上的粗布衣拧干,从水里爬了上来。他又看了昆仑君一眼,眼睛就像是落在素白雪地上的鸦羽,黑白分明,然后说:"我不喜欢这样的活法,不如不活。生不能由己愿,不如死了。"

少年鬼王随意地坐在水边,双脚湿淋淋地晾在地上,远远地望着邓林后的群山、雾与雪,以及倾盆不休的大雨中,电闪雷鸣翻滚的天空。

昆仑君忍不住问:"你在看什么?"

少年伸手顺着自己的视线一指:"好看的。"

"雨天有什么好看?"昆仑君说着,靠着巨石坐在了少年身边,"晴天的时候,昆仑山巅才是好看,金灿灿的太阳光落下来,浮在雪地上,就像是白雪上开出的花。冰层往下是一片嶙峋的山石,到了夏天,雪薄了,就会露出一点形迹,长一层细草,还有各种不知名的小花——凡是那样不知名的小花,都叫作格桑花。"

少年鬼王听得呆住了,目不转睛地看着他。

昆仑君的话音却突然一顿:"嗯,现在看不见了。"

"为什么?"

"为了把你们放出来,我把天捅了个窟窿。"昆仑君忍不住伸手摸了摸他的头。少年鬼王的头发就像看起来的那么柔软,僵着脖子,却一动不动。

这让昆仑君想起了自己养的那只小毛团。

"你……为什么要把天捅漏?"

"说了你也不懂,"昆仑君在他头顶上按了按,"小孩。"

少年鬼王却异常认真地抬起头:"我懂。以前我被困在大封里,不知道外面有什么,如果我知道大封之外这么好,当年我也要把大封捅一个窟窿。"

昆仑君摇摇头,低低地笑了起来:"生不能由己愿,不如死了——你倒是个知己。"

女娲的身影在半空中幽然闪现,忙碌奔波,似乎依然在徒劳地寻找补天的五彩石。山川生灵涂炭,昆仑心里有种异样的快感,他起身就走,少年鬼王也站了起来,亦步亦趋地跟着他。

昆仑君任凭他跟着,忽然抬手,平地起了轰隆隆的高山,立于东南蓬莱之地，令巫、妖众进蓬莱躲避灾祸。与此同时，连天的大雨终于酿成了滔天的洪水，从西北高地轰然往东，一往无前，奔涌不息。

卷过千里的赤地，生民哀鸣，颛顼三跪九叩祈求苍天。

天道无情。

而大水犹未止，后羿带着巫族，一步一叩首地走上了蓬莱，有幼儿不懂事，在人群中哇哇哭闹，惶惶不安的大人生怕惊扰神灵，为部落带来灾祸，生生捂住了小儿的嘴，中途就把孩子捂死了。才走在半路，大洪水已经淹到了半山腰，将奋力爬山的人卷走了一半，身在九天山巅的冷漠神祇闭上眼睛。

而后，西边又来了一群负箧曳屣、衣衫褴褛的人，被一个背着药筐的耄耋老人引着，往蓬莱的方向来。北帝颛顼亦步亦趋地跟在老人身后，神情恭谨。

昆仑君从昆仑山巅窥视，乍见古人，喃喃开口："神农。"

神农在人群中抬起头，浑浊的双眼中似有诸天电光闪过。

昆仑没有阻止，他始终只是不甘于天命，不屑于亲手杀生，于是他看着神农氏带着中原幸存的人族艰难地爬上了蓬莱，颛顼对昆仑君神像行三跪九叩大礼，感激他的庇护。

直到人族退下，昆仑才在神农跟前露面，先揍了那须发皆白的老人一耳光。跟着昆仑君的鬼王少年露出狰狞的指甲，咆哮一声，要向神农扑去，却被昆仑君伸手拦住。他看着年老丑陋的神农，轻声说："你不再是神，就快死了。"

神农用浑浊的眼睛看着他："我死得其所，求仁得仁。你脱胎于大山，天生连着地下混沌的凶戾，又融入了开天斧的三魂，我早说你生来不祥，必有闯下大祸的一天，才令昆仑山巅终年飘雪，磨砺你的神魂，可你还是走到了这一步。你勘不破长久，看不透是非，分不清善恶、辨不明生死！你怎么敢违抗天道？你……唉！"

神农氏一语成谶。

第三天，星辰崩乱，鬼族横行。

第四天，洪水上涨，各族继续往山顶迁徙，凑在一起，巫、妖二族积累已久的矛盾爆发。

第七天，巫、妖二族持续争斗，死伤半数。炎、黄后人与蚩尤后人联手,艰难求生。

第十二天,女娲终于补上了连天雨纷飞的苍天,取大鳌四脚形成新的天柱,筋疲力尽。

第十三天,巫、妖不合,天道崩殂,鬼族横扫大陆,四柱摇动,西北天幕动摇,将倾。

天地将重新合拢,鬼族会把所有的生灵都吞噬,使三界归于混沌。

"女娲传信说,她已经在四柱加封,想以身化为后土,堵住伏羲大封。"神农疲惫地说,"你没错,昆仑,盘古没错,我们谁也没错,可世间千劫百难,生灵争斗祸患都是注定的。沉默如伏羲,就沉默着死;不服如你,就不服着死。我像一个凡人一样五衰而死,这都是注定的,谁也反抗不了,要怪,就怪你知道得太多。"

昆仑不着边际地开口问:"蚩尤把巫、妖二族托付给我,如今二族不合,连蓬莱这么一个小小的避难所也不肯共存,所以天道是让我选,要么二族去一留一,要么天地玉石俱焚,对吗?"

神农静默地看着他。

"把妖族留下吧。"不知过了多久,昆仑终于低低地说。

神农长叹一口气,知道他已经穷途末路,不得不向天道妥协。

大洪水终于平息,女娲重创效仿盘古手持巨斧的鬼王,身化后土,堵住了大封缺口,将混沌鬼族重新压回四柱之下。然而补天已经耗损女娲太多元神,又被鬼斧重伤,伏羲大封被勉强堵上,依然蠢蠢欲动。

神农坐在昆仑神殿内,一言不发。

"我以为我会五雷轰顶而死。"昆仑君忽然开口说,"没想到在我刺瞎神龙双眼、撞倒不周山的时候开始,我的坟就已经准备好了。"

神农抬起苍老的双眼,看着这洪荒四圣中硕果仅存的一个,说不出话来——也许昆仑君可以走,可以以他大荒神圣逆天的法力强行关闭昆仑山门,哪怕天地再次归于混沌,也没人能奈何得了他。

然而昆仑由开天斧生出三魂,他是唯一一个绝对不会违背盘古心意的人。

昆仑,本身就是盘古的遗志。

"我想……再看一眼我养的那个小毛团。"

神农氏背着草药筐缓缓地走进深山中,女娲的身影却几乎已经看不见了。

一切似乎走到了死局,回到了他萧疏冷清的神殿中的昆仑君猝然回过头去,发现身边依然只剩下了一个黑发黑眼、看起来又纤细又柔弱的少年。

鬼王少年轻轻地问:"你要把我也押回大封吗?"

"不,我对一切无能为力,起码……起码还能保全你。"昆仑君低低地笑了一下,他的身体狠狠地抽动了一下,声音有些不易察觉的颤抖,"你不愿身为鬼族,我成全你。"

鬼王少年大惊,一抬手拉住他的肩膀,却见昆仑君的身体已经透明,脸色如雪般苍白。昆仑君一抬手,宽大的袍袖卷起清风,一朵灿若星辰的火团被收进了他掌中:"……拿着。"

少年双手捧过来。

"这就是我左肩魂火,"昆仑君满头的冷汗,却依然面带微笑,"我……我再给你一样东西。"

他说着,身体剧烈地颤抖起来,一根银色的长筋被他从自己身上抽了出来——世上再没有比扒皮抽筋再苦的,少年鬼王的眼圈都红了,昆仑君却仿佛无知无觉:"拿着昆仑神筋,从此你就可以从大……大不敬之地脱胎出来,列入神籍……

"你……你替我镇住四柱。有女娲轮回晷、伏羲山河锥,还有……功德古木的功德笔,我最后再给你一件……"

"昆仑!"

昆仑君伸出拇指捧起他的脸,轻轻地说:"未老已衰之石,未冷已冻之水,未生已死之身……既然神农氏甘为凡人,放弃神籍,我就替他再加上一件,让他悲天悯人到底……"

他说完,呕出一口心头血,落到手中,化为殷红殷红的一片灯芯。在鬼王面前的大荒山圣越来越透明,越来越衰弱,末了消失殆尽,剩下一盏通体雪白的煤油灯,角落上刻着两个字——镇魂。

未灼已化之魂,镇魂灯。

至此,天柱重起,四圣聚齐,山圣消散,三皇无踪,承天起地的四大天柱阴差阳错地落到了被强升神格的少年鬼王身上,被他一肩担住——这是昆仑君对天道最后的讽刺。

这一担,就是整整漫漫无际的万万年。

赵云澜只觉得脑子里有什么东西骤然炸开,他仿佛又经历了一次剥皮抽筋的痛苦、十万大山加身的痛苦,以及被天道逼到了极致、浑身束缚之苦。

眼前沧海桑田,大神木深处传来一声不知来自何年何月的叹息,一个人低低地说:"你何必如此……"

"盘……古……"

赵云澜眼前一片白光,他忽然头重脚轻,再睁眼,已经回到充满了过年气息的龙城,光明路4号熄了灯,院子里不凋的苍松如盖。

男人觉得脸上冰凉,伸手一抹,原来已经泪流满面。

卷四

以神祇之魂，封南方大火。

镇魂灯

第一章

　　郭长城回到家以后先昏天黑地地大睡了一觉，然后起来把自己弄得像个人样了，这才买了礼品，挨户走亲戚，首先就到了他二舅家。进屋叫了人，郭长城拿出了赵云澜给他的那个购物卡红包，上供似的严肃宣布："二舅，这是我们领导给的，过节了，给舅妈和姐姐添几件新衣服。"

　　由于郭长城的表姐也是个光会花不会赚的败家子，他二舅有生之年头一次见到回头钱，受宠若惊之余，略有些惊诧，打开看了一眼，又递回给郭长城："还不少，二舅借花献佛，这个你拿回去，就当压岁钱了——奇怪了，你们老杨不是出了名的古板又抠门吗，今年怎么想起发过节费了？"

　　郭长城莫名其妙："老杨是谁？"

　　郭长城的二舅一边站起来接饺子盘，一边随口说："你们那个头儿，不是姓杨吗？仨字，叫什么来着？"

　　郭长城更加莫名其妙："我们领导姓赵。"

　　他二舅听了，也没往心里去，以为自己记错了，一边分筷子一边说："赵就赵吧，我以前听谁说过那人挺抠门的，出门吃饭走哪到哪打包，不过人家上有老下有小，养家糊口也实属正常，人家对你好，你也好好工作，按说你也不小了，赚点工资别都花了，多少攒点，得知道过日子……"

　　郭长城越听越晕，忍不住插嘴："二舅，我们领导还没结婚呢。"

　　"不可能，他闺女都快上大学了，我上个月还跟人说他不容易，让人多关照一下呢。"郭长城的二舅终于觉得有点不对劲了，"等等，你说你们领导姓什么？"

郭长城说："我们赵处。"

"赵处？哪个赵处？"

郭长城："……不是特别调查处的赵云澜处长吗？"

"特别调查处？"二舅吃了一惊，一迭声地问，"光明路的那个？赵……赵云澜？"

"什么调查处？"二舅妈也坐了下来，"你不是协警吗？"

郭长城说："我现在在特别调查处刑侦科工作。"

"刑侦？"二舅妈一愣，她从小看着郭长城长大，知道这孩子什么样，立刻忧心忡忡地问："这个特别调查处是调查什么的？不会是什么大案要案吧？"

郭长城张了张嘴，刚要说话，二舅就用筷子敲了敲碗边："你别瞎问，特别调查处内部的事都是机密，你别勾搭孩子犯错误——真是奇了怪了，你怎么会跑那儿去了？"

直到这时，有点迟钝的郭长城才反应过来——敢情他一开始被调到特别调查处原来就是个错误，他就知道，凭借自己平庸的能力，是不会顺利进入那么"威风"的部门的。

郭长城性格内向又被动，跟自己家里人也从来都是报喜不报忧，每次打电话汇报近况，都只会干巴巴地说"挺好"，以至于半年多过去，居然没人知道他的工作岗位弄错了。

舅甥两个面面相觑，二舅怎么想怎么觉得离奇："你们赵处长居然没意见，就让你留下转正了？"

郭长城骄傲地挺了挺胸。

他从小就难以融入集体，上学读书的时候总是有人欺负他，在成长过程中总是战战兢兢、如履薄冰，有生以来，第一次觉得自己融入了一个集体——虽然不是一个很正常的集体。

光明路4号有仗义的黑猫、温柔细心的汪徵、爽利干练的祝红、一身逗气的林静、总是耐心带他教他的楚哥，还有大家长一样的赵处，每个人都让他留恋，哪怕工作中总是遇到奇怪的险境，还时常要加班。

"大家长"赵云澜是被手机铃声吵醒的，他觉得自己的太阳穴就像是被人打了个洞，一觉醒来非但没有得到休息，反而更累了。他也不知道自己睡了多久，乱梦一直不连贯，围绕着他刺瞎神龙双眼、撞倒不周山的那几件事来回缭绕，逡巡不去。

赵云澜的手在床头柜上胡乱摸了几把，手机就被人轻轻地塞进了他手里，他随手划开电话，眼睛都还没睁开，接了这通不知道谁打来的寒暄电话，自己都不知道自己说了些什么。吐完吉利话，赵云澜筋疲力尽地挂上电话，一头扎进了枕头里："……郭长城的二舅，怪了。"

不知在旁边守了多久的沈巍应了一声："嗯？"

"没太接触过，但都在一个系统里，有点耳闻，听说那老头出了名的八面玲珑，很会做人。"赵云澜含含糊糊地说，"他外甥在我手下工作了半年多，他却一次也没联系过我，现在才打电话问情况，正常吗？"

沈巍听出赵云澜只是在那儿自言自语地整理思路，没问自己的意见，就顺口搭了一句："不正常？"

"不正常，我怀疑他也是才知道郭长城被弄到了特别调查处……"赵云澜眉头突然一皱，"啊"了一声。

"你怎么了？"

赵云澜哼哼唧唧地抱怨："……头疼。"

沈巍立刻走过来，在他额头上摸了摸："有点热，为什么会突然发烧？"

赵云澜有气无力地挥开他的手："你等会儿，我想起来了，沈巍，你先过来把问题交代一下，我到底是醉晕了还是被你打晕的？"

沈巍装聋作哑，转身去翻药箱。

赵云澜一把抓住他："你给我回来！"

沈巍忙伸手拉住他散落一边的被子："别乱掀，热气都散了，小心感冒。"

"去你的感冒。"赵云澜一只手按着他的肩膀，另一只手捏住他的领子，"我喝酒不断片，少打岔，今天不收拾服你，我跟你姓——你说清楚，什么叫'让我一直当一个高高兴兴的凡人'……嘶！"

赵云澜严肃了一半，威风不下去了。

"腿抽筋……"

他可能本来就缺钙，抽筋抽得十分彻底——大腿抽完换小腿，末了又转移到了脚背上。沈巍只好在他一阵骂骂咧咧里强行掰直了他的腿，把他的腿筋捋顺。

赵云澜开始疼得龇牙咧嘴直啃被角，过了一会儿也就平静下来了。

沈巍犹豫了一下，问："你在大神木里，到底看到了什么？"

"上古的事。"赵云澜仰面靠在床头上，"你第一次见到我……见到昆仑君，就从大石头上摔进了水里。"

"天人降临，"沈巍一低头，"自惭形秽，一见难忘。"

赵云澜："你的真身呢？"

沈巍应声摘下眼镜，漆黑的长发瞬间铺了满床，鬼王仙人之姿，依稀能看出当年邓林之侧初见时的少年模样，艳丽、纯粹、惊心动魄。

赵云澜呆呆地看了沈巍一会儿，小心地在那绸缎似的长发上摸了一把，心想：斩魂使要不是每天遮着脸，应该能算个景点。

起码是5A的。

好一会儿，赵云澜才回过神来："再给我说说，我在邓林遇见你之后的事。"

沈巍一顿，随后低声说："那时我什么也不懂，只记得你对我很好，带我访遍名山大川，走走停停。你总是说，可惜女娲还没有把天补好，漫天淫雨，连大好山河也不好看了，我却觉得没什么，那是我一辈子看过的最好的风景。"

赵云澜皱了皱眉："我对你很好吗？还不是我强行升了你的神格。"

沈巍笑了一下："我这样的人，本来就是不容于天地的，你为了保住我，让我从大不敬之地脱胎出来，并不是陷我于不义，我感激都来不及。与你在一起的日子，让我朝生暮死，我都是乐意的。"

"呸，胡说。"赵云澜眉头锁得更紧，"女娲补天之后，我用四圣封了四道天柱，就是那时候丢下你……死的吗？"

沈巍僵了一下，把赵云澜捏得生疼。

为什么？

赵云澜想，他在大神木里看见，分明是他自己设计弄塌了天路不周山，既然这样，为什么又要帮女娲封四圣？这不是"脱裤子放屁"吗？

还有，如果他真的受蚩尤的托付，照顾蚩尤后裔，眼看着一代代龙族，从一条小长虫，长成鹏程九万里的神龙，他会忍心刺瞎神龙的眼睛、让它触柱而亡吗？打个比方——他会忍心刺瞎大庆的眼睛，把它当一件工具吗？

转世投胎，魂魄总归还是那一条，会变成一个面目全非的人吗？赵云澜清醒过来，忽然觉得他在大神木里看见的偏激与愤怒不像自己。大神木一定说实话吗？他在大神木里看见的，究竟有几分真、几分假？是谁让他看见的？

沈巍帮他放松了腿上的肌肉，深深地看了他一眼，也许是因为长发太黑，一瞬间，他的眼神有些阴沉："你再休息一会儿吧，洗衣店来电话了，我去给你取。"

判官快步走进阎王殿，十殿阎王中的秦广王在等他。判官正待行礼，腰还没弯下去，就被秦广王一甩袖子打断，秦广王带着几分急切："怎么样？"

判官忙将昆仑山上发生的事一一禀报，末了，一笑："昆仑君吓退了混沌鬼王后，就只身进了大神木，斩魂使似乎也没和他说上几句话。王爷，大荒山圣的神魂既然已经苏醒，想必大封……"

秦广王却依旧是面沉似水："昆仑君的神魂未必醒了。"

判官一愣："怎么会？"

秦广王沉吟片刻："赵云澜的鬼心眼比谁都多，你在他手下吃亏不是一两次了，也许他只是抓住了一些线索，随口恐吓那混沌鬼王。"

判官："可是……"

秦广王说："镇魂灯一直没有亮。"

判官听了这话，倏地变了脸色。

"昆仑君的神魂是神农先圣亲自封入轮回的，轮回不破，山圣神魂不出……传说果然是真的，我们这些雕虫小技唤不醒他。"秦广王低低地叹了口气，"那就只有牺牲山圣这一世的凡人身了。"

判官"扑通"一声跪了下去。

"……这也是为了天下苍生。"

第二章

过了年初四，聚朋友串亲戚的都开始走动了起来，赵云澜他妈以前带的一个研究生毕业以后，抛弃本专业去搞了生态养殖，年年看导师带一堆生鲜，家里冰箱实在塞不下，于是打电话叫赵云澜来取。

赵云澜烧刚退，没骨头似的窝在沙发上，在电话里得着便宜卖着乖："生的啊？生的给我干什么？有做好的吗？给我装保鲜盒里。"

赵母说："你是不是皮紧了？"

"好吧，好吧，我一会儿去给你清理冰箱。"赵云澜长长地叹了口气，随即，他的目光轻轻一动，状似无意地提起，"我爸今天在家吗？"

"在，干什么？"

"帮我搬东西啊干什么……啧，这还用问？嗯，挂了，一会儿见。"

赵云澜挂了电话，面无表情地冲着黑下去的屏幕发了会儿呆。他爸不是一个能跟儿子称兄道弟的活泼父亲，父子俩各有自己一摊工作，平时各忙各的，偶尔赵云澜回家吃饭，饭桌上的话题也必须得是"天下大事""人生道理"高度的，不然好像就不值得浪费时间提。他爸没正事不会主动联系他。

头天赵云澜刚从大神木里出来，三魂飞了七魄，神不在家，没留意到他爸的态度，现在回想起来……当时就好像老头知道他去了什么地方、干了什么一样。

而且，他怎么会知道沈巍不是人？

沈巍经过时听见赵云澜在打电话："你要出去？你眼睛现在开车行吗？"

"不太行。"赵云澜说完，不吭声了，一双眼盯着沈巍，让他自己看着办。

"……去哪儿？"沈巍秒妥协，"我送你。"

从赵云澜的公寓开车回他父母家，不堵车也就十五分钟，电话里约好了，等一到家，发现赵父居然又一次"临时有事"。

"刚走？"赵云澜摸了摸下巴，"什么事这么急？"

"工作上的事吧。"赵母一边指点着赵云澜搬东西，一边剥了个橘子塞给沈巍，"你们这些'日理万机'的场面人，谁知道你们一天到晚都在'无事忙'什么。"

"我又招你惹你了？"赵云澜莫名其妙地被"连坐"，随后他皱了皱眉——混到老头这把年纪、这个江湖地位，过年期间往往是不太忙的，一般都是在家等着别人拜访他，可是赵云澜两次过来，两次都扑了个空，尤其是这一回，十五分钟以前刚打过招呼，他爸差不多是脚前脚后地躲开他们，总不会是躲自己……那么，他是在躲沈巍？

临走，赵云澜从储物间里掏出了一个小木头盒子。赵母看见，奇怪地问："那不是你小时候玩的吗？怎么还不扔掉，拿出来干什么？"

赵云澜一摆手："童年都是情怀——青年的情怀，你们中老年人不懂。"

因为嘴欠，赵云澜被他妈活活地打出去了。

这天正好是西洋情人节，因为春节放假而显得有些萧条的大街一时又热闹了起来，卖花姑娘逮谁招揽谁，笑脸迎上："帅哥，要给那位帅哥买朵花吗？"

赵云澜先是一愣，随后饶有兴致地停下跟她搭话："你有多少朵？够我买吗？"

卖花姑娘说："多少都有，我是帮花店卖的，不够我回店里给您取去。"

赵云澜："那就先给我拿五千……"

"对不起，"沈巍一把捂住赵云澜的嘴，拖起他就走，"他胡说八道的。"

赵云澜奋力从他的臂弯里冒出个头来："我还买东西呢……那小女孩，你等等！"

沈巍拉开了车门，不由分说地把他塞了进去。

赵云澜："唉，你懂不懂浪漫？"

沈巍胃疼地说："……不懂，你懂得太多了。"

赵云澜这败家子说："来，老古董，我给你科普一下买多少花都是什么意思——一朵，叫'我心里只有你'，九朵，叫'长长久久'，九十九朵，叫'比长久更久'，九百九十九，象征凡人'永无止境'。"

沈巍看起来并不是很想了解这些知识。

赵云澜："记住了吗？考你，一朵玫瑰代表什么？"

沈巍下意识地说："我心里……"

随后他猛地回过神来，一口咬断了后面的话音，不吭声了。

"哈哈哈，不对，"大猪蹄子赵云澜大笑，"代表你是个死抠门。"

"像咱俩这种缘分，比盘古开天地短不了多少，节省起见，取民间'上下五千年'的虚数，我看应该买它五千朵，把车前盖后盖都铺上，好娶你过门。"

沈巍一天到晚被他欺负，不在沉默中爆发，就在沉默中变态了。他摘下眼镜，动作略显局促地擦了一下上面的白霜，一边假装漫不经心，一边艰难地举起了反抗的旗帜——他故作镇定地说："怎么说也应该是我娶你过门，你昨天才说过今天要跟我姓。"

赵云澜愣住。然而老流氓毕竟是老流氓，一愣之下，很快缓了过来，没皮没脸地作势要去解外衣："好啊，跟你姓就跟你姓，你去买五千朵花，回来我叫你老公。"

沈巍怒道："赵云澜！"

赵云澜："到。"

沈巍快把自己缩到方向盘底下了："你有没有点正经的？"

赵云澜嬉皮笑脸："我更不正经的时候你还没看见呢。"

沈巍仿佛是恼羞成怒，脸上泛起黑气，揪住赵云澜的领子，一把推开他。

赵云澜看出他脸色不对，讪讪地缩了回来："我闹着玩的。"

"自盘古开天地至今，悠悠千万年，你轮回多少次，我就追随了你多少世，"沈巍的声音好像冻成一块，卡在喉咙里，苍白的嘴唇轻轻地颤抖着，"你拿这个闹着玩吗？你知不知道……"

后面大概不是好话，沈巍君子做派，不愿意恶语伤人，于是强行给咽了回去。恐怕是有点难以下咽，他就像吞下了一根硕大的鲠，从喉咙穿到前胸，不上不下地塞着。

赵云澜先是一愣，忽然间意识到，他认识沈巍才不到一年，沈巍却已经不知道关注了他多久，今生几十年，前生、前生的前生、百世百代……从上古至今，他乘着轮回在红尘里翻来覆去多久，那个人就默默地注视了他多久，看过他生、老、病、死，看过他如走马灯一般、一笔一笔与自己无关的爱憎情仇。

易地而处，赵云澜忽然有点喘不上气来。

沈巍一声不吭地发动了车子。

赵云澜在他的沉默里煎熬了片刻，只好给自己找点事做。他打开了自己从家里摸出来的那个小盒，从一大堆小孩收集的破烂里，找到了一个类似小收音机的东西，又从车载常备工具箱里拿了几根不同型号的小改锥，敲敲打打地鼓捣起来。他的手指异常灵活，一看就知道小时候没少私接过学校电线，完全可以预见，如果不是赵云澜大手大脚、喜新厌旧又败家，跟了他这样的男人，大概就别想用上新家电了。

沈巍心里的火来得快，去得也快，很快他就后悔了——有的人会在陌生人面前端着，在亲朋好友面前会因为自在而暴露本性，他却刚好反过来，越熟悉，他在对方面前越小心翼翼……可能是因为他一生不知道什么叫"自在"。

赵云澜把小工具玩出了花样，一直没吭声。沈巍终于忍不住在等红绿灯的时候偷偷看了他一眼，过了一会儿，又十分忐忑地轻声问："你在干什么？"

他有意把方才的口角揭过，赵云澜当然不会给脸不要脸，立刻十分上道地"失了忆"，故作兴致勃勃地说："这是我小时候拿老收音机的无线电收发器改的追踪器，你等我把接触不良的地方修一修，再装上电池……"

"哗——"一声，直径不到五厘米的小屏幕亮了起来，上面隐约出现了一个小圆点，只是亮度太差，赵云澜要用双手拢了趴在上面，才能勉强看清。他缓缓地调着频和亮点位置，比对着屏幕旁边手工刻的刻度："那老头的位置不远，看来是专门躲着我的——咱们倒回去。"

沈巍不明所以，还是依着他的话，在路口掉头。赵云澜一边趴在他的小屏幕上扒拉着看，一边给他指路。

沈巍虽然连无线电的定义都说不明白，但还是很努力地和他搭话："追踪什么的？"

"追踪我爸。信号器装他手机里了，我也没想到他这么多年都没换过那老人机。"赵云澜说，"就是我当时中学没毕业，科学技术水平有限，做工不怎么精良，每次都跳，调频要调半天，目标走太远的话就没信号了。"

沈巍忍不住摸了摸自己的口袋，想起了他那万年不用、有时候连接挂电话都会搞错边的手机——别人要是给他动什么手脚，他还真不知道。

赵云澜瞥见，跷起二郎腿，优哉游哉地点了根烟："放心，你的手机还是清白的。"

沈巍颇为糟心地看了他一眼。

"左转，对，就是前面那家茶馆，我看见我们家老头的车了。"赵云澜语调轻快，表情却不是那么回事，有些阴沉，"今天我必须知道，他到底是怎么回事。"

沈巍车还没停稳，赵云澜就解开安全带跳了下去，轻车熟路地往二楼跑去。沈巍锁好车，慢半拍地跟上了他，他似乎是不慌不忙，甚至经过楼梯前的时候，还对送茶具的服务员点了个头。服务员是个二十来岁的小姑娘，看见他，手无端地一哆嗦，一个茶壶就掉在地上摔碎了。

赵父背对着门坐着，听见动静一回头，目光从镜片后面射出来。那目光平静而悠远，甚至是有些苍老的，与他平时意气风发的模样大相径庭。赵云澜对上这双眼睛，脚步一顿，随后大步走过去，把表演茶艺的服务员打发走，一屁股坐在赵父对面，张嘴就说："你不是我爸，你是谁？"

"赵父"没回答，表情近乎肃穆地望向楼梯口，看着沈巍从那里一步一步地走上来，两人的目光不偏不倚地在半空中撞上，几乎撞出了火光。

沈巍礼数周到地点了个头："伯父。"

"赵父"的脸绷得极紧，法令纹越发得深不可测，不冷不热地回了一句："不敢当。"

沈巍似有若无地笑了一下，并不往茶桌上坐，只是与他们两个人隔着几步远，坐在了加座上，自己动手洗了个新杯子，沏茶倒水，行云流水一般，眼皮也不抬，表明了自己不插话。

赵云澜说："那天我糊涂了，不然一看你的眼神，我就应该知道你是个冒牌的——我爸一辈子野心勃勃，就想升官发财往上爬，分明是个追逐功名利禄的衣冠禽兽，真没有您这么超凡脱俗的眼神。你占了我几声便宜的事，我就不追究了——我爸在哪儿？"

"赵父"瞥了旁边的沈巍一眼，沉吟着低头抿了一口茶水。

"这位先生，我先礼后兵，"赵云澜的耐心有限，语速明显加快，手里电光一闪，镇魂鞭在他掌中若隐若现，"你要是给脸不要，为了亲人安全，我可不跟你客气了。"

"令尊没事，"这时，"赵父"才低低地开口说，"我只是偶尔出来借用他的身体，事后也会替他留下有用的记忆，没耽误过他的事，放心。"

赵云澜："你是何方神圣？"

"不敢，""赵父"笑了笑，"我只是神农先圣留下的一块捣药石钵，封神之战时，搭了个便车，侥幸修成正果，之前对昆仑君多有冒犯，实属无奈，抱歉。"

赵云澜逼问："神农？你附在我爸身上干什么？大神木里的记忆片段是不是你捏造的？"

"赵父"的双眉动了一下，缓缓地问："哦？"

"我没有中二病，更不是大闹天宫的孙猴子，"赵云澜把好茶当白开水，端过来一饮而尽，"我有时候是有点狂，但是大部分时间都比较随和，真要有什么事逼得我举旗造反，那一定得是天大的理由、地大的愤怒，可我跟在大神木里看见的记忆没有一点共鸣，那不可能是我。再说，昆仑司掌天地山川，庇佑山间生灵，我前世今生都基本上是个动物保护主义者，肯定不会平白无故地去戳神龙的眼睛。"

"赵父"看了沈巍一眼，颇为赞同地点了个头："有道理。"

赵云澜眼神一冷："我还没请教阁下用大神木误导我，到底是怎么个意思呢。"

"赵父"幽幽地叹了口气："也许等昆仑君勘破长久、是……"

"少跟我装。"赵云澜语气恶劣地打断他，"你最好说人话，我耐心不多了，惹急了我，我可不管你是谁的破碗。"

"赵父"看了看他，目光又轻轻地移动，落在一边翻杂志的沈巍身上，忽然，他的身体猛地一颤，目光顿时迷茫了一瞬，再次清明起来的时候，那眼神已经变了……不，他整个人的气质都变了。只见这个摇身一变的赵父按了一把自己的太阳穴，皱着眉看了看赵云澜，有点迷糊地问："你刚才说什么来着？我这两天有点累，恍神了，没听好。"

赵云澜一呆，瞬间就从气势汹汹的黑手党变成了坐在铁窗里的少年犯，整个人都蔫了，低声下气地说："……爸？"

赵父皱皱眉："嗯？"

那表情熟悉得很，赵云澜立刻从中读出了"有话快说，有屁快放，看在你是老子儿子的分上给你一分钟自我陈述的机会，老子累死了，不想听你扯淡"的信息。

赵云澜："就是……咱们不是本来约好了吗？你居然不在家，我经过楼下看见你的车，正好来看看……"

"我临时有事，到这边见个朋友。"赵父嘀咕了一句，随后把目光移到了沈巍身上，打量了他一阵，没挑出什么毛病来，干巴巴地对他打了个招呼，有点生硬地说，"今天我招待不周，沈老师别往心里去。"

沈巍只要不是面对赵云澜，总是十分游刃有余，应答得体。

赵云澜则趁机取出一张"去神符"，偷偷地在背后折成三角，拿出来推到赵父面前："我前两天去庙里给你求了个开过光的平安符，别打开，随身带着。"

赵父毫无戒心地伸手接过，然而什么也没发生，"去神符"毫无反应。赵云澜皱起眉——那个"破碗"到底是跑了，还是太厉害，高等符咒也奈何不了他？

第三章

最终，还没来得及把赵父身上的"破碗仙"抓出来，赵云澜就在他爸强大的气场下败退了。

当着沈巍，赵云澜有点没面子，到了车上，还在跟沈巍念叨："别人招来的附身都是美貌狐仙，就他招来个破碗，上辈子怕不是丐帮的？"

沈巍安慰道："你别担心，神农氏一脉对人族向来悲悯，一般不会做伤害凡人的事，再说你不是已经在他身上放了标记吗？回头我也帮你留神着。"

情人节，满大街都是出双入对的小年轻，刚消停几天的龙城街道又有点开始堵车，车行缓慢，赵云澜心里本来压了很多事，但可能是因为车里的空调温度太高了，又或者是刚退烧，走走停停晃得他头晕，他不知不觉就睡着了。意识开始迷糊时，他心里还在纳闷，最近好像也不怎么忙，怎么这么容易生病容易累？

这一觉也没睡实在，乱梦一团接着一团，好像总有一个人，不停地在他耳边念叨："你勘不破长久、是非、善恶，也看不穿生死……"

车轱辘似的话滚多了，连赵云澜自己也忍不住想：生死，到底什么是生死？

耳畔的声音越来越嘈杂，赵云澜知道自己在做梦，可就是醒不过来，不知困在其中多久。他像是陷进了沼泽，越挣扎越窒息，直到嘴边被人塞了一个充满腥气的碗。那人不顾他的躲闪，掰开他的嘴，强行给他灌下汤药。赵云澜本能地不肯咽，用舌头往外顶，那人似乎叹了口气，接着，有人捧住了他的头。熟悉的气息让赵云澜一慌神，对方趁机把药汤渡了进去。

赵云澜呛咳起来，猛地睁开眼，发现自己不知道什么时候已经回到了家，正躺在床上。他茫然片刻，见沈巍放下药碗，端过一杯温度正好的茶水，贴了一下赵云澜的额头："来，把水喝了，漱漱口。"

赵云澜接过茶水，长而浓密的睫毛垂下来，额角还带着方才噩梦里的冷汗。他一口气喝出了茶根，这才哑声对沈巍说："我感冒严重了吗？最近怎么这么容易病？"

沈巍顿了顿："没什么，刚从大神木里出来，太耗神了。"

"哦，"赵云澜抬起眼，意味深长地看了看他，故意拖长了声音，"我还以为……"

沈巍后脊一僵。

就听那二货用充满了曲折的声音"嘤嘤嘤"地说："人家有了你的孩子。"

沈巍险些把药碗茶杯一起摔下去，无言以对片刻，去厨房洗碗了。

赵云澜自己笑了一会儿，顺手摸出手机看时间，发现邮箱里有一封邮件，是汪徵发过来的，特调处来了一桩新案子。

在距离龙城两百多公里处的一个地级市郊区，有一个以疗养为主题的旅游小镇，镇上建了别墅群，其中一位业主早起晨练的时候，在自家小区外面的树林里发现了一具尸体，脸色青紫，表情惊惧，手里还掐着一条黑狗的脖子，人和狗都已经凉了。

汪徵在邮件末尾提醒了一句："快到初七了。"

传说初七是"人日"，有一些民间邪术，会利用这一天钻空子借寿数。所谓借寿数，就是把别人的寿命拿过来放在自己身上，借以延年益寿。民间传说，要用黑狗血来沟通阴阳，把借寿人和被借寿人的生辰八字用黑狗血写在一张纸上，再标明所借的寿数，然后用香烛镇住四角，高香点着，香烟竖直往上、风吹不动的时候，就说明有路过的阴差拿了香火贿赂，睁一只眼，闭一只眼了，然后把写了生辰八字和所借寿数的纸烧了，让借寿人把纸灰吞下去，就算成了。

古代一般是老人害病，家里孝子贤孙们主动燃香烛，表示愿意出借自己的寿数。但是到现在，这些旧风俗都给当成是封建糟粕，没什么人知道了，用了这办法的，多半是有人贪生怕死，请些半桶水法师作法，偷别人的寿命。替人偷寿的法师是拿自己的阴德换钱，不成功，作法的人自己就很可能遭到反噬，替贪心活不够的雇主挡了这缺德的灾。

每年正月初七，死在黑狗旁边的人都不少见，特调处见怪不怪，赵云澜给刑侦科内所有人转发了一遍邮件，让他们派没事的人过去看一眼。这几个字没打完，赵云澜的眼皮就快合在一起了，强撑着点了发送，他好像晕过去一样，一头栽倒，一只羊都没数完，直接睡死了过去。

祝红接到邮件的时候，正在楼顶打坐。她拖着长长的蛇尾，尽量让不是很明亮的月光均匀地铺洒到身上——北方城市就这点不好，一到冬天就见不到几个晴天，不是下雾就是下雪，难得会碰上月朗星稀的夜色。

听见邮件提示音，祝红从入定里醒过来，睁眼却看见一个男人不知什么时候背对她站着。祝红愣了愣："四叔？"

蛇四叔闻声转过身，垂下眼看了看她："当年你渡劫不成，被天雷打伤，我把你托付给镇魂令主，希望以他至刚至阳之气庇护你一二。现在看来，他果然把你照顾得不错。"

说着，蛇四叔一挥手，在呼号着西北风的楼顶上凭空变出了一个避风的小亭子，里面有一个实木的大茶盘，盘中间小火炉上架着一个煮水的壶，茶壶里已经放好了茶叶，蛇四叔对祝红挥挥手："来。"

祝红蛇尾化成腿，飞快地拿起手机扫了一眼赵云澜的邮件，有些迟疑地对蛇四叔说："四叔，能长话短说吗？我们令主说现在有一个案子……"

"借寿不成遭反噬的宵小而已。"蛇四叔眼皮也不抬地说，加重了语气，"坐下。"

蛇四叔已经是蛇族族长，他是个面和心冷、城府颇深的人物，祝红不敢违拗，坐直了。蛇四叔把开水拎起来倒了茶，在一片水汽氤氲中悠然开口说："我这次来看你，主要是有件事想和你商量。龙城不是潜心修炼的地方，在最近二十年里，你在修行上确实没什么长进，这话不用我说，你心里也有数。"

祝红小心翼翼地看了他一眼，试探着问："四叔的意思，是让我搬到郊区住？"

见她故意装糊涂，蛇四叔就不再绕圈子，轻轻地一笑，直截了当地点明："我的意思是，让你离开龙城。"

祝红咬咬嘴唇："那镇魂令……"

"当年我只是把你托付给了镇魂令主，作为回报，你供他驱使，你又不是在镇魂令下服役的罪人，镇魂令约束不着你，就算现在要走，令主也不会说什么。"

祝红有些慌了，眼神东飘西飘，似乎想找个留下的理由。

"怎么，舍不得？"蛇四叔依然是温和可亲，嘴角掀起一点笑模样，就像庙里供的菩萨，眼神却咄咄逼人，"你要是还拿我当个长辈，就听我一句劝，立刻跟我离开这里。话说回来，要是他心里真的有你，四叔也不会来当这个讨人嫌的棒子，可那令主心里怎么想的，难道你不知道？"

祝红默然不语。

蛇四叔的手指在桌边上轻轻敲打了一下："你从小就是个聪明孩子，有些话我点到为止，不往深里说，你要自己看着办。"

祝红紧张地捏着手机，可怜的电子产品没能经受住女妖的手劲，一声轻响,后盖掀了起来,屏幕被她捏成了蜘蛛网。蛇四叔好像没看见,悠然端坐着垂目喝茶,也不催促她。

过了好一会儿,祝红才轻轻地说:"我替他……把最后这件案子办完,再亲自和他辞行……可以吗?"

蛇四叔深知适可而止的道理,闻言十分讲理地点点头:"有始有终,本该这样。"

说完,他又从怀里摸出了一个小盒子,打开后,里面是一颗光彩四溢的珠子:"这是水龙珠,带在身上能逢凶化吉,避水避火,你辞行的时候替我转交给令主,多年来,你承蒙他照顾,我族也铭感五内,这一点小东西,不成敬意。"

祝红接过来,才想开口道谢,蛇四叔却已经人影一闪,不见了。月色刚好,她已经心乱如麻,再也无法入定,于是默默收拾起手机的残骸,拔出电话卡,几个起落,消失在了夜色里。

午夜时,赵云澜收到了祝红的短信回复:"我和林静过去一趟,记得算双工给加班费。"

这一阵,赵云澜伤病连连,几乎没几天好的时候,沈巍为了照顾他,时常在这儿住。沈巍睡眠很轻,有时候赵云澜甚至怀疑他根本睡不着,怕吵他,赵云澜把身上的电子设备都调成静音了,手机一般就振动模式放在自己枕头底下,以防半夜有案子找他。这天,他因为昏过去太快,没来得及放好手机,拿在手里就睡着了。手机在他手心里一振,悄无声息地把他振醒了。赵云澜没看短信,第一反应是屏住呼吸,转头看自己是不是吵醒了沈巍,却发现另一张床上空荡荡的,伸手一摸,被子已经凉了,人不知离开了多久。

赵云澜一惊,坐起来,看见厨房里亮着灯光,他用脚胡乱在地上拨了两下,鞋子不知被踢到了哪里,就干脆光着脚走了过去。沈巍正背对着他鼓捣着什么,灶台上有一个小砂锅,正煮着什么东西,隐隐能闻到一股药味,像是在做什么要炖上一整宿的"横菜"。

大半夜做饭?煲汤吗?

赵云澜揉了揉眼,一边卷袖子一边走过去:"你在炖什么东西?我帮……"

沈巍被他突然出声吓了一跳，手里的刀猛地掉到了地上，刀尖上还带着血，溅在雪白的储物柜上。赵云澜的话音跟着陡然中断，他瞳孔骤缩，一瞬间睡意全消——那把尖刀……原本是插在沈巍自己的胸口上的。

沈巍的脸色苍白如纸，有那么几秒钟，厨房里静得连针尖落地的声音都听得到。

赵云澜一把扳过沈巍的肩膀，狠狠地撕开他的衣服，那苍白胸口上的刀伤已经不治而愈，皮肤和睡衣上却不可避免地沾上了些血迹。赵云澜觉得那刀简直是扎在他自己心口上的，动一下都疼，他极小心地伸出手指碰了碰沈巍看似毫发无伤的胸口，好半晌，才哑声问："怎么回事？你干什么？"

沈巍默然不语。

赵云澜猛地想起他昏迷中那碗灌进嘴里的药，一把揪住沈巍的领子："我问你怎么回事，说话！"

沈巍的后腰重重地撞在了案板上，"咣当"一声，赵云澜动了真火。他突然明白了自己在医院用阴兵斩，沈巍差点儿扇他一巴掌的那种心情。一口气堵在嗓子里，憋得他连气也喘不上来："你给我喝的是什么？沈巍！你他妈看着我说话！"

"大封松动了，"沈巍低低地说，"你……昆仑的神魂是神农封进轮回的，大封松动，神农的封印也在消退，那些人为了强行唤醒你，先是用鸦族献祭金铃，震得你三魂不稳，又引诱你上了昆仑禁地。"

赵云澜立刻明白："我肉体凡胎，承受不了本来就不该进入轮回的上古神魂。"

"这只是一方面，你抽筋剔骨，强升我神格，可我是生自大不敬之地的鬼族。鬼族污秽不祥，吞噬一切是本能，我这伪神是立在你尸骨之上的，譬如恶紫夺朱、郑声乱雅乐。你与我相处太久，会被我影响。一开始，就像现在这样精力不济，时间长了容易气血两亏，再这样下去，迟早有一天，你会被我耗得油尽灯枯。"沈巍垂下了眼帘，鸦羽一般的睫毛下，双目黑得浓墨重彩，他几不可闻地说，"几千年前神农就说过，我生为鬼王，注定了无善始无善终，如果你执意要护着我、带着我，总有一天，会被我害死的。我本该一直恪守诺言，远远地守着你，可是……"

可是他的大荒山圣历尽百世百劫，越来越像一个人了，周遭烟火气热闹如梭，一挥手就织就红尘万丈如网，稍一不小心，他就被赵云澜拉了下来，泥足深陷，再也回不到死寂一片的黄泉下千尺。

"所以我喝的'药'里掺了你的血……心头那一块的精血。"赵云澜嘴唇哆嗦得厉害，"就是你给我上的'灯油'？"

沈巍看着他，极轻极轻地笑了一下："我连魂魄都是黑的，唯独心尖上一点干干净净地放着你，血还是红的，用它护着你，我愿意。"

赵云澜的目光移动到地上，片刻后，他忽然仰起头，用手盖住眼睛。

如果沈巍讨厌他、冷淡他，他可以选择继续纠缠，也可以选择潇洒离开，进退皆有道理。

如果沈巍骗他、害他、对不起他，他可以选择原谅，也可以选择江湖不见，进退亦是皆有道理。可沈巍就像一只蜘蛛，狠狠地把他粘在了一个说不得、骂不得、恨不得、也接受不得的地方。

许久，赵云澜一句话也没说，随手从玄关的大衣架上拎下了一件厚外套裹在身上，头也不回地开门走了。

第四章

祝红和林静约好后，趁着天还没亮，一起到光明路4号找汪徵要公务车，结果一进门，就看见了他们一直没回短信的老大蜷在沙发上，身上还穿着睡衣，盖着一件从来没见他穿过的羊毛大衣。

大庆蹲在沙发前，猫食盘里只剩下鱼干的残骸，它正心满意足地舔着爪子。

祝红调高了空调温度，压低声音问："他怎么就睡这儿了？"

林静过了个年，整个人好像给气枪打了，圆了一大圈，蹭了蹭白团子一样的下巴，说："过年不回家，必有隐情，我看不是被逼婚，就是被逼分。"

赵云澜顶着一头乱发和厚重的黑眼圈，从沙发上抬起头，一脸浓重的起床气，阴沉沉地剜了林静一眼："滚！"

林静叹了口气："你们说，老大这种男人，谁受得了？赵处，你媳妇要是早晨辛辛苦苦做好早饭过来，叫你起来吃，你也是这句话？"

假和尚聒噪，赵云澜正气不顺，一抬手，抓住立柜上的一个袖珍小盆景，"哐当"一声砸了过去。赵云澜突然大发雷霆，大庆和祝红面面相觑，林静也愣了，他嘴贱惹了祸，只好讪讪地找来扫帚，把碎片打扫干净："阿弥陀佛，碎碎平安。"

大庆跳到沙发背上："哎，你没事吧？"

赵云澜把自己扔回了沙发，大衣盖住半边脸——衣服其实是沈巍的，他走得匆忙，没注意到拿错了，走到半路上才发现，衣领间萦绕着沈巍身上干净好闻的气味。

赵云澜闷声闷气地说："没事……林静，你放那儿吧，回头我来扫，我刚才不是冲你……你们让我自己躺一会儿，都该干什么干什么去吧。"

大庆颤了颤胡子。赵云澜抽出手来，粗鲁地撸了一把它头上的毛，然后有些敷衍地拍了拍肥猫的屁股："你有空去给我追查一下《上古秘闻录》这本书到底是从什么地方来的。"

"支使你猫爷爷。"大庆不满意地呼噜了一声，"我的红包呢？我的压岁钱呢？"

赵云澜闭着眼，在沈巍的大衣兜里摸了摸，摸出了一把零钱，拎过猫脖子，往它的猫牌项圈里一塞，打发要饭的似的摆摆手："真好意思开口，印钞机也压不住您老的岁数，快滚。"

大庆龇牙要在他的衣服上磨爪子，被赵云澜一伸手，眼明手快地挡住了。大庆的指甲触碰到温暖的人肉，连忙把指甲缩了回来，可还是在赵云澜的胳膊上留下了一道白印。

什么破衣服这么宝贝，连磨个爪都不让？大庆愣了一下，气哼哼地跑了，感觉赵云澜这浑蛋玩意儿，是把自己当成了个公交车的投币箱。

春节是传统节日，讲究很多，特调处充斥着各种非人类，各有各的过法，所以一般放假放到正月十五。这几天光明路4号难得清静，赵云澜心里让沈巍堵得难受，打定了主意要大梦浮生一回，一觉就睡到了日上三竿。

醒来后办公室里静悄悄的，赵云澜头昏脑涨地爬起来，一低头却愣了一下——他出来得匆忙，连袜子也没穿，到了外面才发现，自己踩了一双单皮鞋，有点冷。可是此时，地上整整齐齐地放着一双他平时穿的短靴，里面还塞了一双厚厚的毛袜，沙发扶手上搭着一套熨烫平整的衣服，内衣给夹在了最里面，衣服上面压着他的手机、钱夹和钥匙……那人只没给他拿外套，大概是想把自己穿过的大衣留给他的缘故。

有人忽然出声说："沈老师给你送过来的，我本来想叫你一声，他没让。"

赵云澜捏了捏鼻梁，看见祝红正坐在自己的工位上上网打发时间。

"沈巍人呢？"

祝红："走了。"

赵云澜顿了顿，声音有些沙哑："去哪儿了？还说什么了？"

"哦，他说外面冷，你忙完了就回家，不用担心会见到他，他回自己的地方去了。"祝红原封不动地学了舌，"后来他就走了，可能是回家了吧——你俩吵架了？怎么专挑大过年的时候吵架？"

赵云澜没回答，他知道"自己的地方"指的是哪里——那并不是祝红以为的沈巍自己的公寓，而是……一想到这，他就心如刀绞，可当着别人的面，不便细说，只好木然地一点头。

赵云澜穿好袜子，拿起换洗衣服到卫生间把睡衣换了下来，简单洗漱，然后双手撑在洗脸池上，定定地盯着雪白的搪瓷池子看了一会儿，把脸埋在了冷水里。他一时不敢想沈巍，有生以来第一次知道，什么叫作一想到一个人，心里就像被挖了一块那么难受。

他在卫生间逗留的时间太长，祝红不放心地过来敲了敲门："赵处，你没事吧？"

赵云澜应了一声，把脸上的水珠擦干净，对着镜子，把冒出来的一点胡楂儿刮干净了，把自己收拾得像个人了，才挺直腰杆，走了出去——就算他丧出心肌炎来，也解决不了任何问题。

他到食堂要了一份早饭，一声不吭地坐下开吃，垫了肚子，才觉得冰冷得麻木的手脚有了点热气。他奇怪地看了祝红一眼："你来单位干什么？"

祝红："本来是和林静约好了今天坐火车去看黑狗和尸体。"

"那怎么没去？"

祝红："我有点不放心你，让他自己去了。"

赵云澜擦了擦嘴，站起来自己把托盘收拾了，平静地说："我有什么好不放心的，没事你就回家吧。"

祝红不吭声，只是跟着他。赵云澜一路溜达回了自己的办公室，像日常一样坐下打开电脑，祝红就跟进了他的办公室。

赵云澜："还跟着我干什么？"

祝红："你到底怎么了？"

赵云澜从抽屉里摸出烟盒和打火机，轻描淡写地说："没什么。"

祝红不肯放过他，咄咄逼人地说："没什么你会大半夜不回家跑到办公室睡？"

"哦，"赵云澜深深地把一口白烟一丝不漏地全吸进肺里，"昨天晚上跟沈巍拌了几句嘴，有点烦，过来冷静冷静，鸡毛蒜皮。"

"放屁，"祝红眉间一跳，直截了当地说，"当别人都眼瞎？你都快拿那个姓沈的当心肝了，要是因为鸡毛蒜皮的事吵架，现在早就回去道歉了，哪有工夫在这儿跟我扯淡？"

赵云澜无语。

"他是不是做了什么对不起你的事？"祝红说这话的时候，眼亮得吓人，好像只要赵云澜一点头，她就能立刻出去生吞了沈巍。

赵云澜弹了弹烟灰："关你什么事？哎，我说，你怎么越来越八卦，没化形就提前进入更年期了？"

祝红："因为我担心你！"

赵云澜愣了愣。他一颗千机百窍的玲珑心，当然明白祝红是什么意思，不方便回应，于是可耻地决定逃遁——他找出一个公文包，把自己的钱夹、手机往里一塞，电脑也不关，转身往外走去。

祝红好像打定主意不放过他，又要跟："你干什么去？"

"跟部里的领导约了见面。"赵云澜瞥了祝红一眼，"别跟着。"

祝红一直跟到大门口，见他开了车锁，就眼明手快地钻进了他的副驾驶，"咔吧"一下扣上安全带，坐得稳如泰山："我也去。"

赵云澜无力地叹了口气："姑奶奶，行行好吧！"

祝红漠然地把脸转向另一边。

两人对峙半晌，赵云澜败了，只好尽量克制住自己的烦躁，把烟头拧灭了，一声不吭地上了车。

他一路沉默，祝红偷偷打量他几次，都只看见一张英俊又冷漠的侧脸，渐渐坐立不安起来，没话找话地问：“部里的领导是谁？”

"小郭的二舅。"赵云澜说，"说起这事，回头你记得给我查查，到底是谁在其中做手脚，把郭长城调动到我们部门的。"

祝红奇怪地问："做手脚？对小郭做手脚？为什么？他能干什么？"

赵云澜没作声，他心里其实怀疑是附在他爸身上的那个"碗"，借着他爸的手做了这件事。

至于为什么非要郭长城，赵云澜却一直没想明白，因为郭长城那个小青年是个货真价实的凡人，翻一翻家谱，他们家祖宗八辈里没有出过修行的人，除了功德厚一点之外，还有什么特别的地方？

如果可以的话，赵云澜其实很想拿回昆仑君的力量和真正的记忆，要是拿不回来，那至少他要知道周围这些云里雾里的真实和谎言究竟都是怎么回事、有什么动机，他不能两眼一抹黑地轻举妄动。

"沈巍"……只是这两个字，就让赵云澜焦头烂额，心头好像有一把火，不停地烧着他的精力，可是他得忍着，还得忍出一副心情平静、稳坐钓鱼台的模样。有时候赵云澜发现，自己仅仅是在那里坐着，一旦旁边没有人，眉头就会不由自主地掐出褶皱来。有那么一幅图景会不分时间、不分场合地出现在他脑子里——在一个阴冷得没有一点光、没有一点生气的地方，沈巍半个身体都被吞进了黑暗中，而那个人只是抬着头，似乎想看看外面的碧海蓝天，可那目光总是不够长，洞不穿无边无际的黑暗，他大概终于失望，慢慢地融入一片黑暗……

忽然，有人推了赵云澜一把，他猛地惊醒，心悸如雷，冒出一头的冷汗。

推他的人是祝红，她面无表情，有些不悦地说："到了。"

赵云澜愣了片刻，才反应过来方才原来是场梦——他跟郭长城的二舅喝了几杯，回程是祝红开的车，他不知什么时候就睡着了。

祝红坐着没动："你梦见什么了，叫'沈巍'叫得那么撕心裂肺？"

赵云澜本来就觉得失态，不愿意和她多说，只假装没听见。

"云澜。"祝红突然开口叫住他。

赵云澜一顿。

祝红从兜里摸出一个小盒子,她在水龙珠上拴了条红绳,端口处打了吉祥如意扣:"这是我四叔让我带给你的,说是感激你这么多年对蛇族的照顾,我……我可能过一阵子,就要和他走了。"

赵云澜愣了愣:"走?去哪儿?"

"哦,回族里吧。"祝红勉强笑了一下,见赵云澜不接,就直接动手把红绳挂在了他的手腕上,"真是我四叔给你的,放心吧,不是我。水龙珠是我族圣物,哪轮得到我做主送人?这珠子能避水火、保平安,你随身带着,要是能帮上一点忙就好了。你……你还有什么事要我办,就快说完,我能替你做的事不多了。"

赵云澜沉默了一会儿,一点头:"挺好,龙城太吵闹了,不适合你们妖族修炼,你回到族里离人群远点,也没那么多是非。你四叔有本事,跟他多学着点,有前途,说不定下一任蛇族的族长就是你了。"

他一席话如同交代后事,平静得让人心酸。祝红一时冲动,忍不住把心里话脱口而出:"赵处,你给我一句话,只要你给我一句话,我可以不修行,可以和族人断绝关系,刀山火海也跟你跟到底。"

说完,她就好像交付了自己的一生似的,忐忑又期待地等着赵云澜回话。可是情字之上,没有你来我往的规矩,赵云澜终于还是避开了她的目光:"这是什么话,咱俩无冤无仇,多年的老交情了,我干吗不盼着你好?你啊,以后好好的,我就放心了。"

祝红眼睛里的光彩一瞬间黯淡了下去。

而赵云澜已经从另一边下车了。

第五章

大庆一见赵云澜和祝红一前一后地进来,就叼着《上古秘闻录》跳上了桌,对两个人之间诡异的气场视而不见:"这本书死气浓重,我查了,果然是从古董街流出来的。"

赵云澜默默地捡起书，用手擦了擦上面沾上的猫口水印："古董街？"

"古董街"，顾名思义，专卖各种古玩器物——尽管大部分是假货，偶尔也会掺杂几件非法出土的陪葬品。可是这本《上古秘闻录》明显是影印本，没听说过谁家出土文物这么现代化的，那么大庆说的"死气浓重"，恐怕就是指另一回事了——古董街最里面有一家小店，除了卖各种封建迷信用品之外，还看护着门口的一棵大槐树。简单来说，那大槐树是一个交通枢纽，可以沟通各界，比如从人间到妖市、从人间到幽冥，都要经过那里。

大槐树的枝叶上承人间，根系下连黄泉，是棵人不人、鬼不鬼的牛×植物。

赵云澜："所以你的意思是，这本书来自幽冥地府？"

黑猫点头。

赵云澜又问："是谁采购回来的？"

黑猫舔舔爪子："来历不明，我查不到购买记录，说不定是上一任……"

"不可能。"赵云澜翻着这本没有书号，也没有任何出版社信息的书，"看这印刷排版水平和纸张的新旧程度，至少也是20世纪90年代以后的产物，上辈子太久远了。"

"那么这应该是本'黑皮书'。"大庆说。所谓"黑皮书"，就是指"夜里上班"的图书采购员，通过某些途径，从非人间的地方弄来的书。大庆伸出爪子扒拉开书页，只见它黑乎乎的爪子按下去，纸页间忽然有一股说不出来由的黑气流动："夹带的人做得很隐蔽，我们这边没有人察觉。"

特别调查处的图书收藏非常有规律，书脊上贴着彩色的标签和编码，这也是桑赞不认识字，也能把书一一放回原处的原因——这本说上古诸神的书，为什么会被夹在"女娲造人补天"那一栏里？是巧合，还是预料到了赵云澜会查阅女娲补天的信息？

夜幕降临的时候，赵云澜终于没忍住，给沈巍打了个电话，那一头却是冷冷的机械的女声："您拨打的电话不在服务区……"

他看着自己的手机屏幕呆了片刻，直到大庆走过来，不耐烦地伸爪一推他的胳膊肘："别思春了，不是要去古董街吗？快走了。"

赵云澜就把猫拎起来，往外走去，一出门，却发现祝红早就站在车子旁边，正默默地等着他。他正要说什么，祝红却抢先道："你是不是觉得我挺贱，话都说到那分上了，还要跟着？"

"不是，"赵云澜顿了顿，"那边冷，我只是想提醒你穿好羽绒服。"

两人一猫，在一种十分尴尬的气氛里，半夜三更驱车到了古董街，轻车熟路地来到了那棵大槐树下。只见大槐树旁边的小店门口挂着两盏苍白的纸灯笼，亮着豆大的光晕，上面的字被风吹得残破不堪，只依稀能辨认出个大概，正是"镇魂"两个字。

赵云澜拍了拍肩头站着的黑猫，忽然低声问："我一直有个疑惑，镇魂令的'镇魂'……究竟是什么意思？"

"镇生者之魂，安死者之心，赎未亡之罪，轮未竟之回。"大庆鄙视地看了他一眼，"镇魂令牌后面不是写着吗？你瞎了？"

赵云澜难得没跟他一般见识，喃喃地说："可昆仑君留下的令牌，为什么叫作镇魂？"

为什么不是镇山、镇海、镇妖魔鬼怪？还有，他的梦里，神农嘴里一直说的"生死"，又是什么意思？

赵云澜百思不得其解，心事重重地走进了大槐树。这树本身就是一条密道，从树干直接往下，能一路下到黄泉边。黄泉路是细细窄窄的一条，一路往上，就像传说中的天路，脚下是青色的石板，有种滴水成冰的冷，人走在其中，大气也不敢出，生怕惊扰了过路的冤魂。那些路过的"行人"个个目光呆滞，被阴差赶着，好像牧羊犬撵着的羊群。周遭盘旋的黄泉里水声潺潺，间或波动浮起气泡，好像随时会有什么东西从里面冒出头来。小路两侧有两排像路灯一样的小油灯，约莫一丈一个，亮着一点光晕，拖出长长的灯影，彼岸花错落丛生，开出一小片的艳红。

据说这些小油灯也叫作"镇魂灯"，很久以前，赵云澜从一本杂记上看见过，说"镇魂灯"是给黄泉路上的幽魂指路的，一辈子忘不了的东西有多少，黄泉路就有多长。从这条路上走过，尘缘种种，一一都会被镇魂灯的灯光洗去，末了到了奈何桥边，忘川水煮的孟婆汤一碗下肚，冲走前世今生，就可以去投胎了。

赵云澜忍不住弯下腰,仔细打量了一下镇魂灯,只见那小油灯底座上端端正正地刻着四个字——"至死方生"。

恍惚间,似乎有什么东西从他眼前闪过,赵云澜心口突然一阵剧痛,心脏好像被人生生揪下来一块。他脚步一个趔趄,被身后的祝红伸手扶住。祝红把声音压得极低:"你怎么了?"

赵云澜脸色惨白,把喉头涌起的腥气咽了下去,按住左胸摇摇头:"没什么,走。"

一路到了鬼城,赵云澜从钱夹里掏出几片障目叶,三个人各执一片,含在嘴里,这样就能隐蔽生魂气息,不会被城中小鬼察觉到。鬼城中除了鬼仙和排队等投胎的魂魄以外,还有一些是执念深重无法投胎的,以及在此服刑的戴罪之魂,它们在鬼城里一住就是成百上千年,对还阳的执着是活人无法想象的。

赵云澜年少轻狂时,曾经为了追回一个误入鬼城的生魂来过这儿,结果生魂没追回来,倒是让他亲眼见到了那生魂是怎么被城中小鬼一拥而上活生生地吸干的场景,后来阴差来了一个加强连,才算把鬼城中的暴动镇压下来。那时候赵云澜还小,回去做了一个月的噩梦,差点儿落下心理阴影。活着的人能写下"生何欢,死何惧",那大概是因为他已经忘了死的滋味。死灵对生气的汲汲渴求,疯狂得就像溺水的人渴望空气,发自本能,无从遏制。

想到这儿,赵云澜的心绪不由自主地又跑偏了。他忽然想,人魂尚且是这样,生于十万幽冥地的鬼族呢?沈巍呢?沈巍对他自己,简直已经苛刻到了虐待甚至于罔顾本性的地步,数千年、上万年如一日……他怎么可以这样?

祝红没来过鬼城,有些不安地看了赵云澜一眼。赵云澜回过神来,低声嘱咐她:"少说话,不管发生什么事,千万不要把嘴里的障目叶吐出来,蚂蚁多了都能咬死大象,这些小鬼比你想象中还要难缠。"

祝红连忙点点头。

赵云澜看了她一眼,还是不放心,又说:"你们蛇族先天阳气不足,不该来这种地方,要不然你还是在外面等我吧。"

"我不,你少种族歧视。"祝红坚定地摇了摇头,她其实也不知道跟进去能做些什么，只是有时候总是忍不住觉得，他要去什么地方，只要自己看着，就多少能放心一点。黑猫从赵云澜的肩膀上跳下来，走在前面开道。黑猫黑狗都是大阴大煞的东西，小鬼见了会本能地退避三舍，有了黑猫，就好像有了警车开道，两人混进鬼城几乎是一路畅通。

不是初一、十五，鬼市就显得有点萧条。街口蹲着个借寿婆婆，脚底下放着个小篮子，蜷缩在路边，一双昏黄的小眼睛眼巴巴地跟着偶尔过往的小鬼打转，就像凡间晚景凄凉出来做小买卖的老人，挺可怜的。祝红忍不住多看了她一眼，借寿婆婆见了，立刻笑得龇出一口黄牙，对祝红说："买寿数啦，买寿数啦。"

那声音沙哑凄厉，像小铁片刮在骨头上的声音。祝红起了一身的鸡皮疙瘩，赵云澜一把拽走了她。

"别看，"他低声说，"那个寿婆名声不好，卖的都是白货。"

祝红忍不住问："什么是白货？"

"吃了她的寿糕，延长的寿命不是自然寿命，让你像植物人一样在床上受罪也是延长寿命的一种，明白了？"赵云澜把大衣裹紧了一点，领子竖了起来，压低了声音，"好好走你的路，别东张西望，这是三不管地带，看多了它们会碰瓷，别惹麻烦。"

祝红的眼神立刻不敢乱瞟了，目不斜视地往前走。两人经过长长的街市，就看见了最里面的一个小茅屋，门口竖着一块白纸黑字的牌子，写道：请。

小茅屋很破，门口却也像古董街大槐树旁边的那家小店一样，挂了两盏写着"镇魂"字样的白灯笼。

"十有八九，那本书应该就是他们家卖的东西。"黑猫扭过头来说，"他们家一甲子投胎一次，阴阳调换，阳间的镇守大槐树处的黄泉入口，阴间的守着鬼市的杂货铺。"

赵云澜一马当先地走了过去，抬手一推门，"吱呀"一声，破破烂烂的门扉就打开了。赵云澜先从钱夹里拆下了一个小镜片，抬手贴在了大门上，这才抬脚走了进去。刚一落脚，里面就传来一个小女孩的声音，脆生生地说："'光镜照路，小鬼莫进'，贵客懂规矩啊，从哪儿来？"

赵云澜一抬下巴，示意祝红关上门，只见里屋的门帘被人掀开，一个梳着两把刷子辫的小女孩走了出来。小女孩还没有他的腰高，一张脸白得瘆人，两颊上生搬硬套地用朱砂画着两团血红的红脸蛋，一双死气沉沉的黑豆眼，嘴唇殷红，穿着一件旧式的棉袄。

赵云澜开门见山，拿出了那本《上古秘闻录》，在上面压了一张镇魂令，蹲下来，视线与小女孩齐平："有件事想问问小姑娘，求你帮个忙。"

小女孩的目光落在镇魂令上，木然而清脆地说："原来是令主大驾光临——我哥哥好吗？"

"不敢——你哥哥过得不错，前些天过年，我刚叫人给他送了几斤腊肉。"赵云澜客客气气地说，"今天来，就是想问问姑娘，这本书，是贵店卖的吗？"

小女孩伸手接过，隔着一掌宽的距离，都能感觉到她身上散发出的寒气，顺着书页传递过来，触碰到的地方在书面上结了一层白霜。她翻开了两页，点点头："不错，是我这里的。"

她把书翻到了最后一页，在角落最最不起眼的地方，有一个灰色的印，仔细看，能从中艰难地辨认出"杂货"两个字。小女孩指着它说："这是本店的私印。"

赵云澜连忙追问："那姑娘能不能给查查，这本书是谁买走带到凡间的？"

说着，他从包里抽出一沓纸钱，当着小女孩的面，用打火机点燃了。小女孩嗅到钱味，眼珠一转，露出一个僵硬的笑容："令主客气了，稍等，请先进来喝一杯茶。"

两人一猫跟着她走进了破破烂烂的杂货铺，小女孩给他们上了茶。赵云澜端起来闻了闻，算是品过了——喝是不能喝的，生魂不能饮食黄泉下的东西，这是常识。

小女孩从桌案后面拎出一个线穿的账本，一页一页地翻了过去："找到了。"

说着，小女孩抬起头来对赵云澜一笑："忘了问，这一任令主尊姓大名？"

"免贵，姓赵，"赵云澜看着她诡异的笑容，心头忽然生出不祥的预感，"赵云澜。"

"那就没错了。"小女孩把巨大的账本往他面前一推。

只见上面赫然记载着《上古秘闻录》的买主：壬午年，七月十五，镇魂令主，赵云澜。

第六章

赵云澜愣了一下，并没有急着否认，掐指算了算，问："壬午年是哪一年？"

"最近的是2002年，再往前就得数六十年了，那会儿还没你呢。"黑猫说，"2002年你在干什么？"

"一边读书一边做镇魂令的地下工作。"赵云澜回想了一下，"主业和副业兼顾不过来，差点儿从大学里辍学出来做职业神棍，被我爸制止了，就是那年，我爸托关系找到了荒废已久的特别调查处，把我塞了进去。等等，说起来，当时那个到底是我爸还是……"

黑猫不明内情："啊？"

"回去再跟你解释。"赵云澜转向杂货铺的小女孩，又问，"您这里是怎么确定买主身份的？总不能是买主自己写的吧？"

小女孩僵硬的脸上露出一个高深莫测的笑容，一个七八岁的小女孩，带着跟天山童姥一样的表情，别的场合下可能显得滑稽，可在阴幽的鬼城中，就有点瘆人了。她说："我这里的账目，当然是条分缕析的，买主姓甚名谁，什么身份，都与生死簿上一样，令主有什么疑问？"

赵云澜思量片刻，见问不出什么有用的话了，就收起书："十一年前，来买书的那个'我'，是什么模样，姑娘还记得吗？"

小女孩勾起猩红的嘴角，意有所指地说："原本一时想不起来了，令主这么一提起，我倒是有点印象——再看你的长相，才发现原来是似曾相识的故人来了，令主要是不说，我还真没发现，原来已经过了十几年。"

赵云澜一愣——她在暗示，那个来买书的"赵云澜"与他现在的模样差不多。

他低下头沉思片刻："多谢。"

说完，他就抬腿往外走去，祝红连忙跟上。这时，老柜台后面的小女孩又轻轻地开口叫住了他，她把原本脆生生的童音压得低低的，显得说不出地阴森："我多嘴提醒一句，令主这些天恐怕会有血光之灾，最好还是多加小心。"

赵云澜还没什么反应，祝红先急急忙忙地开了口："什么？什么血光之灾？"

小女孩那双好像塑料做的黑眼睛直直地盯着他们，不再吭声了。祝红刚想上前追问，被赵云澜一把拉住。他对小女孩点了点头，搜着祝红走了。

祝红："等等，她刚才说……"

"她是看在过年那会儿我给她哥送的几斤腊肉的分上，才提了一句，你觉得几斤腊肉能值多大的情分？"赵云澜拉着她，快步走出杂货铺的小院，看了祝红一眼，"剩下的，她敢说我也不敢听，鬼城里没有道德礼貌，甚至有时候没有思想逻辑，你不能拿活人的想法去衡量死人，你以为地府为什么把它们圈在这里三不管？记着，死人的人情可不好欠。"

祝红问："你为什么突然和我说这些？"

"多教你点东西。我手下姑娘少，都是稀有动物，你又是条小蛇，跑腿的事、跟各种怪胎打交道的事，我以前都舍不得让你去做，现在想想，我也有不对。"赵云澜低声说，"我没想到你有朝一日还会离开，要是早知道，就多让你锻炼锻炼了……记着，你要是太不食人间烟火，就算修炼到女娲大神的水平，也只能在我手下当个技术流的分析员，以后回到族里，可摆不平那些老不死的长虫。"

祝红的鼻尖和眼圈红了。

"嘘，把叶子含住了，留着你的眼泪，等咱们部门人齐了，给你开送别会的时候再流，鬼城可不是哭哭啼啼的地方。"赵云澜说到这儿，话音忽然一顿，猛地伸手把祝红往身后一拦——只见杂货铺门口的青石板路上，不知什么时候蹲了一个"人"。

他……她或者它，光头，双臂过膝，蹲在地上，就像个没毛的狒狒，脖子足有一尺长，一低头，下巴能点在小腹上。它抬头看向赵云澜的方向，突然咧嘴一笑，嘴角裂到了两耳下，然后突然直立而起，一伸脖子，整个脑袋前后颠倒了一百八十度，"后脑勺"转到了前面，露出一张鬼故事里经典的青面獠牙，猛地向他俩扑了过来。

赵云澜早拿出了枪，手指扣在扳机上，正要开火，那两面人却突然在空中来了个急刹车，一个跟头翻到了地上，那能正反面两用的脑袋又转了回来，诡异的笑脸对准了两人，露着两颗黄灿灿的大板牙，中间还有条缝。他摇头晃脑地打量着赵云澜，忽然"叽叽咕咕"地笑了起来，动作前仰后合。

赵云澜不想在这地方惹事，持枪的手冲着两张脸的鬼怪，让祝红走另一边，打算离这东西远一点。

双面鬼见他们要走，喉咙里忽然发出"咝咝"的声音："人鬼殊途，人鬼殊途——"

"人鬼殊途"四个字笔直地戳中了赵云澜的心窝，瞬间让他想起了沈巍。他当即脸色一沉，猛地扭过头来，死死地盯着嬉皮笑脸的双面鬼，声音寒得结了霜："我顾及脸面，不想和幽冥地府撕破脸，可你们一再给脸不要脸。"

双面鬼脸上笑容渐消，微微歪着头，用诡异的脸和赵云澜对视着。祝红有点害怕，忍不住轻轻地拉了拉他的衣服："赵处，走吧。"

赵云澜捏着枪的手迸出青筋来，刚要迈步，可是这时，双面鬼又不着边际地开了腔："要人还是要鬼，你得选一个。要人间还是要鬼道，你得选一个。要天地还是要幽冥，你得选一个。"

他的声音越来越高，最后近乎刺耳，"你得选一个"五个字就像层层的波浪，顺着鬼城萧条而森冷的街道蔓延出去，响起来自四面八方的回音，在人耳边不断地萦绕，就像一句怎么也甩不脱的诘问。无数鬼怪幽魂从破砖烂瓦中间、石缝和地下冒出头来，眼睛里闪着诡异的光，探头探脑地张望过来，窃窃私语地窥探着。赵云澜带着祝红，多少有些顾忌，正要强压下心里的火气带她走时，那双面鬼脑袋一转，把青面獠牙的一面转到了前面。只听它口中发出如老枭夜啼一般刺耳的声音，"嗷"一嗓子叫了起来："此处有生魂——此处有生魂——"

这话就像是往沸腾的油里倒了水，"刺啦"一声，在鬼城惊起了轩然大波。赵云澜一枪把双面鬼的脑袋打了个对穿，特制的子弹在它皮下燃烧，双面鬼肩头以上都化成了一团灰烬。然而为时已晚,大批的小鬼听见"生魂"俩字就聚拢了过来,一张张面孔木然而贪婪,像饿疯了的野狗,闪烁着灭顶般的渴望,连夺了毛的黑猫都无法阻止他们。

赵云澜低骂了一句,一枪把最前面的一只小鬼爆了头。那死魂带着歇斯底里的尖叫消散,可没有一点儿威慑作用,旁边一拥而上的鬼魂连看也不看自己魂飞魄散的同伴,对于他们而言,恐惧、忌惮与理智一起荡然无存,方才萧条的鬼街一瞬间被拥堵上了,密密麻麻的亡灵从各种匪夷所思的地方钻了出来。

赵云澜来调查悬疑事件,没有全副武装,枪里的子弹很快就不够了。祝红变出了原形,一条巨蟒出现在群鬼中,一张嘴吞了四五个鬼魂。然而更多的鬼魂飞快地缠了上来,更有攀上她身体的恶鬼,一口咬在布满坚硬鳞片的蛇身上,巨蟒一抖,将它甩下去,成年人腰粗的尾巴重重地挥出去。

可是它们太多了——阎王易躲,小鬼难缠。

那些恶鬼就像丛林里的蚂蟥,血肉、生气,它们全都要一口吸干净。四五只恶鬼缠上了祝红,被甩下去,又扑上来,有一只甚至一脚踩在了巨蟒的七寸上,生生地用长指甲把她带血的鳞片剥了一块下来。

随后,凌厉的刀风袭来,那手里抓着巨蟒鳞片的小鬼被一把一掌长的匕首切掉了半个脑袋,而即使它飞快地消散在风中的时候,竟然还伸着脖子企图去舔一口新鲜的血肉。

持刀的赵云澜一把抓住祝红的尾巴尖,轻轻一拉:"缩小点,快!"

他一刀横扫出去,一排恶鬼灰飞烟灭,赵云澜飞快地缩回手,在这么个危急时刻,他竟然硬是挤出了两秒的空当,把外衣脱下来抱在了怀里。

祝红一想起他为什么这么宝贝这件衣服,就一点儿也笑不出来。她应声变成了一条只有一指粗的小蛇,钻进了赵云澜的袖子,盘在他手腕上。赵云澜一弯腰,拎起狼狈的毛大庆,抬手甩出一张借风符,用打火机里仅剩的一点三昧真火点了。罡风与烈火相映生辉,扫出一条火龙,整个鬼城充斥着鬼哭狼嚎。赵云澜一点儿时间也不敢耽搁,借着真火掩护,飞快地往外撤。

他们一口气跑到了城门口,却发现鬼城的城门不知什么时候关了。赵云澜猛地回头——饿疯了的恶鬼们竟然连真火也往肚子里吞,吞完真火的恶鬼都变成了没有翅膀的鸟人，撑着巨大的肚子飞上天空后爆炸，但这地狱似的场景竟一点儿也没有影响其他恶鬼的食欲。它们就像扑火的飞蛾，一浪一浪地往真火里冲——那火龙居然硬生生地被他们啃断了！

大庆尖叫了两声，尖尖的爪子无意识地去钩赵云澜的头发："怎么办？"

"还能怎么办，"赵云澜的胳膊上被恶鬼抓出了三条血痕，伸手一抹，"硬闯。"

三昧真火式微，火龙断成了几节，这时，镇魂鞭横空出世，凌厉地劈开了鬼城中死寂千年的天空。拿出镇魂鞭的瞬间，赵云澜感觉到某种来源不明的力量，进入了他执鞭的手，一开始生涩，而后很快熟悉了起来……仿佛那本来就是他的力量、他的一部分。

他忽然意识到，有什么东西正飞快地在他身体里苏醒。

就在这时，他们背后的城门被人用蛮力撞开了一个人形的洞，一个全身裹在黑雾里的人头也不低地从那洞里迈步走了进来，一把托住赵云澜拿鞭子的手。镇魂鞭鞭梢一卷，就卷回到赵云澜的胳膊上，被缠在他手腕上的祝红一口叼住。

来人手中化出一把长刀，一刀出手，戾气喷薄而出，"轰"一声巨响，清道夫一样地席卷了小半个鬼城，地下所有的石砖都跟着震动起来，发出"嗡嗡"的蜂鸣，无数怨鬼成了他刀下的碎片。

来人勾住赵云澜的腰，连拖带拽地把赵云澜从城门的破洞里拎了出去，往鬼城外急掠而出，转眼将恶鬼之域抛诸身后。

祝红又惊又喜，到了安全的地方立刻落地变回人形，叫了出来："斩魂使大人。"

她的大救星斩魂使大人朝她一摆手，生硬地开口问赵云澜："你们怎么会来这里？"

赵云澜一直以来平静到诡异的表情终于崩溃，疲惫到了极点一样地松开了手，任肥猫大庆掉到了地上。接着，他不分场合地走过去，一把拉住那被万人敬仰畏惧的黑衣人，哑声说："……跟我回去。"

可怜祝红刚刚由蛇变人，双脚还没站稳，见到此情此景，就吓得一屁股坐在了地上。

第七章

祝红哆哆嗦嗦地指着斩魂使："他……他、他、他是……"

"他就是沈巍。"大庆说。肥猫莫名地有了某种说不清的优越感，侧头看看扑地的祝红，故意假装镇定地舔了舔爪子，体贴地给旁边的姑娘留出了修复认知的时间。

沈巍的兜帽落在了肩上，露出属于沈教授的那张温文尔雅的脸，与此情此景有说不出的违和。他轻轻地推开赵云澜，皱着眉拉起那条被小鬼抓伤的胳膊，攥在赵云澜手腕上的手指紧了紧，而后他摊开手掌，做了一个抓的动作，赵云澜伤口处冒出一丝极细的黑线，一冒头，就消散在空气中，血肉模糊的胳膊飞快地愈合起来。

沈巍不愿多说，避开赵云澜的目光，匆忙地对祝红一点头："先离开这儿。"

这时，一排阴差急匆匆地往这边跑来，后面是气喘吁吁的判官。那十殿的屁股一个比一个沉，什么时候也不忘了耍大牌，跑腿的、干活的、吃力不讨好的，末了都落到了老判官头上。老判官气喘吁吁地指挥着阴差修城门的修城门、镇压恶鬼的镇压恶鬼，还有个书记官在旁边抹着汗清点——毕竟城中各色鬼魂，被斩魂使一刀切得没剩几个全须全尾的了。

沈巍和赵云澜不约而同地无视了他们，抬脚就走，祝红和大庆连忙凌乱地跟上。判官抹着汗在身后叫嚷："大人！上仙！留步！"

沈巍不答，只是转过头去，面无表情地轻轻挑了一下眉。

"这……这鬼城中无论戴罪的、等投胎的，都是进出有数的，大……大人您这……"

"怎么？"沈巍用一种轻缓又平和的口气反问，"我杀不得？"

沈巍侧着脸一笑。他不戴眼镜的时候，书卷气就消散了，眉目间有股幽微的妖气，这一笑，让人有点发冷。他把双手拢进漆黑的袖子里，用一种近乎谦逊的口气说："判官大人，我虽然出身卑下、为人不才，但至今为止，倒也没听说过有什么是斩魂刀斩不得、切不动的，要是有叨扰和麻烦的地方……呵，那可真是对不住。"

判官哆嗦了一下，生硬地赔笑道："那是，那是。"

沈巍含着冰冷的笑意，深深地看了他一眼，拉着赵云澜走了。

赵云澜忽然觉得沈巍的笑容有一点陌生，大概是对方从没有在他面前表现过这样咄咄逼人的一面。他远远地回头看了一眼站在原地直擦冷汗的判官，忽然问："用双面鬼堵我们是有预谋的？幽冥地府？对他们有什么好处？"

沈巍敛去了笑容，低着头沉默不语。

"沈巍！"赵云澜一把拽住他，"别装哑巴，我让你跟我回去，你给我说句话！"

"……走吧，"到了黄泉边的大槐树下，沈巍才低低地开口，退去了方才的敌意和冷漠，他显得有点疲倦，"活人在阴间时间长了，对身体不好，你再拖延，回去又要生病的。"

赵云澜放开他，停住了脚步。两人一前一后，沈巍却背对着他，不肯回头。

赵云澜咬了咬牙，恨恨地说："我真恨不得用手铐把你铐回去。"

背对着他的沈巍在他看不见的地方，忽然笑了起来，仿佛听见了世界上最缱绻动听的情话，连显得有些阴郁的眼神都温柔得要化开了。

"如果我跟你走，你肯吃'药'吗？"沈巍问。

"滚！"

沈巍转过身，看着赵云澜，好一会儿，他低低地叹了口气："我是鬼族，云澜，无论昆仑君给了我什么，无论……你当年让我变成了什么，那都是虚名假封，我的本质还是鬼族。洪荒初始，民间甚至有谣言，说人如果看见了鬼族，必不得善终，死无葬身之地。"

赵云澜看着他，努力压了一下心里焦躁不安的火气："少给我来这套，什么年代了还讲这种迷信——不管怎么样，你先跟我回去，其他问题我们可以慢慢解决……"

"跟你回去。"沈巍低低地重复了一遍，略显单薄的嘴角似乎想往上扬一扬，可中途失败了，演化成了一个苦笑，过了一会儿，他轻声说，"云澜，你就别再折磨我了。直到现在，我最后悔的事，就是没能和你保持距离，被鬼面一推波助澜就一错再错，大概是……是我修行不够，心志不坚，太软弱的缘故。"

赵云澜似乎感觉到了什么，立刻扑了过去，可这回一伸手抓了个空。沈巍面对着他，身体飞快地往后退去，几乎化成了一道黑色的残影。赵云澜眼睁睁地看着他消失在了自己面前，只留下了声音越来越远的一句话："我就送你到这里了，赶紧走吧。"

"走吧"两个字不断地在空气中回响，一下一下地撞在人的耳膜上，就像一句不祥的诅咒。祝红看见，有那么一瞬间，赵云澜的眼圈是红了的，然而不过眨眼的工夫，就硬生生地被他压抑了回去，只剩下满眼的血丝。

"你先回去。"几秒钟后，赵云澜盯着沈巍消失的方向，用一种非常平静的语气对祝红说，"带着大庆一起——对，你说要走，有具体时间吗？有的话提前告诉我，让汪徵帮忙安排一下……"

祝红截口打断他："赵处，这是怎么回事？"

赵云澜摆摆手，不想多说："没什么，你去吧。"

"我去哪儿？我哪儿也不去！"祝红声音高了起来，"他……沈……斩魂……唉！爱是谁是谁吧，刚才为什么要那么说？他逼你喝什么药？为什么……"

大庆跳到了祝红的脚面上，蹲坐在那里，抬头看着赵云澜，突然开口说："自古听说有'人鬼殊途'，老猫觉得你和他之间有某种联系，一旦靠近，水往低处流，死气深重的人会吸取活人的生气，也是自然规律。活人生气流失容易，还回来却不简单，须得是对方把牵动元神的地方自愿奉献，鬼王生来可以比肩圣人，大概也没有妖族内丹一类的东西，那大概……就剩下心头血了吧？"

赵云澜性格外向，但城府深沉，只要他不愿意，再大的悲喜似乎也能不形于色。

祝红听得只觉得一口气高高地吊了起来，可转过头去看他，那男人依然不言不动，脸色平静，被黄泉映照得苍白如雪，却怎么也看不出一丝孱弱伤感。祝红一时不知该说什么，然而人心到底是偏的，她心里有赵云澜，对方的喜怒哀乐都牵着她的一根筋，赵云澜还没怎么样，她却越想心里越堵，到最后简直越俎代庖地替他难过了双份，开口喊了出来："那他这就是陷你于不义！"

赵云澜的目光终于偏了个方向，落到了祝红身上："什么？"

"他就是故意陷你于不义！"祝红愤愤不平地说，"如果一开始他没在人间瞎晃，你怎么有机会认识沈巍这个化身？斩魂使神通广大，如果他不愿意靠近你，你还能强抢民男，把他扣在特调处吗？"

黑猫闻听这样一番大逆不道的指摘，一侧歪，从她的脚面滑了下去，感觉这姑娘的世界观已经在极短的时间里破碎，又不可思议地自愈了，抗打击能力让猫叹为观止。她好像一点儿也不记得她说的人是斩魂使——当年她连对方一封信件都诚惶诚恐不敢拆开的那个斩魂使。

祝红越说越火大，越说越心疼，不依不饶了起来："他分明是故意的！故意逼你、逼你……"

赵云澜从兜里摸出烟盒里的最后一根烟，"咔嗒"一声点着了，慢吞吞地吐出一口白烟来，口气淡淡地问："逼我什么？"

祝红一时语塞，片刻后，她福至心灵一般地脱口而出："逼得你不舍得放弃他，逼得你眼里只剩下他一个人，别的都能丢下不管！我看他从一开始就是居心不良！"

赵云澜轻轻地笑了一下，按着祝红的肩膀，把她往大槐树那里推了一下："得了，嚷嚷完了，快走吧。"

祝红跳着脚说："你到底有没有听我说话？！"

赵云澜敛去了笑容，垂下眼睑，弹了弹烟灰："你这傻妞啊，在人间混了这么多年，'双商'还是这么感天动地，也太不会说话了，知不知道什么叫'疏不间亲'？我们俩之间的事，无论是他不对，还是我不对，都是我们自己的事，沈巍是我硬拉来的，外人当着我的面数落他，就跟打我的脸没什么区别——这也就是我，懒得跟你一般见识，换别人早跟你急了。别废话了，快走，回去好好睡一觉，这两天辛苦，给你算节日加班。"

祝红声音直哆嗦："我是外人？"

"废话，"赵云澜斜了她一眼，"内人大于等于二就出作风问题了。"

祝红："你浑蛋！"

赵云澜无奈地一摊手："我哪儿浑蛋了？"

祝红终于被逼出了那句经典台词："在你眼里，我到底哪比不上他？"

围观全程的大庆用猫爪捂住脸，发现自己居然对这种八点档的狗血剧情喜闻乐见，实在是太降低猫的格调了。

赵云澜叹了口气："你跟他比什么比？你一个大姑娘，温柔、善良、纯洁、漂亮。"

"你还知道我是个大姑娘？那你知不知道我想要……"

"我瞎啊，"赵云澜打断她，嘴角一弯，露出两个小酒窝，"其实你也瞎，你看，我是个烟枪酒鬼，嘴贫人贱，脾气也不怎么样，温柔体贴装不了三天半就得现原形，还很能败家，过日子的事一点儿帮不上忙，祸害起来倒是很有一套，连我亲娘都忍受不了，早早把我扫地出门了，你一个大美人，有什么想不开的？"

祝红含着眼泪看着他："你少给我发好人卡！"

"真的，"赵云澜眯起眼睛，慢吞吞地享受着手里的最后一根烟，明明灭灭的烟火闪烁在他的指尖，"你不知道，我平时连袜子都懒得洗，买七八双轮着穿，轮完一圈再拎起来抖抖，按照味道深浅排个号，再轮一圈，然后随手塞进送洗的衣服包里，塞来塞去，老一只一只地丢。沈巍前一阵在我那儿住，托他的福，我才算穿上了成双的袜子，我其实都想不出他是怎么忍受我的——祝红啊，凡人命如蜉蚁，朝生暮死，你们妖族又都是死心眼，怎么不想想，将来我老了、死了，你怎么办？你回族里也挺好，或者哪天想回来，我也随时欢迎，只是咱们商量商量，以后不提这事了好吧？世界上比我好的爷们儿满大街都是，在一棵歪脖树上吊死，你说你傻不傻？"

他说着，把烧到了尾巴上的烟头掐灭了，仗着身高优势，把手放在了祝红的头顶，用力揉了揉她的长发："我就是个没节操的浪荡子，跟着我有什么前途？来，女神，让你好好呸一口去去晦气，再给你个解气的机会，把人渣卡糊我脸上，就说你看不上我，不要我了好不好？"

祝红的眼泪终于憋不住了，"唰"地一下流了下来。她哽咽着说："呸，死渣男，鬼才看得上你，鬼才要你。"

赵云澜一想，她这句气话说得还挺有意思，于是不合时宜地乐了出来：

"好吧，鬼就鬼。"

说完，他伸脚捅了捅大庆的肚子："你们俩一起回去吧，路上小心。"

然后赵云澜头也不回地走上了奈何桥，从桥栏杆上翻了出去，敏捷地跳上了一条摆渡船，把上面没有五官的摆渡鬼吓了一跳，而赵云澜拍了拍他的肩膀："兄弟，跟你打听个路，我想去找大封，应该怎么走？"

摆渡鬼脸白得像张白板，二话不说，直接跳船扎进了忘川里，大概是不用喘气的缘故，半晌连泡也没冒一个。赵云澜见自己一句话竟然把鬼吓得寻了短见，忍不住摸了摸鼻子，坐在摆渡船上思考了片刻。

"黄泉下千尺，黄泉下……"赵云澜盯着脚下平静的忘川看了看，忽然想到了什么，把沈巍的外衣叠平整了，放在了摆渡船上。河里有微弱的幽魂露出头来，试探地伸手想去摸。赵云澜头也不回地说："那是斩魂使大人的衣服，你摸一把是为了沾仙气？"

幽魂吓得一头扎进水里不见了。

赵云澜卷起袖子和裤脚，紧跟着跳进了忘川水里，远处响起女人和猫的惊叫，水里游荡的幽魂受了惊，涟漪一样地荡开。

忘川水冰冷刺骨，阴间什么东西都像刚从冰箱里拿出来的，赵云澜的明鉴表在水里发出了柔和的光晕。他往下看了一眼，打算竭尽所能往下潜一潜，喘不上气来了再上去，谁知这时，脖子上挂着的水龙珠却忽然散发出白光，凝成了一个巨大的气泡，把他整个人包在了里面。赵云澜试探着放开了鼻息，惊喜地发现，他又能喘气了，遂放心大胆地往下潜去。

这一下，就不知下去了多久，摆渡船上洁白的光晕已经完全看不见了，往上是漆黑一团的水，往下也是漆黑一团的水，明鉴表好像成了个手电筒，只发光，不再走针，就好像……他的时间已经完全停住了。

周围游荡的幽魂也渐渐没了踪迹，又过了一会儿，连水也似乎凝滞不动了。

没有光，没有声音，什么都没有，赵云澜发现自己心跳的声音变得非常吵闹，捂住耳朵也不能隔绝，鼓点一样。又过了一会儿，连明鉴表的光晕也暗淡了下去，周遭开始变得一片漆黑。赵云澜在黑暗中不知下沉了多久，他几乎有种错觉，仿佛不是没有光，而是他的眼睛又一次瞎了。

第八章

楚恕之没想到,他回到龙城,碰见的第一个人居然是郭长城。

他刚刚从地府解下枷锁,又拿回了自己当年被强行收去的东西,心情正好,于是趁着春节假期,找了个野坟坡、乱葬岗,好好地闭关了几天,直到收到汪徵说祝红打算辞职的邮件,才匆忙买了个站票,跟着返程的春运大军赶回龙城。

火车站人群熙熙攘攘,楚恕之往前走了一段,正东张西望地找出租车,却看到了郭长城——那年轻人扛着个巨大的编织袋,身体险些要弯成个句号,正艰难地慢慢蠕动着。

郭长城这人一看就是四体不勤、五谷不分,扛着那大包,就像蜗牛背着个重重的壳,过往的人都忍不住回头看这个年轻人。包里也不知道都装了什么,楚恕之眼睁睁地看着那本该很结实的尼龙袋子被坠出了一个小小的缺口。一个在路边卖煮玉米的阿姨还好心开口提醒:"哎,小伙子,你那袋子都快漏啦!"

郭长城一回头,东西太笨重,他侧身的时候就没留心脚底下,正好绊住了一个经过的姑娘的拖杆箱小轮。郭长城手忙脚乱,还没来得及道歉,就被姑娘旁边的小伙子推了一把:"看着点,往哪儿踩呢?"

郭长城本来就站得不稳当,脚下一踉跄,背上的"城墙"顿时塌了,只见尼龙编织袋的底部分崩离析,一堆让人匪夷所思的东西噼里啪啦地掉了出来,有锅碗瓢盆、装在小塑料袋里的食品和衣物,最诡异的是,还有一个直径六十厘米左右、厚八厘米的木头大砧板——他好像是把一个微型沃尔玛扛在了身上。

推他的小伙子也是刚从人山人海的火车站里杀出一条血路来,正烦躁,嫌恶地皱着眉"嘶"了一声,见郭长城穿着灰扑扑一身旧衣服,把他当成了返城的农民工,嫌恶中又莫名有了点说不出的优越感,一手拉着旁边的姑娘走,一边尖刻地抱怨说:"知道人多还带这么多东西,有病。踩坏了人家的箱子你赔得起吗?"

郭长城嘴里连声道歉，手忙脚乱地蹲下捡东西。光荣牺牲的尼龙编织袋两头漏，郭长城愁出了一头热汗。这时，一只枯瘦的手伸过来，轻巧地把尼龙袋两头绾了个死扣，做成了个布兜的形状，然后把袋子里的杂物往中间一兜，往下坠了坠，就好像拎起一个空袋一样，一只手就把这些鸡零狗碎给兜了起来。

郭长城一抬头："楚哥！"

他要是有尾巴，大概已经摇成了电风扇，把僵尸尸王当成了从天而降的大救星。楚恕之没理他，一手拎着大尼龙袋，一边转向没走远的年轻人，脸色不大好看地说："前面那个，我劝你最好立刻滚回来道个歉。"

楚恕之一沉下脸，尤其吓人，天然带着一股子亡命徒的凶狠阴沉。方才威风的年轻人对上他，立刻就色厉内荏了起来："你还想怎么样？"

楚恕之抬腿向他走过去，被郭长城一把抓住："楚哥，楚哥咱们快走吧，刚才是我没看见，我对不起。"

他局促地抬起眼冲对方笑了笑，握住楚恕之冰凉的手："我的错，我的错。"

前面的两个人骂骂咧咧地走了，完全不知道自己方才躲过了一场大危机。

楚恕之回头白了郭长城一眼，认为他不单圣母得有病，简直是脑子不正常，没脾气、没血性到他这种地步的，别说他不像个血气方刚的小伙子，他简直不像个人。他没好气地挣开了郭长城的手，指了指手里的杂货袋子："你家揭不开锅了，大过年的倒卖杂货？"

"不是，我这是给人送去的，没想到半路袋子坏了。"郭长城屁颠屁颠地跟着他，又颇觉不好意思，"我、我，还是给我拎吧，没有多远了。"

楚恕之不耐烦地躲开他的爪子，皱皱眉："带路。"

郭长城连忙小碎步地跑在了前面带路。路过站前街，七拐八拐地进了一条小胡同，就到了繁华城市的灯影地带，胡同里是一排破破烂烂的小平房，往最里面走，一个梳马尾的女学生正在门口，拿着一把扫帚扫地，看见郭长城，她高兴地打了个招呼，露出脖子上戴的一块某高校假期志愿者的牌子。

郭长城看到女孩子多少有点不好意思，不自然地低了低头，蚊子似的嗡嗡了一声："你好。"

小姑娘有眼力见儿，看见楚恕之手里的大包，立刻扔下扫帚，帮他推开了门，一边走一边问郭长城："有没有登记过？有没有打印出来？要在网上——圈出来感谢人家的。"

郭长城连忙点头，从兜里掏出一沓打印纸，足足有七八页，上面细细地记录着什么人捐助了什么东西，捐助人的联系地址、电话、网名ID等信息，捐助的东西从金额不等的人民币到大白菜，简直千奇百怪，不一而足。

原来这是龙城几所高校牵头，趁寒假联合了一些社会服务组织发起的义工行动，叫"老吾老，幼吾幼"，郭长城他们这一边，专门针对城市底层丧失生活能力的老人，每个小社团负责长期照顾固定的几个老人。郭长城不大会和人交流，无法承担给老人解闷和向社会征集捐助的工作，就力所能及地帮着干点体力活，利用假期当了搬运工。

楚恕之帮他们把东西放下，顺路开了郭长城的车，带他一起回光明路4号。郭长城的手掌被尼龙袋子磨破了，他坐在副驾驶上，闷不作声地用湿纸巾擦着。

楚恕之难得有心情跟他多说了几句："你怎么还什么人都管，是要普度众生吗？"

郭长城瞪着一双无知的眼睛诧异地看着他。

楚恕之摇摇头："做这些事，家里人知道吗？"

郭长城："没特意说过。"

楚恕之不大理解他："那你初一去上头香了吗？你这样的，许愿容易灵。"

郭长城又摇了摇头，他对自己现在的生活简直满意得不得了，除了家人朋友都平安健康，实在也没什么好求的——眼下家人朋友看起来确实都平安健康，他觉得没事还是别给菩萨找麻烦的好。

趁着红灯，楚恕之忍不住偏头看了郭长城一眼——他不高、不壮也不帅，五官说不上好看，平时低调得很，身上连件普通年轻人流行的大众牌子也没有，都是不知道哪辈子的旧衣服，基本上属于扔在人堆里就找不着的类型；因为总是缺乏自信，所以也谈不上有气质。可是当他坐下来，安安静静地不出声的时候，平静的表情却透出某种说不出的、天然的禅意。郭长城是凡人，每天酒肉穿肠过，连修行是什么都弄不明白，经书里的字一半不认识，就连全世界的菩萨、罗汉，他只是通过脍炙人口的电视剧《西游记》熟悉了两位：一位是观音，另一位是如来。

可楚恕之就是能感觉到，他在旁若无人、安安静静地修某种东西。

既不是今生的福祉，也不是来生的功德。

凭楚恕之的眼力和修为，他只是朦朦胧胧地有那么一种感觉，具体是什么，却再也说不清了。尽管楚恕之不明白郭长城做这些事是怎么想的，可不妨碍他心里忽然不舒服起来，似乎是有些愤懑，又似乎是不平——不说别的，就小孩这一身三尺厚的功德，难道不该平安幸福一生吗？怎么会偏偏生了个薄命相？虽然大家都知道生死簿上论功过是非常扯淡的事，可地府用得着这么明目张胆地不公平吗？

他不说话了，他的脑残粉郭长城也没有勇气主动挑起话题，两人就一路无语地到了光明路4号。

此时，夜幕已经降临，人、鬼到齐了。

楚恕之一进刑侦科，映入眼帘的先是一众两眼空茫的妖魔鬼怪，他的同事们仿佛集体被雷劈了。楚恕之还没来得及问这是怎么回事，就见汪徵回过头来，颤颤巍巍地问："楚哥，你知道沈老师……赵处招来的沈巍，其实就是斩魂使吗？"

楚恕之愣了愣，淡定地说："哦，赵云澜那个脑残，什么事干不出来？所以老赵人呢？玩脱了就跑了？"

大庆在一边"喵喵"地说："他跳进忘川水里去了。"

楚恕之："……哎哟，自尽？"

大庆和祝红经过了最初的慌张，此时已经基本镇定了。祝红知道赵云澜随身带着水龙珠，有水的地方都无法伤害他。她刚把水龙珠挂在了赵云澜身上，就发生了这事，祝红觉得，如果她再多心一点，简直要以为蛇四叔是事先知道了什么。

祝红说："我猜他可能是去找斩魂使了。"

楚恕之打眼一扫，只见除了身在外地正往回赶的林静以外，光明路4号的班底都已经到齐了。他双手插在兜里，往后靠在了办公室的门上："我看这样，咱们把大家分别知道的事都往一起说道一下，最近太乱了，我们集中一下信息……"

说到这里，楚恕之话音突然一顿，脸色骤然惊恐起来，弄得其他人都十分紧张："楚哥想到什么了？"

"等等，沈巍就是斩魂使？"楚恕之的脸惨绿惨绿的，"要死，我以前调戏过他！"

所以说，有时候，淡定帝只不过是反射弧比较长而已。

赵云澜早失去了时间和空间的概念，同样是两眼一抹黑，在大神木里和在忘川水里，是两种完全不同的感受。无法言喻的压迫感让他的太阳穴似乎给挤在了一起，渐渐地，一种类似于低血糖的恶心和乏力感充斥进他的胸口，心脏好像要从胸口跳出来了，耳边动脉跳动的声音开始强烈急促到人无法忍受的地步。赵云澜连头也不敢乱动，因为觉得自己稍微晃一下脑袋，就能直接晕过去。

就在快要崩溃的时候，他看到了一点光。

那光比萤火还要微弱，可对于已经习惯了黑暗的眼睛而言简直近乎刺眼，赵云澜伸手遮挡了一下眼睛，情不自禁地被那微光吸引了过去。凑近后，他才发现，那里有一棵巨大的古木，枝干一眼望不到头，直径有百米宽，却是棵枯树，上面连一片叶子也没有，只有枯槁虬结的枝干，摸在手里有种粗粝难言的沧桑。

赵云澜精神一振：难道这就是功德古木？

他打起精神，一路沿着树干又往下潜了近千米，终于见到了古木的树根。赵云澜的脚在漂了许久之后终于碰到了陆地。他先是绕着功德古木走了一大圈，在一侧发现了一个古朴的石碑。借着古木的微光，赵云澜看清了上面刻了什么。

从未见过，却偏偏认识的字——"皇天后土，魑魅鬼城，大不敬之地。"

"女娲……"这个名字不知怎么的，突然脱口而出。

他的声音如水波一般，飘荡着散开，瑟瑟如叹息，激起了黑暗深处的躁动。赵云澜鬼使神差地伸出手，指尖触碰到石碑的边缘，白光整个涌入了他的脑子。他一时看不清任何东西，目光却似乎洞穿了整个时空，落到一个人身蛇尾的女人身上。

她长发曳地，姿容秀美，无端让他生出一种来自生命本源的亲切感，像母亲又像长姊。接着，陌生又熟悉的女人声音在他耳边响起，她说："昆仑，如果是神农错了呢？如果我们其实都错了呢？"

神农错了？神农干什么了？

那女人又说："可是……我们已经不能回头了。"

什么不能回头……等等！

女人眼睛里似乎有泪水，无限留恋地看了他一眼，冲他张开了怀抱。赵云澜伸出手，还没来得及触碰到她，她就像是碎在虚空中的光影一样，在他面前碎成了千万片。

"不……"赵云澜无意识地开口，却没能发出声音。

下一刻，光阴流转，赵云澜恍惚回到了不知多久远以前的过去，一瞬间，他忽然分不出自己究竟是山圣昆仑君，还是万年后的凡人赵云澜。

他记得那时……他每天都守在漆黑的大封口上，背靠着大石碑静坐，闲来无事就对着功德古木发呆，一呆就是一整天。后来不知什么时候，有个俊秀又诡异的少年，整天跟在他身边，像条小尾巴。

昆仑君一开始不理他，后来终于忍不住问："这是你的地盘了，你还老跟着我干什么？"

少年就直眉愣眼地说："喜欢你。"

昆仑君整天被人说放诞无礼，终于有机会说别人一次了，于是抓紧了这次机会，毫无愧色地"斥责"道："无礼。"

鬼王少年莫名其妙地看着他，不知道自己一句好话怎么就无礼了。

昆仑君守着封印不知多少年，穷极无聊，于是又逗他："你喜欢我什么？"

白纸一张的鬼王少年对自己的欲望坦坦荡荡，直白地说："好看，想把你藏起来，每天抱着你。"

昆仑君忍不住看了一眼这胆大包天的小鬼王，没觉得被冒犯，反而觉得挺有趣，笑骂道："说的什么鬼话。"

少年鬼王虽然不十分明白为什么被鄙视了,但是认为昆仑君说的话都是有道理的,于是十分自惭形秽地低下了头。

昆仑君招招手:"过来,我给你这不开化的小东西传传道义。"

第九章

洪荒初定的时候,大圣神农氏亲自下凡间,尝百草救人性命,化为采药老叟,在人群中传道开蒙。昆仑君混在人群里听过几次,于是给少年鬼王照本宣科,说得半通不通,纯粹为了解闷,糊弄得什么都不懂的少年鬼王听得一个字也不敢错过,把他说过的每一句屁话都奉为金科玉律。渐渐地,在绝地一般的炼狱门口,一个传道,一个听讲,竟也生出了某种相依为命般的感情。

少年鬼王依然对昆仑君痴心不改,只是天生是知道羞耻的,听了他的话,知道把心里的话直白地挂在嘴边不好,于是就不再说,每天变着法地讨他欢心。可惜他再变,能变出来的花样也十分有限,大不敬之地总是没什么好玩的,赤地千里,寸草不生,平时的消遣不过就是捉两个低等的幽畜放在一起,看它们互相撕咬,最后一个吃掉另一个。

少年鬼王不喜欢这种消遣,昆仑君当然更不可能喜欢。

小鬼王于是费尽心机地攒了三十六只幽畜的大板牙,认为这象征了起自昆仑山口那波澜壮阔的三十六山川,又用自己几根长发编成线,把它们穿成了一个别出心裁的项链,送给了昆仑君。

昆仑君接过这三十六颗大板牙的表情非常奇怪,比那串项链本身还要奇怪,似乎是牙疼,却还硬是压迫着五官,强行挤出了一个不甚典型的笑容,咬牙切齿地道了谢。小鬼王觉得他大概是不喜欢——反正昆仑君一次也没戴过,每次提起,都要顾左右而言他。

可小鬼王的生命如此苍白匮乏,他再想不出别的了。有一天,少年鬼王坐在功德古木隆起的大根上,无意中想起了他惊鸿一瞥浏览过的人间,忽然说:"有一种花,长得像铃铛一样,什么颜色都有,凑近了闻,飘着一股非常淡的香味。"

昆仑君侧头看着他："嗯？"

胸无城府的少年鬼王露出向往的神色："真好看，如果用它编一条链子，你就会喜欢了吧？"

昆仑君沉默了片刻，似笑非笑地说："我守在这儿，你们鬼族可出不去，跑了一个都不行。原来你讨好我，是为了想到人间去？"

少年鬼王没想到引了他误会，连忙摇了摇头。

昆仑君见他失措，就忍不住逗他："那是为了什么？"

为了……少年鬼王定定地看着他，迎着昆仑君戏谑的眼神，想说，却又不知说什么好，陌生的……不属于鬼族的情绪在他胸中激荡，左冲右撞，倾诉不出。他只觉得自己那些倾慕，说出来都显得太粗鄙，而粗鄙了，也还不一定能说出他心里的百分之一。

少年鬼王着起急来，双手情不自禁地伸出尖锐的爪子，焦躁地露出阴沉又有攻击性的表情。传说生于世间，除了宿命般求不得之苦，大多的苦楚来自于想得太多而读书太少，书是先圣留下的，可是曾经那些先圣，他们生于混沌，压根无书可读，无人能解惑，只能怀着对天地的诸多疑问，跌跌撞撞地一路走下来，想来是极度焦虑痛苦的吧……乃至于跟人说一句心中所想，都挑不出一句合适的。

昆仑君却大笑起来，轻轻地勾过他的下巴，在少年光洁美好的额头上轻轻吻了一下，然后飞身上了树枝。

少年鬼王呆坐片刻，一身戾气不知什么时候烟消云散了，脸从两颊一直红到了下巴尖、耳侧。好半晌，他无知无觉地站了起来，就像喝醉了酒一样，连脚都是软的，没头没脑地从功德古木的大树根上摔了下去。

他觉得自己整个人被一股热气笼罩着，轻飘飘的像是浮在半空中，连忘川水也无法让他这样自在无边地漂浮。

少年鬼王突然一声不吭地转头跑进了大封中，一头钻进大不敬之地，足足走了几十年不见踪影。等他再出现在昆仑君面前的时候，似乎长大了些，身体抽长了一点，看起来几乎要和昆仑君差不多高了，柔和的少年线条变得硬朗了起来，唯有眉目如画，仿佛始终如一。

他小心翼翼地捧着一团金光璀璨的火到了昆仑面前。

"这是什么？"

"这是你左肩上的魂火，原本散在大封中各处，我花了五十年，才把它们收集到一起。"鬼王小心翼翼地拢着那团温暖的火焰，留恋地在脸上蹭了一下，递到昆仑君面前，"还给你。"

昆仑君嘴角的笑容渐消，好一会儿，才看着对方问："那么你想从我这儿得到什么呢？"

"那个……"鬼王语塞了一下，似乎不知道该怎么表达，好一会儿，才扭扭捏捏地指了指自己的额头，"那个……能不能再来一次？"

昆仑君打量他许久，把少年看得手足无措起来。昆仑君突然把鬼王的手捏住，让少年修长的手指攥住了那团闪耀不休的魂火。

"我富有天下名山大川，想起来也没什么稀奇的，不过就是一堆烂石头、野河水，浑身上下，大概也就只有这几分真心能上秤卖上二两，你要？拿去。"

少年鬼王那一瞬间豁然开朗，才知道，原来他所汲汲渴求却说不出口的东西，还有这么一种说法，叫作"真心"，只两个字，就能让人万劫不复。鬼族不是生灵，然而他在那须臾的弹指间，却仿佛听见了自己不存在的心跳声。

"还有这个，你如果喜欢，就留着吧。"昆仑君在他的手背上拍了拍，"我的心头血化成了镇魂灯的灯芯，身体化成了灯托，只有元神守在这儿，要回它也没什么用。上次给你的那根筋，还留着吗？"

少年连忙点头。

"拿出来我瞧瞧。"昆仑君淡淡地说。

少年鬼王就扒拉开身上野人一样颠三倒四的衣服，从贴身的地方取出了那根筋。

"知道这是什么吗？"

少年愣了愣。

"这是我的脊梁骨。"

少年鬼王手一哆嗦，险些拿不住手里的东西，却被昆仑君轻轻地捏住手腕。大荒山圣就着他的手，轻轻地抚摸着从自己身体上扒下来的筋骨："我是昆仑神山化出，再早一点，可以追溯到盘古神斧，我的筋骨连着天柱昆的地脉，震一下，就能让天地变色。"

他说着，屈指做了一系列极为复杂的手势，那神筋就化成一缕金色的光，顺着他的手指，直直地没入了鬼王的额头里。那一瞬间，少年鬼王觉得自己听见了沧海桑田、十万大山隆隆而起的声音。他就像忽然上了无法言语的高顶，视野居高临下，能看清每一条山川河流，看它们或拔地而起、或轰然陷落，或奔流不息、或浩浩荡荡。

昆仑君的声音夹在其中："从此，十万大山听你号令，你虽然难脱鬼胎，有了这根神筋，却已经算是半仙半鬼，以后可以自由来往三界，天上也好，人间也好，我不再管你了。"

少年的心狂跳起来，隐隐感觉到了什么。

"我不！"他一嗓子把自己从万千山水的幻象中喊回了现实，"你在这里，我哪儿也不去。"

"我留不长了。"昆仑君望着千丈忘川看不到顶的水，轻声说，"我只是一段元神，走不了，也留不长，最近忽然觉得我的日子就快到了。"

少年鬼王慌忙问："到什么日子？你要去什么地方？"

"不去什么地方，我要死了。"昆仑君平静地说。

"不可能，神怎么会死？"

"神当然会死，盘古、伏羲、女娲、神农他们不是都死了吗？"昆仑君说，"现在轮到我了。"

少年鬼王听了，呆了片刻，而后骤然露出狰狞的神色："如果没有大封，如果不是你替女娲封了四柱，如果不是你身化镇魂灯，是不是你就不用死了？那我砍了这树，捅破了这该死的大封！"

少年鬼王有时候就像是一条圆滚滚、毛还蓬松着的小狼，和小狗长得很像，习性似乎也随了过去，只要抬手顺顺他的毛，他就会乖乖地滚在地上露出肚皮任人抚摩，然而嘴里却始终含着獠牙，稍不留意，就会露出来，给人见血封喉地来上一口。

昆仑君早就习惯了他的野性难驯，也不以为意，只是抬手放在他的头上，温柔地说："不死，一直活着……小孩，虚空中的石头也是不朽的，可它到底也只是块石头，懂吗？神农说过，'不死不灭不成神'，我以前一直觉得他胡说，直到现在，才稍微有一点明白……"

少年鬼王一巴掌甩开了他的手，一点儿也不想知道他明白了什么："你敢！"

昆仑君摊开了手，他的手忽然之间显得有些透明。盛怒中的少年吃了一惊，一把攥住他的手，紧张地放在手心里反复翻看，好像这样才能确认他还在一样，依然不死心地说："如果我砍了功德古木呢？"

昆仑君笑了笑："你继承了大荒山圣的权柄，连诸神禁地的大神木都能砍，功德古木又算什么？"

少年鬼王又说："那我也可以劈开大封，劈开那女人留下的破石头，对不对？"

昆仑君笑了一声："你可以，不过那样的话，我大概会死得更快吧。"

"我还可以……"少年鬼王词穷，恶狠狠地说，"我还可以把世上的人都杀完，我可以屠尽所有活物，让山不绿、水不流，满地尸骸，千里没有人烟。"

昆仑君颇有趣味地一挑眉："哟，这么厉害吗？"

少年鬼王攥紧了他的手："你不准死，我什么都办得到，什么事都办得出来！"

"神农又说对了一件事，"昆仑君板起脸，冷冷地看着他，"早该把你弄死，永绝后患才好。"

少年鬼王倔强地抿嘴瞪着他。

昆仑君却又笑了，温和得就像冬天过去以后，第一条开冻、映着周遭浅浅绿意潺潺而过的河水："唉，不吓唬你了。听我说，从神农氏向我借肩头魂火开始，不，从神魔大战、女娲造人……甚至盘古开天开始，这些就是注定的，注定了我在这个时候、在这个地方死。你就算让天地重新合上，也只是让我死得毫无道理而已，并不能阻止什么。"

少年鬼王的眼圈倏地红了。

"你不懂。"大荒山圣说，"所谓'命运'，并不是什么神神道道的束缚，而是某一个时刻，你明知道自己有千万种选择，可以上天，也可以入地，却永远只会选择那一条路……这些事我小的时候也不懂，长大了才懂，等你以后长大了,大概也就明白了。"

少年鬼王终于发现自己是无能为力的,他所有的本领都是杀戮、破坏和吞噬,他出世就是石破天惊,可以让鬼神瑟瑟发抖,可那有什么用呢?

他仍然留不下他最喜欢的人。

昆仑君眼见面前满脸煞气的少年眉梢一点一点落下,那时,小鬼王还没来得及学会那种将喜怒哀乐都按捺在心里的含蓄和压抑,呆愣了片刻,他突然"哇"的一声,号啕大哭了起来。

昆仑君近乎怜爱地看着他,心里遗憾地想:可惜看不见小美人长成大美人了。

转眼,就是人间万年的风霜雨雪、物是人非。

赵云澜好像触电一样地松开大封印石,突然惊觉身后有人。那人轻笑了一声。赵云澜一把抽出了镇魂鞭,往后连退了两步,背靠着大封印石,戒备地看着十步开外的鬼面。

鬼面也在打量着他,微微晃了晃脑袋,虚假的鬼面上露出一个笑容:"听说里面有女娲的全部记忆,你究竟看见什么了?"

赵云澜冷笑一声:"我为什么要告诉你?"

鬼面缓缓地踱到他面前,也学着他的样子伸手去摸大封石:"数万年前,我与他是双生的鬼王,没什么差别,偏偏他讨了你昆仑君的喜欢,于是数万年后,我们俩一个在里面,一个在外面,一个蹲监狱,一个当牢头。"

鬼面上翘起的嘴角垂下,压低了声音,一字一顿地说:"可是大封也要完蛋了,所以我才能随意进出——到最后,什么都会死,你也一样。昆仑,如果当年不是我的傻兄弟突然出手暗算你,禁锢了你的元神,硬是把你塞进轮回里委屈成了一个世代转世的凡人,到现在,你也早就和那些上古神明一样烟消云散了。这世上,一切都不能长久,长久的只有死,只有混沌。"

他说着,轻轻地伸出冰凉的手指,触碰到赵云澜的脸颊,忽然如同呻吟一样地叹了口气:"可是'死'本身,却被你一团魂火点着了,幻化出我们这些……不生不死的东西,这不是阴差阳错吗?"

赵云澜皱起了眉,侧头躲开——他左肩的魂火究竟是怎么失落的,目前已经听到了好几个版本,实在不知道哪个才是真的:"我的魂火难道不是被神农借走的?为什么后来出现在了大不敬之地?又为什么说'死'本身是被我点着的?"

鬼面被他问得一愣,假面具上空白了一瞬,好像一时没弄清赵云澜是什么意思。突然,他明白了什么,前仰后合地笑起来:"哈哈哈哈哈,原来是这样!我还以为他多清白无辜、多圣人嘴脸,原来……"

他的话音陡然止住——因为斩魂刀当空劈下,带着把他整个人劈成两半的戾气。鬼面飞掠躲开,余下的刀风逼得赵云澜都忍不住后退了一步。

赵云澜一惊:"沈巍?"

沈巍一脸杀气,抬手要去抓他:"一个人来这种地方,我看你是疯了!"

可他还没来得及碰到赵云澜,鬼面却突然从中冒出来,一抬手架住了沈巍的胳膊,化成一团黑雾,猛地撞进了赵云澜怀里,正好掣肘住了他手中长鞭。紧接着,鬼面化身无数道黑烟,把赵云澜从头到脚裹在了其中,嘴里发出一串大笑。

然而下一刻,他的笑声却陡然止住,黑烟散去,重新凝成鬼面,原地已经空无一人。

鬼面顿了顿,似乎也有些愕然,低低地说:"有人把他带走了,谁?"

第十章

赵云澜被鬼面的黑雾缠住的时候,感觉自己就像脑袋上被人套了个麻袋,好不容易挣脱下来,却莫名发现自己瞬移了。

他不知自己到了什么地方,反正是不在忘川下面,眼前一片白茫茫的,于是卷起了镇魂鞭梢四处寻摸。忽然,在一片快要勾出他雪盲症的白里,他看见了一个孤绝的背影,远远地在前面走着。

赵云澜个高腿长,很快就追了上去,发现那是个身材矮小的老者。老人可能也就才到他胸口高,后背弯得像只煮熟的大虾,背着个云贵地区常见的背篓。赵云澜探头往背篓里一看,空的,里面什么也没装,可那老人就像背了几百斤重的东西，把他压得连头也抬不起来，面朝地、背朝天地往前挪。

赵云澜伸手托了一下大背篓，嘀咕了一句："有那么沉吗？"

老人终于停下脚步，抹了一把额头上横流的汗，抬头露出一张苍老而黝黑的面孔，让人想起那幅著名的油画《父亲》里的端水老汉。他对赵云澜露出了一个疲惫的笑容："来，你跟我来。"

"去哪儿？这是哪儿？您是哪位？"

老人不回答，只是又埋下头，像拉犁的老牛一样艰难地往前走，肩膀被空背篓压得深深地陷了下去，领口露出一对干瘪又突兀的锁骨。

"是您老把我弄到这儿来的？哎，这都干吗呀？我好不容易才逮着我老婆，话都没来得及说一句呢，就让您这么横插一杠子给搅黄了。"

老人淡淡地微笑着听他的抱怨，既不解释，也不答话。

赵云澜又问："您背的什么东西？"

老人不回答，只是随着他自己的步伐，哼起了一段词："镇生者之魂，安死者之心，赎未亡之罪，轮未竟之回……"

他拖着长长的声音，用一种似唱还念的声音一个字一个字地吐出来，来回来去总是这两句，低沉辗转，声调让人想起过去丧葬时一路撒纸钱一路嚷嚷着"本家赏钱一百二十吊"的跟夫。

赵云澜满心疑虑，手里的鞭子变成了红字黑纸的镇魂令，被他卷成个烟卷的形状叼在嘴里，耐着性子跟着老人走。可是走了半天也看不见头，他有种错觉，就好像自己是走在了一条上天的天路上。

等等，天路……天路不是不周山吗？

不周山不是已经倒了吗？

这念头刚一起，虚空中就不知从哪里传来了一声叹息。赵云澜忽然意识到了什么，紧紧地盯着老人的身影，脱口说："你是神农？"

老人的脚步再次停了下来，缓缓地转过头，一言不发地看着他。

赵云澜周身的肌肉一瞬间绷紧了。

自从他确定大神木里面的所谓"记忆"是假造的之后，心里就一直隐隐地有种怀疑——昆仑山巅尚且不是什么人都能上得去的，能在大神木里动手脚的更不用说，一只手就能数过来。后来赵云澜在脑子里把那段记忆推敲了无数次，里面关于他左肩魂火的去向非常模糊，关于不周山倒那一段又生硬异常。

所以……是什么人在骗他？

神农氏好像是最可疑的。大神木里的那段记忆中，神农从头到尾都以一种恰到好处的、冷眼旁观的态度出现，乍一看好像十分大义凛然，细想却能发现不对。那段记忆是一个完整的故事，里面出现的任何一个人如果被取消，最后都会有不同的结局，也就是说，他们的一举一动都牵连着很多能说得通的因果，唯独神农——即使那段故事里没有神农，开头结局是一样的，完全不会影响什么。

后来见了附在他父亲身上的神农药钵，听了鬼面说漏嘴一般的那句"神农借去了你的魂火"，似乎都在印证他的怀疑。而大封印石里，女娲似是而非的那一句"神农错了"，又不偏不倚地挑动了赵云澜的神经。

赵云澜捏紧了拳头："所以对大神木动手脚的人，到底是不是你？"

老人没有答话，脸上露出担忧的神色。有那么一时片刻，赵云澜觉得自己听见了不周之风的声音。

突然，眼前雪白的世界分崩离析，灼眼的强光打进来，赵云澜忙捂住眼睛。好一会儿，他才透过被刺激得直流眼泪的眼睛，发现自己竟然到了人间。

赵云澜打量着周遭，心里升起了某种熟悉又陌生的感觉。他一开始没想起来，直到看见街角的一家冰激凌店，才骤然睁大了眼睛——这里是他家附近！

对街那个冰激凌店老早就已经倒闭了，五六年前就被装修成了一家小火锅店。

他一时有些发蒙，用身上不多的零钱，在那店里买了一碗沙冰，然后鹤立鸡群地挤在一帮中学女孩中间，盯着人家店里墙上挂历上那个巨大的"2002年"。

他莫名其妙地回到了2002年！

赵云澜觉得自己简直就像是在做一场梦，或者在看一场场景都切换不利索的蹩脚电影，一会儿天上，一会儿地下，好不容易回到人间，竟然还莫名其妙穿越到了十一年前。

就在这时，赵云澜用余光瞥见了一个人，他透过冰激凌店的橱窗往外望去，看见从他家小区里开出了一辆熟悉的车——那辆承载了他无数童年回忆后来被他爸换掉的旧轿车！

赵云澜立刻把没吃完的沙冰丢在了桌子上，以捉奸一般迅猛的速度冲了出去，沿街拦了一辆出租车，摸出兜里破破烂烂的工作证往出租车师傅眼前一晃："麻烦您给我跟紧前面那辆车！"

师傅没想到自己有生之年竟然还能拉一回"007"，立刻激动了，一脚踩下油门，出租车像炝蹦子一样地呼啸而出，险些把赵云澜拍扁在副驾驶车座上。

赵父开车一直到了古董街，再往里，就是那条满是店铺的小胡同了，里面不让走机动车。赵云澜隔着百十来米，眼睁睁地看着他爸把车停在了路边，戴着一副明星防狗仔的大墨镜走了进去。

"师傅，停这儿，停这儿！"赵云澜眼睛紧盯着他父亲的背影，胡乱伸手摸出钱包，刚要掏钱，被司机师傅义正词严地拒绝了。

赵云澜："您快拿着，别浪费时间，我要把人跟丢了。"

司机师傅大义凛然地敬了个礼，然后用力握了一下他的手，铿锵有力地说："同志，你去吧，不收钱，我要为人民服务！"

赵云澜无语了一秒钟，决定不再客气，果断跳下车跑了。

十一年前的古董街还不像之后那么规范，挺窄的一条胡同里，四处都是地摊，从珠宝玉器到古玩字画，什么都有，甭管真的假的，反正看起来挺热闹。赵云澜干吞了一张闭气隐蔽踪迹的黄纸符，符纸是他前一阵子瞎的时候画的，好的都拿去卖了，他身上就剩下几张残次品。前面的赵父显然是神农药钵上身的状态，赵云澜怕劣质纸符泄露形迹，不敢追得太近。

于是一拐弯，他就把人跟丢了。

赵云澜在各家店铺门口都探头探脑了一番，哪儿也没看到人，目光就落到了那棵能沟通幽冥的大槐树上。

赵云澜深吸一口气，无可奈何，只好在一天之内二下黄泉，他心里恨不得把那破碗精打出屁来。活人走黄泉路绝对不是什么特别美好的经历，即使是像赵云澜这种敢在寒冬腊月里光脚下楼的光棍，黄泉路上那股能侵入骨头缝的阴冷也让他颇为吃不消。

"赵父"在黄泉路上等了片刻，当中不断地搓手，眉头越皱越紧，似乎在等人。

黄泉路只有细细窄窄的一条，前后无遮挡，赵云澜也不敢贸然现身，只好远远地蜷在大槐树里，感觉自己像是被卡在了阴阳两界中间。就在他已经快要缩得半身不遂时，一个熟悉的人影从黄泉路那一头走了过来。那人十分显眼，因为他所到之处简直是寸鬼不留，连板着脸玩命装淡定的阴差都忍不住低头退避，远远看来，好像摩西分海。

赵云澜一看，心情立刻微妙了——来人居然是沈巍……斩魂使。斩魂使披着黑雾与长披风，没有露出脸，走到"赵父"面前五步远的地方站定，一声不吭，身上的冷意比萧疏的黄泉还要欺人。"赵父"也停止了走动和搓手，他们俩就像比着沉默一样，气氛压抑地对峙着。

不知过了多久，"赵父"才率先开口打破了沉寂："云澜回家的时候带回来的那份晚报上，有阁下的气息。"

沈巍轻轻地冷笑了一声。

赵云澜从来没听过沈巍这样冷笑，有那么一瞬间，他怀疑面前这个包裹在黑衣里的人根本不是沈巍，而是那个阴阳怪气的鬼面人。

"赵父"身上尽管附上了一个好了不起的魂，可本体毕竟是肉体凡胎，在黄泉路上没过多久，嘴唇就冻得白里透出了紫，然而声气却一点儿也不弱："你别忘了，当年你执意把昆仑君的魂魄送入轮回的时候，答应过祖师什么。"

"嗯？"沈巍这才终于缓缓地开了口，"我只是隔着很远看了他一眼而已，他过来时我就躲开了。上仙就算信不过我的人品，担心我背信弃义，难道还信不过先圣神农的金边契约吗？"

他的语气听起来一如既往地温和有礼，可赵云澜惯于听话听音，敏感地从他一句话里听出了轻慢与挖苦的味道。

"赵父"："可是大封又是怎么回事？后土大封为什么会松动？"

"当初的伏羲大封才不过几百年，就被天柱带倒，算是破而后立。而自女娲以降，到如今，新立的后土大封已经存续了不知几千年，已经比预期的强了许多。"沈巍冷冷地说，"水滴尚且能穿石，眼下大封松动，是它到了该松动破碎的时候，谁也无法回天，恕我无能为力。"

"后土大封是女娲以命相抵，又是昆仑君一片心血，我当然没说你会对它做什么不该做的事，只是大封要是彻底崩了呢？你打算怎么办？"

"是啊，"沈巍轻描淡写地接了一句，"打算怎么办呢？我十分愚钝，现在总算明白当初先圣们说的'不死不灭不成神'是什么意思了——只是算起来，我其实本来也不是什么被万民敬仰的神明呢。"

"你不要以为大封破的那一日，神农之约就无法束缚你了，要是我儿子……"

"赵父"的话音到这里，突然不自然地停住了，好像电影放到一半音箱坏了，只见他张嘴，却发不出声音。

沈巍的脸藏在一片黑雾之后，可赵云澜就是感觉他笑了。只听他慢条斯理地说："儿子？上仙真是入戏太深了，您说'令郎'要是知道，上仙竟然放着好好的逍遥神仙不当，下界附在一个凡人身上，还偏偏附在他的父亲身上，他会觉得您是敌是友呢？"

"赵父"的喉咙里发出"咯咯"的响动，他用手扣住了自己的脖子，双目怒睁，却就是说不出一个字来。

沈巍好整以暇地看了他一会儿，终于轻笑一声，一挥手，"赵父"就像被什么人打了一拳，连退了好几步，踉跄着站稳："你……"

沈巍双手一拢长袖，微微点头致意："上仙还请慎言，有些话大家心知肚明，可还是不说的好，您觉得呢？先圣神农德高望重，我心里当然也是十分尊敬的，可是尊敬归尊敬，他要是还在世，我也必然和他势不两立、不共戴天。上古三皇我尚且不放在眼里，上仙身为神农宝钵，恐怕也还没有修到先圣那样的大神通吧？"

"赵父"浑身都在发抖，沈巍却只是不咸不淡地说："我不想做什么有辱斯文的事，愿意跟您和和气气地讲道理，希望上仙也还是能好自为之，不要把手伸得太长、管得太宽——如果没事，我就不远送了。"

说完，他连看也不看"赵父"一眼，转身走下忘川，往黄泉深处走去。

赵云澜听得几乎呆了，沈巍和神农……不共戴天？

怪不得那天神农药钵话说得不明不白就跑了，敢情是因为沈巍在，他不敢说！那秀气斯文又好欺负的沈教授，居然就是给他那便宜爸下封口令的

"恐怖分子"！

还有……神农的"金边契约"又是什么？

如果神农氏才是借了他左肩魂火的人，如果大石封里的往事是真实的，那后来为什么魂火又会跑到了鬼族那里？

如果大神木里的记忆真的是神农捏造的，他为了隐瞒什么？

眼看着"赵父"已经要上来了，赵云澜连忙顺着大槐树蹿了上去，躲在了枝繁叶茂的树枝之间，等"赵父"走远了，才重新冒出头来。他重新下了黄泉，盯着沈巍消失的方向思量良久，仍然觉得不真实。被骗得习惯了，赵云澜几乎得了被迫害妄想症，怀疑眼前这一切也都是假的。

这时，赵云澜突然灵光一闪，想起了被自己卷成一团揣在怀里的《上古秘闻录》。他忙掏出来一看，只见那本书已经变成了一个白本，封皮和书页间都是空荡荡的，字迹消失不见了，什么也没剩下。

赵云澜眼神微沉——十一年前，也就是2002年，恰好是传说中的壬午年。

那么……如果他现在到鬼城尽头的杂货铺里，买一本《上古秘闻录》，是不是就是十一年后出现在光明路4号的那本？

那如果他不去买那本见鬼的书呢？如果他直接把这卷白纸扔进忘川水里了呢？

赵云澜这么想着，就这么干了。他抬手把白纸卷扔进了忘川里，"咕咚"一声，溅起一串水花，而后慢慢地沉了下去。他等了半天，也没人过来因为乱丢垃圾罚他的款。

假设在这里经历的一切都是真实发生过的，那如果他没有把那本书买回来，那么十一年后，特别调查处也就没有了《上古秘闻录》，他就找不到那些能推断出女娲造人和化为后土等之类的秘闻，说不定为了稳妥起见，他也根本不会上昆仑山，功德笔花落谁家还不知道，大神木里有什么东西他也根本不会看见，后续的一切都不会发生。那样，他或许根本不会下黄泉，就算机缘巧合下回来，他也不知道父亲身上还有一个神农药钵，那他或许会回家看看老妈，压根不会关心他爸出门干什么，当然也不会鬼鬼祟祟地拦出租车跟踪他，此时也不可能蹲在黄泉路上思考要不要去买书这个愚蠢的问题——因为那本书是不存在的。

根据著名的"祖父悖论",这一切都是不可能发生的,爱因斯坦老爷爷说了,除非他进入的是平行空间,也就是说,如果他做了不一样的选择,扰乱了时间和历史,他将进入一个完全不一样的平行世界。

所以他现在所经历的一切,恐怕都不是现实。

那……是什么呢?

赵云澜把脚步停下来,闭上眼睛,耳边只剩下忘川里潺潺的水声,十万幽冥静谧如同空无一物的深渊。

他的呼吸慢慢放缓了下来。

半分钟以后,赵云澜含了一片遮蔽生气的叶子,大步往鬼城走去。

杂货铺的小老板娘依然是七八岁的模样,看见他也似乎没有丝毫的意外。赵云澜指名道姓地要《上古秘闻录》时,她也只是淡淡地报了个冥币的价格,然后拿来了巨大的记账本,让他在上面写下了自己的名字。

账本上白光一闪,"赵云澜"三个字后出现了"镇魂令主"和年份的字样。

这一次,鬼城里没有谁发现他是个生灵,赵云澜顺利地全身而退,带着《上古秘闻录》直奔自己家里。他隐匿了自己的气息,翻墙进去,又从窗户爬进了自己的卧室。

十一年前的赵云澜和大庆都不在,书桌上只放了一台电脑和一堆乱七八糟的大学英文期末考试复习资料,旁边被人用独具一格、十分非人类的狂草批示了"狗屎"两个字。赵云澜忍不住轻轻地碰了碰那个不雅的用词,情不自禁地笑了起来,感觉就像照镜子照出了中二时期的自己。然后他转过身,轻轻地掀开床板——那是他收藏各种淘来的邪魔外道书籍和朱砂黄纸等工具用的。

赵云澜轻车熟路地找到了藏书的一格,为了防止太过显眼,他就像收藏其他书一样,从抽屉里摸出一沓过了期的旧挂历纸,从中间撕了一张,手脚利索地给《上古秘闻录》包上了书皮,在雪白的书皮上标注了小字:"女娲造人、补天……"

他本意是想写"女娲造人补天身化后土,伏羲阴阳八卦大封,神农舍身成仁尝百草，共工神龙怒触不周"，把书里对后来的他有用的东西都提一下，谁知刚写了几个字，就听见楼道里传来了人声。

赵云澜忙把书一丢，慌手慌脚地合上床板，险些给夹了手。

外面的人耳朵却分外地灵，敲了敲门，他听见了十一年前他妈妈的声音："小浑蛋，你在家？干什么呢，'叮当'地响？"

赵云澜喉头动了动，没敢答话。外面的人敲门的动静却更大了："赵云澜？"

赵云澜只好捏细了嗓子，开口说："喵——"

"猫？"外面的女人嘀咕了一声，"不是不到天黑都不回来吗？今天怎么这么早，难道是怀孕了？早说应该带去做绝育。"

好在把他妈糊弄过去了，赵云澜刚松一口气，正打算把方才那段话补全，结果就听见了外面有汽车的声音。他扒开窗帘，小心翼翼地往外看了一眼，发现是他那人格分裂的老爹回来了。

这个点子太硬，不像他妈那么好糊弄，赵云澜当机立断，把书塞进了十一年前自己那乱七八糟的书库里，敏捷地又从窗户跳了出去，悄无声息地落在草地上，从与来车方向相反的方向绕了过去，成功地在自己家里做了一次贼。

他穿过小区，来到了大街上，正不知要何去何从，忽然感觉地面一阵剧烈的晃动。一开始他以为是地震，可是定睛一看，所有路人无比淡定地继续往前走，旁边的房子也都固若金汤地一排排站着，连个土渣都没掉下来。赵云澜反应过来，原来只有他自己的世界在天旋地转，周遭的一切突然土崩瓦解。他脚下一空，再抬头，发现自己又回到了那条白茫茫的路上，眼前依然是疑似神农的老头。

赵云澜一把拎起了老头的衣领："你给我说清楚，这是……"

老人终于开了口，用一种非常奇怪的口音打断了他的质问："你知道'死'是什么吗？"

赵云澜的眉头拧成了一个疙瘩，与老人对视了两秒钟，试探地给了对方一个中规中矩的答案："死就是身体生命体征的结束。"

老人声音沙哑："那三魂七魄算什么？六道轮回算什么？"

赵云澜于是很快挑了一个文艺的说法："那死亡是一段生命的结束和另一段生命的开始。"

老人微笑起来，继续问："那鬼族又算什么？大不敬之地又算什么？"

赵云澜没了耐心："那你说是什么？"

老人的双目中突然爆发出极亮的光，一时间竟有些骇人。他一把抓住了赵云澜的胳膊，手指紧得快要从他的皮肉里穿过去："你忘了吗？昆仑，死亡其实就是……"

他这句话说得就好像电视里快死的龙套——抽搭半天没说出凶手的名字，刚吐出一个线索的边就玩完了——只是眼前的老人是在他眼皮底下，活生生地被人劈开的。

从头一直劈到了脚，那一刀带着万钧之力，好像切瓜一样地把一个人干净利落地劈成了工工整整的两半。而后刀锋裹挟着寒意落地，竟在雪白的地面留下了一个将近三尺厚的深沟，站在一边的人都能感觉到地面在这无比凌厉的一击下产生的震颤。被劈开的人直到这时，竟然还是直立的，脸上的表情永远定格在了那股说不出的狂热上。

赵云澜本能地往旁边退了一步，才缓缓地抬起头，看着面前的沈巍，喉头艰难地动了一下。

"你没事吧？快跟我走。"沈巍本来伸出了手，然而他很快注意到了，赵云澜的瞳孔轻轻收缩了一下。沈巍一低头，发现自己活像个屠夫的样子。他不自在地缩回了手，用力在自己身上抹了一下，心里却总觉得抹不干净，于是拘谨地不再碰他，唯恐避之不及地将双手拢回袖子，用一种压抑又克制的声音解释说："你方才突然在我面前消失，我……"

赵云澜回过神来，大步走过去，一把拉住沈巍的手。沈巍剧烈地瑟缩了一下，本能地一挣，被他更紧地拉住。

赵云澜："所以你是十一年后的那个？"

沈巍懒得和他废话，一抬手扯下了赵云澜手腕上的水龙珠。水龙珠到了他手心里，就好像烧煳的锅底给浇了凉水，"刺啦"一下，冒出一股浓重的黑烟，而后变成了一片鳞片。赵云澜睁大了眼睛，正想细看，沈巍手背一翻，鳞片就不见了。

"哎，这不是水龙珠吗？"赵云澜问，"刚才那是什么？不像鱼鳞，是某种爬行动物，是不是蛇？"

"不知道是什么就往身上戴。"沈巍心情恶劣地说，"还是……还是别人身上的东西，你不嫌脏吗？"

赵云澜莫名其妙地看着他。

沈巍自知妒火来得没道理，与他对视了片刻，忍无可忍地扭过了头，身后顿时出现了一个被撕裂一般的大洞。他一把按下赵云澜的头，粗暴地把他给扔了进去。

眼前一片光影流转，赵云澜只觉得自己周身被一片大水包围。他猝不及防地忘了自己没有了在水里呼吸的技能，没来得及屏住呼吸，暗暗叫了声糟糕，已经做好了呛口水的准备，身体却在接触到水的瞬间被人扳了过去，而后对方用柔软的舌尖撬开了他的嘴唇，一口气渡了过来。

沈巍带着他飞快地往上游去，每次他一口气竭，沈巍就再渡一口过来，不过四五次换气的工夫，他们居然已经浮出了忘川水面。赵云澜回想起自己几乎中途睡着的下潜过程，结结实实地体会了一把什么叫风驰电掣。

沈巍把他拎上了一条摆渡船，看也不看战战兢兢地缩在一边的摆渡人，一抬手捏住赵云澜的下巴："忘川水活人喝不得，有没有呛着？感觉怎么样？"

赵云澜抹了一把脸上的水珠，仔细地回味了一下方才显得格外短暂的路程，总结说："……我感觉我是坐鱼雷上来的。"

沈巍一把松开他。赵云澜刚从水里出来，大概是有点腿软，重重地仰倒在了摆渡船上，险些把小船给震翻了。只听"扑通"一声，船上没有五官的摆渡人终于惊惧交加、忍无可忍，跳了河。

沈巍吓了一跳，赶紧弯下腰拉住他的胳膊："你怎么了？"

赵云澜却没有应他的力气起来，被忘川水泡得发白的手软软的不着力，轻飘飘的，险些从沈巍手里滑出去。他在黄泉下时间长了，嘴唇几乎都没了血色，顺势枕在了船沿上，眼皮沉重地往一起合，低低地呻吟了一声："头晕。"

"我马上送你上去。"沈巍说着，想扶他起来，可是赵云澜不知是故意不配合，还是身上真的一点儿力气也没有，总是往下滑，沈巍只好腾出双手来想抱着他，可赵云澜不是身体柔软的小姑娘，跟沈巍差不多高，抱起来非常不得手。他完全昏迷过去的时候还好，此时赵云澜似有若无地有一点意识，大概是不舒服所以乱动，沈巍险些脱手，只好把人背在了背上。

赵云澜在他耳边含含糊糊地说："还有衣服。"

沈巍："什么衣服？"

正说着，一个摆渡小鬼从水里冒了出来，拖过一条摆渡船，船上端端正正地放着一件叠好的外衣，连一个边也没乱。沈巍顿了顿，只好也一起带走。

沈巍一路把赵云澜背到了他家里，轻轻地放在床上，刚想进浴室烧一点热水，才一动，床上"奄奄一息"的那位突然打了鸡血一样地蹿起来，一个猛虎扑食，就把沈巍按住了："你要干吗去？"

沈巍这才发现自己被骗："所以，你没事？"

赵云澜弯起眼睛无声地笑了起来："有事，可严重了，有个'传家之宝'离家出走了——唉，我说，你还是别跑了，你说你这么容易被糊弄，万一被人拐卖了怎么办？"

沈巍七窍生烟，一抬手推开他，愤怒之情无从表达，终于爆了粗口："你放屁！"

赵云澜嬉皮笑脸地拽过沈巍那件外套，当成抱枕一样抱在怀里，嬉皮笑脸地在床上滚了一圈，当着沈巍的面，把脸埋在上面，深深地吸了一口气："哎哟，骂人了，真稀奇，再骂一句。"

沈巍觉得他这动作简直好像变态一样，于是伸手去抢自己穿过的大衣："给我！"

赵云澜施展就地十八滚，抱着衣服一通狂滚。

沈巍膝盖跪在了他的床上，扑过去抢，拽住了一个衣服角往回拉，赵云澜继续滚……然后不负众望地"咣当"一声，他滚到了地上。

两人隔着一张床，各自拽着一件大衣的一角，过了片刻，终于忍不住一起笑了出来。

赵云澜坐起来，趴在床沿上："哎，问你个事。"

沈巍垂下眼睑看着他。

赵云澜闲聊似的说:"后土大封是不是就快不行了,你打算怎么办?"

沈巍一愣。

就听赵云澜又问:"那你是不是希望我能一直陪着你,陪你一起死?"

沈巍放在床单上的手猛地攥紧了。

然而赵云澜的笑容真实而清澈,没有一点虚假,也似乎没有一点阴霾。

"我其实有点明白了,神农一直说的'死亡',指的就是'混沌'吧?"赵云澜轻轻的声音在沈巍听来如同炸雷,"你没让神农说完,但是我听出来了。"

他说着,从地上站了起来,爬过床,靠近浑身僵硬的沈巍:"你从没开口和我要过任何东西,其实你真的想要什么,大可以直接告诉我,只要我有的……骗我干什么?"

沈巍一声不吭,赵云澜就缓缓地低下头,抬手端起他的下巴,目光似乎带上了一点无奈和落寞。

"看着我。你自己做的事,我要你自己一件一件地都和我说清楚,我现在不想自己浪费脑细胞来瞎猜——沈巍,我不愿意猜忌你,有些事想得多了伤感情,可我更不想从别人嘴里听到真相。我已经为了你刷新了无数下限了,犯贱也犯了不知多少次,可是你再这样……"赵云澜微微地顿了一下,之后不轻不重地说,"那我可真要和你翻脸了。"

赵云澜的表情平和,语气与他平时发脾气的模样也大相径庭,一点儿也不显得咄咄逼人,低垂的眉目没有一点儿平时跳脱的模样,有那么一刹那,那张脸与沈巍记忆中高高在上的大荒山圣严丝合缝地重叠在了一起,恍如再生。

沈巍心里突然升起极度的恐惧。他有生以来,从来睥睨天下,不知道什么叫"害怕",却在这一刻,恐惧得浑身都发起抖来。

他知道了,沈巍想,自己费尽心机,他还是知道了。

恐惧升到了顶点,有那么一瞬间,昔日的鬼王几乎想要遵循本能,扑上去直接杀了这个人,像他的同族一样,简单粗暴地处理这个问题,等到把对方的血肉一点一点地吞进肚子,从此血肉交融,世上再没有什么东西能这样威胁他,一丝一毫失去的可能都让他瑟瑟发抖。

然而沈巍毕竟不再是千年前那个心如白纸的少年鬼王,他已经用某种近乎严酷的方式，压制着本能和天性，把自己硬掰成了一个昆仑君曾经描述过的那种……温润端方的人物。

克制，成了刻在他骨子里的东西。

沈巍本来就苍白的脸色越发像是白雪堆成的，看不见一丝血色。接着，说不出的凉意从他的心里钻了出来，像润物无声的清泉，并不剧烈，却顷刻间就渗透到了四肢百骸，等他回过神来的时候，发现自己的四肢竟然在发麻。

赵云澜却只是无比耐心地等着他——他一辈子的耐心似乎全都用在了沈巍身上。

赵云澜把十指轻轻地插进他的头发，一下一下细心地抚着，一时也说不出心里是什么感受，忽然想起斩魂使那好像铺了几千年夜色的长发……

恍如隔世。

赵云澜发了一会儿呆，说不出心里是苦辣酸甜怎么个滋味，理智上知道自己正在处理一件非常严重的事，可心里什么都懒得想。大概有的时候，人走到了某个进退维谷的地方时，就会希望时间就在那一刹那停止，让他可以不用往前，也可以不用回头，只是自欺欺人地停在那里就行了。

然而，世界上所有的表针都在往前走着，时间不能为任何人停下。

赵云澜闭了闭眼又睁开，把书桌后面的椅子搬到了沈巍对面，又把茶几拖到两个人中间，而后走进厨房，从储物柜里掏出了一套已经落上了灰尘的茶具。这个平时泡方便面都要吃桶装就为了少洗一个碗的人，居然花了二十分钟的时间，笨拙地把那一整套鸡零狗碎的茶壶、茶杯细细地洗干净了，好像想通过找点事做，让自己静下心来。

然后他把实木的茶盘支起，放在茶几上，在小水壶里煮上了水，从茶几下面翻出一个茶罐，抬头问沈巍："铁观音，行吗？"

沈巍不在乎罐里是"铁观音"还是"泥菩萨"，他死死地盯着赵云澜。赵云澜去厨房，沈巍的目光就追着他到厨房；他洗杯子，沈巍的目光就跟着转到清洗台，好像他一错眼珠，赵云澜就会从他面前消失一样。

赵云澜见他不答，就默默地烫杯子，洗茶叶，然后把第一杯茶放在了沈巍的面前。

幽香与水汽一起弥漫开，可惜没人有心思欣赏。沈巍无意识地接过去，手抖得端不住杯子，本来就只有一口量的茶杯里，茶水又洒出了半杯。感觉到烫，沈巍才垂下眼睛，稳住了手。僵硬半响，他把茶杯送到嘴边，断头酒似的一饮而尽，哑声问："你怎么会知道？"

"大神木里的记忆做得非常精巧……非常精巧。"赵云澜微微地歪过一点头，似乎在侧耳听着那沸腾的水声，"精巧得几乎串联起了所有当时我知道的事，它既能在一瞬间让我心情激荡到几乎无法自抑，又留出了足够的破绽，让我能在心情平静后，第一时间反应过来不对劲。"

沈巍面无表情。他面无表情的时候，那双波澜不惊的眉目漂亮得近乎妖异，几乎能摄人心魄。

"其实我早该知道，大神木里的假记忆不管是谁造出来误导我的，都很不明智，因为那时你就在我身边，我心里有一点怀疑，就会细细地询问你，一旦你的话跟里面的东西有任何出入，我当然会选择相信你……所以，假记忆只能是你造的。"赵云澜轻轻地说，"所以你是通过我在昆仑山巅上忽悠鬼面的那几句话，推断出我都知道些什么的，对吧？"

沈巍沉默了片刻，坦然地认了："嗯。"

事情已经到了这种地步，胡搅蛮缠或者拼命遮掩，都是掉身份的做法，他干脆就选择坦坦荡荡地面对。

赵云澜看着他说："那么短的时间里，编造了那么全的一套，你真了不起啊，鬼面还好意思自称跟你是双生子，我看你俩除了长得像之外，真没什么别的相似点了，智商就不是一个物种的。"

沈巍参禅一样端端正正地趺坐在地。

"当我怀疑大神木里的记忆是假的时，怀疑会自然被引向神农，因为能在大神木里动手脚的人少之又少，而你编的故事里，还故意把神农放在了一个特殊的角色上，而后又故意以神农的形象说出了那句关于'长久''生死'的话，是不是因为你猜到多事的神农药钵一旦察觉到什么风吹草动，一定会出来用这种方式提醒我？"赵云澜苦笑了一下，"他果然沉不住气了，这也能被你赌上，你不但了不起，运气也不错。"

沈巍沉默了更久的时间，再次承认了："对。"

"我真的……真的……"赵云澜说到这里的时候，脸上有一瞬间，表情难过得难以自抑一般扭曲了一下,然而仅仅是电光石火,他就恢复了正常,仿佛方才一切只是别人的错觉,"我不愿意怀疑你,当我努力推敲那段生硬得巧妙的记忆,猜测到底是谁在刻意误导我的时候,一开始根本就没把你考虑进去。"

沈巍依然一副要成仙一样的淡定表情,手背上却突然爆出了狰狞的青筋来。

"第二次,我觉得不对劲的时候,是在女娲后土大封的大封石前。"赵云澜压低了自己的声音,"大封石里的记忆,大多是我们两个人在一起的事,女娲只是昙花一现地出现了一刹那,留下了两句似是而非的话。那两句话非常巧妙,每一个字都在暗示当年的事是一场悲剧,悲剧的源头就是神农。"

赵云澜说到这里,轻轻地吐出一口气:"可是这次你运气不大好,因为之后我遇到了鬼面,他无意中跟我说了一句话,他说'里面有女娲的全部记忆'——女娲的全部记忆难道就只有两句话?当时很混乱,我一时没反应过来,随口问了一句我左肩魂火和神农的关系,鬼面当时的反应……就像是我本该知道什么一样。

"后来他扬声大笑,本想和我说什么,那句话却被你强行打断,现在想起来,他大概那时候就听出来,连大封石里的记忆也被你做过手脚……只不过我猜,这次你不是胡编,而是删去了一些,刻意留下了一些。"

此时,天已经近黄昏,屋里没有开灯,光线暗淡了下来,沈巍融化在那晦暗的光下,就像是供在庙里的那些无悲无喜的神明。

"可是我依然下意识地把你剔出了怀疑的范围,即使直觉已经给我指明了方向——你说我是不是有点缺心眼?"赵云澜叹了口气,"我怀揣着对神农的满腔猜忌,见到了那老头……嗯,那是神农本人,对吗?"

"不,神农早死了,"沈巍终于开了口,"那只是他活着的时候留下的一个幻影。"

"怪不得,被人一刀从头砍到底都能笑得那么喜庆。"赵云澜感慨了一句,对沈巍伸出手,"水龙珠——我是说那片鳞,现在能还给我吗?"

沈巍从怀里掏出了那片水龙珠化成的鳞片,放在茶盘旁边。

赵云澜用两根手指把它夹起来，翻来覆去地观察了一会儿："像是蛇鳞……是伏羲的还是女娲的？"

沈巍："女娲。"

"女娲鳞，怪不得被蛇族奉为圣物——水龙珠把我带进了一个非常接近真实的幻境……十一年前，我跟踪了神农药钵，下了黄泉，看见了你，你和附在我爸身上的药钵你来我往，看起来都觉得对方很不顺眼，你的表现简直就像个陌生人。后来我去鬼城买了一本书——正是前两天我追查过出处的那一本。当时鬼城的杂货铺老板娘告诉我，那是十一年前我自己买走的。那本书当时就在我身上，但是当我被水龙珠带回到十一年前的时候，它变成了一卷空白纸，因为那个时空有一本一模一样的《上古秘闻录》。我猜这本书是个引子，把现实和水龙珠里的世界黏合在了一起，如果不是你劈开那个世界，只要毁了那本书，我应该也能出来。"

赵云澜放慢了语速，他忽然很想抽根烟，于是沉默了下来，用打火机在桌上轻轻地磕了磕，小小的火苗蹿了起来，点燃的一瞬间，燃烧烟纸的声音分外明显："对了，我还没问，你是怎么把我带回来的？"

"斩魂刀能破开一切。"沈巍伸出手指，轻轻地在赵云澜眉心点了一下。透过沈巍的瞳孔反射，赵云澜看见自己额头金光一闪，只听沈巍说："你的魂魄上有我的标记，只要有足够的时间，我就能找到你。那本书现在在哪儿？"

"这里。"赵云澜捏起鳞片，"我追寻它的来历，查到买主是我自己，而后被送回十一年前，我自己真的买了那本书——这就是一个首尾相接的轮回。《上古秘闻录》会永远留在那个轮回里。在巨大的球面上生活的人走不到边界，围绕着固定的圆圈旋转的路径是无穷的，轮回中生则死、死则生，生死没有了本质上的分别，也就没有了真正意义上的'死'，这也暗合伏羲八卦的想法。神农一方面提示我要小心你，一方面交代了我一件事——并不是他最后想说的那一段，而是我被水龙珠带走的时候就开始暗示的，他在暗示我'轮回'这两个字……沈巍，如果死是混沌，那么轮回，其实就是大封吧？"

沈巍忽然低了一下头，忍不住有些自嘲地笑了："你不用说了，我明白了。"

赵云澜侧头吐出一口烟圈。

"所以，你那时候就知道，大神木里粗制滥造的假记忆绝不是神农做的——先圣就是先圣，前知五千年，后知五千年，当年留下幻影、女娲蛇鳞和口述的秘闻录时，恐怕就已经算到了现在的事——环环相扣，首尾呼应，这才是三皇之首的手笔。"沈巍轻声说，"我果真是比不上他。"

赵云澜在一阵白烟里眯了眯眼，拎起茶壶，给沈巍又倒上一杯茶："不，你们只是不同的人，站在不同的立场而已。其实大神木里的'我'，在举起旗帜叛逆造反的时候，心里那些悲愤与桀骜，都不是我的，而是你的吧？"

沈巍无意识地端起紫砂的小杯，凑在鼻尖嗅了嗅，也不知闻出了什么子丑寅卯，末了，他苦笑了一下："只是恨我没能早生早开智，到底还是没能赶上那场神魔大战。"

赵云澜拎起水壶，在茶壶里续上热水："骗了我这么一大圈，现在能告诉我实情了吗？"

沈巍低声问："你真想听？"

赵云澜深深地看了他一眼："你亲口说，无论怎么样，我不会恨你。"

第十一章

郭长城的电话一直在振动，来电显示是个很奇怪的陌生号码，看起来不是手机号，也不是什么正正经经的座机号，前面有很多数字"4"。郭长城扫了一眼，觉得和电视购物的号码有点像，估计是推销什么东西的，大家都在说正事，他虽然听不大懂，但也非常懂事地装出一副努力在懂的样子，任手机振动不休，没理会。

可是众人讨论了半晌，也没讨论出个所以然来，倒是蛇四给赵云澜的水龙珠让楚恕之计较了一番。楚恕之常年生活在坟堆里，又走的是尸修的路子，心性实在光明不到哪去，偶尔有点小阴暗，是个正宗的阴谋论者。

"你四叔肯定知道点什么。"楚恕之断言，"不然他为什么这个时候突然要把你带走，又那么巧这个时候让你把水龙珠交给赵处？"

祝红双手抱在胸前，皱着眉。

办公室里的人人鬼鬼一时都沉默了。这时，白天的传达室值班员老李突然开了口，他说："其实我……我倒是有一点消息来源。"

众人一时都看向他。老李似乎有些局促，不好意思地笑了一下："我老光棍一条，下班了也没什么事干，平时爱去古董街找几个老哥们儿喝茶下棋，头两天，听见一个一块儿下棋的老哥提起这事，他说家里供的几条镇宅的护家蛇，这两天都走了，连上供都不吃了。别家也一样，蛇族……看来是要彻底撤出龙城。"

祝红愣了愣："这……我四叔倒是没跟我说。"

"不单是蛇族，你们看看，眼下也快开春了，城里有半只乌鸦吗？鸦族那帮孙子，有点风吹草动，跑得比耗子还快。"大庆提起"耗子"俩字的时候，显而易见地皱了皱鼻子，表达了十足的鄙夷——对于一只猫来说，大概世界上所有值得鄙视的东西都可以用"耗子"俩字来形容。

"我四叔他……"祝红眉间的皱痕更深了，她从小被蛇四叔带大，在她心里，蛇四叔就是个无所不能的存在。她就没见过蛇四叔为什么事为难，蛇族好像只要有他在，天就塌不下来。祝红知道，他对自己只字不提，很可能是怕自己对赵云澜用情太深——没事的时候，她知道自己无望，说不定还会默默走开，可要是知道他有危险，她怎么还能在这个时候轻易跟着族人走？

可……多严重的事，才能让蛇四叔把整个蛇族迁走？

所有人都觉得迷雾重重，只有黑猫大庆隐约感觉到了什么。无论是幽冥的异动，还是那本诡异的、来自十一年前的书，似乎都隐隐约约地指向了上古旧事——那个天塌地陷、诸神陨落的时代。

赵云澜从小就是个拈轻怕重的人，拉帮结伙很有一套，一涉及具体工作任务，他就蔫了，大懒支小懒，能支使谁就支使谁。有时候别人出去调查完了，回来写报告给他看，他都懒得自己看完，还要让人把内容提要念给他听。然而眼下他在面对什么，或者说……镇魂令在面对什么，赵云澜除了偶尔让他们帮忙查点细枝末节的东西外，把所有的事都捂得严严实实的，一点儿风声也不透露，多半是知道他们这些人即使搅和进去了也是炮灰，想自己一个人扛下来。

黑猫大概明白了赵云澜的意思，于是随便找了个借口，打断了众人毫无头绪的瞎猜："小郭，你电话都快振成筛子了，手不麻呀？快接电话去——我看这样，咱们这样也讨论不出结果来，白班的先都回去休息，夜班的，桑赞和汪徵一会儿一起走一趟，去赵处家里看看人回来了没有。如果明天天亮之前，赵处不回来，那老猫就下黄泉找他一次，实在不行……偶尔求助一次地府，也不算丢人。"

黑猫说完，跳上了桌子，俨然一副代理处长的模样，一本正经地指挥说："祝红，一会儿你给林静打个电话，问问他上火车没有，到底什么时候回来。"

祝红"哦"了一声，伸手顺了顺猫毛，又顺便挠了挠它的下巴。

大庆一秒钟就从霸气侧漏的兽王变成了一只好吃懒做的小猫，被她挠得舒服了，前爪撑着桌子，"呼噜"了起来。

办公室里立刻响起几声压抑的嗤笑。

大庆猛地一甩头，飞快地用爪子把祝红的手扒拉了下来："放肆！男女授受不亲，我是雄的，你给我放尊重点！"

老李在旁边无意识地摩挲着手上的白骨指环，略带讨好地问："大庆，忙了一天了，吃鱼干吗？昨天我在家里炸了一点……"

尽管大庆试图表现出虚怀若谷的模样，竖起来的耳朵仍然把它出卖了个彻底。它爱答不理地伸出爪子，用一种"扶着哀家"的高贵冷艳之态，让老李把它抱走了。

郭长城终于接到了那骚扰了他半天的电话，他那破山寨机的声音很大，隔着两步远都能听见话筒里的人"哇啦哇啦"地号。打电话的人操着一口浓重的外地口音，语速快得能脱离地球引力，郭长城很有礼貌地听完，才弱弱地说："不好意思，我没听清……您能慢点再、再说一遍吗？"

听筒里沉默了两秒钟，忽然传来一阵撕心裂肺的呜咽声。

不知是郭长城的手机实在太烂还是怎么的，那呜咽声十分特别，就像水波一样，顺着听筒扩散在了整个办公室里。本来收拾东西要走的楚恕之脚步一顿，忽然转身，抬手抢下了郭长城的电话，按了免提放在了桌上。

郭长城一愣，见楚恕之抬起一根食指竖在了嘴唇边上，仔细听了听，而后从桌上的笔筒里抽出一杆笔，在便笺纸上写：鬼哭。

郭长城浑身起了一层鸡皮疙瘩。

楚恕之又飞快地小声说："让她别哭了，问她有什么事。"

郭长城忙试着安抚电话里的人，好一会儿，电话那头的哭声才略微平息。那人努力地用不标准的普通话说："郭老师，你还记得我吗？你三年前支教的时候，来过我家家访，我女娃叫崔秀云，我给你盛过一碗菜豆腐。"

郭长城这回听懂了，愣了一下，他恍然大悟："啊！我当然记得，崔秀云妈妈好！"

那边哽咽着说："秀云找不见了。"

三年前认识的小姑娘，现在也有十五六岁了，不能算走失儿童。郭长城问："那么大的姑娘，怎么会不见了？不会是自己跑出去玩了吧？"

楚恕之饶有兴趣地看着他，他发现郭长城和这些弱势群体说话的时候，声音很自然，也比平时顺溜不少。

电话那边那位一着急就带哭腔，一哭，嘴里说的话就变成了方言，双方沟通起来可谓是鸡同鸭讲，说得郭长城满头大汗，才勉强弄明白：小姑娘崔秀云的父亲在外地打工，赚了点钱，给她买了一部手机，虽然不是什么进口名牌，但在当地也算是很高级的玩意儿。没见过花花世界的女孩很快学会了上网，沉迷于智能手机，并且不知从哪儿交了几个不三不四的网友，其中有个人大老远地跑来见了她，说是可以带她去龙城打工，三言两语，就把傻丫头骗走了，就给家里人留了一张小字条。

楚恕之："你问问她能不能离开当地，到龙城来。"

郭长城依样画葫芦，对方却忽然言辞闪烁起来："我……我不能离开村子，我……我有点病……"

楚恕之会意——死后不能离开原地，看来是低等的地缚灵。

郭长城又问："家里还有什么人吗？"

"就只有个老奶奶……我在龙城就认识你一个人，郭老师，行行好，你帮帮忙，帮我找找她，女娃才那么小，什么也不懂……"

这么大个龙城，车水马龙，找一个人简直是大海捞针，三年不见，青春期的女孩不知道会变成什么样，就算面对面，郭长城也不一定认得出——楚恕之摇摇头，在纸上写：别答应。

活人不能随便答应鬼话，这里面有忌讳，事情办不成，反而会给自己惹麻烦。

谁知他刚写到"答"，郭长城已经嘴快地一口应承下来："行，崔秀云妈妈，您别着急，我保证帮您把孩子找回去！"

楚恕之的笔尖一歪，在纸上留下了一条长长的痕迹，恨铁不成钢，刚想抬头训斥郭长城一顿，就看见郭长城身上代表功德的白光一闪，竟然好像变了颜色，那么一瞬间，闪过了好像火光一样的橙色。

楚恕之吃了一惊，一把攥住郭长城的肩膀。郭长城挂了电话，茫然地看着楚恕之。

"没……没什么，我可能眼花了。"楚恕之嘀咕了一句，想了想，又把自己的包放回去了，"你打算怎么找人？我帮你。"

此时，被派去找赵云澜的汪徵和桑赞两只鬼，已经到了赵云澜家门口，礼貌地敲了敲门，里面没声音，汪徵就带着桑赞直接穿过门板钻了进去。室内没有开灯，但是茶几被挪动了地方，椅子和床都像是有人坐过，煮水的火还开着，水已经差不多给烧干了，人却不在。

桑赞弯下腰，摆弄了一下留下的茶盘，无师自通地关上了火，判断说："灰来，又揍了，量个人，甜黑之前揍的。"

摆茶对坐，这是长谈的架势，他们都说了什么？

这天黄昏，赵云澜说出了那句近乎承诺的话之后，沈巍呆呆地看了他一会儿，似乎已经沉溺在了赵云澜的眼睛里。过了好一会儿，他才低低地应了一声："好。"

他的目光越过白雾袅袅的水壶，显得有些迷茫——当他开始追溯千万年的记忆时，他忽然变得就像一个老人。

"我……我有点不知从何说起。"不知过了多久，沈巍才轻轻地吐出一口气来，苦笑着向赵云澜伸出手，"不如你自己来看吧。"

赵云澜觉得自己理所当然地应该对沈巍有所芥蒂，可是手依然在脑子反应过来之前，就已经递了过去。沈巍抓住他的手，忽然用力把他往怀里一拉，赵云澜觉得自己就快要撞到他身上，下意识地伸手在床沿上撑了一把，手指却好像穿过了一片虚空，从中穿了过去，而后，他就像是摔进了什么东西里，脚下踉跄了一下，又被一双手温柔地扶住了。

赵云澜睁大了眼睛，依然什么也看不见，只好紧紧地攥住了扶住自己的手："沈巍？"

沈巍轻轻地应了一声。

眼前虽然黑，四周却并不是静谧一片，似乎有风的呼号声，然而赵云澜却感觉不到一丝空气的流动。他安静下来，侧耳倾听，觉得那声音听起来就像哭声，又有点像咆哮，时高时低，时远时近。他忍不住问："那是什么？"

沈巍攥紧了他的手："等一下。"

他话音刚落，周遭的整个世界突然亮了起来，从远处传来一声苍茫的龙吟，似乎极其痛苦，大地也跟着瑟瑟发抖，接着，一团大火从空中落下，就像太阳掉了下来，热烈得灼人。环境从极暗到极亮，一下子就把赵云澜的眼泪给刺了出来，可他忍着剧痛没舍得合眼——

他几乎觉得自己是看见了创世的一幕。

大火当空落下，摔成无数的碎片，碎金一般的浮光让人觉得自己是踩在了银河上，那种流光溢彩一般的美景能轻易地夺走人的呼吸。而后，零星的火苗下伸出无数只手，像是从泥土里长出来的，一点一点地调整着自己的形状，最后长成一人多高，成了形，从泥土里爬出来。

没有人"造"它们，它们自己从淤泥里得到生命。没有人教给它们如何生存、如何繁殖，它们自己跌跌撞撞地在满是碎光的大地上学会了走路和奔跑，继而又本能地学会了相互厮杀与彼此吞噬。

这就是鬼族，在光与黑暗的夹缝里诞生。

天火落下的地方，留下了一个巨大的火堆，它一边燃烧着，下面的泥土就一边在膨胀着，渐渐地膨胀成了一个大"花苞"。"花苞"越长越大，上面的火却越来越小，最后，火完全被泥土做成的"花苞"给吸了进去。所有奔跑的、进食的、厮杀的鬼族，都情不自禁地停下了自己的动作，一同往那地方扭过头去，只见"花苞"突然裂开了一条缝，"咔嚓"一声，泥土的"花苞"好像在窑里烧坏的陶罐，碎成了几瓣。

两个漆黑的人影从"花苞"里伸展出来。距离最近的鬼族不由自主地被吸了过去，连挣扎一下都没来得及，就被吞噬了。被吞噬的鬼族越多，那两道漆黑的影子就越清晰，它们渐渐地幻化出头、颈、躯干、四肢、五官甚至头发。

女娲随手甩出的泥点、淤泥里诞生的鬼族……好像所有这些从泥土里生出来的东西，都被一股冥冥中的力量推动着，往一个方向长——延续了圣人和神的形象。

或许……天生地长的神明与先圣，也曾经是这样出生的。

赵云澜："方才落下来的，是我的魂火？那花里长出来的，是……你和鬼面？"

"是我们——当时，你受蚩尤所托，庇佑巫、妖二族，"沈巍声线平静，低低地在他耳边说，"没想到，第一次神魔大战之后不过几十年，水神共工和颛顼帝就掀起了第二次神魔战争。水神亲近龙族，进而与妖族结盟，而后，东境的后羿捡到了伏羲弓，又纠集起蚩尤旧部，与巫族相勾结。巫、妖、人三族全被卷进了战争，打得难解难分。

"那时，洪荒秩序未定，女娲造人不久，只能看着他们一批一批地繁衍，一批一批地死去。她没有化为后土之前，幽冥是不存在的，也没有现在所谓的'生死轮回'，所以对于那时的各族来说，死就是死了，像神农说的，绝对的'死亡'，就是化作混沌，回到空无一物的大不敬之地里。当时，无人不畏惧'死亡'，特别是含恨而死者，他们不肯瞑目，于是卡在生死之间，魂魄就会残留在世间。

"两次神魔大战中，流血漂橹，逡巡不去的魂魄整天飘荡在空中，凄凄地哀叫不已，不消不散。它们白天在烈日下煎熬，有些被活生生地晒化了，归于混沌，有些挺过来了，在夜晚缓过来一些，次日仍然是同样的酷刑。"

沈巍顿了顿，望向自己出生的方向，过了一会儿，才接着说："女娲这才知道，自己造的不是功德，而是孽障。她给了人族灿烂又短暂、如同春花般脆弱的生命，短暂的生命后，又让他们遭尽一切人间苦难，受烈日灼烧之苦，受魂魄无处可依恋之苦，受一生被死亡追逐之苦。"

沈巍扭头看了赵云澜一眼："有人说新生儿之所以大哭，是因为离他命中注定的死亡又近了一步——所以当时，已经丢了自己神格的神农无奈之下向你借魂火，就是为了用山圣的魂火，镇住天下所有因战祸而死的怨灵，让他们少些苦楚，早日安息，这也是为什么后来你留下的大神木牌名叫'镇魂令'。"

这时，他们头顶上的裂缝越来越大了，最后竟然露出了一条线的天空来，微弱的月光洒了进来。冥冥中，赵云澜感觉到了什么——不周山就快要彻底塌了。

沈巍继续说："神农捧着你的一朵泽被苍生的魂火，不料途经不周山时，正赶上共工驾神龙撞上了不周山，龙的尾巴扫到了神农，你的魂火从神农手中掉落，机缘巧合，正好落在了不周山脚下的大不敬之地。"

沈巍话音一顿，随后冷笑了一声："这些事是你和我说的，我不知道真假，也许真的是机缘巧合，也许是神农氏刻意为之，谁知道呢？"

这时，赵云澜看见两个人降落在了暴露在人间的大不敬之地，正是昆仑君和神农氏——这里是沈巍的记忆，一切都是他的视角。赵云澜透过沈巍的眼睛，看见年轻俊美的大荒山圣，好奇地东张西望，脸上竟还有点纯真的稚气。

昆仑君茫然地看着这一地的魑魅魍魉，问："这些都是什么？"

神农回答："是天生。"

赵云澜听了这话，心里无端地狠狠一震。

他眼前的神农一把攥住昆仑的手腕，苍老浑浊的眼睛注视着懵懂凶残的鬼族，往前走去。他已经很老了，昆仑君只好微微弯下腰，小心地搀扶着他。低头看着神农的时候，昆仑君脸上有一丝不易察觉的阴霾——苍老，意味着就要死了。

昆仑君还从来没体会过"苍老"和"死亡"，而他已经从神农身上嗅到了那可怕的腐朽的味道。

神农问："我上次和女娲说的话，你都听到了？"

昆仑君皱了皱眉："谁有心情听你们那些没完没了的辩法，你就说，现在怎么办？居然还跟我提女娲，她要知道您老人家一哆嗦，把伏羲大封给烧穿了，不追杀您老才怪……还用的是我的魂火，真会给我招祸。"

神农："她不会的。"

昆仑君阴阳怪气地哼哼了两声。

神农老态龙钟地咳嗽了一阵："生死是大事，生无有不畏死者，不能拿来开玩笑，可要是你能跳出生死的圈子，就能不再畏惧。"

"我老老实实地站着，哪儿也不跳，也不用怕，"昆仑君凉凉地接口，"我看该怕的是你——对了，大神木的果子熟了，这一百年总共就熟了两个，一个给了我那毛球，另一个我给你留下了，能给你续命一百年。"

"多谢啦，我不怕死。"神农洒脱一笑，"小昆仑，你不懂，不死不灭不成神，等我们都死光了，你就明白了。"

昆仑君翻了个白眼，往四下张望了一眼，看起来很想找个什么东西把他那张神神道道的嘴给堵住。

"会有希望的。"最后，在他们临走的时候，神农看着满地的鬼族说，"如果连最荒芜的地方也能有生命，还有什么是不可能发生的呢？"

昆仑君扶着他走过不大平整的地面，听了这句话，回头看了看距离他们最近的厮杀在一起的两个鬼族，大荒山圣皱了皱眉："这算什么狗屁生命？我看你简直是老糊涂了，有空还是先想想，该怎么和女娲交代吧。"

昆仑君和神农氏离开了大不敬之地，沉默旁观的沈巍一拉赵云澜的手："走。"

他们两个也跟了上去，沈巍这才说："以你的聪明，未必听不出神农的想法，只是觉得太异想天开，所以并没有附和。"

赵云澜顿了顿，问："所以……神农是想构造生死轮回，这样只要魂魄不灭，就可以六道投胎，把生变成死，把死变成生，这就是他说的'站在生死之外'的意思，是不是？"

沈巍轻笑一声："神农想利用大封之下的幽冥，在真正的死亡边缘分开阴阳，立下生死轮回。"

"可见后来没成功，不然女娲不会以身殉了大封。"赵云澜说。

"你知道为什么吗？"沈巍站住，脸上露出奇异的笑容，没等赵云澜回答,他就自己接了下去,"他建不成轮回,因为混沌里只有虚无,混沌里出生的鬼族没有魂魄。"

大煞无魂之人……

"我们只是混沌的具象,只是戾气所化,无论等级高低,从出生到灭亡,就只有本能地吞噬、掠夺,渴求最新鲜的血肉。"沈巍第一次发现,他说这些话的时候,心里竟然是有快感的,类似身上有伤口,却偏偏去挤压,或者用刀子一刀一刀地割自己的血肉的那种快感,"至于我,因为被你强升了神格,成了个非人、非神、非魔、非鬼的怪物,是天底下独一无二的四不像。"

赵云澜说不出话来。

从赵云澜点出知道自己在骗他开始,沈巍的心里就像是沉了一坨冰,当当正正地堵在那里,不上不下,让他浑身发冷,又郁结得不行,直到他说完这番话,竟然奇迹一般地感觉到了某种畅快。

"我们就是混沌,只是能跑会动而已。鬼面那句话其实说得也对,'死亡'本身,因为一把火而沸腾,生出了我们这些非生非死的'活物',其实也挺阴差阳错的。"沈巍的笑容淡下来,转过脸看着赵云澜,声音放得近乎柔和,"可你偏偏不知死活地要招惹我,你知道你招的是个什么东西吗?你知道这很危险吗?"

赵云澜从身后勾住他的肩膀:"说重点,少废话。"

人体的温度顺着他的怀抱传过来,那温度就好像一个冻得胸口发麻的人咽下的第一口热粥,让人战栗。

沈巍沉默了一会儿,抬手捏住他垂在自己胸前的手,接着说:"不周山倒,天塌地陷,意外地中断了人、妖、巫的战争。天漏而落下连绵的雨,那雨水冲刷过半空中的怨魂,落在地上,寸草不生。而地下,是亿万鬼族,从深渊里爬上来……这些,你在大神木里应该都看见了。我第一次见你,其实应该是在出生的地方,可是当时你站得太远,一步也不肯靠近我,就好像我是什么污秽的东西。我的眼睛没有完全睁开,只隐约看见了一个青衣的影子。"

沈巍闭了闭眼:"但是我出生的时候就比我的兄弟更凶狠,吞噬了更多的鬼族同族,那时已经有了听力,能隐约听懂你和神农的对话,所以我很早就知道自己是个什么东西。后来,我满世界地找你,一路忍受着生灵血肉对我的诱惑，只吃那种地下爬出来的……和我自己一样污秽的鬼族。因为我想问问你，什么才算生命。后来，我终于在邓林边遇见了准备上蓬莱的你……没想到一见了你，我那些到了嘴边的话，最后竟然一句也没能问出来。"

"我当时，为什么要上蓬莱？"赵云澜问。

"洪荒三大神山中，不周已倒，而昆仑是诸神禁地，凡人不能抵达，只剩下蓬莱，能勉强庇护地上的生灵，可是生灵太多，三族中最多只能登上两族，剩下的只能等女娲炼好五彩石补上天，听天由命。"沈巍说到这里的时候，突然停顿了一下，"我很讨厌'听天由命'这个词。"

"那他们不是要打起来？"

沈巍说："神农本以为你身为山圣，会偏心巫、妖二族，把人族弃之不顾，本想亲自带颛顼上山见你，没想到见你在蓬莱山下设了个阵——那是个简单的祭台，里面装了蚩尤的人头，正好挡在山路中央。妖族向来奉蚩尤为先祖，当即最先跪下来参拜，而人族自黄帝轩辕氏之后，也尊蚩尤为战神，因此颛顼帝止住族人脚步，令他们站在妖族身后，低头以示敬重。只有巫族毫不理会，他们忙着争上山的位置，不敬不拜，熟视无睹地从蚩尤的人头旁边走过去了。巫族才走过去，蚩尤的人头就不见了，凭空变成了一条真正的上山路，而已经走过的巫族却被障眼法困在了山下的深渊里。"

原来这就是妖族赞颂不周山倒的原因，这是妖族真正取代巫族的契机，从此他们在洪荒大陆上立足，和人族平分秋色……尽管没有平分多少年。

"你带着我，一路走过哀鸿遍野的洪荒大陆，"沈巍说，"从昆仑到邓林，再从邓林到蓬莱，我见你救过人，斩杀过食人的鬼族，也被卷进过非同族之间的斗争。我们鬼族向来视同族为可吞噬的对象，从来没什么同胞情，我当时什么都不懂，不明白他们在打什么，只是有时候觉得你只杀不吃有些浪费，而你……变得越来越沉默。"

"走吧，我们上山。"沈巍转过身，揽住赵云澜的肩。赵云澜只觉得眼前光影流转，转眼，两人就到了蓬莱仙山脚下。沈巍纵身一跃，带着赵云澜直上蓬莱山巅。山巅看不见电闪雷鸣，只有阴沉得如同马上就要掉下来的天，雨水激起层层的云雾，水汽里含着说不出的腥臭味。

赵云澜在山巅上看见了女娲，她独自一人拖着蛇尾，身在云海之中，而昆仑君带着少年鬼王站在云海之外，远远地看着她。此时的昆仑君，和第一次跟着神农去大不敬之地时的模样已经大相径庭，清瘦了很多，原本就轮廓深刻的五官越发憔悴，目光却清亮而坚定，在他瘦削的脸上，像烧着两把火。

女娲回过头来，秀丽的脸上仍然带着忧色，她说："昆仑，如果神农错了呢？如果其实我们都错了呢？"

昆仑君双手拢在袖子里，猎猎的风吹得他的长袖和衣带上下翻飞。他平静地说："没什么，要是我们错了，那也就是以死谢之，杀身成仁。然后等洪荒大陆上再次应运而生出像盘古那样更强大、更有力量的人，他会以我们的误入歧途为鉴，做完我们没能完成的事。"

女娲叹了口气，眉头轻轻展开："你说得没错，神农已经错了一次，我希望他不要再错第二次，可是……就算他错了，我们也不能回头了——你真是长大了不少，让我觉得，即使我死后，也能把这一方天地交到你手里。"

洪荒圣人金口玉言，她话音落下时，昆仑君已经感觉到了那股巨大的压力毫无缓冲地砸在了他的肩膀上，但他不动不摇，连身后的少年鬼王都没有察觉到他的异状。

昆仑君平伸出手掌，去接天上落下来的雨丝，细细地体会着那压在他身上的……沉重的一天一地。

"其实我这些日子，突然想通了一件事——人族那么弱小，终身不去贪、嗔、痴三尸，六根不净，愚而短视，暴而好争，为什么你会因为造出这种毫无用处的东西而得到大功德，为什么上天一再选择人族？"昆仑君眯起眼睛，望着远处翻飞的云海与云海中若隐若现的五彩石，"现在我明白了，人族其实才是与天地、与我们如出一辙的东西。"

女娲问："怎么个如出一辙法？"

"人从一出生开始，就知道自己是要死的，每过一天，都离死更近一步，无论是英雄豪杰，还是懦夫小人，几十年，如同过眼云烟，弹指一挥，此后殊途同归，他们好像生出来，就是为了要死。"昆仑君轻声说，"可是你看，他们活着的每一天，都在奋力挣扎，为温饱、为权力、为财产、为感情、为能再多活一天、为所有你能想到的任何事，而无数次死里逃生，然后在最后一次挣扎中精疲力竭而死。"

"你说的话，我不明白。"这时，昆仑君身边的少年鬼王和赵云澜身边的沈巍突然同时开口。在赵云澜听来，少年清亮的嗓音和男子低沉的话语混成了一种奇怪的二重唱，让他忽然有种身临其境而分不清自己和昆仑君的错觉。

忽然，一句话莫名地出现在赵云澜的脑子里，而他情不自禁地脱口而出，与数万年前昆仑君的话音重合在了一起："要封印鬼族，的确是不公平，但杀生灭种的罪孽在巫族被我困住，而后全部被大水冲走的时候，就已经降临在了我身上，我无愧于心，负罪无畏。如果神农说的轮回和永生建不成，如果我们失败了，如果我们错了，如果我们造成了更大的灾难……那不过是我们一次错误的尝试和挣扎。如果我们都死了，就会有新的神明降世，他们会像我们一样，为了永恒的生命做出下一次的挣扎，即使我们都心知肚明，绝对的长久是不存在的，就像人终有一死一样。"

昆仑君忽然转过头，看向身后的少年鬼王，而后目光又从他身上溜过，似乎是落在了几万年之后的赵云澜身上。即使知道他什么也看不见，赵云澜还是有一种……他和他自己在隔着时空的深渊对视的错觉。

"如果'死'是混沌，那'生'就是不断地挣扎吧。"昆仑君说到这里，轻轻地舒展嘴角，露出一个似有还无的笑容，脸颊上有酒窝隐隐浮现，笑容像孩子，眼神却像老人，"女娲，你先走一步，有我在，不用担心身后事。"

赵云澜终于听到了完整的对话，也终于明白了沈巍是怎么把这样一段悲天悯人的话挑出几个字截了出去，让它完全变成了另一种意味。

女娲深深地看了昆仑君一眼，彩石一闪，一串彩虹一般流光溢彩的石头飞上了天际，"轰隆"作响地与厚重的云层撞在一起，爆发出惊天动地的雷鸣和闪电。山腰上的人与妖全都瑟瑟发抖着顶礼膜拜，雷鸣不知绵延了多久，才止住。又过了数月，层云拨开，祥云初现，天上再一次出现太阳，落在荒芜满地、焦土丛生的大地上。

蓬莱云海中的女娲分崩离析，她的三魂重新落成大封，身体化为后土，七魄落在千山万水中，让细草的嫩芽从石头缝里露出初生的绿。

老态龙钟的神农不知什么时候爬上了山巅，对昆仑君说："我也走了。"

他说完，身体就倒在地上，僵硬而死亡了。被人的身体压制的神魂呼啸着从神山没入地下，化成了轮回，不分昼夜在空中逡巡的魂魄仿佛被什么吸引,一股脑地跟随了他去。大地轻轻地震颤,被山河锥没入镇住,三生石上的轮回晷开始旋转,功德古木上高悬起功德笔,顺着千丈忘川水浮出来,每一个魂魄有了功过两录。

"还差最后一样。"昆仑君轻轻地说,这时,他头上的天空突然笼罩上厚重的阴云,电闪雷鸣,仿佛九天神雷即将落下,"我的魂火点着了大不敬之地,在泥土中烧出了鬼族,又弃之不顾,一己之私决定鬼族去留,确实是重罪——只是我还有一件事没做完。"

赵云澜看着他取出心血,化为灯芯,又将身体化为灯托,忽然觉得自己是知道这些事的,不但是在大神木、大封石里见过,而是……它们真正发生过,他只是一时想不起来了而已。

至此,轮回终于落成,生死成圆,从此无生无死。

昆仑元神出窍,浩然山风裹挟住一边哭得声嘶力竭的小鬼王,一同下了黄泉,为大封守门。

赵云澜倏地转向沈巍:"那后来呢?为什么你说你与神农不共戴天?"

沈巍一开始没回答,看着伤心得一塌糊涂的小鬼王消失的方向,好一会儿,他才轻轻地说:"我对神农氏,其实是很敬重的,他比你、比女娲都更像是一个真正的神明。"

"等等。"赵云澜抬手止住了沈巍的话语,皱着眉仔细想了一会儿,"都怪你,有事不好好地跟我说明白了,骗我骗得东一榔头西一棒子,真真假假的,我现在觉得头都大了。先等我理出个顺序来——女娲造人的时候,昆仑,也就是本人的前世,目测当时刚脱了开裆裤,是个心智不全的乌鸦嘴,在旁边说造人的泥土里有东西。女娲于是发现,人从泥土中带来了三尸,也就是'贪、嗔、痴'——她是从那时就预见了人族会造成无法挽回的神魔大战吗?"

沈巍一点头:"是。"

"后来女娲叫来伏羲,两人联手建造了伏羲大封,镇住了地火,也就有了大不敬之地。"赵云澜话音一转,又问沈巍,"哦,对了,其实我还想问,传说那两位还是两口子,真的假的?"

沈巍："……真的。"

"原来八卦也有真的！"赵云澜感慨了一声，"伏羲大封建成后，天下太平了几年，但第一次神魔大战还是发生了……也就是黄帝战蚩尤。蚩尤觉得自己快顶不住了，于是元神出窍，到昆仑山找昆仑君，求昆仑君罩着他的小弟——巫族和妖族。昆仑君是个脖子上挂大饼都懒得自己翻个儿的人，当然不愿意管这些闲事，可惜架不住大神三跪九叩，拜天地一样一路磕头磕上来，加上他还养了一只馋得要死的蠢猫，无意中舔了蚩尤血，昆仑君必须出面还这个人情，于是答应下来——话说那坏事的蠢猫是大庆吧？我早就知道那死胖子是个不折不扣的坑爹货！"

"昆仑君在第一次神魔大战里保住了巫、妖二族，又给他们提供了生活和修炼的地方，世代照顾，结果又没太平多少年，第二次神魔大战又开始了，这次是炎、黄内讧，水神共工和黄帝后人颛顼帝对上，东帝后羿又企图浑水摸鱼。三界混战，巫、妖二族又被卷进去。在这场战争中，由于人口、妖口和巫口都比以前壮大了很多，所以死得也更多，为神农提供了更多的样本，他得出了'死亡就是混沌''不安于混沌的魂魄会更加痛苦'的结论——女娲造出的人族是'生得不快活，死得太受罪'。于是神农和女娲一起，商量着怎样才能永远摆脱死亡，他当时就有了轮回的思想。"

沈巍略显尖刻地笑了一下："也许只是因为他自己变成了凡人，必须要面对凡人蟪蛄一般春生秋死的人生，也许是他自己比较怕死呢。"

赵云澜摇摇头："神农后来以'镇魂'之名，要走了我的左肩魂火，然后到不周山的时候，不幸被史上第一个发明人体炸弹的共工的自杀式袭击波及，把那团火掉了下去。"

"我倒觉得他是故意为之，"沈巍冷笑一声，"不过是怕和女娲交代不过去，找个借口而已，他最开始的设想就是在幽冥中建立轮回。"

"行了，你别耿耿于怀了，人家都遭到报应了。"赵云澜摸出根烟，蹲在地上点上，像个大猴子一样地把胳膊挂在膝盖上，肆意破坏着神山山顶的空气，"结果即使意外生出了鬼族，却又发现你们天生缺件，不长魂魄，根本无法从你们身上建立轮回不说，一旦大封开了口子，鬼族还会给生灵带来灾祸。天漏地陷，于是诸神一起上蓬莱，巫族因为忘恩负义被舍弃，人族和妖族得救，女娲补天化地，神农身体老死，元神化为轮回，昆仑取出心头血，封了四柱，最后舍弃神身，元神出窍，去守了后土大封……我好像有点明白了。"

赵云澜年前年后一直忙，也没空剪头发，头发长得有点长了，几乎要盖住耳朵，额前的乱发被山风一吹就扫到了鼻梁上。沈巍弯下腰，拨开他额前乱发，轻声问："你明白什么了？"

"你那时候那么小，既然我看着大封，自然不会让你跑出去，为什么要把昆仑神筋给你？"赵云澜抓住沈巍的手腕，抬起头来，"因为神农要杀你是不是？我想保住你，只好这样，以期如果有一天我不在了，可以把十万大山的权柄传给你。"

"这次没猜对，他不是想杀我，而是想灭了鬼族。神农不相信世上会有没有魂魄的东西，没有魂魄，怎么能算是活着？是他促成了鬼族出生，他当然难辞其咎，想'弥补'错误。"沈巍话说到这里，忽然发起抖来，"如果不是你把神筋给了我，如果不是……你根本不会那么早就离开我。"

赵云澜轻轻笑了一下："不那么早，也是迟早的事。"

"如果给我一点时间，也许……"

"小美人现在长成大美人了，你有什么办法？"

沈巍一时语塞。

"后来呢？"

"……后来我禁锢了你的元神，然后下轮回，去求我的仇人神农。"沈巍说，"我这辈子唯一一次求人，就是求他……那时候轮回已经有了秩序，地府初成，也有了成套的规矩，我求他让你像凡人一样进入轮回，这样，虽然你每次都不记得我，但总是还在。可他不答应，他说上古诸神不能入轮回，因为轮回是神农自己的元神在支撑，虽然可以收拢人神妖鬼各种魂魄，却承不住真正的大荒山圣。除非……他本人出手禁锢住你的所有神力，把你的魂魄彻底洗成凡人，那样神农的元神也会消亡……等于是一命换一命，用他的命换你的命。"

"为了这个，你和他约定了什么？"

"我会永远守住后土大封，大封在我在，大封破，我就必须和所有鬼族同归于尽。"沈巍的手指冰凉,"还有……我永世不能见你,如果我忍不住,那就让你的精血被我吸干,魂飞魄散而亡。"

沈巍突然挣脱开赵云澜的手,手心蹭过对方的脸,然后捏住了赵云澜的下巴,逼迫他抬起头来,一字一顿地说:"我守着这个诺言几千年,现在大封将破,我已经走到了末路,本想自己悄悄地来,再悄悄地走,可是机缘巧合,功亏一篑。我对你……我对你一直有无限贪念。三界之中,我无可留恋,唯有你是我的心魔,所以故意在大神木里留下假记忆误导你,又故意让你看到我取心头血给你,欲擒故纵地离开你,让你下黄泉来找我,引导你看了后土大封中删减过的记忆……都是为了让你心生愧疚,让你离不开我,让你最后心甘情愿地陪我去死。"

沈巍的手越来越凉,他情绪越激动,手指就越紧,掐得赵云澜下巴生疼。

"就算是现在,被你看穿了一切,我其实还是在逼你,"沈巍压着声音说,"你是要选择和我一起死,永远消弭于混沌,还是让我取出你这一世的记忆,从此你不认识我、不记得我,我和你再没有半点关系?"

因为赵云澜不肯乖乖上当,这样的两条路,终于清晰明了地摆在了他面前。

沈巍:"我不允许你考虑,你现在就要回答我。"

赵云澜看进沈巍的眼睛里,伸手握住沈巍的手腕,他忽然问:"大封还能撑多久?剩下的日子够我这小小的凡人活半辈子,给我父母养老送终吗?"

沈巍好像没听懂,他的脸是雪白的,嘴唇也是雪白的,一点血色似乎全都聚集在了眼睛里的血丝里。良久,沈巍整个人晃了晃,如梦方醒地抓住了赵云澜的肩膀:"什么……你说什么?你说清楚……你是什么意思?"

赵云澜伸手在他头发上轻轻抚摸了一下:"心这么重,心计也这么重……唉,真不好养活,走吧,咱回家了。"

沈巍睁大眼睛,死死地盯着他,突然扑上来,一把把他卷进怀里。而后一阵天旋地转,赵云澜脚下感觉到了熟悉的触感,他们回到了人间的家里。

耳边传来一阵脆响,似乎是谁落地的动作不对,不小心把床边茶几上的一个小茶杯给碰掉了,剩下的一个水底洒了一地。

却没人理会。

"等等！"赵云澜一把扣住沈巍的手，"我不喝你的血。"

"对我来说，那就像被蚊虫叮了一口。"

"什么话，对我来说可不是。"

"就算把整颗心掏出来，我也不会立刻死，起码能比大封活得时间长。"沈巍低低地说，"其实那时候我想过，如果把心掏给你，会不会效果更好一点，只是怕真吓着你，才只给你看了取血的过程。"

赵云澜沉默了一会儿，干巴巴地说："真谢谢您啊，还记得我胆小。"

沈巍凑上来，他像是变回了那个无所顾忌的小鬼王，一身动物似的习气，把人间的礼仪道德都抛诸脑后："那都是没什么的……云澜，就剩下这几十年了，我们像凡人一样生活好不好？"

黎明前最后的黑暗中，两人目光相对，沈巍像是被赵云澜的目光蛊惑，眼圈忽然红了，似乎是委屈，又似乎是圆满，百感交集地，昔日鬼王的眼睛里竟闪过了泪光。

第十二章

郭长城冲动之下接了鬼的委托，发愁地薅头发："这可怎么找呢？"

他低头在自己的手机里翻了半天，从里面翻出了一张好多人的合照，人脸几乎看不清楚。然后他用了五分钟，想出了一个十分简单粗暴的主意："要么我把她的照片放大一点，打出来放到网上和报纸上贴寻人启事？"

楚恕之说："那都够骗子把这姑娘批发转手后再让人零售贩卖一圈了，我建议你去家乐福找她比较快。"

郭长城六神无主地看着他。

"行了，你告诉我她家地址，以及她会怎么来龙城。"

郭长城报了省和所属行政区的名字："她家当然不在市里，是一个偏远县城下属的乡里，乡里又有百十来个小村子，她家在崔家村。要来龙城……可以步行到乡里，再坐八小时的大巴，从山里出来，到行政中心，再坐火车……"

"火车不太可能，"楚恕之打断他，"现在火车买票要实名制，且不说骗子会不会这么干,那小姑娘办没办身份证都不清楚,总不可能偷户口本往外跑。"

说着,楚恕之打开电脑,上网查了郭长城说的地级市到龙城的长途汽车班次,又查了路线:"那边过来的车基本都走220国道进城,三十来个小时的长途,要是那孩子是昨天离家出走的,估计今天差不多快到龙城了。"

郭长城眼睛一亮:"对啊!楚哥,你太聪明了!我们可以去高速出口等着,说不定能碰上她。"

楚恕之一抬手腕,发现已经快晚上十一点了,这要等到什么时候?他心里觉得郭长城有病,又看他一副非常欢欣鼓舞的模样,忍不住开口给他泼了一盆冷水:"人口拐卖根本就不是我们该管的事,老老实实地回家睡觉不行吗?就你嘴快,鬼话也敢随便答应……"

郭长城敏感地听出了他话音里的抱怨,愣了一下,不自在地揉搓了一下自己的袖子:"楚哥,要么……要么你还是先回家休息吧,我自己开车过去一趟就行,今天真谢谢你,要不是你,我肯定想不到路线的事。"

楚恕之看他唯唯诺诺的样子就生气,脸色立刻沉了下来。郭长城本能地觉得是自己做错了什么,连忙点头哈腰地道歉:"今天还麻烦你帮我拿了东西,真是太……太不好意思了,要不……要不等你有空了,我请你吃饭吧?"

楚恕之"哼"了一声,拎起自己的外衣,往外走去。郭长城讷讷地在后面,没言声。直到楚恕之已经走到门口,见他没跟上来,才回头不耐烦地说:"磨蹭什么?不是你要找人吗?怎么还不过来?"

郭长城立刻就从一棵霜打的茄子变成了刚浇过水的向日葵,屁颠屁颠地跟着他跑了。他们俩把郭长城的车开到了高速出口附近等着,看见来自失踪女孩所在省车牌标志的车就给拦下来,上车搜查。

这一等,就等了整整一宿。

虽然已经过了春节,可龙城还没有从气温上正式进入春天,早晚更是都在零下,人在外面站一会儿就容易被冻僵,只能躲在车里。郭长城在车里坐一会儿就要犯困,楚恕之看着他有时候头都点到了胸口上,突然一激灵,又连忙慌慌张张地抹一把脸,下车后东张西望,确定方才没有长途大巴经过,这才松一口气,裹紧外衣,在夜风中来回溜达,以期让自己清醒一些,直到全身都冻麻了，他才再上车暖和会儿。

他来回上上下下，楚恕之倒也没嫌他烦，只是在一边若有所思地看着郭长城。

尸王很少把自己的关注点放在郭长城身上，这时，他才突然觉得奇怪——哪怕就像大庆说的，郭长城做什么都是悄悄的不让人知道，无求，所以功德翻倍，但他才多大？他身上的功德厚得一眼看不穿，以他二十出头的年纪，大概得把地球拯救个七八次，才能攒下那么厚的功德。

这时，又来了一辆长途车，走近一看车牌号，郭长城立刻跟打了鸡血似的从车上跳了下来，拿好自己的证件，站在路中间又蹦又跳挥手拦车。

"啧，缺心眼。"楚恕之嘀咕了一句，看了郭长城的背影一眼，打通了大庆的电话，"哎，夜猫，没睡呢吧？我有件事问你。"

大庆本来正在做梦，梦见自己漂在大海上，正抱着一条大鲸鱼啃得欢快，心说这够洒家吃上一年半载的了，谁知道刚啃了两口，大鲸鱼就突然一打挺，甩了他一脸冰冰凉凉的水。大庆倏地惊醒，一抬头，看见桑赞正拿着一个放得冰冰凉凉的听筒贴在猫脸上，笑容可掬地说："猫洁扒，电弧。①"

桑赞这坏坯，显然已经知道"洁扒"不是什么好话了，早就没了这句口头禅——所以，如今"洁扒"俩字成了大庆的专属称呼，被他叫得无比难听。

"猫洁扒"一脸不爽地抬起头，侧耳贴在电话听筒上，一听是楚恕之，立刻没好气地说："滚，老鬼，你作死？"

楚恕之才不惯着它那张嘴就喷人的臭毛病："吃完就睡，当心你年底吨位再攀高峰，到时候别说小母猫，狗都看不上你——不怕三高啊，您老？"

桑赞淡定地看着猫尖锐的爪子在办公桌上挠出了一排抓痕，抱着书飘走了。

"有本快奏，无本退朝，楚恕之，你大半夜的到底有什么事？"

楚恕之问："我是想问问，你见过橙色的功德吗？"

"见过啊，"大庆没好气地说，"我见过赤、橙、黄、绿、青、蓝、紫七种颜色的呢，攒齐七个就能召唤神龙给你表演空中打蝴蝶结了。"

---

① 此处学说话的桑赞口齿不清，他这句话的意思是："兄弟，电话。"

"我没跟你逗,"楚恕之压低了声音,瞟了一眼窗外停在那儿的大巴车,"也不全是橙色的,平时还是白的,只是偶尔跟着了火似的,闪过一点类似火光的那种……"

大庆一顿,声音突然正经下来:"火光?你是在哪儿看见的?"

"郭长城身上。"

"不可能。"大庆斩钉截铁地说,"你说的那种我听说过,那不是小功德,是大功德。你知道什么是大功德吗?那可不是扶老奶奶过马路或者捐助几个山区小学的事,现在的生灵功功过过都是生死簿上写的,再往高级里说,充其量就是功德古木上的功德笔留下的,不可能够那个级别。大功德我没亲眼见过,但是据说先圣女娲造人之时,就是烈火加身,天降大功德。"

楚恕之愣了愣。这时,郭长城已经从车上下来了,老远就能看见他垂头丧气,多半是没找着。

楚恕之压低了声音,飞快地对大庆说:"小郭真是人?"

"嗯,是人,"大庆说,"汪徵那儿还有身份证登记呢。"

"我要查出生证明,就是医院里那种'×年×月×日出生一男活婴'的出生证明。"楚恕之说。

大庆:"啊?人类也太猎奇了,还有这玩意儿!"

"不和你废话,这儿忙着呢,先挂了,你记得给我查。"楚恕之说完,在郭长城上车之前挂断了电话。

郭长城有点蔫,楚恕之明知故问:"没找到?"

郭长城点点头。

楚恕之沉默了片刻:"也有可能是我想错了,他们可能会坐火车,或者在市区逗留一阵子,要不然我们先回去吧?"

熬夜让郭长城本来就不大灵光的脑子更木了,他用力抹了抹脸,小声说:"对不起啊楚哥,要不然……要不然你还是先开车回去吧,等把人找到了,我再自己打车回去。"

"你在这儿蹲一宿,是打算冻死在外头吗?"楚恕之想了想,又说,"放心,就算答应了鬼话也不要紧,只是一只没什么道行的地缚灵,我还摆得平。"

郭长城还是坚定地摇头，打算下车。就在他转身背对楚恕之的一瞬间，楚恕之一直揣在兜里的手突然伸出来，"啪"的一下，把一张符贴在了郭长城的后颈领口："你是什么东西？为什么附在人身上？"

郭长城觉得自己的四肢好像突然灌了铅，想回头问楚恕之是怎么回事，可是脖子僵直，就是扭不过去。他的意识好像飘出了身体，从一个诡异的第三方角度看着自己造型可笑的身体和身后表情凝重的楚恕之。

楚恕之皱着眉，抬头看着郭长城浮在半空中的幽灵——那的确是凡人生魂，而且和身体百分之百契合，没有一点儿违和。也就是说，被他一张符打出来的魂魄真的是郭长城本人。

"所以你确实是郭长城？"

郭长城浮在空中，想说：楚哥，你干什么？

可他张了嘴，却好像被按了静音……不，简直就像进入了一个真空的、声音无法传播的领域，他发了声，可是只能通过自己的身体听见自己的声音，却完全传不出去。

楚恕之犹豫了一下，伸手把郭长城身上的符揭了下来。郭长城感觉到一股巨大的压力，一只枯瘦的手直接压在了他的魂魄上。那种触感非常奇怪，让他忍不住打了个寒战，然后方才那种飘忽的感觉一下子没有了，身体沉重得让他几乎有点不习惯。

郭长城战战兢兢地扭过头去，就迎接上了楚恕之审视的目光。

郭长城就是反应迟钝一点，此时也明白自己方才是灵魂出窍了。在他的理解里，"灵魂出窍"和"死"没什么区别——也就是说，楚恕之差点儿一张符贴死他。他惊恐地把自己贴在另一边的车门上："楚、楚哥……这、这是什么意思……"

"你是不是人？"楚恕之问。

郭长城目瞪口呆地看着他，不知道这句话是字面意思还是骂人的。

"我这么说吧，你对你父母有印象吗？"

郭长城点点头。

"抱歉，我知道你家的事，你也节哀。"楚恕之毫无诚意地道歉说，"不过这事我必须得问清楚了，你是你父母亲生的吗？怎么能证明你是你父母亲生的？"

楚恕之情商不高，具体表现在，他其实知道该怎么说人话，就是有时候自以为很跩，懒得说。他要是敢这么问赵云澜，肯定得当场挨一顿鞭子，可是郭长城就是很软蛋，听了这话，只是觉得心里有一点别扭，却一点儿着急上火的表现也没有，他甚至仔细地想了想，回答说："我跟我大舅还有姥爷年轻时候长得特别像，我爷爷有点高血压，传给了我爸，我现在也有点血压高的先兆……应该是亲生的吧。"

"那你祖上出过修道的人吗？"楚恕之问。

"祖上？"郭长城愣了愣，"我家没有家谱，最多能往上数四辈，民国往前就不一定是哪儿流亡来的人了。"

就算郭长城祖上真有什么特殊的血脉，近三代都是凡人，可见已经稀薄到了什么程度，不是血脉决定性因素……那最后一个可能，就是他是什么人的转世。

可郭长城的魂魄，以尸王的眼力，并没有看出他有什么特殊。

正在这时，对面一辆大巴的车灯扫了过来，郭长城顿时忘了方才灵魂出窍的事，一把抓住楚恕之的胳膊："楚哥，车！车！"

楚恕之顿了顿，暂时放下了疑问："好，你去吧。"

郭长城连滚带爬地跑了下去，也不知道怎么那么巧，刚过去一辆来自女孩所在省的大巴，这一辆又是。郭长城挥手拦了下来，上车先对司机亮了证件，然后用播音员一样的语气背出自己准备好的、要求检查车内乘客的台词。

有时候逢年过节也会偶尔有例行抽查，司机非常淡定，回过头气如洪钟地冲满车的乘客嚷嚷了一句："都醒醒！醒醒！麻烦大家配合一下，检查身份证！"

楚恕之本来远远地坐在车里，这时不知怎么的心里一动，很多修行的人都会有这种感觉。他下车走过去，正好看见一个十五六岁瘦瘦小小的小姑娘跟在郭长城身后下了车，穿着一身洗不出底的运动服，头都快点到胸口上了。

楚恕之："就是她？"

郭长城点点头，还补充了一句："把她带走的那个人还在车……"

他话音没落，只听"砰"的一声，一个人跳车跑了出去。其实说他拐卖小姑娘也没什么证据，毕竟姑娘好好地坐在车上，是自愿跟着人走的，可是大约是那位做了亏心事，听见有人检查就慌不择路了。

谁知跑了没两步，脚下突然绊住了什么，他莫名其妙地就摔了个大马趴。那人爬起来企图继续跑，两步之后又是一个莫名其妙的大马趴，摔了三跤，这才被慢慢溜达过来的楚恕之拎起领子，逮住了，手腕上被扣上了一个冰凉的东西……由于工作性质特殊，尸王从来没用过手铐，因为不熟悉业务，险些没扣上。

楚恕之一回头，正好看见郭长城在一边轻声细语地对小女孩说话，说她不应该私自离家出走，而且临时忘了姑娘的妈已经成了鬼，还回拨了之前的电话："喂，阿姨，别担心了，您孩子找到了，明天我找人帮忙把她送回去。"

他说完，自然而然地把电话递给小姑娘："你妈为了你都急疯了，半夜给我打电话求我找你，跟她说几句话。"

小姑娘正处在叛逆期，虽然认出了郭长城，但对于她来说，郭长城只是个初中暑假来支教了一个月的小老师、大玩伴，本来态度不怎么样，非常不服管教的模样，郭长城絮絮叨叨地说了一大串，她都当了耳旁风，直到她听见这句话，整个人都呆住了。

女孩猛地抬起头看着郭长城，鬼使神差地，她双手颤抖着接过电话："……喂？"

电话那头的人沉默了一会儿，熟悉的声音再一次通过电波，抵达了阴阳两隔的亲人的耳朵里，她真的在电话里听见了已故的母亲熟悉的乡音："翠儿。"

女孩的眼泪"唰"一下就下来了："妈！"

她妈在电话里说："别哭，翠儿，别哭，好好听郭老师的话，明天就回来吧，你走那么远，妈跟不上，看不见你妈心里着急……"

一身旧校服的少女终于站在龙城进城的国道入口处，在迷茫的夜色里带着无法言语的悲痛号啕大哭。楚恕之不擅长应付这种场面，本想捉着人先走，无意中向郭长城身边瞥了一眼，却再一次看见了那厚重的功德里闪烁的

"火光"。

"火光"似乎更加明亮，有那么一刹那，楚恕之以为郭长城身上有什么东西被烧着了，他用力揉了揉眼睛，再去看的时候，已经消失不见了。

第十三章

天刚亮，光明路4号的小鬼刚下班，大庆就忧心忡忡地晃荡着它肥硕的身体跑到了赵云澜家里。它先跳到了楼道里的窗台上，然后一个猛猫扑食，从空中飞起，准确无误地射中了赵云澜家的大门，前爪按在了门铃上。

然后它变成了一只被拍扁的猫片，从门铃处稀里哗啦地滑了下来。

门铃响了一声。

赵云澜自己在家里宅着的时候，有时候会戴耳机打游戏，所以为了防止别人叫门他听不见，他家的门铃格外惊天动地，从门外都能听见那叫魂一样的最炫民族风，按一下，整首歌能放个完整版出来。

可是响了一会儿，没人应。

没回来吗？

黑猫焦虑地在门口走来走去，不自觉地追着自己的尾巴，很快在原地化成了一道团团转的黑风。它不死心，打算再来一次，就在它原地一蹿，用两条前爪搭上了楼道窗台，后腿悬空地往上挣扎的时候，门"咔嗒"一声轻轻地从里面打开了。黑猫吓了一跳，两爪一松，就掉了下来。

它原地打了个滚，瞪着圆圆的眼睛望过去，看清了开门的人。它刚站稳的爪直接在楼道里光滑可鉴的地面上打了个滑，厚重的下巴跟着震了三震。大庆十分拘谨地收起爪子，正襟危坐地端了起来，挺胸收腹，细细地"喵"了一声："大人。"

沈巍屈指一弹，赵云澜家闹个没完的门铃立刻哑巴了。大庆情不自禁地一梗脖子，艰难地做出了一个吞咽的动作，目光落到了沈巍身上的衣服上——那件衬衫肯定是赵云澜的！

赵云澜这个怪胎喜欢把袖子折上去，每次都奇葩地要求洗衣店里的人把衬衫卷着袖子熨，好折整齐。

黑猫低下圆溜溜的大脑袋，觉得自己需要调整一下心理状态。

"什么事？"沈巍问。

"哦……我就是看看赵处回来没有，他那天突然跳进黄泉，我们都挺担心的。"

沈巍声音很轻地说："回来了，不过现在正在休息，有事的话可以留口信，等他醒了我可以转告。"

大庆"识时务者为俊猫"，紧倒着小短腿往外退："啊……那我不打扰了，没什么重要的事，就是提醒一下我们领导，这两天别忘了写新年工作安排和本部门的新年致辞，没事，没事，您忙，我就走了。"

"哎，稍等。"沈巍不好意思地笑了一下，彬彬有礼地说，"有点事可能得麻烦你……"

大庆立刻识相地跑回来，仰起头："您说。"

十分钟以后，一只胖得离谱的猫用脑袋顶开了楼下早餐店的门，猫脸太圆，眼睛都快被肥肉挤没了，看起来简直有点凶神恶煞。服务员一不小心差点儿让它绊个跟头，立刻大呼小叫起来："哎，这儿怎么进来只猫啊？弄出去，快弄出去！"

大黑猫抬起头，用充满鄙夷的眼神扫了她一眼，然后直接跳上服务台，前爪敲了敲桌子，在服务台后面的收银员的目瞪口呆中，吐出嘴里叼着的一张纸。收银员颤颤巍巍地打开，只见上面字迹工整地写着："一斤豆浆，一屉包子，三根油条，麻烦您装在一个结实些的袋子里，钱在猫脖子上，请自取，如有找零，请放回原处，谢谢您。"

收银员抬起头，试图辨认一下猫脖子在什么地方。黑猫翻着眼睛抬起头，露出双下巴下面一个项圈。在浓密的猫毛里，收银员发现了里面别着的三十块钱。

收银员气沉丹田："大家快来看，神了！猫都能买东西了！"

惨遭众人围观的大庆羞愤欲死——这些愚蠢的人类！

赵云澜还在睡懒觉,被开门、关门的声音惊动,睁了一下眼:"谁?"

"你的猫,"沈巍关上门,"过来看看你,我托它去买早饭了,你再睡一会儿。"

等赵云澜的呼吸再次平稳下来,沈巍才走到窗边,低头看着窗台上因为疏于照顾而几乎枯死的植物。他伸出手,捧在花盆上,乳白色的光辉从他的手心散发出去,枯死的植物就像久旱逢甘霖的土地,飞快地重新水灵起来,枝干直起腰来,不过片刻,就亭亭玉立地站在了那里。

沈巍轻手轻脚地清洗了喷水的喷雾,然后细心地往叶子上喷水。

此时,龙城大多数人都已经开始上班,早高峰车水马龙,沈巍透过窗帘的缝隙,往外张望了一眼。繁忙的世界尽头,天边的更遥远处,有一丝黑气从地下蒸腾而出,一路往天的方向飞去。然而他只看了一眼,随后就像熟视无睹一样,垂下眼睑继续手里的活儿。大封将破,他心里却有种异样的平静和安宁,全身都懒洋洋的,就算死在当下,似乎也没什么大不了的。

赵云澜是快中午的时候,才被沈巍放在床头柜上的一杯热豆浆叫醒的。他盯着乳白色的豆浆半晌,突然一翻身坐起来:"你早晨说什么?让大庆去干什么了?"

沈巍正戴着眼镜看一份手写的教案,淡定地说:"买早饭。"

赵云澜用一种难以言喻的表情呆坐了片刻,不知是不是脑补了一出"肥猫流浪记",随后他用力甩了甩脑袋,把手肘撑在膝盖上,按了按自己的额头,笑了起来。

就在这时,他接到了祝红打来的一个电话。

"喂,赵处?大庆说你回来了,没事吧?"

"嗯,"赵云澜咬着半根油条问,"什么事?"

"林静不是去查那个借寿的案子了吗?他订了昨天夜里回龙城的火车票,凌晨时时,我本来想给他打个电话确认人到哪儿了,但是他不在服务区。我一开始以为是路上山洞多,过来过去地把信号给过没了,但是那班火车早就准点到站了,他却到现在都没露面,我刚才打电话,依然是'不在服务区'。"

赵云澜的咀嚼速度慢了下来:"林静和办公室联系过吗?"

"没有。"

赵云澜皱起了眉。

特别调查处有规定，无论是鉴定案件类别还是真正开始办案的时候，出勤的人不能少于两个，当然，大庆也算个能充数的。偶尔有特殊情况的时候，如果需要办案人员单独行动，他必须要以不少于每天两次的频率联系光明路4号办公室，随时知会别人他的位置。

林静办小事不靠谱，大事却很少捅娄子，不会无故玩失踪。

赵云澜挂了祝红的电话，也试着拨了一遍林静的号，果然是不在服务区。他从兜里摸出一张镇魂令的纸符来，用筷子尖蘸着豆浆汁，在上面写了林静的名字。镇魂令就像个指南针，先是左摇右晃，然后又轻轻地转了个方向，一根极细的红线从林静的名字那里伸出来，缓缓地绵延出去，可是越走颜色越黯淡，延伸到桌子底下的时候，红线就已经接近灰色，然后断了。

埋首教案的沈巍抬起头，与赵云澜对视一眼，随后他弯下腰，捡起了那段断了的线，手指轻轻一碰，它就像一团烧化的灰烬，碎成粉末掉了下去。

沈巍缩回手，仔细闻了闻自己的指尖，然后说："暂时应该还没事，没有死气，也没有腥气，人还活着，只是联系不上，你先别急。"

赵云澜食不甘味地把最后一个包子塞进嘴里，从桌子底下摸出了一沓便笺本，只见这个生活邋遢得一塌糊涂的人的时间管理竟然非常精确，他的便笺本上卡着三把书签卡尺，最上面是"紧急"，往下是"重要"，最后是"完成"。

其中最后一栏里空着，可见他最近很是焦头烂额，基本上没有不重要的事。

通过那外科大夫一样坐着火箭上蹿下跳的字体，沈巍艰难地辨认出"紧急"一栏里，只写着自己的名字和"想办法驱逐出老爸身上的破碗"两项。"重要"一栏里则长长短短地罗列了一大堆和他工作相关的事。赵云澜提笔在"沈巍"的名字后面打了个钩，而后在紧急一栏里又填了第三项"尽快找到林静"。

赵云澜边写边说："林静是正经八百的达摩宗出身，说实话，我手下没有比他更根正苗红的，再加上人长得也比较威武，他的自拍照基本能当辟邪符用，人还算稳重，到哪儿都不轻易惹事，要说起来，平时我最放心的就是他，怎么这个借寿的小案子里还有什么猫腻吗……我得过去一趟，你来吗？"

沈巍前一阵子正处心积虑，没工夫管镇魂令的那伙人到底在查些什么鸡毛蒜皮，听到这儿，他柔和的目光才从便笺本上自己的名字上抬了起来，嘴角微微含笑，看起来一点儿也不介意赵云澜把他的名字写得像狗爪按的："嗯，借寿？"

赵云澜从手机里调出汪徵转发的邮件："就是这个，大神先给我们掌掌眼。"

沈巍这个老古董没用过智能机，接过来扫了一眼汪徵的话，想仔细看看现场照片，不料触屏用得不习惯，摆弄了半天也不得要领。

于是他对正在牛饮豆浆的赵云澜说："你先低个头，别看。"

说完，只见沈巍手掌悬空在手机屏幕上面，好像隔空取物一样地探手一抓，那张死者照片就像3D投影一样浮在了空中，视觉效果极其震撼，乍一看，就像一具脸憋成茄子一样的尸体横陈在了饭桌上。

出于好奇没低头的赵云澜于是毫无悬念地自食其果，一口豆浆呛在了喉咙里，险些喷了"尸体"一脸……这可真是封建迷信打败现代科技的典范。

沈巍细细端详着尸体的脸色，又伸手"捏"住尸体的眼睛，他好像把空气变成了一个3D的触屏，竟然还能局部放大、缩小！

"这人可能不是死于借寿反噬，"沈巍指着尸体被放大到巴掌大的眼睛说，"你来看看他的眼睛。"

"我刚吃完饭……"赵云澜痛苦地捂住自己的胃，然后顺着他的手指看过去，只见尸体被放大了很多倍的眼睛里，瞳孔已经散了，但是仔细看，中间似乎倒映着一个人影。赵云澜一愣，按住沈巍的手："还能再放大一点吗？"

沈巍摇摇头："只是一张照片，再大就不清楚了。"

"唔，不碍事，"赵云澜从桌子底下抽出一张餐巾纸，飞快地一抹嘴，然后从便笺本后面撕下了一张纸，在上面勾出了影子的大概形状，"比我们蹩脚的兼职技术员强多了。"

沈巍随口问："兼职技术员是谁？"

赵云澜："祝红。"

饭桌的桌脚"嘎吱"一声，咬牙切齿地与地板摩擦了一下。

赵云澜只觉得一道冷森森的目光落到了自己裸露的后颈上，他假装什么也不知道，趴在桌上认真地用中性笔描着尸体眼睛里的东西，背对沈巍偷偷笑了一下。

"过去有个谣言，说如果杀了人，一定要把死人的眼睛捣烂，不然里面会留下他最后看见的人的影子，能被检查出来。"赵云澜边描边说，"这当然不可能，要不然刑警们一天到晚都不用干别的，专门研究眼科就行了——现在看来，这传说也不全然是空穴来风，民间传说也有点依据，所以死者眼睛里的这个影子是什么？"

沈巍闷闷的，不吭声。

赵云澜弯着笑眼，回头看了他一眼："嗯？"

沈巍阴着脸，明显不满他无端提起祝红，沉默了好一会儿，才有些冷淡地开口说："被阴差勾魂而死的人，眼底是干净的，但如果是阳寿未尽，被黄泉下什么东西勾魂而死的人，眼睛里就会留下幽冥映出的影子。"

"唔……那你觉得这是个什么？"赵云澜问。

沈巍："我怎么知道？"

"你啊，以前整天端着，跟个不食人间烟火的男神似的，我就懒得看你装，看着都替你累得慌——我不想结婚，不想跟女妖谈恋爱，光棍一条，随时陪你，行吗？"赵云澜随手把便笺纸贴在了沈巍用过的教案草稿后面，"来，那男神，书桌上的台机旁边有扫描仪，帮我扫成图片，发给光明路4号办公室，让他们在我过去之前能查多少查多少。"

沈巍接过来，木然地走到台机面前站定，开了机之后就开始和面前的一堆仪器大眼瞪小眼——男神面对电脑，其实只会开机、关机和播放别人帮他做好的PPT，其他事都是助教干的，压根儿也分不清哪个是打印机、哪个是扫描仪。

"哎哟，男神，不会呀？"赵云澜坏笑着把着沈巍的手，把纸片放在了扫描仪里，一步一步地操作完，"不会你早说啊——发邮件会吧？登我工作邮箱，在联系人那里找到'同事'那一栏，把扫进去的图片发给他们。"

说完，他拨通了光明路4号的电话："汪徵？还醒着？辛苦了，你记得把窗帘拉紧点——对,我知道,林静出事了,我给你传过去一张图片,所有在办公室的人都传看一下,能查到它是什么东西最好,再让老李帮忙准备两辆车,半个小时后我们出发,去案发地。"

就在这时,屋里的吊灯微微地晃动了一下,龙城有一点不是很强烈的震感,然而这一波不易察觉的小地震过去以后,电话里和电话外同时响起了新邮件提示音。

电话里汪徵说:"等等,赵处,有林静的邮件。"

电话外沈巍转过头来:"你找的人好像发来了一封邮件。"

赵云澜对汪徵说:"你先别挂。"

林静发过来的是一段视频,他用手机自拍的。

这个无时无刻不在臭美自拍的自拍帝摄像技术高超,可是这段视频里,镜头却在不断地抖,林静的气喘得很粗,屏幕上下摇晃得也很厉害,他应该是在跑。接着,屏幕对准林静的脸,只见他的嘴开开合合,却没有声音,赵云澜皱起眉艰难地辨别着他的唇语:"我……失去了声音,二多……耳朵也开始听不清楚了,收支……不对,是手指僵硬,有不祥的预感。"

紧接着,林静手一抖,镜头从他的脸上移开,对准了面前的建筑,那是一片非常有质感的别墅区——正是借寿事件发生的那个疗养度假别墅群。乍一看,房子都挺漂亮,可赵云澜在看见它的第一眼就有了某种违和感。

这时,视频里传来林静用手指敲打手机后盖的声音,声音非常大,有点刺耳,也就是这几声,衬托出了整个别墅群死一般的寂静。

林静用手指一笔一画地在手机镜头前写下"空的,一个人也没有"这一行字。赵云澜注意到,他手指的第二个关节僵硬得像块石头,不能打弯,浮现出一种诡异的青灰色。随后,林静手指一顿,把镜头对着自己的脸,指了指自己的耳朵,又面色凝重地摇了摇头。他摸出一串佛珠,闭上眼,强自镇定地念经。

突然,林静睁开了眼,表情一瞬间有些错愕,随后吃力地眯起了眼,镜头猛烈地晃动了一阵,视频在这里断了。

"最后那一幕,很可能是他发现自己看不清了,所以赶紧把视频发送了。"赵云澜说,"也许是因为视力不好,让他点错了,发了定时邮件,所以我们现在才看到，或者……"

"或者是出于某种原因，邮件一直发不出来。"沈巍接了过来。

赵云澜扭过头去，目光与他对上，片刻后，两人同时轻轻地说："刚才的地震。"

话音才落，隐隐的震感再次传来，就像普通的余震一样，楼道里开始有脚步声和人声。赵云澜家住得比较高，高层震感更强烈一些，连续两次震动让人们开始恐慌地往外跑。

赵云澜扶着墙，仔细感觉了一下："你觉不觉得这'地震'有点奇怪？不是地壳运动的那种震动感……这个就好像……好像在颤抖一样。"

沈巍："好像是地府的动静。"

赵云澜把枪里塞满特殊子弹，又在裤腿下面插好了刻满符咒的匕首，而后把钱包里的钱都掏出来，胡乱塞进了兜里，把钱夹腾出来，夹了厚厚的一沓符纸。最后，他从抽屉里抽出了一片木头削成的木片，那是真正的镇魂令，真正的大神木树干上削下来的树皮，上面"镇魂令"三个字在触碰到赵云澜的手指的瞬间，就爆出了一串夺目的火花。

"走。"他把镇魂令塞进兜里，对沈巍说。

二十分钟后，两个人到光明路4号接了几个同事，开了两辆车，赶往林静出事的地方。

龙城与案发地相隔不到三百公里，走高速四个多小时，当地有山、有水、有温泉，是个典型的旅游疗养小镇，为了环境美观，周边的自然村都搬走了，每天只有采购员和服务人员出入这里。

小镇太安静了，就像一座死城，镇口停着一辆拉货的大篷车，当不当、正不正地堵在道中间，车里满载新鲜果蔬，东西一样没少，可是驾驶室的门开着，里面的人却不见了。

"每天应该有很多来自周边小镇和村里的服务员。"赵云澜说，"小郭，下车，你自己去开另外一辆，去镇上找当地派出所的同行问问，最近这几天有没有接到过人口失踪案的报警。"

郭长城已经敏锐地感觉到了这座小镇的诡异之处，仅仅是站在那里，他的腿就不停地哆嗦。赵处明明白白地让他走，显然是想保护他，这让郭长城先是松了口气，然后心却不明原因地提得更高。

"祝红和你一起走。"赵云澜又补充了一句。

祝红可不是随意任指挥的小郭，立刻抗议："我才不走！我就跟着你，哪儿也不去！"

赵云澜掏出一根烟来，含在嘴里："怎么，还没正式辞职，我说话就不管用了？"

祝红："我……"

赵云澜不由分说地坐回车上，直接关上车门："老楚，你过来坐这辆。"

祝红僵硬地站在原地，愤怒地瞪着赵云澜。

楚恕之隔着车窗冲她挥挥手："快去，赵处安排得有道理，你在这儿也帮不上什么忙，小郭那边恐怕沟通不畅，你帮着他点。"

祝红还没来得及说话，赵云澜已经一脚踩下油门，把车开走了。

第十四章

"浑蛋！"祝红弯腰从地上捡起一块石头，女蛇妖的手劲可观，稳、准、狠，"哐当"一下砸在了赵云澜他们公务车的后盖上，砸掉了一块漆皮。

赵云澜完全没理会。紧接着，祝红兜里的手机振动了一下，她拿出来一看，是一条来自楚恕之的短信，楚恕之说："赵处让我转告你，破坏公物的钱从你本月的奖金里扣，你可以再来几块，都扣光了就扣工资，悠着点，别离职的时候一分都带不走。"

祝红又把新买的手机捏扁了，大吼一声："赵云澜，王八蛋！"

郭长城面如土色地看着这位大逆不道的同事，不敢吱声。

祝红红着眼，转头瞪他："看什么看！还不快走！"

郭长城连忙屁颠屁颠地跟在她身后。

祝红又迁怒，没事找事地嚷嚷："你到底是不是男人？是男人给我去开车！你见过让女人开车的男人吗？！"

开个破车又不是上公共厕所，没听说过还有分男女的规矩，她明显是无理取闹。郭长城诚实地脱口说："祝姐，其实你也不是女……"

祝红面沉似水，就好像马上要给人致命一击的眼镜王蛇，芯子都快吐出来了。郭长城本能地感觉到了危险，一个屁也不敢放地钻进了车里。然而祝红犹豫了一下，却没坐上车，她把副驾驶的车门一摔，冲郭长城挥挥手："你自己滚吧，我要去找赵云澜。"

郭长城从头到尾都没来得及发表一个成形的意见，祝红就已经绝尘而去。

坐赵云澜车的大庆和楚恕之其实也很痛苦——因为副驾上有一位大神。知道了沈巍就是斩魂使后，尸王也好、老猫也好，都再也难以找回过去那颗逮谁跟谁贫嘴的"赤子之心"。

他们气氛诡异，就这么一路寂静无声地开到了疗养别墅小镇的正门入口处。气派的"泉水湾度假别墅"几个大字以大理石浮雕的形式竖在设计感很强的花丛中。不知是材质还是天气原因，石头上刻的字有种说不出的黯淡。门口有两个保安亭，两个入口，两边的行车路都挡着不让通过，旁边则有个供业主步行通过的刷卡器，可是不亮，已经断电了。

赵云澜把车停在了门口，拿出手机看了一眼，此时，手机信号已经剩下了若有若无的一个底，稍微晃了一晃，就彻底没了。

保安亭的窗户不知怎么是开着的，窗台上还有一个快递包裹，旁边放着个笔记本，本上有支没盖笔帽的笔。无论是窗台上，还是这些东西上，都罩着一层奇怪的灰。

赵云澜戴上手套，把笔记本拿下来仔细翻了翻，发现这是一份代取快递的收发记录——这个小区大概不让快递员进，由门卫代收快递包裹，登记后送到业主手里，业主要在后面再签个字。

笔记本的最后一条，登记的正好是头一天的日期，写着"10A业主李先生，包……"

"包"字只写了半个，最后的弯钩都没来得及拐，就戛然而止了。

赵云澜能想象到那场景，送快递的快递员从窗口递进包裹，然后接过登记单，在上面一笔一画地写下包裹信息，"包"字才写了一半，出于某种原因，他突然被打断了。被什么打断了？

现在东西还在原位，人又去哪儿了？

沈巍走过来，抹了一把窗台上的细灰，用手指捻了捻："落上去的时间不长。"

赵云澜："你怎么知道？落的灰还能看出新旧？"

沈巍把手拍干净："普通的灰看不出来，不过这是刚落上去不久的骨灰，还很新鲜，不会超过两三天，我闻得出。"

沈巍的语气就像说"牛奶是刚挤出来的，还很新鲜"一样。

赵云澜木然地合上笔记本，找出个证物袋来严严实实地包装好，无比庆幸自己把郭长城支走了，不然吓坏了郭长城，他们都得被"十万伏特"，不过……

"你确定这是骨灰吗？人的？怎么是这种颜色的？"

沈巍解释说："是，不过不是烧过的那种骨灰，是'挫骨扬灰'的灰。当时有个人可能就站在这里，然后肉身在一瞬间崩溃，骨头碎为齑粉，落到了窗台上。"

不知什么时候也跟过来的楚恕之匪夷所思地问："那人的血肉呢？"

"化了。"沈巍推了推眼镜，"血肉没有骨头那样的承受能力，很难留下踪迹。"

楚恕之小心翼翼地问："听这个意思，大人是知道这里的人是怎么没的，对吧？"

沈巍客气地点了点头，谦逊有礼地说："知道得不多，不过这个倒是正好能说一点——上古时，共工撞倒不周山后，天崩地裂，地下鬼族第一次降世，裹着黄泉下千尺的凶戾之气，方圆十里以内的人畜走兽就是像这样，一瞬间化成了粉末，百里之内寸草不生。"

他说着，又抬手一指门口别墅区门牌下面，那在寒冬中依然郁郁葱葱的花坛："那边的景观花没有受到波及，应该是假花。"

"可是这别墅小镇没有十里，"赵云澜指出，"那边大门口有两棵大松树，肯定也不在百里外……"

"我觉得是因为那个。"

几个人顺着沈巍的手指方向望过去，只见别墅小镇进门处是一个小花园，花园周围围绕着会馆，会馆不是一栋楼，分成几个高高矮矮的小楼，别致地围着小花园一圈，像个影壁似的，颇为私密。

"你看，中间的水池是花瓣形的，水系往四周延伸，正好把会馆的几个小楼群连起来。"

楚恕之平时跩得二五八万一样，此时却把态度放得非常低，虚心地问："请问大人，那是'五五梅花阵'吧？"

"是，楚兄渊博。"沈巍一点头，"梅花阵是镇宅辟邪保平安的，所以阴气被阵阻隔在了里头，一时出不来，最多只影响到了门口的这一小段路。不过，能被区区一个粗制滥造的梅花阵镇住，大封暂时没有破，可能只是正好在这里漏了个小缺口，补上就可以了。"

楚恕之和大庆还不清楚"后土大封"是怎么回事，反正听沈巍的语气，就好像扣子掉了、缝个候补似的，于是也跟着放松了下来。

赵云澜看了沈巍一眼。沈巍这人，乍一看凡事有分有寸，一点儿不出圈，实际他没有一个地方不出圈。他已经大概了解透了——沈巍既然已经得到了他想要的，这会儿心情指不定多轻松，说不定压根儿也不在乎什么后土大封。赵云澜怀疑，他连自己的生死都不在乎。

"地府现在应该已经闹翻天了吧？"沈巍笑了一下，接着，他又觉得自己这样幸灾乐祸太明显了，有点失礼，遂收住笑容，轻咳了一声，"不碍事的，都跟紧我。"

楚恕之和大庆立刻抛弃了他们的领导，死死抱住这位大有来头的"外援"的大腿。

赵云澜心里却隐隐有种不祥的预感——借寿，这件事他随口交代的时候没太重视，也没太细想，可现在想起来……"借寿"，不正好是当初轮回晷那案子的起因吗？

轮回晷……它在鬼面手里。

大封式微，尽管现在还能控住大多数的鬼族，却已经关不住混沌鬼王，现在四件圣器已经出现了三件，虽然除了轮回晷之外，山河锥和功德笔倒是都在自己人手里，但是四柱如同四脚，并不一定要四脚都起，只要撬开两个脚，基本就能把整个大封都掀翻，所以镇魂灯的下落至关重要。

可谁知道那神龙见首不见尾的镇魂灯究竟是什么东西？

从大门旁边的行人通路走进去，一股浓郁的死气就扑面而来。大庆忍不住炸了毛，镇魂鞭悄悄地顺着赵云澜的胳膊缠下来，在他的手腕处冒出了一个尖，他另一只手摸出了藏在袖子里的小匕首。

眼前的泉水湾别墅小镇，在赵云澜眼里，就像个凶险的陷阱——林静的视频并没有拍到他进去，以林静的谨慎小心，在这么凶险诡异的地方，他压根儿就不会在不联系总部的情况下擅自单独进去。

有什么东西在误导或者……强迫他，让他还没来得及踏进这块区域，就已经丧失了五官六感。林静就算是达摩嫡系，也挡不住大封开裂时来自黄泉下千尺的戾气，直接杀了他难道不是更方便？

留着他……是为了把谁引过来？

是镇魂令，还是沈巍？

颇有情调的小道上空荡荡的，每一座建筑都是诡异的空屋子，一个鬼影都没有。沈巍身上的黑袍不知什么时候幻化出来了，他大概也感觉到了什么，手中扣上了斩魂刀。三人一猫的脚步声在地上分外明显，回音传出老远，有种说不出的阴森。

半空中有夕阳，不知从什么时候开始，那夕阳已经从温暖的红橙色变成了呆板的血红色……就像寿衣店里纸人脸上生硬的红脸蛋，射出冷冷的光，它把人影长长地拖在地上。就在这时，赵云澜突然一伸脚挑开跟在他脚边的黑猫，同时往前迈了一大步，还没来得及转身，手里的匕首已经架到了自己的后心处，一个让人牙酸的碰撞声响起，幽畜的牙齿与赵云澜的钢刀相撞，幽畜掉了几颗大板牙，钢刀被撞出了一个裂缝。

赵云澜以一只脚为支点，正想转个圈再给这畜生补一刀，幽畜脸上却突然露出极端恐惧的表情，丑陋的身体就像一个气球，被吸进了沈巍的手心里。远处，无数铃声同时响起，小镇干干净净的路上升起一层两尺高的黑雾。黑猫尖叫一声，蹿上了赵云澜的肩膀——地上有长满脓包的手在往外伸！

不知什么时候爬上屋顶的幽畜们，就像电影里突然出现在人身后的僵尸，"呼啦"一下从屋顶跳了下来，巨大的爪子一把扣住楚恕之的头，张嘴就往下咬。楚恕之枯瘦的手一瞬间变得像石头一样僵硬，而后他像是跟鬼族比凶残一般，直接戳进了幽畜的喉咙里。幽畜往后倒退了两三步，倒在地上，还没来得及断气，就有无数只比它还要奇形怪状的鬼族扑过来，转眼就把它连骨带肉全吃完了。

更多的鬼族从地下爬了出来，丑态百出。沈巍眼角跳了一下，他自己脱胎于鬼族，对这样的同族有根深蒂固的痛恨，尤其……它们竟然还敢出现在赵云澜面前。

他拉出了斩魂刀。赵云澜忙说："沈巍慢着，这好像不是……"

可是已经来不及了，斩魂刀已经伸长了好几米，摧枯拉朽一般，无数鬼族在他的刀下灰飞烟灭。沈巍神色冰冷，接着，他往下一翻手腕，刀刃带着万钧之力下压，锐不可当，小镇地下几尺厚的黑雾被他一刀逼开，七零八落地散了个干净，随后刀刃落到地上，在大地上留下一个数十米深的狭长裂口，惨叫声响彻天际。沈巍眼神凌厉地逼视着地面的裂缝："滚出来。"

他出手极快，破坏力惊人，直到这时，原本只离他不到五步远的赵云澜才终于拉住他的胳膊："这好像不是大封破了，我怀疑它只是个变了形的阴兵斩，你先别妄动！"

话音没落，尖锐的笑声突然响起，从四面八方围绕过来："是啊，可惜令主的脑子和嘴，比不上斩魂使大人的刀快。"

被沈巍劈开的地面往两边裂开，沈巍一把将赵云澜拖进怀里，楚恕之和黑猫大庆则落在了另一边。裂口越来越大，转眼，两边的人就谁也看不见谁了。

沈巍突然闷哼一声，紧紧地搂着赵云澜的手好像被什么东西强行拉开，一团黑气像黏腻的蜘蛛网一样缠住了他的胳膊。

第十五章

郭长城的手机里有楚恕之发给他的最后一条短信，嘱咐他无论如何，千万别到别墅小镇上来，更要阻止别人过去。

郭长城试图打电话给他并告诉他祝红跑了这件事时，发现对方的电话已经打不通了。

电话不通，留言和信息石沉大海。

全世界的人都不见了，只剩下他一个小可怜孤独无助地不知道怎么办。郭长城把车停在路边，踟蹰了好半天，总算是鼓足了勇气，跟着导航来到了最近的县城，直奔当地公安局。

隔着老远，他就看见警察局门口围着一大帮人，把路口堵得水泄不通。郭长城按了一下喇叭，没人理他。一个老太太被人搀扶着从公安局门口走出来，满头白发，腿脚似乎也不大利索，尽管有人搀着，还是不知道被什么绊了一下，一跟跄趴在了郭长城的车盖上。

郭长城慌忙下车，老太太的亲友、跟出来的警察们，好一阵大呼小叫，七手八脚地把她扶了起来。老太太却突然旁若无人地放声大哭了起来。周围的群众跟着骚动了起来，郭长城听见有人说："你看那老太太可怜不可怜，就这么一个儿子，孤儿寡母，相依为命，万一出点什么事，我看她也不用活了。"

老太太听见了，被戳到了伤心处，哭得越发歇斯底里。

跟出来的小女警跟郭长城差不多大，看着也像刚毕业的，实在不知道该怎么办才好，满脸通红地嗫嚅："我们这也是有规定的，成年人要超过四十八小时才能……"

她的声音很快被更多的怒骂盖过去了。

"规矩是死的，可人是活的啊！现在人是活的，你们要等四十八小时，那万一四十八小时以后出事了呢？黄花菜都凉了！尸体都冻僵了，你们也不管？"

年轻的女警觉得别人说得挺有道理，可无奈小县城警力有限，规定就是规定，再有道理，也不可能罔顾规定。一着急，她眼圈都红了，眼泪拼命地在眼眶里打转。

郭长城见此情此景，一个头变成了两个大，就听周围这些人说什么的都有，七嘴八舌，活像聚众闹事的。这时，趴在他车盖上哭的那个老太太突然两眼一翻，就地晕过去了。郭长城连忙拨开挡在他面前的人："让一让，对不起，都让一让。"

他从兜里掏出了工作证和钥匙，情急之下，直接把工作证扔给了老太太的亲友："开我的车，先送医院去！"

亲友捧着那个小本："啊？"

郭长城一看："对不起，拿错了，这个才是。"

他赶紧把车钥匙和工作证换回来，又将工作证递给旁边的女警："同志，能带我去见见你们领导吗？我有急事。"

女警疑惑地看了看他的证件，随后猛地站直了："你……您是龙城来的领导吗？"

"不、不，我不是领导——前两天我们派人过来，奉命调查一起命案，相关的手续已经走完，报到你们这儿了，但是昨天那位同事失踪了，现在我们领导已经在案发现场了，让我先过来和你打声招呼。"郭长城说完，抬手抹了一把寒冬腊月里的一脑门汗，超常发挥地说，"大家都是来报案的吗？是不是失踪案？"

好多人点头。

郭长城："哦……哦，那人是怎么没的？"

这话简直是捅了马蜂窝，人群"轰"的一声，活像五千只鸭子一同引吭高叫，郭长城快被他们吵出低血糖了。他死死按住自己的裤兜，唯恐社交恐惧症会让他兜里的小电棒误伤无辜群众。

然而出乎郭长城意料，他似乎并不像自己想象中那样害怕。

他就是这种人，每当他想寻求别人帮助的时候，都觉得自己是个什么都不懂的大麻烦，自然而然地畏惧对方，从而畏惧和对方进行一切眼神、语言的交流，然而当他意识到，面前的人需要他帮助的时候，郭长城的话总是说得出奇地顺溜。

他好像天生就是干这个来的。

郭长城灵机一动，突然挥挥手，打断众人的吵闹："我听不清，慢慢来，我问问题，大家举手回答好吗？请问诸位，你们失踪的亲友，是不是都在泉水湾别墅小镇工作？是的话，举一下手行不行？"

"呼啦"一下，所有人都举起了手。郭长城身边的女警睁大了眼睛——她方才被吵得耳鸣，只顾着成年人失踪事件四十八小时后才能立案，压根儿没发现这可能是一件牵涉范围很广的严重事件。

郭长城定了定神，思路更清晰了些，继续问："那……能确定自己的亲友就是在别墅小镇失踪的，请举手，不确定的先把手放下，行吧？"

有几只手晃了晃，放下了，过了片刻，又犹犹豫豫地举了起来。

一个中年男人开口说："领导，我能说句话吗？"

郭长城："我不是领导……唉，算了，您说。"

"我妹妹在小镇会馆的餐厅里当服务员，才十九岁，昨天晚上下班，她没回家，也联系不上，她很老实，以前从来没有无故夜不归宿过，现在全家人都急坏了。半夜里全家一起出去，顺着她上下班的路找了好几遍，可是后来，出来找人的我爸和我堂弟也离奇失踪了，一样是电话打不通，我这才来报案。"男人眼睛里还有血丝，极力稳住了自己的语调，想尽可能地平静一点，"领导，您说，一个小姑娘就算了，可俩大老爷们儿一起，能出什么事？我爸都七十岁了，就算是拐卖人口，也没人拐个爹回去吧？"

众人纷纷表示自家也是一样，每个丢了亲人的，都急得像热锅上的蚂蚁，每个人都想往郭长城面前凑，多说几句自家的情况，每个人都想向这个看起来"嘴上没毛，办事不牢"的年轻人讨个说法——他在他们眼里简直成了救星，他们要把救星生吞活剥，以消忧惧。

人们连推带搡中，一个抱着孩子的妇女被人推倒在地，她怀里两三岁的孩子"嗷"一嗓子大哭出声，旁边有人在喊"别挤，谁不着急啊"，也有人尖叫"看着点孩子！别踩着孩子"。

郭长城眼冒金星，他想，如果祝红姐跟来就好了……如果赵处在这儿就好了。

该怎么办？

他们那么信任自己，让自己办这件事，这还是他入职半年多第一次独当一面，他怎么敢辜负他们的信任，把事情办砸了？

如果是赵处，他会怎么办？如果是楚哥，他又会怎么办？

不能让他们过去，那边有危险——郭长城突然紧走两步，站在了马路牙子上："诸位！诸位！"

众人安静了下来。

郭长城举起自己的工作证："我来自龙城特别调查处，我们专门处理重案要案，现在我们领导已经带着所有精英人员赶到了事发地，派我来向大家说明一下情况——虽然暂时没有找到诸位亲人的消息，但是也没有更坏的消息，我们的人已经在全力搜索，诸位现在能给予我们的最大的帮助，就是协助当地派出所的同志登记好相关信息，并且一定不要靠近事发地，一旦你们靠近了，反而会给搜救人员带来麻烦，更不利于我们找人。"

他从来没有一口气说过这么多的话，在那一瞬间，郭长城简直觉得自己不是一个人在奋斗。

他心头火热，好像烧着一把火，双手拢在一起，冲所有人作了一圈揖："谢谢诸位，也向诸位保证，我们一定会全力以赴——现在我能请大家排好队，跟我进去登记一下吗？"

众人在原地面面相觑了一阵子，竟然真的闹哄哄地排好了队，渐渐有了秩序，在年轻女警的指引下，顺利地组织好，进了门。

反而是郭长城愣了好半天，简直不敢相信自己方才办到了。

特调处的其他人就不像郭长城这么轻松了，被黑影缠住的沈巍也不知道怎么回事，又犯了死心眼，怎么也不肯放开赵云澜。他用牙叼住了斩魂刀刀背，森冷的刀光映得他嘴唇一片惨白，扭头用刀刃对准缠着自己的黑影。

赵云澜一把夺下他嘴里的刀："给我。"

他握着这把天下独一无二的刀，狠狠地砍向缠在沈巍胳膊上的黑气，却觉得刀刃下的东西如同一片黏腻的沼泽，黑气只能被凌厉的刀锋逼开一点，根本砍不断。沈巍把赵云澜抱得更紧："那是混沌之力，斩魂刀唯一斩不断的东西，你这样不行，砍了我的胳膊，快！"

赵云澜不理他，反手把斩魂刀插回刀鞘，掏出一张镇魂令的纸符，弹指一个小火苗蹿出来，镇魂令带着火种笔直地冲进了黑雾里……

连个渣也没剩下。

沈巍："砍我的胳膊！"

赵云澜充耳不闻，从怀里掏出那张他特意带上的、真正的大神木雕刻成的镇魂令的真身。沈巍一惊："那个不能……"

但是赵云澜让他也明白了一回什么叫作"手比嘴快"，沈巍没说完，大神木的镇魂令就燃烧了起来，升起一尺来高的火苗，火焰的颜色红得不正常，缠着沈巍胳膊的黑雾终于畏惧地往周围退去。

沈巍抽回胳膊，第一件事就是伸手把烧了一半的镇魂令抄回来，抱着赵云澜就地躲开方才那沼泽一样的黑雾，手心里凝聚了一汪清泉，浇灭了镇魂令上的火。然而"镇魂"两个字已经烧掉了一半，只剩下"真鬼"了，背面那一排"镇生者之魂，安死者之心"的字迹早就荡然无存。

两人飞快地离开原地，沈巍对赵云澜沉下了脸："你知不知道你本是不容于轮回的，镇魂令主的身份相当于你的护身符？这是大神木树皮雕成的，你……"

沈巍一骂人就词穷，"你"了半天也没"你"出个所以然来，最后斯文地冒出一句："你这败家子！"

身后是穷追不舍的黑影，浓稠得如同化不开的墨迹，黑影经过的地方什么都不剩，一切的一切……仿佛连虚空都能被它吞噬了，那是真正的混沌。两个人没想到自己也有这么狼狈的一天，跑出了生死时速。

而赵云澜于逃命的百忙之中，竟然还能拨冗翻了个大白眼给沈巍："你才是败家子，动不动就断手挖心，你以为自己是壁虎吗？"

"我不跟你拌嘴。"沈巍双手搂住他，斩魂使巨大的黑袍就像是空中腾起的黑云，他的双脚同时离地，携着赵云澜贴着地面，眨眼光景飞掠出了几十米，脚尖轻轻地点在地上，而后往下一坠，直接钻入了地缝里，身形快得像一只漆黑的燕子。

地面再一次微微地晃动起来。

更深的地下涌出了一大群关键时刻总迟到的阴差，阴差们不该迟到的时候总是姗姗来迟，该迟到的时候又老往前冲，此时刚一露面，就被那无坚不摧的黑影给吞噬了一多半人马。

判官惊叫一声，二话不说，又要重新钻进土里，被牛头马面一边一个像拔萝卜一样地给拔了出来："大人使不得，地下不是躲避之处。"

就这样，一群奇形怪状的阴差也加入了撒丫子狂奔的队伍，打了一壶不甚体面的酱油。

沈巍猛地从地缝里蹿出来，用力把赵云澜往前一推。赵云澜会意，顺着他的力道往前飞出了十来米，双手一撑地，稳稳当当地站住了。而沈巍已经到了半空，双手结印，无声地念起古老的咒文，黑影正在一点一点向他逼近。

就在黑影堪堪触碰到他的袍角时，突然，刺眼的白光从沈巍手印中喷薄而出。

时间掐算得分秒不差。

黑影硬生生地贴着沈巍停了下来，猛一抖动，竟然一点一点地被那白光吸了进去。

所有人都屏住了呼吸。

紧接着，铺天盖地的黑影全部被吸进了越来越炽烈的白光中，沈巍脸上的冷汗顺着脸颊滚落了下来，判官一屁股坐在了地上。赵云澜嘘了口气，松开了把手心掐出了印的拳头。灼眼的白光开始在沈巍手中收缩，一切看起来已经尘埃落定。

就在这时，异变陡生。

一个身影突然像撕开了空气，毫无征兆地出现在了沈巍身后，不知埋伏了多久的鬼面猛地把一根三尺长的冰锥戳进了沈巍的后心。

判官等人还没回过神来，就看见一条长鞭毒蛇一样地向鬼面卷了过去，镇魂鞭扬起凌厉的劲风，"呼"地一下刮得人脸上生疼。一边的阴差简直觉得自己是被集体抽了一个大耳光，暴露在空气里的地方火辣辣的，不约而同地扭脸退避，鞭梢精确地缠在了鬼面的脖子上。

判官心里的苦水都快要满得吐出来了——五百年前，大封第一次出现松动迹象的时候，由地府牵头，曾经把各路势力都集中在了一起，共同讨论了这件事。当时地府一呼百应，各路神怪个个大义凛然，开口苍生，闭口天下，纷纷表示要为大封万死不辞。可是自昆仑山巅一战之后，这些人就像是商量好了，集体失踪了。

这不是不能理解的事，修行是一个无比漫长的过程，要经历别人所不能想象的艰险、旁人所难以理解的寂寞，本人先天资质要好，已经是万中无一，能心性坚定、踽踽独行，不急功近利或半途而废的，更是百万之一，这还不算，哪怕天资再好，后天再努力，欠缺了那么一点运气，最终也是功败垂成——这样历尽沧桑修成的正果，谁能不爱惜羽毛？谁会傻乎乎地冲在前面当炮灰？如果不是大封受损，地府首当其冲，不得不站出来，那么判官扪心自问，他自己也一定有多远躲多远。不说他一个小小判官，就是十殿阎王，也不过是掐准了斩魂使自持身份，不愿意和他们计较，才暗戳戳地搞小动作，哪一个又敢站出来真对上当年的鬼族之王？

斩魂使尚且能吓破他们的胆子，更不用说是那喜怒无常的鬼面。

判官神色复杂，目光落到了赵云澜身上——此间朋党皆鼠辈。大概也只有当年洪荒破碎前，那些真正的先天神魔，才有那样"为死不顾"的胸襟吧……哪怕他现在只是个凡人，也敢毫无顾忌地伸长鞭子勒鬼王的脖子。

他们这些蝇营狗苟之徒，永远也难以理解那样死生一掷的豪情，难以想象那种虽千万人吾往矣的飞蛾扑火，更是难以企及他们曾经开天辟地、无所畏惧的大荒往昔。

已经销声匿迹在轮回里的昆仑君不提，可是眼前这个男人，赵云澜，他分明只是个油嘴滑舌的凡人，又凭什么敢不畏惧、不惊恐？难道已经丧失了大荒山圣的权柄和力量，仅仅依仗那一点被轮回洗练过无数次的神魂吗？

三人僵持，沈巍额角青筋暴跳，强行将十指收拢，手中白光骤然泯灭，周遭的混沌被他彻底收走，插在他胸口的冰锥冒出蛛丝一般丝丝缕缕的黑烟，形成了一个巨大的"蚕茧"，把他整个人包在了里面。

鬼面一只手攥着冰锥的一角，另一只手正好在镇魂鞭缠上他脖子之前塞了进去。在空中，混沌鬼王与胆大包天的凡人遥遥对视，看见赵云澜的眼睛里有一团坚硬的光，比当初点燃了整个大不敬之地的魂火还要灼人。

"如果镇魂令没有损坏，"鬼面的声音沙哑而支离破碎，"我的脖子现在说不定已经被你扒掉了一层皮，啧，真是可惜……"

赵云澜从牙缝里挤出一句话："放、开、他。"

"他？他与我同为鬼王，一命双生，尽管境遇所致，性情不合，可我依然不愿意伤他，是他一步一步地逼得我走投无路。"鬼面一字一顿地说，"你想要人，可以，拿镇魂灯来换。"

谁他妈知道镇魂灯是什么？

赵云澜英俊的眉宇间露出了一点阴郁："如果你够聪明的话，最好也给我一锥，否则我让你永世不得安宁。"

鬼面听了，断断续续地笑了起来："如果你是昆仑君，我今天就算舍命，也绝不让你独活，不过……"

他的身体猛地一震，失去了神木庇护的镇魂鞭瞬间碎成了无数节，赵云澜的手心被震出一道见了骨的血痕。

"我的令主你，实在没什么值得顾忌的。唉……我感激你借火之恩，又受他的影响，不得已……实在有一点喜欢你，留着你也无碍。"

说完，鬼面带着尖锐的笑声，黑雾升起，与被黑茧包围的沈巍同时不见了踪影。

第十六章

赵云澜手心被鲜血糊满了，判官忍不住清了清嗓子："令主，你……"

赵云澜一哆嗦，好像骤然被他的声音惊醒，扫了判官一眼。他眼角处斜斜飞起，带着一丝不祥的殷红颜色，漆黑的瞳孔深得吓人，浓密的睫毛在他的眼珠里打下一片看不见底的阴影。

一时间，判官竟然觉得他有些陌生，被他一眼扫出了一身鸡皮疙瘩。

"劳烦判官大人一件事。"赵云澜低声说，"请您带我去见见幽冥中真正的轮回。"

解铃还须系铃人，昆仑君的神魂是被神农封印的，神农化为幽冥轮回，他想唤醒被封印的昆仑神魂，大概要到那里去碰碰运气。

赵云澜："怎么，不行？"

判官忙说："我……小人还以为令主想问镇魂灯的事……"

"镇魂灯？"赵云澜的左眉如同颤动般上挑了一下，手指无意识地捻着右手的伤口，指尖一片嫣红。判官胆战心惊地看着他，然而赵云澜只是一垂眼睑，简单地说："请前走带路吧。"

"赵处！"身后突然传来一个女人的声音。赵云澜不用回头，也知道那是祝红。

"嗯，"赵云澜既没有发火，也没有什么大反应，好像忘了她是不顾命令私自回来的，随口吩咐，"碰见楚恕之和大庆，让他们继续找林静，我有点事，先离开一会儿。"

祝红："你去哪儿？我跟你一起走！"

赵云澜面无表情地看了她一眼："不用了，带着你不方便，再多修炼几年吧，小蛇。"

祝红听完七窍生烟："小蛇？我是小蛇？那你是什么？我们族人里像你这么大的还在啃自己出生的蛋壳呢！你这个凡人小崽子。"

赵云澜像没听见，头也不回地走了。

林静正在艰难地打坐，他恢复了自己的五官六感后，就发现已经被人绑在了这里。他不知道这是哪儿，只能感觉到自己背后靠着一块大石头，石头旁边有一棵抬头看不见树冠的树，周围仿佛有水，而他本人，好像身处在一个透明的大罩子里，一时半会儿倒也没有被淹死的危险。

他的前前后后、左左右右，全都是对他垂涎三尺的幽畜。林静看着它们就肝颤，只好闭眼念经。才刚念了两句，林静就发现，佛经似乎激怒了周围这些"芳邻"，幽畜们骚动起来，大大小小的嘶吼声不断响起。

林静吞了口口水，挤出一个难看的笑容："那……那什么，我初来乍到，不知道咱们这儿有不让念经的纪律，大家原谅……原谅一下，我立刻改正。"

离他最近的幽畜贪婪地往前凑了一步，耸起鼻尖，如饥似渴地闻着他身上新鲜血肉的味道。

林静哭丧着脸："我都已经三天没洗澡了，这位同志，注意素质啊！"

幽畜突然冲着他张大了嘴，一口往他身上咬去。就在这时候，另一只更像人模样的幽畜突然伸出手，揪住这只胆敢当众吃独食者的后颈，用力一捻，较为低等的那只幽畜登时头颈分离，成了个脑袋形的风铃，"叮叮当当"地挂在那里，死了。

杀同族的幽畜大方地抬手把尸体扔了出去，林静目瞪口呆。

无数幽畜向他齐声咆哮，林静不禁抹了一把冷汗。

就在这时，远处突然传来一声尖锐的呼哨声，众幽畜——鬼族们一下子全部安静了，随后，它们纷纷露出惊恐之色，就像被风吹走的大雾，转眼就散干净了。林静只觉得身边一阵劲风刮过，随后，一个人从空中掉了下来，给什么东西钉在了旁边那棵奇怪的大树上。接着，四条漆黑的锁链从大树干里生出来，牢牢地扣住那人四肢。

林静定睛一看，心惊胆战地发现那人心口处插着一根三尺来长的大冰锥，恐怕是活不了了。他正不忍心地想移开视线，突然，那位被一锥穿心的人睁开了眼。

林静吃了一惊，随即认出了这人，失声叫出来："沈老师！"

沈巍满头冷汗，身体不住地颤抖，然而就算这样，他竟还没忘了礼貌，朝林静微微一颔首。

林静扑到透明罩边缘："怎么回事？沈老师，你怎么会在这儿？谁把你伤成这样的？"

沈巍嘴唇微微颤抖着，说不出话来。就在这时，有人远远地轻哼一声，林静眼前一道黑影闪过，鬼面人像个大蝙蝠一样地落了下来，在沈巍对面站定，笑嘻嘻地端详着他，缓缓抬起手，把脸上的面具摘了下来。

林静倒抽了一口凉气："怎么、怎么有两个沈老师？"

然而仔细看的话，戴鬼面具的那个"沈老师"，脸色更白一些——不是正常的白，是白中透青，像被福尔马林泡过，冷冷的，含着怨气和阴气，映衬得那原本清俊非常的眉目仿佛成了一张挂在骷髅上的画皮。

林静感觉后来的这位不像真的，可能是照着他们沈老师整的，整的水平不怎么样，明显是个比较难看的山寨货。只听"山寨货"缓缓地开了腔："我是个念旧情的人，可你对我步步紧逼，我真是不得不弄死你啊，我的兄弟。"

他说这话的时候，眼睛里闪烁着奇异的光彩，仿佛又是惋惜又是垂涎——混沌鬼王本是一对双生子，谁也不比谁差什么，却唯独沈巍得到了昆仑君庇护，甚至有了神格，不受大封辖制……

"如果我吞噬了你，你说，大封会不会就被我撑破了呢？"

沈巍被他钉在功德古木上，虚弱却讥诮地笑了："怎么，四圣的路已经走不通了吗？轮回晷出了什么事？它在你手里，是不是变成了一块普通的石头？"

鬼面眼皮一跳，一巴掌扇在沈巍脸上。沈巍被他打得头一偏，方才把牙咬得太紧，蹭破了嘴皮。沈巍随口把血沫吐出来："轮回晷脱胎于三生石，三生石与功德古木各牵着天下生灵三魂七魄中一魄，通过众生魂魄，彼此相连，唯有山河锥阴阳相生，自成一体，能困住世上的任何东西——我当年用山河锥引你过来，在你身上落下追魂引，而后你又果然不负众望地拿出了炼魂鼎，当着所有人的面焚出功德笔，炼魂鼎炉中最重要的一块炉底石，就是三生石，你去哪里找三生石的碎片……真是不用想就算得到。功德笔出世时，就是我找到轮回晷，把它钉在山河锥里的一刻——不然你以为，大鼎是怎么那么轻易就落到你手里的？真觉得是你走运，一瞌睡就有人给送枕头？"

"山河锥……山河锥其实一开始就在你手里？它在清溪村现世，是你安排的？"

"你不认识字吗？山河、山河，昆仑是三十六山川之始，我继承山圣权柄，本来就与十万大山相连，为什么千里迢迢地要和你争这种……在我手心里的东西？"沈巍的冷汗流到了嘴里，他不在意地用嘴唇抿去，"我觉得或许还有一件事，你也想知道——方才你用来引诱我放出来的……那一缕从你自己身上取下来的混沌之力，你猜猜，被我吸走后放到了哪里？"

鬼面脸色青红交织，表情扭曲得近乎狰狞。突然，他伸手攥住插在沈巍胸口的冰锥。血已经浸透了沈巍的长袍，把他的皮肉和衣襟紧紧地粘在了一起，看着十分惨烈。鬼面用力将冰锥在沈巍胸口里搅动了一下。

"我一点儿也不想知道，"鬼面呼吸急促，凑近了沈巍的脸，"我可以不知道任何事，我可以就这么把你的心血放干，到你无法维持眼下的人体，那时我就可以抽出你身上的昆仑筋，然后一口一口地把你吞下去，从此世上只有一个鬼王，我才是真正的天、下、无、双。"

沈巍疼得一句话也说不出来，嘴角讥诮的微笑却像是刻上去的，像是对鬼面说——你大可以试试。

鬼面抬手把他胸口的冰锥抽出了一半，而后又狠狠地重新插进去。沈巍身体剧烈地痉挛了一下，终于晕了过去，垂下头不动了。

鬼面转眼就没入了无际的黑暗中。

第十七章

鬼面从头到尾没看过林静一眼，大概压根儿没把他这点微末的道行放在眼里。林静惊惧交加，自我安慰地嘀咕："不会有什么事的，阿弥陀佛，一定不会有什么事的。"

他冲着沈巍伸长了脖子，可隔着忘川水，看不大清楚。林静忽然希望自己能变成一只大王八——又能游泳又能伸缩。

他贼眉鼠眼地往四下看了看，试探着"喵"了一声："沈老师……沈老师？"

沈巍没反应。

"沈……"

一只幽畜突然冒出头来，冲着林静龇出一口里出外进的牙。林静吓了一跳，蓦地往后一仰，紧紧地闭了嘴，生怕对方对自己一口整齐的小白牙因妒生恨。幽畜大概是被鬼面派来看守他们的，舔了舔嘴唇，到底没敢监守自盗，围着林静转了几圈，虎视眈眈地盯着他。

林静深吸了口气，战战兢兢地跟面前的幽畜大眼瞪小眼："哎，你会说人话吗？"

高阶的鬼族其实是有灵智、会说人话的，警惕地看了这狡猾的食物一眼，幽畜用奇怪而沙哑的语气说："闭嘴。"

能交流就是好事，林静就地一坐，故意叹了口气："你说他们都跑了，这地方就剩咱俩，我闭嘴了，你不寂寞吗……啊啊啊，别这样，麻烦你文明一点！"

幽畜用一口大白鲨一样的牙上前恐吓了他。

林静："我闭嘴！我闭嘴！我立刻闭嘴！你相信我，出家人不打诳语！"

幽畜收敛了爪牙，缓缓地退到了一边。

林静无计可施，有些焦虑地再一次抬头去看昏迷的沈巍，无计可施，只好勉强定下心神，默默诵读起《大悲咒》。鬼族幽畜见他闭上眼睛，以为他终于老实了，也就不再管他，抬头看了一眼被钉在古木上的沈巍。幽畜呜咽一声，有些畏惧地往稍远的地方躲了躲，黄泉下千尺又恢复了一片静谧。

突然，幽畜感觉到了什么，悚然一惊，猛地抬起头——只见林静依然合眼端坐在那里，好像成了一尊佛像，他背后的大封石仿佛响应着什么一样，亮起一圈柔和的白光。幽畜猛地跳起来，本想越过大封石去抓林静的肩膀，谁知它的爪子刚刚触碰到白光的范围里，就好像给架在了火上烧烤一样，陡然变成了一团焦炭。

幽畜鬼哭狼嚎地尖叫了起来。假和尚林静是个机灵的人，一见此情此景，立刻感觉到这招管用，于是深吸一口气，扯开嗓子，大声地把经文念了出来。他背后大封石上的白光越来越炽热，看守的幽畜上蹿下跳，就是无法接近他。光晕渐渐扩大，有一些甚至已经波及沈巍身上，好像已经丧失了生命力的男人眉心不安稳地皱了皱。

幽畜越来越焦躁，最后决定豁出去了，"嗷呜"一声冲了上去，打算拼着烧成一身焦炭，也要把这玩命念经的死和尚撕烂。烧烤皮肉的"刺啦"声传来，那只幽畜身残志坚，张开烧得只剩下一口利齿的嘴，冲林静的脖子咬去。

林静念经的声音终于被打断，闭眼号叫："佛祖，弟子就快舍身成圣了，大师兄哪里去了？救命啊！沈老师！领导！大师兄！"

他乱七八糟地叫唤了一通，臆想中要咬断他脖子的利齿却迟迟没落下来。好半天，林静小心翼翼地把眼睛睁开了一条小缝，只见方才那幽畜仿佛受了什么惊吓，灰溜溜地跑了。林静忽然有所觉，一抬起头，正好对上了沈巍那双寒潭般的眼睛——沈巍不知什么时候醒了过来。

林静试探地叫了他一声:"沈老师?"

沈巍目光微动。

林静:"你、你、你没事吧?"

沈巍轻轻地挣动了一下,扣住他四肢的锁扣彼此撞击着响了几下。这小小的动作让他的额角几乎露出青筋来,好一会儿,他才艰难地说:"……唔。"

林静:"你怎么会在这儿?你怎么会落到……落到那个……那个,嗯,跟你长得很像的那个人手里?"

沈巍闭了闭眼,头往后一仰,脱力一样地靠在功德古木上,轻声说:"他背后偷袭,我本来能躲开的,但是当时正在收复混沌,实在不好功亏一篑,所以硬给他刺了一锥,不要紧。只是他用黄泉水化成的冰锥插在我的心里,我现在动不了。"

林静虽还不知道他是何方神圣,但感觉这情况听起来一点儿也不像"不要紧"。他艰难地吞了口唾沫:"那我该怎么办?你有没有办法把我从这块破石头上放下来,我好去帮你?"

沈巍沉默了一会儿:"你身后的'破石头'其实是后土大封的标记,娲皇亲手立下的。"

林静吓得不敢靠了。

"不用急,"沈巍笑了笑,"方才那个混沌鬼王现在有很多麻烦,何况昆仑神筋在我身上,他一时不敢拿我怎么样,我们暂时还是安全的。"

林静赶紧说:"别、别,我还是想办法自救吧,那个什么神筋也不止血,要是赵处知道我看着你流这么多血还无所作为,一定会把我变成今年的年夜饭。"

沈巍听他提起赵云澜,眼神立刻柔和了一下,他想了想,说:"你一定要试试的话,其实可以念念经,大封起于女娲的慈悲之心,你要是心诚,说不定它能帮你一把。"

林静一想,他这会儿除了念经也确实干不了别的,只好正襟危坐地念起经来。他气沉丹田,字正腔圆,把经书念得活像新闻联播,有点滑稽。沈巍失笑,然而周遭只有静谧无声的忘川水,渐渐地,他竟然也慢慢地听进去了,因为染血而多少显得有些戾气逼人的眉眼缓缓平和了下来。

大封石上的白光越来越亮，灼眼起来。林静不愧为达摩正宗，竟能在这种情况下轻易入定，而后，他身上的绳子竟在一片白光中慢慢化开了，本人还毫无知觉。沈巍有点吃惊。似乎是物以类聚，赵云澜身边的人，或多或少地，都跟他有相似之处——比如一旦执着起来，就能执着得心无旁骛、忘乎所以。

郭长城成功地把失踪人员家属都留在了县城公安局里，却并没有等到赵云澜他们的"好消息"。

接近午夜，楚恕之才带着大庆风尘仆仆地赶来，只带回来一些散落在地上的身份证和钥匙、手机之类——被吞噬的只有生灵，这些死物倒是都安然无恙。

县城的公安局里灯火通明，为家属们腾出的会议室乱成了一团。楚恕之一手抱着大庆，疲惫地掐了掐眉心，冲郭长城一招手，把他带到旁边的小办公室里，关上门。

郭长城有种不祥的预感，看了看楚恕之，又看了看大庆："楚哥，赵处他们呢？林大哥找到了吗？祝红姐回去找你们了，看见她了吗？还有那些失踪的人，还是一点儿音讯也没有吗？"

楚恕之默不作声地从兜里摸出一个小证物袋递给他。

郭长城接过去，见里面装着一小把灰，愣了愣："这是什……"

"骨灰。"

证物袋"啪"一下掉在了地上。

楚恕之简短地交代了一下小镇里发生的事，然后对郭长城说："你立刻打电话回总部，告诉汪徵，这些人暂时按着失踪处理，但是人死了就是死了，隐瞒不了多长时间，让她酌情沟通一下，看看怎么能在明面上交代过去。"

郭长城讷讷地问："明面上……交代？"

其实就是要汪徵想办法，把这件事的真相遮掩过去。

尸王沉默了片刻，委婉地说："你得知道，一般情况下，只有在存在遗骸的时候才能检测出人体的DNA，被高温烧过的骨灰都不可能，何况被破坏成这样。这件事我们能做的不多，就算你把整个小镇的灰尘都收集在一起，我们也不可能告诉家属它们曾经是属于谁的。"

"那总该有一个凶手……"

楚恕之无奈地哂笑一声："郭长城，你知不知道斩魂使是什么人？"

郭长城只觉得斩魂使可怕，还不清楚他的来历，于是摇摇头。

"实话告诉你，我千年修行，已经能在烈日下行走，能号令所有的白骨僵尸，道上朋友捧我，叫我'尸王'，我修为再进一步，就是魁，也就是'尸仙'，但即便我修成尸仙，如果不是因为赵处的关系，像斩魂使这样的人，我也根本不敢靠近，方圆五里之内，我就要退避，这么说你明白吗？"楚恕之顿了顿，"凶手是一个能暗算斩魂使的人，就算他用了卑鄙的手段，修为上至少也是能和斩魂使平分秋色的，来历太大，这事不是我们管得了的。"

郭长城愣愣地看着他，无法接受这个现实："但是魂魄呢？身体没有了，魂魄总是有的吧？一个人生下来，怎么可能就这么平白无故地消失了呢？"

大庆从楚恕之怀里跳出来，蹿到桌子上坐下："魂魄还是有的。"

两人转向黑猫。

大庆却好像走了神，说完这句话，就不吭声了。等了好一会儿，楚恕之出声问："大庆？"

黑猫的身体慢慢地抽长，身上油光水滑的猫毛缓缓地消失，在郭长城和楚恕之的目瞪口呆下，它变成了一个头发一直垂到脚踝的少年！

少年身上不知穿着什么年代的衣服，看起来就像随便扯了一块布头缠在了身上，赤着脚……这都不重要，重要的是，他既不黑，也不胖，还是个美少年！

楚恕之："大、大庆？！"

少年的脸上出现了猫科动物的懒散表情，扫了他一眼："嗯，是大爷我。"

他说着，从桌上跳了下来，落地没有一点儿声音，动作也像猫，连走路都是猫步。楚恕之和郭长城见识了大变活人的一幕，不约而同十分敬畏，给他让开了路，就听大庆说："我的记忆不知被谁封了，太久远的事，我也记不清楚,不过上次跟赵云澜上昆仑山巅,被大神木刺激了一下,这才能化形,化形以后虽然很丑,又没有毛,怪不方便的,但是我好像能想起一些事来了。"

同样没有毛,比"很丑"还要再"丑"一些的楚恕之和郭长城各自露出微妙的表情。

"今天我们遇到的,地府的官方说法叫幽畜,其实就是'鬼族'。"大庆说,"鬼族是从什么地方生出来的,我也不太清楚,反正我知道,它们和风氏两位大神——伏羲和女娲的陨落有关。沈巍的话你也听见了,鬼族出世时,整个洪荒大地寸草不生。不过据我所知,鬼族没有魂魄,所以它们啃食骨血,凡人的三魂七魄却是不吃的,因为吃了也没什么用。我想可能是因为突发情况,那些本不该死的人身体突然消失,阳寿未尽,所以还是生魂,地府也顾不上带走它们,所以受了惊吓的魂魄一时不知道跑到什么地方去了。"

郭长城:"那我要去找它们!"

大庆莫名其妙地问:"找它们干什么?丢了生魂那是地府的事,虽然地府现在肯定也没心情管。"

郭长城哑然了片刻:"可是……可是我答应了外面那些失踪的人的家属,我答应过会给他们一个交代……"

"你给不了。"大庆耐着性子说,"再说,他们也不会相信你的。"

"所以我要去找死者的魂魄,一个人存在过,就不能无缘无故地失踪,"郭长城死心眼地说,"那是……那是不应该的。"

楚恕之凉凉地笑了一声:"不应该的事多了去了,管得过来吗?再说,你打算怎么找?"

郭长城被他一句话问住了,怔忡片刻,难堪地低下了头。谁知楚恕之却并没有继续嘲笑他,而是从怀里摸出了一个小瓶丢给他:"牛眼泪,开阴阳眼用的,能看见生魂。"

郭长城难以置信地抬起头。

"你先去把正经事办了,联系汪徵,让她把对外的事处理好以后派人来增援。"楚恕之有点别扭地避开他过于热情的目光,"反正我也要去找林静,顺便带你一个而已。那些生魂找得着就带走,找不着拉倒,你别给我找多余的麻烦。"

"你俩一起走吧，我要去找赵云澜。"大庆说，"他一个人我不放心。"

大庆以人的形象别扭地走了几步，仍是不习惯走门，跳到窗口上，想起了什么，又回头叮嘱了一句："小孩要是不知道轻重，尸王你多担待些，千万小心，咱们新办公室刚拿下来，还没来得及装修呢。"

说完，他从窗口跳了出去，在夜色中闪了两下，就没了踪影。

第十八章

阎王十殿高悬。

厅堂如碧空，上下无边，头顶是永远不会放晴的星河万顷，脚下是拔舌油锅的十八层地狱，周遭有流转不去的三千弱水。人走在其中，脚下明明踩着实地，却像踩在一块透明的玻璃上，下面扒皮抽筋、上刀山下油锅的，全都看得一清二楚，仿佛自己也会随时掉下去。

赵云澜本来要判官带路，去看真正的轮回，才到地府，就被告知"十殿"有请，判官迫不得已，只好先将他带到了阎王殿内。

一进来瞧见阎王殿里这阵仗，判官的目光就闪了闪——殿里平时是看不见下面十八层地狱的，只有罪大恶极的魂魄不肯就范时，才会亮出来以儆效尤。

此时当着赵云澜的面亮出来，实在……不是待客之道。

十殿阎王个个面容狰狞，居高临下地从墙壁上高高悬挂的十殿上往下看，被晦暗的光线映照得青面獠牙。追上来的祝红亲眼看见地下拔舌地狱中，一个佝偻的男人被绑在柱子上，两个小鬼一个按着他，另一个掰开他的嘴，干枯发青的手探进男人嘴里，吓得一把抓住了赵云澜的胳膊："别、别过去。"

赵云澜掰开她的手指："在外面等着我。"

说完，他就面无表情地迈步走了进去，每一步都仿佛踩在下面无数小鬼的头上，然后在大殿正中间的油锅地狱上站定。祝红有种下面的热油就要溅到他身上的错觉，她本想追上去，可眼睛不自觉地往下瞟，就看见一根长而软的舌头被活生生地从人嘴里拉了出来，血水好像要飞到她脸上。她胃里顿时一阵翻滚，忍无可忍地扭过了头。

赵云澜目光森冷，抬眼在十殿阎罗身上扫了一圈，又扭头看向一边装鹌鹑的判官："你们打算让我站着说话？"

他声音低沉而冷冽，一字一句洞穿了十八层地狱传来的呼号。

判官总觉得赵云澜这个状态不像镇魂令主，反倒有点像昆仑君。虽然秦广王笃定昆仑君的神魂没有苏醒，判官看着他这样，仍然是胆战心惊，忙使了个眼色。两个阴差飞快地跑了出去，一个搬来了椅子，一个上了盏茶。

赵云澜大爷似的坐在了椅子上，顺势跷起了二郎腿，抬手抵住递过来的茶碗，瞟了一眼面前脸如纸糊的阴差："茶就不用了，地下的东西，我怕吃了闹肚子。诸位下马威也下过了，谱也摆足了，我看大家都很忙，就抓紧时间，有话说，有屁放吧。"

十殿上，十个声音叠加在了一起，形成了一个独特的和声，怒斥说："小子无礼！"

自从沈巍当着他的面被鬼面带走，赵云澜心里就好像压了一块冰，外面的人说什么、做什么，都好像隔着什么才能传到他耳朵里，显得又不真实又无所谓。直到方才，他才被极富视觉冲击力的画面撞了一下，脸上虽然不动声色，可是心里略微清明了些，后知后觉的怒火也浮了出来。

赵云澜双臂抱在胸前——斩魂使被鬼面暗算带走了，那么无论是鬼面伤害了他，还是斩魂使倒向鬼面，对于地府而言，都是十分不利的，何况眼下大封的情况不明，分明是一副摇摇欲坠的模样。这个时候，十殿还弄出这样不友好的开场白，连场面都不顾了，根据赵云澜与地府合作多年的经验……这些蠢货分明是有所求，还不愿意拉下脸来堕了面子，或是没把他这个凡人放在眼里，打算来个威逼利诱。

那他也就不用客气了。

他冷笑一声："那还真对不住诸位了，爹娘没教好，就是这么没教养的货色。"

一时间，众阴差全都屏住了呼吸，有搞不清状况的，觉得这男人分明是来踢馆、找碴、打架的，十殿阎罗是审判生前身后罪孽的地方，管你是王侯还是将相，一个个都竖着进来，横着出去，见多了哭爹喊娘的，还真没见过狂成这样的，好像他将来不用投胎似的！

十重唱又怒喝："赵云澜！"

赵云澜油盐不进地顶了一句："不好意思，是镇魂令主。"

就在这时，地下突然开始震动，一开始是细细碎碎的，最后越来越剧烈，阎王殿里几乎飞沙走石起来。

赵云澜往下一看，只见自己脚下的油锅地狱中，大盆的热油被摇动得泼了出来，原本威风凛凛的大鬼小鬼们全都四散奔逃，铜柱地狱的铜柱裂了缝，刀山地狱埋的钢刀一个个像地鼠一样上下起伏。

突然，一个阴差撞开阎王殿的大门，"扑通"一声跪倒在地："不好了，大封……大封破啦！"

说话间，大殿洞开，众人一同往外望去，只见整条忘川的水都在沸腾，所有的摆渡人全部弃船，逃到了摇摇欲坠的奈何桥上，细细窄窄的黄泉路已经被水淹没了。水下，有个巨大的黑影正缓缓上浮，一直浮到与水面齐平的地方时，突然止住了。被淹没的黄泉路两边，微弱如萤的光亮起来，豆大的光圈连成了一排——赵云澜记得那是路边的小油灯，似乎也叫"镇魂灯"。

微弱的镇魂灯光和巨大的黑影对峙，而就在这时，又一个阴差连滚带爬地飞奔进殿："不好了，鬼城！鬼城的城门开裂，都乱了，恶鬼们要造反了！"

原本一致对外的十殿阎罗慌了，十只大鸭子似的，"咕呱"地在殿上吵成了一团。

赵云澜一把揪住胖判官的领子，用枪管抵住了判官的下巴："现在立刻带我去见轮回，不然一枪打爆你的头！"

祝红简直不敢相信他胆大包天到这种地步，尖声叫了起来："赵处！"

同时，上面某个阎王突然出声："镇魂令主，你干什么？"

没了十个人的和声，这声线显得单薄无力了好多。

"干什么？干你！"赵云澜冷笑一声，"忍你们这群狗娘养的很久了。走！"

"令主留步！"这一次，十个人的声音终于又合在了一起。

赵云澜只听身后一声巨响，他扭过头去，发现脚下的通地眼不知什么时候已经被关上了，方才乌漆墨黑的大殿一片灯火通明，十殿的身影全都暴露在众人眼中。这么一看，这十位除了装束奇怪外，长得竟然还都挺正常。

而后大殿上机关扭动，一阵机簧乱响，墙上洞开了一道石门，门内仍有门。只见十殿阎罗纷纷从高悬的殿堂上下来，各自取出了一把钥匙，连开了十道门，十道门后，有一个巨大的池子，仙气缥缈，看起来不像地府，倒有点像瑶池了。

赵云澜定睛望去，只见池子上有一盏巨大的油灯，是黄泉路上刻着"镇魂"字样的小油灯的放大版，足有几十米高。最后一个开门的秦广王转过身来，对赵云澜说："不瞒令主，这就是四圣中的最后一件——镇魂灯。"

上面忘川动荡时，黄泉下千尺的大封处却异常地平静。

林静已经挣脱了束缚，念了个避水咒，团团转地围着沈巍转了好几圈，爬上了功德古木："你等我找找，我身上应该有根铁丝，可以撬锁。"

沈巍不慌不忙地说："不用，你只要把我心口的冰锥拔出来就可以了。"

林静哆嗦了一下："拔……拔出来？拔出来你不会……"

沈巍："没事的，多谢。"

林静手心有点冒汗："这可是你说的，沈老师，我要是万一给你拔坏了……我……我……唉，你能不能给我签个保证书啊？"

沈巍示意他附耳过来，林静不明所以，侧耳凑过去。

沈巍在他耳边轻轻地说："其实我就是……"

林静听完，吓得腿一软，差点儿从树上翻下去，再也不敢废话，恭恭敬敬地双手握住沈巍胸口的冰锥，大喝一声，猛地把那根冰锥往外抽。林静听到血肉撕裂的声音，沈巍的上半身都随着冰锥被带起来，又因为四肢的锁而被牢牢地锁在原地。

林静替他出了一头冷汗，沈巍本人却一声也没吭。数尺长的冰锥从他胸口离开，血喷出去老远。林静躲闪不及，被喷了一脸血，慌忙去查看沈巍的情况。冰锥离体的刹那，沈巍似乎是忍到了极致，额前的头发都被冷汗打湿了，眼神明显地涣散了片刻。林静生怕他再晕过去，伸出手想拍拍他，又想起这人刚才说他就是斩魂使，悬在半空中的爪子愣是没敢落下去："沈……那个大人，听得见我说话吗？你坚持一下……再坚持一下啊，我尽快把你放下去。"

沈巍因为失血，嘴唇显得异常干裂。他在极度的恍惚中，不由自主地轻轻翕动嘴唇，模模糊糊地叫了一声："昆仑……"

林静："嗯？什么？"

沈巍的眼神茫然了片刻，立刻恢复清明："麻烦……咳，把方才那条冰锥递给我。"

他说着，胸口上狰狞的伤口竟然一点一点地愈合了，如果不是衣服上的血洞，简直好像从来没有受过伤。林静连忙双手托起那条冰锥，这东西是用忘川水冻成的，不知道是不是因为这个缘故，它似乎比平常的冰更刺骨一些。

刚递到沈巍面前，那条大冰锥突然化开成了一团带着血色的水汽，转眼间被沈巍吸进了嘴里，随即，他嘴唇上的裂口一条接一条地愈合，眼睛里也重新有了些光泽。接着，几声轻响，绑在沈巍四肢上的枷锁全部脱落。

林静凑过来："大人，您没事啦？我们现在怎么办？刚才那些幽畜……还有那个戴面具的人呢？"

沈巍轻轻地笑了："他？大概去追查被我捉住的那点混沌了，阎王殿前，我还给他预备了一个惊喜。"

林静没明白，然而莫名打了个寒战。他冷眼旁观，感觉沈老师……不，斩魂使，和那个戴面具的，长相虽然酷似，智力水平好像相差甚远。林静自认比较傻，碰到这种心有九窍、城府深沉的，就想躲得远远的，以防被人卖了还帮着数钱。

沈巍对他说："上面就是忘川水，你游上去，可以直达黄泉路，云澜多半就在地府，我们去找他，我跟着你，只是你先暂时不要泄露我的形迹。"

"哦，"林静一口答应，憋了一会儿，又忍不住问，"为什么啊？"

"我要是出现了，还怎么演这出祸水东引的戏？"

林静听完，心里默念佛号，感觉自家领导不开眼，找来这么一位心眼多成筛子的，可以说是一失足成千古恨了。

人间已经到了深夜，楚恕之和郭长城打着手电，深一脚浅一脚地搜查起别墅小镇。楚恕之脖子上挂着一个小哨子，随着他们两人的走动，哨子自己会发出高低起伏不同的哨声，据说那是吸引亡灵的。

楚恕之感觉，自从身后跟了个郭长城，他简直已经和平得快出家了，从此天地间什么祸端都没他什么事，昼伏夜出全是在学雷锋——不是在高速公路出口堵离家出走的少女，就是在深夜里寻找迷失的亡灵。

忽然，他脖子上挂着的哨音提高了一点，发出了类似画眉鸟的鸣叫声。楚恕之一抬手止住郭长城的脚步，两人站在荒疏的小路中间，听着哨声越来越响，高高低低，拉着长长的尾音，像某种引路的汽笛。

郭长城睁大了滴过牛眼泪的眼睛，在小路尽头，他看见一个穿着快递公司工作服的年轻人，正神色迷茫地循着哨声而来。

郭长城："那是人还是……"

楚恕之："鬼。"

郭长城先是本能地打了个寒噤，随即，他看清了那年轻人脸上茫然的表情，不知道为什么，忽然就不害怕了，反而有点心酸。

年轻人一路被哨声吸引到了两人面前，奇怪地看了看他们，抓抓头发："两位先生怎么这么晚了还在外面？多冷啊，快回家吧。"

楚恕之应了一声："你呢？也快要回家了吧。"

年轻人笑了笑："是啊，我送的包裹已经让门卫签收了，今天不用取件，可以早点下班。"

楚恕之从兜里摸出了一个小瓶子，打开瓶口，递到年轻人面前："进来吧，我送你回家。"

年轻人愣了一下，脸上的笑容渐渐消失。他沉思片刻，好像忽然明白了什么。

郭长城："你叫什么名字？"

年轻人缓缓地抬起头，困惑地说："我叫……我叫什么？不记得了。"

"我记得。我看过你的身份证，你叫冯大伟，1989年出生，今年24岁，家里还有个哥哥，对不对？我都记下来了。"郭长城说着，从随身的挎包里掏出一个笔记本，翻开给他看，上面详细地记载了每一个失踪的人的各种信息，"你哥哥说，如果你不在了，他会照顾你的父母的，他们现在很难过，但是以后会好的。"

冯大伟的眼睛里突然泛起泪花。

"进来吧，我们送你走，再游荡下去，天就亮了。"郭长城说，"听说太阳光对你们不好的。"

冯大伟低头抹了一把眼泪："那我是死了，是吗？"

郭长城迟疑了一下，点点头。

冯大伟："我是怎么死的，是被人害死的吗？如果坏人抓住了，能给我们报仇吗？"

郭长城哽了一下，不知道怎么接，楚恕之却沉声说："天网恢恢，疏而不漏，你放心。"

冯大伟低着头，盯着小瓶口好一会儿："可我怎么就死了呢？我还没活够呢。"

"进来吧，"楚恕之说，"下辈子让你投个好胎。"

冯大伟苦笑一声："下辈子，下辈子再说吧……你们能给我爸妈……还有我哥他们带个话吗？"

郭长城连忙拿出了笔记本，在冯大伟那一页用他的孩儿体认认真真地写下了"带话"两个字："你说。"

冯大伟抽了抽鼻子，鸡毛蒜皮、絮絮叨叨地唠叨了一大堆，郭长城一个字不漏全都记了下来，末了拿给冯大伟看。小伙子就着他的手，一字一句地自己读了一遍，这才艰难地笑了笑："行吧，我就放心了——不放心也没办法。兄弟，你是个好人，谢谢你。"

说完，他深吸一口气，一个猛子扎进了楚恕之的瓶子里。

楚恕之盖上瓶盖，揣进兜里，回头招呼郭长城："走，去找下一个。"

郭长城跟上，走了几步，楚恕之忽然头也不回地对他说："你做得还不错。"

郭长城本来就是个给点阳光就灿烂的货，猝不及防间遭到了表扬，整个人都春光明媚了起来。

就在这时，不远处响起几声号叫，原来是几只留在人间的低等鬼族，看见新鲜的血肉，立刻甩开腮帮子扑了过来。楚恕之拉住郭长城，把他往身后一带，抬脚横扫出去，只听一声闷响，鬼族的幽畜被他当胸一脚踹了个踉跄，往后退了几步，坐了个屁股蹲儿。

紧接着，三四只鬼族越挫越勇，并肩同时冲了上来。

楚恕之一推郭长城胸口："躲远点。"

可是学雷锋多日的尸王还没来得及松松筋骨，一个人影就突然落在楚恕之面前，那是个青年模样的男人，手里提着一根尖刺，几乎就像个穿糖葫芦的，一穿一个准，眨眼工夫，就把几个低等的鬼族穿成了一吊。

青年略微有些其貌不扬，父母没好好生的样子，但笑起来显得非常赤诚。他收回手里的尖刺，在地上擦了擦，走到楚恕之面前："哎，朋友，没事吧？"

楚恕之是个中二病晚期患者，对陌生人总是保持严肃的戒备状态，见人走近，他立刻就皱了眉。好在对方挺会看人脸色，见他脸色不好看，也就不再往前凑，原地站定了，友好地笑了笑："我是个散修，觉得这边有些不对劲才过来看看，兄弟别误会。"

楚恕之微微点了个头，态度非常高贵冷艳，回头招呼郭长城："小郭，我们走。"

郭长城连忙跑过来，谁知那青年却也不请自来地跟上了。大概是看穿了楚恕之戒心深重不爱搭理人，他转向了郭长城："刚才那是什么怪物？这里怎么没人？你们知道发生了什么事？"

郭长城不习惯别人提问他一大堆问题——他容易记不清先后顺序，脑子一乱就不会思考，只好怯怯地看了对方一眼："我也不大清楚。"

青年又问："那你们是干什么的？"

郭长城："特调员。"

"啊！是吗？"青年一脸惊喜，自然而然地开始和郭长城攀谈起来。

楚恕之没吭声，听他俩说话，背后始终留着心——这种地方出现一个自称散修的自来熟，只有郭长城这种傻子才会没戒心。那青年人非常会说话，三言两语间，就发现了郭长城不善言辞，风格立刻一改，不再喋喋不休地追问，反而轻松愉快地聊起了小镇的事，偶尔旁敲侧击一下他们的来历。

他们一路走着，又有六七个魂魄被他们收进了瓶子里，两个小瓶很快就装满了，在夜色中看起来流光溢彩。楚恕之把它们并排放进了腰间的挎包里，又掏出一个新的空瓶子。

尸王性情偏激冷漠，而尸修道本来就是剑走偏锋，为世俗不容，楚恕之孤高自诩，从不关心自己的功德，压根儿也不在意。他总是觉得所谓"道义"都是假的，是虚伪的挡箭牌。看起来越单纯美好，说不定底子就越黑。

然而他怀着这种对别人恶意的揣度，却偏偏忍下了郭长城。

……也可能是习惯成自然。

反正他看着自己的挎包里挂着的魂瓶，心里就有种形容不出的感觉，这使得他一边嘴上嫌弃郭长城是"吃饱了撑的"，一边默默地在深更半夜跟着他搜集散落的人魂。

小镇里游荡的鬼族挺多，陌生青年一直在帮他们清理拦路的幽畜。他出手又快又狠辣，楚恕之对他的防备更甚，所以在对方提及镇魂令的时候，尸王忍不住冷冷地提醒了一声："先生，有些事不该问就别多嘴了吧，平白无故地惹人讨厌干什么呢？"

倒是郭长城十分不好意思地笑了笑："对不起，我楚哥是很好的人，他其实不是那个意思，只是我们有规定……"

青年非常随和，连连点头："啊，哈哈，不要紧，是我多嘴了，对不住啊兄弟，我这人没什么心眼，就是心直口快，有时候可能招人烦……你不烦我吧小兄弟？"

郭长城立刻说："怎么会，您帮了我们不少忙，回头到县城里我们请你吃饭，您是好人。"

就在这时，他们经过了一个小商铺，青年侧对着橱窗，正笑容灿烂地跟郭长城说话，而郭长城无意中往反光的橱窗上一扫——

他震惊地发现，身边这位善良热情的朋友，在橱窗上的倒影是一个他从未见过的怪物，通体漆黑，肩上不停涌现出不同的头，在橱窗上，正狰狞地冲着他张大了嘴，满嘴的獠牙就像古老的刑具。

郭长城甚至没来得及出声，兜里的电棒已经先一步有了反应，一串火花冲着面貌纯良的青年撞了过去。楚恕之愕然回头，只见郭长城手足无措地站在那里，而方才的青年一瞬间蹿出十几米，不着力一样，落在了一幢小别墅的屋顶上。

楚恕之知道电棒不受郭长城控制，是他恐惧的自然反应，于是把捏在手里的魂瓶塞进包里，眯起眼，冷冷地望向房顶上的人："怎么回事？"

房顶上的青年人脸上不见了微笑，居高临下地注视着郭长城："是啊朋友，这是怎么回事？"

郭长城语无伦次："他……他、他……影子……"

楚恕之打开手电筒，青年孤零零的影子在手电光下无所遁形，然而左看右看，也看不出有什么问题。青年蹲在房顶上随便他照，老神在在地反问："我的影子怎么了？"

楚恕之疑惑地看了郭长城一眼，郭长城说不出话来。

青年摇摇头，叹了口气："我可真是吃力不讨好啊，一路帮你们，不说感谢也就算了，方才要不是我躲得快，是不是要死在这位看起来很厚道的小兄弟手里？"

楚恕之皱皱眉，这时，他挂在脖子上的哨子声突然哑了，远处传来窸窸窣窣的脚步声，随后是沉重的喘息声，在黑暗中让人毛骨悚然。郭长城脖子上起了一层鸡皮疙瘩，紧接着，一颗巨大的幽畜头突然从地下钻了出来，正好夹在楚恕之和郭长城之间，跟郭长城看了个对脸。

大封仿佛越来越力不从心，游荡在人间的鬼族循着新鲜的血肉味道，开始靠近城镇和街区，而不到五十公里内的县城里，人们还无知无觉。

第十九章

秦广王神色凝重地对赵云澜说："令主，你还想不明白吗？大封已经破了，这些年大封一直是斩魂使大人在守卫，眼下他不知踪影、不知死活，黄泉路上的小油灯不过稍作缓冲，眼看最先遭殃的就是地府，紧随其后就是人间。您请先冷静，要不是非常时期，我们绝对不会对您这样试探，眼下我辈应该同心协力，渡过这场浩劫才是。"

赵云澜心想，这是"打一巴掌再给一个甜枣"了。

他不动声色地放开判官，却没放开手里的枪，回头看了一眼那仙气缥缈的镇魂灯："那秦广王有什么指教？"

秦广王唉声叹气："镇魂灯是当年大荒山圣昆仑君的肉身所化，安魂驱邪，是四柱中最后、也是最强大的一重保护，可是……唉，令主请看看吧。"

他说着，本想引着赵云澜到存放镇魂灯的池子边，赵云澜却一步也不挪，只是冷冷地看着他。秦广王略有些尴尬，于是打了个手势，那镇魂灯就缓缓地浮出水面，冲着他们转过来，微微倾斜，好让下面的人看清楚——镇魂灯没有灯芯。

"如今到了这种地步，我们开诚布公，小神先前对山圣多有不敬，还请山圣看在小神品级低微，为三界安危殚精竭虑的分上，宽容一些。"

祝红听见秦广王突然变了称呼，吃了一惊，扭过头去看赵云澜，可那男人依旧是喜怒不形于色的模样。赵云澜略带讽刺地笑了一下："现在我也看不出你敬在哪儿。为什么不让判官带我去见轮回？阎王既然知道那么多的秘闻，难道不知道昆仑神魂是被神农封住的？我要去找神农留下的轮回，唤醒昆仑神魂，说不定还能顺便帮你们摆平外面咄咄逼人的混沌鬼王，为什么你要拦住我？"

秦广王眼神略有些躲闪："是小神行为不当……"

"不是当不当，是敢不敢，"赵云澜截口打断他，"因为镇魂灯一直不亮，所以你也知道昆仑神魂一直没有苏醒，对吧？"

秦广王眼珠飞快地动着："这……这……"

"就算苏醒了，一个在凡人身躯里封印了百世百代的神魂，力量大概也已经消失殆尽，没什么用了，对不对？"

秦广王干笑："山圣哪里话？"

赵云澜就皮笑肉不笑地说："既然你说不出口，那我替你说了吧。秦广王一直试图提醒我，镇魂灯曾是'我'的肉身化成，你是不是还想说，当年的镇魂灯灯芯，是昆仑君的一簇心头血？那么你现在把我带到这儿，是打算从我心上抽一管血，对不对？"

祝红虽然没太听明白，此时却默不作声地站在了赵云澜身后，面色不善地盯着对面的秦广王。

话说到这里,已经撕破了脸,十殿阎罗全都落了下来,一个个彩衣飘飘,就像一群落架的鹦鹉:"山圣高风亮节,望您一直以大局为重。"

赵云澜似笑非笑地看着他们,祝红却先炸了。她下身化成巨蛇的蛇尾,把赵云澜卷在中间,秀气的眼睛眼角拉长,露出里面属于冷血动物的竖瞳:"你们知不知道他只是个凡人?"

赵云澜好整以暇地替对方回答她:"眼睛又不瞎,当然是知道的。再说我要不是凡人,他们敢这样逼迫我吗?"

祝红身上的鳞片鲜红如血,她怒而吐出猩红的蛇芯:"跟一个凡人要心头血,你们怎么不干脆说要他的命?"

赵云澜嗤笑一声:"那说出来多难听。"

十殿合唱团一同开口说:"凡人皆有生老病死,是轮回常事。"

对啊,区区一具凡人肉体,你就不能为天下苍生舍了它吗?

赵云澜大笑。

笑声中,地面震颤越发强烈,忘川地下那团阴影挣动得越来越激烈,黄泉路边的小灯摇摇欲坠。从鬼城逃出来的恶鬼四处肆虐,要强行闯进阎王殿,牛头马面一边一个死死地守住门:"大人,快顶不住了!"

赵云澜叹了口气,轻轻地说:"诸位,我真想多嘴奉劝诸位一句,'做人留一线,日后好相见'啊。"

祝红整个身体化为巨蟒,鲜红的鳞片怒张,猛地往站在最前面的秦广王身上咬去。几个阴差连忙冲上来,架起钢叉与大刀挡在阎王面前。

秦广王抬手一指赵云澜:"拿下他!"

一个声音骤然插了进来,冷冷地反问:"拿下哪个?"

只见一众妖族闯了进来,个个是各族族长与长老级别的,蛇四叔用眼睛瞟了祝红一眼,竟也没说她什么。

本族本命年的蛇四叔越众而出,先对赵云澜郑重地行了礼:"山圣,小妖有眼不识泰山。"

连鸦族都知道他是谁的转世,蛇族族长是真"不识泰山"还是假装不认识,就不好说了。赵云澜也没有当场揭穿,只是含笑点了个头。

蛇四叔义正词严地说："地府掌控轮回，对各方道友从来傲慢无礼，其他也就不和你们一般见识了，可是昆仑君对妖族有大恩，妖族再不济，也不能放任你们对先圣转世无礼！"

秦广王："妖族这是什么意思？"

不知怎么明明脱离了妖族却又混回去跟在了最后的鸦族长老哑声说："要怪就怪阎王背信弃义，太不厚道。"

蛇四叔眉头倏地一皱，本不想这么直白，被人直接捅出来，有些下不来台。

这时，门口又有人开了腔："阎王老儿，我们随你上昆仑，共图镇压混沌鬼王的大事，你却背后捅刀子，是什么意思？"

这回来的是三清道宗。

"地府无耻之至，上次召集我们上昆仑共同对抗鬼族，原来是有原因的，你们暗暗在我们身上打下标记，引导大不敬之地的混沌泄漏到各处，让大家一起沉沦——但凡地府有一点良心，难道不该将这东西牢牢地遏制在地下？"

西天罗汉、各路散仙，一众人聚集在了阎王殿内。

秦广王大怒："大封破裂是三界浩劫，怎么就该地府一力承担？"

这话捅了马蜂窝，阎王殿里各路的大神七嘴八舌地吵成了一团。就在这时，忘川里的黑影猛地暴起了几十米，所有的小油灯同一时间灭了，不知是谁高叫了一声："鬼族！"

果然，有一小撮鬼族率先浮出水面，数量不多，却正好戳中了所有人绷紧的神经。而也不知道怎么那么巧，鬼面就是这个时候，不早不晚地出现在了忘川里。

大封虽然摇摇欲坠，但还并没有真破——此时地府的乱局，其实全是因为沈巍将捉到的那一点混沌放进了阎王殿，而鬼面多疑又神经质，在功德古木下听见沈巍说了那么一段似是而非的话，立刻怀疑对方要拿自己那一小撮被禁锢的混沌之力搞阴谋。他追着自己混沌之力的踪迹到了这里，刚浮出水面，一看岸上这阵仗，顿时惊觉上当，再要退走，已经来不及了。

只听有人大叫一声："混沌鬼王！"

被团团围困的秦广王立刻就坡下驴:"鬼王已出,无论怎么样,诸位道友难道要在这个节骨眼上争个谁是谁非吗?"

十殿合唱团忙跟上他,和声道:"诸位要还知道什么叫'大局',眼下请先放下门派小家的成见,联手对付鬼族!"

转眼间,鬼面就被团团围住,他倏地从水里拔出几丈高,一个"呼哨",无数鬼族从忘川水里冒了出来,能吞噬万物的混沌在他们身后组成了巨大的屏障。阎王殿里外都成了战场。

祝红有些担心她四叔,跃跃欲试地想加入妖族,被赵云澜一把拉住:"你仔细看看里面都是什么级别的人,小丫头,别去添乱。"

这时,一个比较高等的鬼族杀红了眼,不知道怎么冲到了赵云澜面前,赵云澜抬手一枪,被对方躲了过去,正打算补一枪,忽然身后传来一阵熟悉的钟声,失踪了好几天的林静冒了出来,抬手甩出好几张"卍"字符。

鬼族直接化成了一缕黑烟。

林静拽着赵云澜往存放镇魂灯的密室躲去:"人脑袋都打成狗脑袋了,你俩凑什么热闹?"

赵云澜神色阴晴不定地打量着他:"方才那声'混沌鬼王'是你喊的?"

林静顿了顿:"我已经是捏着嗓子叫了。"

"捏嗓子?你叫破喉咙我都听得出来。"赵云澜脸色阴沉得像快要下暴风雨的天,"沈巍,还不给我滚出来!"

他话音落下,密室的巨石门后,沈巍缓缓地现了形,一脸忐忑——他方才暗中使坏的时候可没有这样忐忑。赵云澜的目光落在了他胸口的血迹上,握在身侧的拳头倏地捏紧了,手背上露出突兀的青筋。

林静见机很快,沈巍一露面,他就一把捂住祝红的嘴,把满脸疑惑的祝红拖到了一边。

赵云澜沉默的时间越长,沈巍就越是不安,等了好久,总算挨到了赵云澜开口:"沈巍。"

那一瞬间,沈巍想起赵云澜识破了大神木中的骗局之后,那一句略带疲惫的"你再这样,那我可真要和你翻脸了",于是骤然慌了,抬脚向他走去。

"别过来。"赵云澜低声说,"先别过来,现在不是你露面的时候。"

沈巍僵硬地停在了原地。

祝红不明真相，直眉瞪眼地问林静："什么意思？什么叫不是露面的时候？"

林静淡定地说："阿弥陀佛，你别管。"

赵云澜指了指沈巍胸口上斑斑的血迹："疼吗？"

沈巍先是点头，随后低下的下巴卡在了那里，又飞快地摇了摇头，最后也不知道自己是该点头还是该摇头，期期艾艾地看着他。

林静极有眼色地插话说："怎么不疼？疼晕过去两次呢。"

赵云澜抽了口气，脸色铁青。

林静假装饶有兴致地转过身去，拉了拉身边的祝红，指着混战的方向："哎，女施主，快看，他们打起来了。"

沈巍连忙坦白交代："我手掌山川权柄，山河锥其实一开始就在我控制下，在清溪村现世，也是我安排的，为了把鬼面引出来，在他身上布下印记，然后误导鬼面用大鼎炼功德笔，诱使他在昆仑山巅用三生石做大鼎的炉底石。他手里，只有轮回晷是脱胎自三生石的，轮回晷和功德笔各连着天下苍生的一魂，只要他用了轮回晷上的石头做炉底，二者就会通过炼魂大鼎串联起来，而山河锥恰好是最好的'锁'，山河锥通过鬼面身上的印记，同时锁定了轮回晷和功德笔两件圣物。"

"鬼面忙活半天都是为人作嫁……就连我当时拿到的那根功德笔，也只是个空壳吧？于是四圣中，前三件的真身都到了你手里。"赵云澜缓缓地说，"昆仑山巅……你还趁地府将各方神魔会聚在昆仑山巅的时候，在那些人身上都做了手脚，对不对？这样，大封下的混沌之力一旦流出，大家就雨露均沾，谁也别想独善其身，他们会觉得是地府搞的鬼。"

沈巍一张手，手心里有一根长长的头发。他一挥手，那曾经叫赵云澜爱不释手的长发就悬在了他面前，缓缓地弥漫出一丝极其不祥的黑气来……那是与鬼面收集的混沌如出一辙的黑气。

沈巍伸手一捏，将头发丝收了回来，头发落到他手里碎成了几段。他认罪态度极其配合："标记就是这个……鬼面一直在挑唆我、地府和你之间的关系，镇魂灯没有灯芯，如果大封提前破损，地府病急乱投医，一定会强取你的心头血,到时候我与地府一定反目内讧,鬼面就可以趁机壮大鬼族,挣脱大封。所以我料定他会想方设法收集混沌之力,先造成大封破裂的假象。"

赵云澜点了点头:"其实在小镇,你劈开地面的时候,我就应该想到了,你才是大封的守卫人,如果连我都能看出那只是个阴兵斩,不是真正的大封破碎,你又怎么会无所察觉?你早知道鬼面捣鬼,还故意让他给你一锥子,你是有病吗?"

沈巍不吭声。

"别给我装死,说话!"

"我那时……"沈巍嗫嚅片刻,期期艾艾地说,"我……"

赵云澜打断他:"因为你作为大封的守卫人,当然能判断大封是真破还是假破,所以你必须'被他暗算',必须'下落不明',这样,地府和那些被混沌碎片波及的人才会乱。顺便,我猜你还趁机告诉鬼面,他一直被你算计的事。鬼面多心多疑,一定会觉得你收走的那缕混沌碎片也有阴谋,必定会不放心地追出来查看,刚好对上地府和外面的各路仙友,对不对?你这出祸水东引,还真是水到渠成。"

在旁偷听的林静恍然大悟,喃喃说:"原来是这样。"

赵云澜冷笑一声:"大人真是算无……"

他话没说完,沈巍就忽然消失在原地。赵云澜敏锐地感觉到一个隐形的人贴了过来,小心翼翼地将双手撑在他身侧的石壁上,一只冰冷的手握住了他的拳头。隐身的沈巍在他耳边轻轻地说:"我在这儿,你要是不高兴,就打我吧,我不躲开。"

赵云澜甩开他,转身要走。

沈巍却一把箍住他,死死地把他抵在石壁上。

赵云澜:"放开!"

赵云澜侧身一推,沈巍却低低地痛哼了一声。赵云澜吓了一跳,想起他胸口有伤,连忙缩回手,摸索到沈巍的胸口,碰到了他衣服上已经干涸的血迹:"你……"

沈巍将他的手按在自己胸口上。

赵云澜深吸了口气，回头看了一眼那死气沉沉浮在水面上的镇魂灯，脸上的神色淡了下来。他缓缓地把自己的手从沈巍那儿抽出来，转头对林静和祝红说："斩魂使大人算无遗策，一切尽在掌握，大封也还在，现在没我们的事了，走吧，回去加班赶报告。"

林静被迫听见领导和沈老师冷战的全过程，很是尴尬，只好竭尽所能地插科打诨说："刚开始上班就加班啊，眼看就龙抬头了，咱也不发点东西吗？"

"发。"赵云澜眼皮也不抬地说，"一人二十斤和尚肉。"

林静抬手在自己脸上扇了一巴掌："阿弥陀佛，让你多嘴。"

祝红却忽然出声说："赵处，我得先留下，我四叔还在这儿呢。"

"哦，"赵云澜想了想，确实是这么个道理，于是点了下头，"好吧，你自己躲远点，小心。"

说完，他带着林静，头也不回地往外走去。

祝红目送着他俩的背影，见他们搭档默契，低调迅捷地溜边走出战场，她才松了口气，试探地对着旁边的空气叫了一声："斩魂使大人，还在？"

虚空中，男人失魂落魄地应了一声："……什么事？"

祝红跳了起来："你怎么还在？"

沈巍沉默了片刻，低声问："我该去哪里？"

祝红匪夷所思地说："你干吗不跟他们走？"

沈巍又不吭声了。

祝红："斩魂使？沈老师？喂，喂喂，听得见吗？还在吗？"

"他大概……不想让我跟着吧。"沈巍的声音从镇魂灯下传来，祝红也忍不住跟着他往里走了两步，听见沈巍说，"他说过，如果我再骗他，就跟我翻脸。"

"你骗过他？"祝红目瞪口呆地问，随即不等沈巍回话，她又一甩头，"不对，这不是重点——重点是，他说翻脸你就信？"

沈巍藏在镇魂灯后面，也不怕被人看见，便隐约地露出一个轮廓的虚影，有些茫然地看着祝红。

祝红重重地叹了口气："我智商比较低，不明白你们都在算计些什么，反正那些阴谋诡计听起来都挺厉害——不过赵云澜说要把大庆炖一锅的话没有一百次也有九十九次了,那蠢猫还不是活得滋润得要命、越长越胖?"

祝红从不敢想象,自己有一天也能这样大模大样地教训斩魂使,心里几乎升起酸涩的快意:"我赶到的时候,正好看见你被鬼面卷走,他当时那模样,是真想把鬼面千刀万剐的——我跟了他这么多年,他是真怒还是发小脾气,一眼就看得出来。你以为他为什么生气?因为你隐瞒?因为你骗他?沈巍,我真想……算了,我还是不想了,反正我也不敢——打个比方,你要是离家出走,把你妈都急疯了,找到以后她给你吃两个大耳刮子,你难道还冤枉了?"

沈巍用一种莫名的神色看着她。

祝红和他大眼瞪小眼片刻,忽然扭过脸,木然地说:"对不起,我忘了你没妈。"

沈巍:"……没关系。"

祝红不知道怎么接这一句,两人之间尴尬起来。好一会儿,沈巍才忽然开口问:"你……是不是很喜欢他?"

这话说得祝红心里一堵,闷闷地说:"是啊。"

沈巍:"那……为什么要对我说这些?"

祝红白了他一眼:"我只是想让你少惹他不高兴。"

沈巍脸上闪过一丝稍纵即逝的困惑。他似乎有些出神,眉头轻轻地拧在了一起,眼底映着镇魂灯下水池里粼粼的波光,呆愣了不知多久。祝红几乎以为他的魂飘走了,沈巍才倏地收回目光,对她点了点头。

"你说得对。"他诚恳地说,"多谢。"

说完,沈巍站起来,隐去身形,祝红听见他的脚步声走到自己身边:"祝姑娘,请伸手接一下。"

祝红不明所以,伸出手来,见沈巍在她手心放了一根巴掌长的小树枝,上面有两个嫩绿色芽。树枝当然不重,可祝红就是无端觉得,这貌不惊人的小树枝承载着某种异常厚重的东西。

"这是……"

"这是昆仑山大神木的树枝。"沈巍说,"自开天辟地以来,只有女娲砍下过大神木上的树枝,种在了黄泉下千尺处,成了现在的功德古木,这是第二枝,你收好。"

祝红一个趔趄,险些没拿住,手忙脚乱地用双手捧住,诚惶诚恐地捧到了眼前,看起来很想把这玩意儿供起来。

"大神木的树枝到了大不敬之地,就成了一棵死树,大概和我们一族天生犯克,这些年,我接掌昆仑权柄,费了很多功夫,也没能照顾好它,几千年了,只长出这么两个嫩芽,我一直有些愧疚。"沈巍说,"你四叔可能顾不上你,你在这儿躲他们远一点,万一遇到危险,两株嫩芽能保命两次……"

沈巍说到这里,顿了顿:"如果用不掉,等所有事情尘埃落定了,麻烦姑娘帮我找个灵山秀水的地方,把它栽下去。"

祝红莫名地觉得他的话像是在交代什么,忍不住问:"你要去哪儿?"

沈巍:"我去追他。"

"他还用追?"祝红顿时抛开自己心里那点疑惑,酸溜溜地说,"别看那贱人走得痛快,现在火消下去了,心里指不定多后悔,肯定在前面等着你呢。"

看不见的沈巍没有再答话,可能是已经走了。

祝红猜得一点儿也没错,赵云澜确实没走远,他就在黄泉路口下面找了个隐蔽的地方蹲着,抽了一地的烟头。

林静生怕被迁怒,躲他躲得远远的,不知从哪儿弄来一个望远镜,正扒着镜头,围观地府白热化的战局。

赵云澜点着第十二根烟的时候,一只手忽然凭空伸出来,从他嘴里把烟揪走,掐灭了。赵云澜愣了愣,一偏头,就看见沈巍犹犹豫豫地站在那儿,好像想说什么,又不知该从何说起的模样。

沈巍一身的血,狼狈得要命,眼镜早就不知道掉到什么地方了,额前的头发稍微有点长,盖在鼻梁上,险些遮住了眼睛,说不出地委屈可怜,手里无措地搓揉着那根抢过来的烟,像个犯了错不敢回家的孩子。

赵云澜沉默了好半响,终于无奈地叹了口气,冲他伸出手:"过来吧。"

沈巍一把把他拉了过去。

林静非礼勿视,只好关注战局,只见各族似乎都商量好了,地府众阴差简直成了炮灰,被众人不约而同地挤在了牵制鬼面和一干鬼族视线的地方,此时几乎已经伤亡过半。

混沌,即使是碎片也极其厉害,不管是仙是鬼,众人都得避其锋芒,时有避不开的,就被悄无声息地吞了进去,连根毛也没留下——所谓混沌,可不就是让任何事物都宛如从来没有存在过一般?

林静眼睁睁地看着秦广王被混沌的碎片逼到了极处,"扑通"一声掉进了忘川水里,巨大的袍袖硬生生地把他浮了起来。

这时,忘川里突然浮出了一张巨大的网,把秦广王从水里托了起来。他一身湿淋淋,连滚带爬地扑上了岸,惊见各族精英不知什么时候站在了伏羲八卦的位置上,布下了大阵。

林静:"阿弥陀佛,这是什么阵?"

沈巍的声音突然在他身后响起:"是伏羲八卦网。"

林静被他突然出声吓了一跳,手一哆嗦,望远镜差点儿掉下去。

沈巍继续说:"应该是妖族带来的,传闻伏羲起于东土,封圣以后,东土才归蚩尤,蚩尤之后生巫、妖二族,太昊死后,留下了伏羲弓和八卦,伏羲弓后来被巫族的后羿拿走,辗转流落到了人族手里,至于八卦……那大概就是妖族的不传之秘了,各族果然都有些压箱底的东西。"

只见随着八卦网浮出,混沌的碎片第一次开始后退,鬼面高悬在空中,面具上画出来的面孔一阵扭曲。突然,八卦网爆出金光,林静吃了一惊:"那是我西方供奉的佛祖金印……传说是末法时代镇压邪魔的最后一道法宝!"

他话音没落,金光四溢,充斥着整个地府,黄泉路上不知什么时候熄灭的小灯再次被点燃。这一次,火光明艳得多,像一条顺着黄泉路摆尾而过的火龙。混沌的碎片连同无数鬼族一瞬间被伏羲八卦网吸了进去。

沈巍轻叹了口气:"尘埃落定,我们走吧。"

伏羲八卦网既出,胜负已分,这是打不下去了。

林静应了一声,跟着站起来,可他总觉得心里怪别扭的,像是要出什么事,于是在走之前,他下意识地端起望远镜,转过头看了一眼。这一眼,恰好看清了鬼面脸上的表情——他露出了一个欲哭还笑般的鬼脸。

紧接着,那张面具从中间破裂开成了两瓣,掉了下去,露出那张肖似沈巍,却要阴郁得多的脸。他身上的袍子无风而起,猎猎如旗。

"很好,"林静听见他哑声说,"你赢了,我斗不过你,你压根儿不屑于和我斗——很好。"

沈巍停住脚步。

"你我生来如出一辙,我不明白我比你差在什么地方,你是孤傲尊贵的斩魂使,我是万人喊杀的鬼王——这没什么。"鬼面低笑了一声,"我只恨你卑鄙,竟然连跟我一战的勇气也没有,找这些蝼蚁来羞辱我。你会后悔的!你以为你赢得兵不血刃?你会后悔的,我的好兄弟!"

鬼面纵声大笑,接着,身体猛然长大数十米,如同一座高山,而后万里之外的地下传来隐而不发的咆哮声,"隆隆"地传到地面,像一声雷。

沈巍的脸色突然变了。

鬼面形似癫狂,身体骤然碎成了千万片,网住了混沌碎片的伏羲八卦网应声而破。

第二十章

郭长城紧握着赵云澜给他的小电棒,还没从极度惊恐里回过神来——他方才把一只差点儿跟他跳贴面舞的幽畜电成了一块煳烙饼。

而那位刚刚还在和他们说笑的青年人也变成了一个怪物,嘴能张一百八十度,一张开嘴,脑袋都好像给劈开成了两半,里面有猩红的舌头和一口獠牙。本来,在空无一人的小镇上收集亡魂,听着已经像恐怖片了,谁知道这还只是个小清新的恐怖片,重口味的在这儿等着他们。

楚恕之躲开郭长城险些误伤友军的电火花,回手把腰上的挎包塞给他:"好不容易攒的,你拿着,别摔碎了。"

郭长城手哆嗦得像得了帕金森症,最后只好囫囵个儿地把包整个抱在怀里。

楚恕之一本正经地问:"你害怕吗?"

郭长城实事求是,把头点得像鸡啄米。

楚恕之:"怕得要死吗?"

郭长城抹了一把眼泪,接着啄。

"太好了。"楚恕之毫无同情心地说,"你注意保持。"然后重重地一拍他的肩膀,指着他身后,阴森森地说,"快看,那是什么?"

郭长城一回头,正和几只鬼族幽畜看了个对眼,再被楚恕之这么一吓,顿时爆发出一阵非人的惨叫:"啊啊啊啊啊啊——"

几只幽畜煳了。

楚恕之冲郭长城竖了个拇指,身形一闪,就蹿上了联排小别墅的房顶,扯开自己身上的防风外套丢下去。他露出来的手臂变成了诡异的青色。楚恕之活动了一下手指,关节僵硬地响了几声。他摸出一个骨头削出来的短笛,一串古怪的音符从他手指尖流泻出来,原本平静的地面涌动了起来。随后,小镇地上铺了一层的"尘埃"缓缓地浮了起来,它们飞快地凝聚在一起,在空中合成了一具又一具完整的白骨,一部分落在郭长城旁边,另一部分冲着那来路不明的青年扑了过去。

那"青年"的眼睛已经完全变红,望向楚恕之:"尸王。"

楚恕之的笛声骤然尖锐,好似一声令下,他的骨头兵们开始冲锋,一个骨头兵尖锐的指骨猛地插向青年的胸口。那青年身如鬼魅,瞬间就消失在了原地,骨头兵的手指直接在地面上捅出了五个小洞。

青年闪身落在一边,挥手一记重拳,骨头兵躲闪不及,被他活生生地打碎了脑壳,白骨碎得七零八落。然而笛音又起,碎掉的白骨很快重新拼上,原地活动了一下头颈,再次向青年扑过去。楚恕之召唤的尸骨本来就是镇上的骨灰凝结成的,给人打散了,很快就能拼好东山再起,虽然攻击力不高,但是死缠烂打本领一流,只要对方有一点疏忽,尖细的指骨就能捅他一个对穿。

青年冷笑:"别人也就算了,你一个身负重罪、一身死气的尸王,竟然也能加入镇魂令,不觉得可笑吗?你杀人如麻、放血食尸的时候也要先这样装模作样地假正经吗?"

"我罪已赎，"楚恕之下意识地瞟了郭长城一眼，发现那小青年正手忙脚乱地应付层出不穷的幽畜，无暇听他们俩的对话，便不明原因地松了口气，"你又是什么东西？"

青年勾起嘴角，一把掰下了一个骷髅头："我？我族乃天生。"

"镇生者之魂，安死者之心，赎未亡之罪，轮未竟之回。"青年忽然一个字一个字地念出了镇魂令背面的字，他生生地攥住一具骨架的四肢，将那四肢一根一根地撅下来，握在手里一把捏碎，冷笑一声，"留下这句话的人，一定是个大傻子！"

由于郭长城人类的"特殊"身份，他入职的时候只签了劳动合同，并不受镇魂令驱使，所以他只模糊地知道有镇魂令这么个东西，并没有仔细看过，头一次听见完整的镇魂令，竟然是从一个怪物嘴里。

然而不知为什么，郭长城满脑子都被这几句话占满了，一时间竟然痴痴地愣住了。这么一呆，他手里的电棒自然也安静了下来。一只躲藏在墙角的幽畜趁这时冲了出来，猛地扑向他。一具楚恕之留下的骨头兵却突然做出了好像真人一样的动作——它猛地斜跨出一步，张开双手，用只剩下两扇肋板的身体挡在了郭长城面前，被幽畜撞碎了。郭长城慌忙后退两步，一屁股坐在地上，大叫一声闭上眼，把电棒举过头顶，就在幽畜的巨爪快要碰到他头顶的时候——电棒爆发了。

七成熟。

郭长城大口大口地喘着气，而方才被幽畜碰散的骨架晃晃悠悠地自己合在了一起，慢慢地走到郭长城面前。郭长城虽然知道它们都是楚恕之变出来的，可见它缓缓地向自己伸出白森森的手骨，还是忍不住瑟缩了一下。谁知那骨架却只是把手骨放在了他的头顶上，好像安慰一样，轻轻地摸了摸他的头发。

如果有法医或者鉴定专家在的话，也许他们能告诉郭长城，这具人体骨架属于一个男性，十分年轻，大约只有二十岁出头。

生者的魂与死者的心，也许它们在每一具即将化成尘埃的尸骨中都留着吉光片羽一般的记忆。

郭长城虽然不明白这是为什么，但是他就是无来由地眼眶一酸。

骨架转过身去，替他小心地戒备着。

这时，突然一声闷雷似的"隆隆"声响起，郭长城反射性地抬头看了一眼天，只见方才的星星和月亮都没了，天一下子阴了下来，却只听见雷鸣，不见闪电，他这才注意到，原来"雷声"是从地下传来的。

所有的骨头兵全都安静了下来，牙齿"咯咯"地敲动着，形成了某种奇特的和声，好像它们也知道害怕，在打战一样。连鬼族的幽畜都不动了，形态各异地匍匐在地上，侧耳贴着大地，不知道在听什么。

楚恕之本能地感觉不好，他打架当机立断，逃跑也二话不说——从墙上飞掠而下，一把拎住郭长城的领子。郭长城一声尖叫被风堵在喉咙里，下一刻，原本贴地疾行的楚恕之猛地往上蹿起，跃到了屋顶上。郭长城忍不住低头看了一眼，只见整个地面都好像变成了一个巨大的沼气池，黑得不见底，大地遍布裂痕，浓重的黑气在里面涌动。

方才纠缠他们的古怪青年忽然扯开自己的人皮，里面猛然蹿出一个巨大的怪物，他竟是个高阶的鬼族。以他为首，所有鬼族的幽畜一同仰天长啸。

楚恕之头也不敢回，带着郭长城，气也不换一口地狂奔到了小镇入口，找到停车的地方，拉开车门把郭长城扔了进去，一脚踩下油门，飞掠而出。

郭长城上气不接下气："刚才那是怎么回事？"

楚恕之沉声说："我不知道。"

郭长城依然很懵懂："那我们为什么跑？"

楚恕之把车当成了飞机开，车速太快，整个车身都在簌簌地颤抖，好像四轮已经离了地。楚恕之冷森森地说："不跑你就见不到明天的太阳了，蠢货。"

"那赵处他们呢？"郭长城急急地回头张望，"他们会不会回来？我要给他们打电话。"

然而大灾难面前没信号是人类常识，郭长城的手机连"110"都拨不出去。

楚恕之一打方向盘，拐了个大弯，车轮和地面摩擦出刺耳的声音。

别墅小镇依托于山景和山间温泉建的，背靠一座海拔大约一千米的山，为了安全起见，盘山路夜间禁止通行。楚恕之直接撞飞了安全护栏，不顾一切地把车往山上开去——往高处逃生似乎是他的本能。略微冷静下来后，楚恕之才想起来，当年不周山倒的时候，好像各族也是上了某一座仙山寻求庇护的。

记忆中，只言片语的上古神话，似乎在冥冥中指引着他。

郭长城透过车窗往下望去，山下的别墅小镇连一盏灯也没有亮，仿佛是一张张开的大嘴，要吞噬掉所有的东西。忽然，他的视野模糊了——下雨了。

雨声中还夹杂着某种牲畜的怒吼声，戾气深重，他忍不住狠狠地打了个哆嗦。

楚恕之旋风式地把车开到了山顶，最高的地方，车是过不去的，那里只有一段人工开凿的小石路，后面还有一段看起来万分惊险的小吊桥，虽然有安全护栏，但是雨天路滑，看着也实在不怎么安全。山顶有一个钟乳石的山洞，白天还要门票，深夜已经没人值班。

楚恕之对郭长城说："带好你的电棒，后备厢里有水和吃的，也带上，你能拿多少拿多少……还有赵处留下的备用打火机，然后我们走！"

两人以最快的速度收拾好东西，郭长城闷头跟着楚恕之跑，一直跑到山洞里，才回头看了一眼，他这才发现，刚才穿过的吊桥悬着空，粗陋的护栏下，就是千米山崖。郭长城险些双腿一软，简直想象不出自己刚才是怎么跑过来的。

楚恕之发现自己的手机也没信号。此时，淅淅沥沥的雨声中，他们俩孤零零地躲在钟乳石洞里，似乎与世隔绝了。他脱下湿淋淋的衬衫，赤裸着上身坐在一边，摆手拒绝了郭长城递过来的食物和水，往外张望了一眼，喃喃说："似乎是出大事了。"

两人轮流守夜，郭长城后半夜爬起来，非要替换楚恕之，楚恕之可有可无，看了他不离手的小电棒一眼，就靠在山洞冰凉的石壁上闭目养神。

郭长城强打精神，守在洞口处，双手紧张地捏着他的小电棒。

守了不知多久，他觉得无论如何，天也应该要破晓了，可东方依然没有一点儿要亮的意思。突然，楚恕之脖子上的小哨子"呜呜"地响了起来。郭长城用力揉揉眼，打开手电筒，又滴了一点牛眼泪，往外望去——只见风雨飘摇中，有一个人影，似乎是个年轻女孩，正悬挂在小吊桥那摇摇欲坠的护栏上！

哨子一有动静，楚恕之就醒了，他往洞外扫了一眼："唔，一个小女鬼。"

郭长城坐直了，翻开自己的笔记本："我知道那个姑娘，我见过她家里人拿的照片还有她的身份证。"

楚恕之："给我个瓶子。"

他捡起一个魂瓶，往外走去，可大概是尸王天生带煞，看起来就比较凶残，还没等他走近对方，女孩的魂魄就好像受了莫大的惊吓，尖叫起来："别过来！你别过来！"

护栏被她摇得在风雨中"咯吱"作响，她看起来很快就要掉下去了。

楚恕之只好停住了脚步——他不知道女孩死前看见了什么，但一定不是什么美好的回忆，做鬼都做得这样一副惊弓之鸟的模样。楚恕之回头对郭长城使了个眼色，郭长城跟着他，小心翼翼地顺着吊桥走过来。被雨水冲刷得光滑得要命的吊桥本就只能够单人通过，两个人虽然都不胖，但是楚恕之仍觉得那吊桥在郭长城的脚下不停地颤动。

两人都侧了身，艰难地换了个位置，郭长城拿走了楚恕之的魂瓶，试探着接近半空中的女鬼："姑娘，别害怕，我们是特调员，你下来，到我这里来，我们送你回去好不好？"

郭长城在风雨中吃力地和女鬼交涉了半天，整个人从头到脚都湿透了。女鬼终于放下了一点戒备，接受了自己已经死了的事实。她往郭长城手里的瓶子看了一眼，小心翼翼地往下爬了一点。

郭长城松了口气，就在这时，桥的那一头突然传来一声咆哮，女鬼吓得抱紧了冷铁的护栏。郭长城汗毛一乍，楚恕之屈指做拉弓状，半空中浮现出一个雨水凝出的小弓。楚恕之缓缓地捏出了一张驱邪引雷的黄纸符，将它卷成了箭矢的形状，架在弓弦上。

他的箭在弦上将发未发时，桥面突然不自然地震动了一下。楚恕之动作一顿，随即就看见郭长城一脸惊慌地望着自己背后，一股说不出的腐臭味道顺着风传来。

尸王的冷汗终于落下来了。

地府，谁也没料到，鬼面竟会突然自爆。

沈巍一抬手把赵云澜压进怀里："趴下！"

而后一声巨响，忘川水爆起数百米，铸就了一道高耸的水墙，海啸似的当空砸了下来，砸出一个漩涡。在场反应快的，都飞上了高悬的阎王殿，动作慢了一拍的则被卷进了忘川水里。

不过片刻，整个黄泉路、奈何桥乃至阎王殿，一起分崩离析。

沈巍他们急速往外退去，赵云澜迟疑道："祝红还在……"

沈巍一把把他往外推去："放心，我临走给了她一根大神木树枝。"

他们一路撤到了鬼城外，摸到了那棵龙城古董街沟通阴阳的大槐树，就听见"喵嗷"一声，一道黑影一头扑进了赵云澜的怀里。

赵云澜："死胖子，你怎么还在这儿？"

大庆冲着他耳朵咆哮："我在满世界找你！你这没良心的流氓！我差点儿把地府翻个遍，刚才到底怎么回事，阎王殿的瓦斯爆炸了吗？喵了个咪的，吓死猫了！"

赵云澜还没来得及回答，沈巍一抬手，连人带猫全给一把搂过，甩手将他俩往大槐树上扔去："现在不是叙旧的时候，上去！"

最后两个字是冲着林静吼的，林静乖觉得很，连忙跟了上去。

沈巍断后，双手结印，接连三道封印打了出去，从地下追出来的黑影就像被一道看不见的墙挡住，寸步难行地停在了那里。沈巍脱力似的连退几步，重重地靠在大槐树上，剧烈地喘了几口气，冷汗把他的鬓角都浸湿了。

地下被阻住的黑影就像被临时堤坝拦住的洪水，不断地冲刷着看不见的封印，每一下都是惊天动地般的巨响。

赵云澜一把抓住沈巍的手，把他拎上了大槐树。

沈巍虚脱地在他身上靠了片刻，好一会儿才缓过口气。他们径就顺着大槐树回到人间，人间竟然挺热闹——特别调查处的汪徵、桑赞，一大群夜班人士都来了，包括传达室的夜班老吴和白班老李。

老李手里拎着一根大棒骨，大概是想把这东西当成武器。连看守大槐树的老人也远远地走出了小铺子，跨在门槛上看着他们。忽听一阵刺耳的刹车声响起，赵云澜的父亲直接开车闯进了步行街——不，来的不是他那个凡人亲爹，而是附身的神农药钵。

神农药钵直奔沈巍，第一句话就引起了轩然大波，他问："大封破了吗？"

赵云澜虚扶着沈巍的手陡然收紧。

而沈巍在所有人或疑惑或紧张或意味不明的目光下，点了点头："鬼王以自己为引，自爆将大封炸出了一个缺口，我刚才用了三道后土大封的旧印把它挡在了地下，另外，别墅小镇被斩魂刀劈开了一道地缝，混沌可能会在那儿泄漏一点，但应该不会太严重。"

神农药钵："女娲消散已经几千年，后土大封的旧印力量有限，你能挡它多长时间？"

沈巍沉声说："最多半天。"

汪徵小声问："大封是什么？"

桑赞轻轻地拉了她一把，伸出一根手指竖在嘴唇边上，示意她不要多说——他们的对话桑赞虽然只能听懂七八成，但他陪赵云澜追查过上古秘闻，前前后后地零星知道一些，此时已经猜出了大概。

神农药钵紧紧地盯着沈巍，逼问他："那么上仙，你打算怎么办？"

沈巍坦然地迎着他的目光，反握住赵云澜的手，声音平静地说："按我当年承诺过的。"

他这种平静又坦然的态度让神农药钵一愣，接着，他的目光才落到了那两人握在一起的手上，脸色变了几次，终于还是没说什么，只是僵硬地移开目光，干咳一声，问："我能帮你做什么？"

沈巍目光扫过所有人和鬼："当年，昆仑君以四圣封四柱，大封松动之日，就是四圣应劫而出之时，现在四圣我已经收集齐了，需要重新加封承天起地的四柱，希望诸位能帮我压住阵脚。"

他说完，古董街的上方就出现了一个巨大的八卦盘，四角并立少阴、太阳、少阳、太阴四象，分别指向东南西北四个方位。而后，细长的山河锥率先从沈巍掌中跳出，抽高变长，一直长到大雪山中壁立千仞的模样，才轰然落在玄武位，紧接着，山河锥中发出巨响，一个同样巨硕的日暮盘从中脱出，旋转到白虎位，大神木削成的功德笔笔尖冲天，落入青龙位。最后，是没有灯芯的镇魂灯，镇魂灯依然黯然无光，顺着沈巍的指引落在了朱雀位。

赵云澜："镇魂灯不是在阎王殿吗？"

沈巍："方才我耽搁了一会儿，把它顺过来了，阎王殿里的那个只是个障眼法。"

他说完，还似乎对自己顺手牵羊的行为有些羞愧似的，略微地低了下头："非常时期，手段不入流，惭愧。"接着，他拉起赵云澜的一只手，轻声说，"有点疼，忍一忍。"

赵云澜只觉得自己手指尖被什么刺了一下，冒出一粒浑圆的血珠来，血珠随即飞起来，落入了镇魂灯里，拉出极细的一条线。沈巍又从脖子上取下了他那个怎么也不肯摘下来的小吊坠，拔开瓶口，轻轻地倒出来一点，一簇非常细小的火花从他的手指尖飞了出去，正好落在了血丝凝成的细长的灯芯上，镇魂灯里幽幽地升起了一段萤火一般微弱的光晕。

"等等，就这样？"赵云澜难以置信地说，"那什么秦广王不是说要从我的心里抽一管血才行吗？"

"十指连心，中指指尖血可以短时间冒充心头血。"沈巍说，"镇魂灯芯已经丢了几千年了，地府是想求个保平安的法宝，让镇魂灯千秋万代地烧下去，我只有半天的时间重新封四柱，烧一线，用指尖血代替，足够了。"

沈巍又对众人说："昆仑君当年是以大荒山圣之尊，加封四柱，我虽然继承了他的三十六山川，可生来是污秽之身，没法和四圣建立联系，恳请诸位能帮我一把，不胜感激。"

此时，他已露出了本来面貌，身在斩魂使的黑袍中，长发垂下，一点与生俱来的妖气与端方如玉的君子气奇异又矛盾地融合在了一起，竟是风华无双。

没有人能拒绝他。

汪徵和桑赞对视一眼，并肩走到了山河锥下。大庆叼住颈子上的金铃，扭头往功德笔处走去。扛着大棒骨的老李在棒骨下挂了一条焦黄的炸鱼，跟着大庆走了过去，林静则摸出一百零八颗串珠，在轮回晷下站定。

神农药钵刚要过去，赵云澜忽然开口叫住了他："哎，那谁。"

神农药钵顶着赵父的身体回过头来："叫谁？"

赵云澜："你别占便宜没够啊，还真以为自己是谁爹了吗——借一步，我跟你说句话。"

神农药钵跟着赵云澜走到了一边："昆仑君请讲。"

赵云澜背靠大槐树，低头往下看了一眼，大槐树下似乎极为平静，一点儿也不像镇压着什么了不起的东西。他的烟盒已经空了，于是把手伸进"赵父"的兜里，掏出了一盒烟，据为己有，点了起来。

赵云澜在一明一灭的白烟中沉默了一会儿，才说："其实是我有点事想求你。"

神农药钵低声说："不敢。"

"真的，"赵云澜说，"我父母就我一个儿子，我本该给他们养老送终，没想到来不及了，就算来不及，我也不想让他们白发人送黑发人，你给我想个办法。"

神农药钵："我……不是很懂昆仑君的意思。"

赵云澜："别装糊涂，我看你挺懂的。"

神农药钵深深地看了他一眼："所以归根结底，还是因为你答应与他同生共死，斩魂使才能毫无二话地履约吗？"

赵云澜漫不经心地吐出一口烟圈来："你当爷是卖身的？"

"是，我失言。"神农药钵一低头，好一会儿，才叹气似的说，"我明白了。"

赵云澜盯着他的眼睛，就听神农药钵一字一顿地说："如果昆仑君不在世了，我会离开你父亲的身体，以'赵云澜'的身份替你活下去，请山圣放心。"

"好好活，活得像'赵云澜'一点，"赵云澜"大逆不道"地用力拍了拍"他爸"的肩膀，"该享受的好好享受，该办的事也都好好办，我谢谢你了。"

说完，他把还没烧到底的烟头捻灭，与神农药钵错身而过——药钵走向了轮回晷和林静那边，赵云澜一个人站在了镇魂灯下。

他轻轻地摸了摸镇魂灯，灯身上刻着凹凸不平的铭文，正是镇魂令后面的那些话。赵云澜忽然有种异样的感觉，仿佛这灯真的和他骨肉相连。跳动的灯火奇迹一般地与他的心跳相重合，就像两个人相对而立——几千年前的昆仑君，与几千年后的他。

白云苍狗，沧海桑田。

沈巍转头望向守着阴阳分界的杂货铺老板，那老头带着一干来自光明路4号的夜班专员，围在了大阵的外面。皱纹横生的老人抬起头，虚虚地拢起拳头，像古人那样对沈巍拱拱手："我这老东西没别的用处，给上仙护法。"

沈巍点点头。他抬起手指，一笔一画地在空气中写下了古老的、来自诸天神魔的文字。文字本身就有力量，像水波一样，在空中流转着。沈巍并指成掌，在那一整篇的文字上重重一拍，那些笔画分崩离析，飞往四象角落的每一个位置，落到了每一个人的眉心里。

一瞬间，每个人都听到了那洪荒之初流传下来的咒文，无比厚重，让人有种忍不住想要顶礼膜拜的冲动。

沈巍最后往南方看了一眼，正好与赵云澜的目光在空中相撞。他忽然很轻地笑了一下，就像须臾间花开的春天。

第二十一章

阎王殿里一片昏天黑地，祝红什么也看不见，茫然地四处游荡，只有手中沈巍给的大神木树枝亮起微微的白光，在她周身撑起了一层看不见的保护膜，严严实实地把她和外面可怖的鬼族与无所不吞的混沌隔绝，那看起来娇嫩极了的小芽却仿佛愈加碧绿了。

忽然，祝红听见有人焦急地叫了她的名字。她扭过头去，只见蛇四叔正狼狈地靠在阎王殿的缝隙里，小心翼翼地躲在一片巨大的鳞片下——那是伏羲鳞，蛇族圣物之一，祝红认得。

他似乎受伤不轻，连人形也保持不住，露出下身碧绿的蛇尾。

蛇四叔一见是她，疾言厉色道："你在这儿干什么？刚才为什么不和令主离开？小命不想要了吗？！"

他瞟了一眼外面的情况，飞快地从石头缝里钻出来，长尾卷起祝红，一把把她拉进了石缝里。男人的嘴角还带着血迹,对着祝红,更是连脸都气白了:"全族的孩子,没有一个像你这么缺心眼的,你这蠢丫头,不知道危险吗?不知道跑吗?"

祝红讷讷:"我担心四叔……"

蛇四叔冷冷地打断她:"轮不着你一个化形也化不好的小鬼担心我。"

他说着,上上下下地把祝红检查了一遍,却发现她竟然完好无损,一点儿破皮也没有,这才一边诧异,一边放下心来:"运气倒好。"

祝红举起了大神木的树枝:"这是斩魂使大人给我的。"

蛇四叔一愣,接过来仔细看了看:"这是……大神木?这东西他怎么会随便拿来送人?他都和你说什么了?"

祝红:"他说如果这两棵芽能活着,就让我有机会找个好地方栽下去。"

蛇四叔听了,脸色一变:"这是交代后事啊,大封将破……还是眼下大封已经破了?"

祝红一头雾水,不明所以地偷眼打量他。蛇四叔在她头上轻敲了一下,又把树枝还给她:"算你这小丫头傻人有傻福——快好好收起来,说不定能保你一命。"

祝红立刻点头答应。这时,她忽然"咦"了一声,把大神木的树枝举到了蛇四叔面前:"四叔,您快看。"

只见那并指粗的枝丫底部,一颗浅浅的碧绿顶开了干枯粗粝的树枝,露出娇嫩的头——树枝上长出了第三个芽!

祝红惊诧地说:"这是怎么回事?沈巍不是说,那棵树好几万年也就只长出了两个芽吗?"

"'沈巍'也是你叫的?"蛇四叔瞪了她一眼,然后沉吟片刻,"昆仑神木与天地同寿,是万物生命之始,当年女娲想借神木树枝镇在大不敬之地门口,她心怀杀意,结果种出了一棵'未生已死'的树……眼下,树枝无缘无故地开始长芽,可能是有人的心意变了。"

两个蛇族在最危险的地方,反而相对安全,而悬在吊桥上的郭长城和楚恕之,此时却是命悬一线。

楚恕之眼见郭长城惊恐的神色，当机立断，没管身后的动静，径直松了拉弓的手，飞旋而出的符咒招来一道惊雷，当空砸下，将郭长城那一边的鬼族劈了个对穿。然后他飞快地回头，重新变成青灰色的手臂在转身的瞬间就搅动起一大片雨帘，雨水凝成一个丈余宽的骷髅头，俯冲下来，护住自己。

这一转身，楚恕之才发现，他身后正是那披着人皮的红眼青年。

此"人"是个高阶鬼族，吸收了从地缝中冒出来的混沌之力后，整个人……不，整只鬼都膨胀了。鬼族总共有两个先天鬼王，一个已经自爆死了，另一个被昆仑神筋和神农誓约束缚，成了个半真不假的"神"，鬼王之位空缺，所有高阶鬼族全都狂热地瞄准了那个位置，想取而代之。

大封破碎，那高阶鬼族的力量更强了，此时，"他"只抬起了一条胳膊，就抵住了楚恕之的大骷髅，手指一捏，骷髅重新散成水珠，喷溅得到处都是。随后，楚恕之只觉得胸口被一股大力击中，清瘦的身体直接从吊桥上飞了出去，要往悬崖下掉去！

郭长城想也不想，那一刻，他也不知道哪来的胆子，竟然从安全护栏上翻了下来，自杀一样地从桥上跳下来，扑向楚恕之。原本抱在怀里的腰包掉在了桥面上，魂瓶散落了一地。

第二十二章

四圣被上古铭文连在了一起，以沈巍为中心，逐渐畅通地流转起来，每个替他压阵的人都能感觉到自己心里那一段被沈巍打进去的铭文与旁边四圣的联系，情不自禁地在心里跟着默念出了那些看不懂也听不懂的文字。

抱着大棒骨的老李仿佛被那种古老的铭文激荡，低头看了一眼旁边可笑却又说不出肃穆的胖猫，听着猫铃铛轻轻抖动发出的声音，忽然低声开口说："三百年前，有一个人骨头上生了不治之症，发作起来求生不得，求死不能，想来放在现在，就是骨癌吧。家里人自作主张，焚香请神……"

大庆猛地一震，难以置信地抬起头来。

老李已经白发苍苍，颤抖地伸出手来，想再摸一把他摸过无数次的猫头,然而这一次,黑猫躲开了。

这个对骨头有种异样执念、在光明路4号一直默默无闻的看门老人一瞬间仿佛苍老了十岁。他嘴唇抖动了片刻:"后来,神没有请到,请到了一只爱吃炸鱼干的黑猫。那个人已经病入膏肓,终日不能出门,每天穷极无聊,看见一点会喘气的活物就激动不已,把这黑猫当成了天赐的小友,恨不得与黑猫相依为命。"

老李的眼眶有些湿,像是马上就要哭出来,可是他的眼睛已经浑浊了,眼泪凝聚得费劲了:"可是后来那个人发现,黑猫原来不是普通的猫,是只神猫,能沟通阴阳、升天入地。有一天,黑猫误闯酒窖,掉进酒缸里喝醉了,说出了它脖子上的那颗金铃铛的秘密,它说那颗铃铛是旧主所赐,里面有它一半的元神,能生死肉骨、逆转轮回……那人正是死到临头,怕死怕得快要疯了。"

大庆冷冷地说:"于是你骗走了我的铃铛——托你的福,给我上了好一堂课,蠢猫那时候才知道什么叫防人之心。听说你最后寿终正寝,被埋在了山海关外,多活了那几十年,怎么样,滋味好受吗?"

老李轻轻地说:"如鲠在喉,如疽附骨。"

大庆扭过头去,"哼"了一声:"那太遗憾了——你混进特别调查处干什么?当年的举人老爷替我们看大门、做杂活,不委屈吗?还是我身上还有什么东西是你图谋的?"

老李忽然屈膝跪下了——三百年后,他轮回转世,却始终带着那一世骨头缝里埋下的毒,守在光明路4号的门口,当一个不起眼的看门人,以期待每天下班的时候,能给那只越发富态的黑猫喂上几根炸得酥脆的小黄鱼。他以为这一辈子就这样过去了,下一辈子也是一样,可是此时,功德笔高悬头顶,过去的桩桩件件……历历在目,半点不曾褪色。

老李浑浊的眼泪终于落下,而沉寂的功德笔仿佛听见了什么,缓缓动了起来——它转过半圈,露出红黑相间的笔尖。

而后,四象一起响应:

木生火,镇魂灯倏地大亮。

火生土,土生金,轮回晷在没有太阳的情况下,上面的影子随光阴移动起来。

金生水，山河锥上纹路流转，宛如活物。

大地在剧烈地震颤，后土大封的三道旧印终于破裂，封印下的千丈戾气将要席卷整个世界一般破土而出，所有城镇、乡村、高桥、马路……通明的灯火全灭，活人世界里的光就像是脆弱的海市蜃楼，朔风一卷，旋即就没了踪影。

一个声音不慌不忙地念出封辞："以三生之石，封西方白山。"

未老已衰之石。

林静和神农药钵同时觉得心口一空，方才的铭文带着达摩正宗的佛家金印，与神农氏后人的气息没入了轮回晷中，轮回晷正反飞快旋转三圈，消失在了半空中。

正西的方向传来了一声巨响，仿佛是一根大钉子压入了地下千万里深的地方，将笼罩大地的黑气硬生生地推开了一条清晰明显的缝隙，汹涌的黑气被打散后，竟然奇迹般地消散了不少。

"以山河之精，封北方黑水。"

未冷已冻之水。

"以善恶之源，封东方青苍。"

未生已死之身。

三圣一个一个地消失在四象八卦盘上，终于，只剩下了一个镇魂灯。

"以神祇之魂，封南方大火。"

四象八卦盘上风云突变，四柱全起，镇魂灯被移动到了最中间。赵云澜来不及反应，就觉得铭文倾泻而出，而自己和镇魂灯之间的联系，在那一瞬间竟断开了。一双手从后面搂住他。赵云澜猛地回过头去，沈巍不知道什么时候，栖到了他身后，一只手贴住了他的额头。

那手轻柔，仿佛有体温，直到赵云澜觉得自己脑子里有什么东西正飞快地往外流，他才回过味来，剧烈地挣扎起来。可是沈巍扣住他的手掌如铁，怎样也挣扎不开。赵云澜的心口冰凉成一片，而与沈巍从相识到现在的点点滴滴，全都浮光掠影般地从他眼前闪过，那是他的记忆。

他清晰地感觉到，放在他额头上的手正在毫不留情地一点一点擦去那些记忆。

沈巍的周身着起了火,长发与长袍一同被卷进大火中。他终于放开了已经晕过去的赵云澜,将他推开,送到半空中,落到了远远的正震惊地望向这边的神农药钵怀里。

他最后深深地看了赵云澜一眼,转身没入大火中,身影再也看不见了。

原来他费尽心机想要得到的人,最后却是被自己亲手推开的。

原来他机关算尽地要来的同生共死的承诺,最后却是被自己先毁了约。

"不死不灭不成神",他果然是天生愚钝,行至末路、生死一瞬的时候,才忽然在那电光石火间明白了。

沈巍心里不知怎么的,反而骤然一松,忽然有种"自己能配得上他了"的感觉,然而……

可惜不能再见了。

地面巨震,黄泉下更是翻江倒海。

蛇四叔牢牢地护住祝红,坚硬如铁的鳞片在他的皮肤下若隐若现,替她挡住四周落下的石子沙砾。

不知过了多久,地下才平静下来,浓重的、让人不知道自己在什么地方的黑气奇迹般地开始缓缓散去,幸存下来的人们狼狈地从边边角角处露出头来,小心翼翼地探查着周遭。

祝红小声问:"四叔,怎么了?"

蛇四叔"嘘"了一声,谨慎地放出自己的神识。

就在这时,祝红突然惊呼了一声。蛇四叔扭过头去,只见那不明原因地长出了第三个嫩芽的大神木树枝缓缓地从她手里飘了出去。祝红立刻要去追,蛇四叔一把拉住她:"等等,你要干什么?"

祝红有点着急:"沈巍救了我一命,我也答应过人家要找个地方好好栽下去的,大神木的树枝怎么能在我手里丢了?"

说完,她用力挣脱了蛇四叔的手,初生牛犊不怕虎地跑了出去。

祝红出生不过几百年,压根儿不知道天高地厚,对于"后土大封",她既没有听说过,也丝毫不知道害怕。蛇四叔哪里肯放心她乱跑,连忙勉力幻化出双腿，跟了上去。

神木树枝直接飞到了忘川上，水面上的黑气已经完全散开，露出了幽深冰冷的忘川水。大神木在空中悬浮了片刻，就那么直直地冲了下去。祝红虽然本能地有点畏惧忘川水，但随后想起了她的承诺，她咬咬牙，化作蛇形，"扑通"一声，也跟着潜了下去。蛇四叔一把没抓住她，只好紧追而下。

在别人眼里，这两条蛇简直是不要命了，眼下虽然不知道为什么，混沌短暂地退散，但谁又能知道大封到底是怎么个情况？混沌没准还在酝酿着新一轮的爆发呢，现在跳下去不是找死吗？

祝红和蛇四叔一路跟着大神木往下潜，蛇四叔毕竟见多识广，发现大神木下沉的方向，正是传说中功德古木的方向。

果然，不多时，他们就看见了枯槁高绝的功德古木，千万年毫无动静的功德古木突然伸出了干枯的枝丫，在忘川水中缓缓地上下起伏，轻轻地抖动，树枝惊起极其柔和的水波，仿佛在迎接什么。

大神木的树枝落在了功德古木的旁边，扎进了最深的泥土里。

而后，它竟以肉眼可见的速度迅速地生根发芽，长出枝叶，不过片刻，就已经亭亭如盖，与旁边的功德古木相映生辉。接着，它伸出柔软而细长的丝绦，温柔地缠住了枯死了千万年的功德古木。祝红惊诧地睁大了眼睛——那枯木上生出了小小的嫩芽来！

两棵巨树不断地变粗、长高，直到千丈之长，树梢居然一直从忘川水里冒出头来，绿荫铺满了只剩下残垣断壁的阎王殿，而它们还在不断地繁盛，远远望去，树冠碧绦如怒，起伏氤氲，一眼望不到头。

蛇四叔身上的伤口在树下奇迹般地痊愈了，他的目光落到了功德古木之后——曾经的后土大封石已经不见了。

后土大封分崩离析，被黑雾与鬼声弥漫的大地上突然着起了熊熊烈火，四柱复又归位，新的大封就快要落成……

地面上，汪徽忽然喃喃地问："那是……什么声音？"

"是山吧。"神农药钵侧耳听了片刻，"万山同哭。"

汪徽睁大了眼睛："山也会哭？"

神农药钵轻声说："会的。传说只有在盘古倒下的时候，万山同哭过，就连昆仑君身化镇魂灯，也没有这样的声音，大概是因为山圣当年不算真正的形神俱灭。"

汪徵呆立好半晌，才反应过来他说的话是什么意思，无论是沈巍还是斩魂使，她都并没有什么太多的交集，本不该有什么情绪起伏，然而等她发现的时候，竟已经泪流满面了——鬼是不能轻易哭出眼泪的，她心里明白，可就是怎么也止不住。

桑赞叹了口气，伸手把她揽进了怀里。

这时，忽然一个熟悉的声音轻轻地说："傻丫头，你跟着哭什么？"

汪徵一愣，低头一看，赵云澜不知道什么时候睁开了眼睛，缓缓地站了起来。

汪徵对上了他的眼睛，突然觉得很奇怪，乍一看，那人的确是与她朝夕相处的赵云澜，然而仔细看，又仿佛……有了一点说不出的变化。

她心里狠狠地一揪——难道沈巍真的把他所有的记忆都抽走了？

可是神农药钵在惊疑不定地打量了赵云澜片刻后，忽然退后三步，郑重其事地跪下了，极尽恭敬地行了大礼："拜见山圣。"

赵云澜……昆仑君双手背在身后，随意地冲他摆了摆。

汪徵只觉得眼前一花，方才一身滚得起皱的风衣的男人身上，赫然是一件长袖博带的青衫，就像千万年前，浮光掠影般出现在洪荒往事里的那个人。

神农药钵："祖师当年强行压制山圣元神，将您送入轮回时，曾与斩魂使上仙定下契约，令他生生世世与大封同生共死，如今人间大劫，后土大封破裂，斩魂使身殉大封，诸因果已经尘埃落定，恭迎山圣神魂归位。"

燃烧的烈火变成了温暖的橙色，火光倒映在昆仑君的眼睛里，他沉默了一会儿，轻轻地说："我知道。"

神农药钵又说："斩魂使以鬼王之身成圣，求仁得仁，临了消去了您的……"

"行了。"昆仑君头也不回，"我都知道。"

神农药钵恭恭敬敬地低下了头："祖师辞世时，令我监管他与斩魂使的契约，如今……山圣归位，小神可以功成身退了。"

昆仑君没吭声，摊开双手，手中是女娲留下的鳞片，里面曾经承载过一个十一年的小轮回。

神农，你究竟是想告诉我什么？

这时，地下突然传来细细的动静，众人立刻如惊弓之鸟一般紧张起来，却只见脚下的土地松动了。而后，一棵大树的树冠骤然破土而出，枝繁叶茂，翠绿欲滴，叶子上仿佛带着来自另一个世界的水，掉落在地上，地面原本因为大封破碎而裂开的纹路渐渐地合在了一起。

什么是长久的？

为什么要有善恶与是非？

生是什么？

死又是什么？

昆仑君伸出手，正好接到了一片树枝上掉落的叶子，他忽然问："是你把郭长城调入特别调查处的？"

神农药钵恭恭敬敬地说："是。祖师在世的时候，令我寻找一个没有阴阳眼，但是能看穿真实，默默无闻却带着天降大功德的人。"

"原来如此。"昆仑君叹息一般地轻声说，"我明白了，多谢你。"

女娲的蛇鳞刹那间在他手掌中化成了细碎的粉末。

大庆终于忍不住问："这到底是怎么回事？"

昆仑君上前两步，盘膝在镇魂灯下坐下，轻轻地摸了摸黑猫的头："别急，镇魂灯还亮着。"

说完，他就入定一样合上了眼，像一尊亘古沉默至今的神像。他身后，巨大的镇魂灯上顶着如豆的火光。

郭长城身上的小电棒没有一点儿反应——他已经顾不上恐惧和害怕了，脑子里一片空白，眼里只有掉下去的楚恕之。他拼命地伸出手去，双手抓住了楚恕之的胳膊，死死地闭上眼，听着耳畔呼啸的山风咆哮而过。

而就在这时，郭长城惊愕地发现，自己的身体停止了下落。

他连忙睁眼望去，只见他掉下来的时候不小心碰散了楚恕之交给他的挎包，魂瓶都滚了出来，盖子在两边的安全护栏上撞碎了，里面被他收集在一起的魂魄也一股脑地跟着涌了出来。

它们不成人形，只是一团一团流光溢彩的光团，连同桥上的女孩，七八个人的魂魄彼此相连，竟然结成了一张大网，从吊桥上铺散下来，险险地将两个人网在了中间。

楚恕之吃了一惊，立刻拎起郭长城，在魂网上轻轻借力，往上一蹿，而后脚尖在吊桥护栏上一点，飞快地落在了吊桥的一头。他神色复杂地看了一眼那魂魄凝结的网，有些不习惯地低声道了谢，然后回手把郭长城抛进了身后的山洞口，连着甩出了十二张纸符，劈头盖脸地向那红眼鬼族打了过去，九天神雷应声而落，把吊桥劈成了一张高压电网。

结成网的魂魄变成一串光斑，在郭长城身边绕了一圈。

郭长城这个其貌不扬的年轻人，身上突然闪现出淡淡的橙色光晕，就像温暖的火光一样。绕在他周身的魂魄仿佛感觉到了什么，不由自主地凑近了他。郭长城心里似乎有一个声音，让他一时忍不住脱口而出："镇……镇生者之魂，安死者之心……"

一道光从远方照过来，穿透了人间万顷的黑暗，那光芒先是极其微弱，而后渐渐烧起来似的，蔓延到一眼望不到边际的地方，铺满了整个大地。

红眼鬼族惨叫一声，捂住眼睛，连退了几步，而后扭曲萎缩，不过片刻，居然被那光芒活生生地烤化了。

楚恕之转头望向郭长城，那一刻，他有种错觉，仿佛郭长城整个人成了一簇火焰，跳动的频率与大地的火苗奇迹般地重合在了一起。尸王有些担心，大步走过去，试探地把手伸进了郭长城身上跳动的火苗里，却只觉得里面有一种奇异的温度，并不烫人。

郭长城看不见身上的火苗，依然呆呆地跟着心里的声音念出了下半句："……赎未亡之罪，轮……未竟之回。"

他的声音和苍茫大地中的某种东西重合在了一起，引起无边无际的共鸣和回响。楚恕之似有所感，抬起头，只见他们找了一宿也没找全的、死于别墅小镇的魂魄一个接一个地从山下浮起，飘落到郭长城面前。

郭长城随身带着的本上详尽地记载着每一个家属描述的失踪者。魂魄们就排着队，分别找到自己那一页，有的提起笔在旁边加上一句"给某某人带话"，有的则一看见那歪歪扭扭的孩儿体写的自己的名字，就仿佛放下了什么牵挂，释然而笑。

最后，它们一个接一个地消失在空中，化为无数光点，往天空的方向飞去。

天边响起春雷般的声音，被乌云遮蔽的天空露出了一点雪白的端倪，而后，只见正南的方向，两株巨大的树不知什么时候破土而出，高过了房子，高过了高层建筑……甚至高过了大山，直向天际而去。

聚集在郭长城身边的魂魄都已经基本走光了，只剩下一个，落在地上，露出了快递员冯大伟的模样。

"哥，"他兴奋地叫楚恕之和郭长城，"谢谢你们，真的有下辈子，我相信了，等我再托生成人，我还当我爸妈的儿子，当我哥的兄弟，好好地过，好好地活，多干好事，把这辈子一起补上。"

冯大伟说着，魂体越来越透明，直至散成了碎光点，终于飘进了无尽的轮回。

郭长城身上的光亮到了顶点，而后倏地从他身上脱离而出，就像一团流星一样，向着远方飞去。

坐在镇魂灯下的大荒山圣若有所感，倏地睁开眼，一团灿若朝阳的火团落在了镇魂灯里，原本如豆的火苗蹿起了百米高。

昆仑君站起来，贴在镇魂灯上的双手被火光映成了橘红色。他背对别人望向镇魂灯的时候，无悲无喜的脸上终于闪过说不出的忐忑与期盼。

一个人影逐渐在火焰中成形，脱离火焰飞了出来，落在了昆仑君怀里。那人并不沉重，昆仑君却仿佛用了全力去接，甚至不由自主地跟跄了一步，抱着怀里的人一起跌倒在地上。

林静小声惊叫出来："沈老师！"

昆仑君勉力维持的平静表情终于裂开，抱着沈巍的手指关节攥得惨白。

沈巍仿佛被什么呛住，忽然咳嗽了起来，头不自觉地往一边歪去，靠在了昆仑君的身上，轻微的呼吸扫过，他的眉心、双肩各自有细碎的火苗轻轻一闪，旋即没入了他的身体里，看不见了。

"那是……魂火吗？可是混沌鬼王怎会有魂火？"神农药钵愣愣地说，"大煞无魂之人，生出了真正的三魂七魄吗？鬼族也是有魂的？"

"鬼王成圣，代表鬼族有了三魂七魄，"昆仑君轻柔地在沈巍眉心吻了一下，"神农终于偿了他的夙愿，在他死后数千年，建成了他念念不忘的真正的轮回。"

"这……这怎么可能……"神农药钵难以置信地说，"他……他方才不是以身献祭镇魂灯了吗？"

沈巍的一只手一直攥着，手心里似乎握着什么东西。昆仑君轻轻地执起他的右手，仿佛感觉到了熟悉的气息。沈巍攥着的手缓缓地松开了，一道金色的安神符从他掌心飞了出来，跳到昆仑君眼前。

昆仑君忽地笑了——这正是他们初次见面的时候，他亲手画在对方手背上的。

安神符飞进了镇魂灯里，镇魂灯忽然缓缓地从地上升起，终于没入了南方大地。

新的四柱至此落成。

"是你一直在用神农的话提醒我，也是你找回了镇魂灯真正的灯芯。"昆仑君小心地把沈巍抱了起来，"怎么现在不明白了呢？"

神农药钵："真正的灯芯是……"

"就是郭长城那孩子，他是镇魂灯芯的转世。"昆仑君低声说，"镇魂灯里现在烧着的，是灯芯百世百代转世的功德，所以镇魂灯把他还给我了。"

他话音落下，那高过大山的树冠突然化成了千万点细碎的水珠，散落到每一个角落。被大封破裂折腾得满目疮痍的大地恢复了本来面目，长出初春时节容易被人忽略的嫩绿来，地上的凡人们不会记得发生过这样一场暗无天日的浩劫。

第一缕天光方才刺破乌云，原来是天亮了。

尾声

午后阳光斜斜地照进屋里，加湿器里喷出白茫茫的水雾，一件大衣丢在会客的沙发上，压出了褶子，主人也不管。

屋子里安静极了，只有手指敲打键盘的声音——赵云澜正忙着修改一份报告。他越看眉头皱得越紧，过了一会儿，拿起内线电话，打到对面的刑侦科，张口开喷："林静，写的什么狗屎，你给我滚进来！"

三十秒钟之后，林静圆润地滚了进来："嘿嘿，领导，您叫我？"

赵云澜劈头盖脸一顿训："你自己数数，有多少错别字？文盲！不求上进！你一天到晚能干点什么正事……你干什么呢？"

林静完全没心情挨训，正一边往他跟前凑，一边伸长着胳膊调整拍照角度："来！领导，说个茄——子——"

林静"咔嚓"一声，拍了一张两个人的合影，还兴致勃勃地转过来给赵云澜看。照片里因为位置和角度问题，林静贴着镜头的脸像一张大饼，而后面臭着脸的赵云澜就像个背后灵。

"拍出来了！"林静莫名欢乐，"我以为上古圣人是不能被凡人的仪器拍出来的……哦，对，我懂了，你现在就和沈老师一样，其实只是个在人间的化身吧？你是不是想变就能变回真身？哎，商量个事，真身能和我留个影吗？就一张。"

赵云澜："滚出去。"

林静于是又圆溜溜地滚出去了。

办公室里消停了没有五分钟，又有人敲门进来了，祝红走进来："赵处，我想撤回辞职申请。"

赵云澜用下巴尖点了点旁边的碎纸机："已经处理了。"

"哦。"祝红顿了顿，没话找话地说，"那明天是十五，我得请假一天。"

"知道了。"赵云澜头也不抬，又顺口教训道，"以后你修炼也用点功，都几百岁了，化形还化不利索，说出去都丢我的人。"

过了好一会儿，祝红还坐着不动地方，赵云澜终于看了她一眼："还有什么事？"

"我还是有点好奇。"祝红上身往前探了探，压低了声音问，"沈巍给我的那根大神木后来为什么长出了第三个芽？前两个是怎么长出来的？"

看赵云澜的表情，他像是不想回答，然而毕竟祝红是个小姑娘，他对小姑娘说话的时候多少会客气一点儿——特别是还暗恋过他，被他无情发过好人卡的。

"第一个芽是他和神农定下契约的时候，第二个芽是他遵守承诺的时候，第三个芽是他决定……"赵云澜的话音停了一下，脸色不太好看起来，"大不敬之地之所以不能建立轮回，就是因为鬼族无魂，而大神木长满三个芽，就象征了鬼王生出三魂，鬼王魂沟通了轮回，混沌不再是死气，吞噬万物的鬼族也随之消弭，你懂了？"

祝红想了想："好像……挺玄的。那……消弭的鬼族都去哪儿了？"

"鬼族就是混沌的具象，从此化入轮回。"赵云澜，"没了，但也无处不在。"

祝红："就像永远烧着的镇魂灯一样无处不在？"

赵云澜："嗯。"

祝红又问："那你呢？你还会回昆仑吗？镇魂令还存在吗？"

"不回。"赵云澜一边说，一边用移动硬盘拷贝了一份文件，扔给祝红，"替我打印出来，然后盖公章——昆仑山又不具备开荒植树的条件，我回去也开不了农家乐，干吗去？每天接受一帮傻子向我朝拜吗？我才不去。"

祝红接住移动硬盘："我还是觉得有点梦幻。"

赵云澜："嗯？"

祝红："我暗恋过昆仑君啊！我眼神怎么那么好呢！哦，对了，"祝红从兜里翻出一个卡包，在里面翻出一张酒店打折金卡，"我听说大神你有家不能回，这个给你，六折，省得你的工资都便宜了酒店交住宿费了，我就只能帮你到这儿了。"

赵云澜默默地收下了打折卡，对祝红说："滚出去。"

刚轰走祝红，楚恕之又溜达进来，一屁股坐在了赵云澜对面，打量西洋景似的参观活体昆仑君。

赵云澜把鼠标一摔:"你们还有完没完了!"

楚恕之:"我就问一句话。"

赵云澜暴躁:"我没爱过你!以及小郭确实是镇魂灯的灯芯化身,行了吗?你可以滚了!"

楚恕之:"所以他有天降的大功德,就和女娲一样?"

"数万年如一日,做同一种人,做同一种事,维持镇魂灯一直在烧,难道比造人的功德小?你不明白就少问两句,别出去给我丢人现眼。"

楚恕之想了想:"那小郭岂不就是你缺的那一块心眼?"

赵云澜:"滚——出——去!"

楚恕之从善如流地滚了,滚到门口,又扶着门框回敬了一句:"回不去家只能住酒店,说不清多少岁的老男人,唉,火气真大。"

说完,他把门一拍,兔子似的跑了。

赵云澜:"……妈的!"

他无所事事地扫了半天的雷,挨到了下班时间,准备去酒店,办公室的门才又一次被推开了,大庆露出个黑黢黢的猫头:"哎,有人找你。"

赵云澜诧异地抬起头来,防辐射眼镜从鼻梁上滑下来一点:"我没接到预约……"

大庆也不理他,原地转了个圈,用屁股顶开了办公室的门,对身后的人说:"进来吧,沈老师。"

赵云澜的脸色以光速沉了下来,公事公办地说:"先生,报案请找当地派出所,我们不直接受理案件。"

沈巍可能是刚从学校回来,手里还带着一沓教案:"云澜……"

"你谁呀?别叫那么熟,我又不认识你。"赵云澜截口打断他,"对不起啊,先生,我前两天刚撞过头,失忆了,脑子也不大清楚,近期不适合接客,麻烦出去的时候帮我把门带上,谢谢。"

被镇魂灯吐出来后,沈巍整整昏迷了一个星期,赵云澜就衣不解带地守了他一个星期——不过等人一醒,赵云澜就二话不说,翻脸不认人,躲沈巍躲到了离家出走的地步。

243

沈巍刚想说什么，赵云澜桌上的一个提示下班时间的闹铃响了。赵云澜拎起大衣和包就往外走："让一下，我们下班了。"

沈巍一把拉住他的手腕："……对不起。"

"对不起我？"赵云澜看了他一眼，"你对不起我什么？是背信弃义呢，还是背信弃义呢，还是背信弃义呢？"

黑猫大庆假装在旁边舔爪子，看狗血八卦看得不亦乐乎，两眼直冒贼光。

赵云澜用力一抽自己的手，没抽出来："你还有什么事，快点说，我下班以后还有约会呢。"

沈巍的手紧了紧，可他天生就是个"敏于行，讷于言"的，憋了半天，还是一句翻来覆去的"对不起"。

赵云澜嗤笑一声："没关系，行了吧？道歉有用还要我们干吗？我说你怎么还不松手，是不是还要'敬个礼，握握手'啊？"

"哎哟，急着和人开房啊，"黑猫拖着长音说，沈巍低头看了它一眼，大庆连忙"喵"出了下一句，"……怎么会呢，我家山圣这么洁身自好。"

赵云澜：这个吃里爬外的小畜生！

这时，对面刑侦科的一群人也慢吞吞地收拾好东西准备下班了，林静率先走出来，一见此情此景，先愣了一下："哟，沈老师好，来堵人啊，堵得真寸！"

楚恕之跟在他后面鼓掌："真寸！有技术含量！"

祝红一边翻着手机里的小说，一边头也不抬地报出了一个酒店名和房间号："我觉得夜袭也是个好主意。"

这姑娘似乎已经在短短的十几天里就三观尽碎，然后迅速地腐了起来。

郭长城最后出来，锁好门，有礼貌地说："沈老师好。"

他虽然不明状况，却居然破天荒地多说了一句："赵处，别生气了吧，前一阵子沈老师受伤的时候，你不是还担心得要命吗？一直守在床边，都没顾得上休息呢。"

前面的前辈们一同回过头来，在郭长城完全不明所以的目光中，集体冲他竖起了大拇指。

郭长城莫名其妙，一点儿也不知道自己已经无意中把领导黑了个底掉，即将面临整整一年的小鞋生涯。

赵云澜：这一群吃里爬外的小畜生！

众人转眼作鸟兽散，唯有大庆胆大包天地坐地围观，企图观察后续发展。谁知这时，一直晚下班的老李拿着一个饭盒，小鱼干的味道老远就飘满了整个楼道，正往这边走过来。大庆骂了句街，围着沈巍的脚团团转了两圈："大人，跪求收留！"

沈巍从兜里摸出赵云澜公寓的钥匙，挂在了猫脖子上。大庆就像一支离弦的火箭，膀大腰圆地从楼道的窗户里蹿出去跑了。

老李远远看见了，无奈地冲两人点了下头，弯下腰把饭盒放在了刑侦科的门口，对赵云澜说："明天让大庆热热再吃。"

赵云澜得知了老李和大庆那点纠葛，面对自己不在时，欺负过自己的猫的人，也不知该用什么表情，只好面无表情地点了点头。

老李叹了口气："就是该不脆了。"

然后他有些落寞地走了。

终于，布满余晖的楼道里只剩下了他们两个人。

沈巍沉默了一会儿，轻声说："还是不肯原谅我吗？"

赵云澜扭过头。

沈巍缓缓地放开了他的手："昆仑，你……你想让我怎么样都可以的。"

其实赵云澜没想怎么样，他心意又难平，才只好闹脾气离家出走，于是不阴不阳地说："你在说什么呢，先生？我真的是莫名其妙地就'失、忆'了，至今连自己姓什么都得查身份证，你别欺负我人傻就糊弄我。"

沈巍嘴唇有些发白。赵云澜硬下心肠不看他，转身就要往外走，可还没来得及迈腿，忽然身后一声响。赵云澜猛一回头，沈巍竟然给他跪下了。

"你干什么？"赵云澜弯下腰拉他，"有病啊？起来！"

沈巍一声不吭。

赵云澜："起来！"

沈巍依然一声不吭。

赵云澜拿他没办法，只好一屁股坐在了地上。

过了一会儿，他伸手戳戳沈巍："哎，一会儿太阳下山了，夜班组就快要出来了，你不嫌丢人啊，斩魂使大人？"

沈巍低低地说："你不是说不记得我了吗？"

赵云澜没好气地说："是啊，您哪位？"

沈巍不依不饶地攥紧了他的手。

赵云澜沉默了一会儿："如果不是神农高抬贵手，四柱将成的时候把我的神魂放出来，我会怎么样？和所有人一样，一觉醒来就什么也不记得了，对不对？我从来不知道世界上还存在过一个你，和你有关的东西说不定也会消失，到时候我是不是只会奇怪地想，我的厨房是被谁收拾的，对吧？"

沈巍小心翼翼地看了他一眼。

赵云澜叹了口气："沈巍，我就想问问，你那心是有多狠啊？"

沈巍试探着伸出手，见赵云澜没躲开，终于一点一点地凑过去。他似乎有千万条理由，却一个也说不出口，甚至连提也不想提，只是第三次在赵云澜耳边说："对不起，我错了。"

好像无论他有多痛苦，都可以秘而不宣地一笔带过，都可以不分青红皂白地、理所当然地认错。

赵云澜心里仅有的一点火气忽然灭得连灰烬都不剩了，心里隐隐有些发酸。

他就着这个姿势把沈巍带了起来，顺着余晖往外走去。

沈巍跟上他，满怀希冀地轻声问："回家吗？"

赵云澜："酒店。"

沈巍的脚步忽然停下了，目光倏地黯淡下去。

赵云澜叹了口气，语气有点恶劣地说："房费都交了，让我多住一天能怎么样？"

沈巍眨眨眼，呆呆地看着他。

"再说我又没说你不能一起过来。"

番外

番外一

南方某市出了一起养小鬼的事件，造成了比较恶劣的社会影响，楚恕之带着郭长城一起出差，足足在那边待了将近一个月，才算把事情完美解决。郭长城入职许久，本领没长一寸，有时候众人觉得郭长城和他们办公室的新成员小米简直像一个妈生的——小米是一条一岁多的萨摩耶犬，饭量有多大，智商就有多低，走失后被人送到了光明路这一片的派出所，住了一个多月，没把主人等来，却把派出所给吃穷了，民警们怀疑这狗是来碰瓷的。最后几经辗转，被赵云澜弄回来养在了光明路4号，给大庆解闷。

小米整天该吃吃、该喝喝，啥事不往心里搁，楚恕之临走前，花了一个多月的时间，好不容易教会了此犬"坐下"和"握手"两个动作，等他出差回来一看，发现小米的狗脑怕是定期重置，唯二解锁的技能又灰了回去。

从怎么也教不会这点看……郭长城和小米好像八百年前是一家。

但架不住他有随身神器。

地府在混沌破裂的那场浩劫里，几乎被一锅端了，之后的新秩序几乎是沈巍一手建立起来的，此后，他虽然不怎么露面，也不怎么掺和事，可劫后余生的新地府却不敢不把他当回事。三界避让的斩魂使比之前有过之而无不及，收集孤魂野鬼的残魂碎魄什么的自然不值得一提，收集来的魂魄碎片都便宜了郭长城手里的小电棒，以便让他化恐惧为力量。

楚恕之回到办公室以后，就开始看股评研究K线，当甩手大爷了。郭长城则耐心地贴发票、填报销单，大半天才把材料做完，本想出门找赵云澜签字，谁知道对面办公室的门紧锁着——赵云澜又不在。

郭长城抓了抓头发："赵处不在？"

祝红头也不抬地说："官方说法是，今天咱们新办公室那边交房了，他过去验收，顺便自己也要搬家——可恶，怎么老卡？我希望搬家以后网速能快点。"

大庆正追着小米满屋乱窜，闻言刹住脚步，抬头问："那非官方的说法呢？"

祝红转过头盯着它，瞳孔忽地变成竖瞳，冲它一吐蛇芯："你猜。"

郭长城被她吓了一跳，屁股坐歪了，差点儿坐在地上。

祝红嫌弃地看了大惊小怪的郭长城一眼，懒洋洋地盘了回去："你们网速慢吗？今天太让人暴躁了。"

楚恕之："挺慢的。"

正占着带宽打网游的林静没言声，默默地装小透明，不过没能透明很久，很快被发现，然后被祝红动手揍了一顿。

作为惩罚，林静的电脑被拔了网线，他只好无所事事地玩离线小游戏，植物大战僵尸……于是又被楚恕之揍了一顿。

林静抱着头趴在桌子上"嘤嘤嘤"："这日子没法过了。"

楚恕之发话："你就是闲的，小郭，那报告你别写了，有人没事干，你让给他吧。"

郭长城抬头看了一眼眼泪汪汪的林静，好脾气地笑了笑："没事，还是我写吧。"

林静趴在桌子上，看了郭长城一眼，过了一会儿，又看了他一眼。郭长城安安静静地敲着字，他做事很慢，但是一丝不苟，看着格外心平气和。

林静忍不住站起来，隔着办公桌，快速地从郭长城头上揪下了一根头发。

郭长城"哎哟"一声，迷茫地看着他。

林静笑了两声："我……我就是做点研究。"

"他的头发烧着了跟烧羊毛一个味，没什么新鲜的。"楚恕之头也不抬地说，"头发只不过是皮囊，转一世换一具皮囊，能有什么特别的？肤浅。"

林静："你怎么知道烧着了是什么味？难道已经烧过了？"

楚恕之闭了嘴。

"其实我还是不明白,"林静把玩着郭长城的那根头发,"好好的一个小伙子,怎么会是……哎,小郭,你觉得自己有什么特别的地方吗?和别人不一样的地方。"

众人怕打扰郭长城平和的心境,不约而同地没有在郭长城面前提起镇魂灯的事,郭长城不是很明白他在说什么,莫名其妙地说:"比别人笨一点算吧?"

"可是……"林静说到这里,话音突然顿了一下——郭长城就是镇魂灯的灯芯,昆仑君亲口确定的,灯芯历尽百世百劫,初心未改,身上的功德足以与造人的女娲媲美,然而他本身无福无泽、无幸无运,沉默而无知,所有的功德都归了镇魂灯——林静闭了嘴,如果郭长城本人知道了自己的身份,会怎么想?如果他知道自己累世的功德本能让他大富大贵,甚至成仙成圣,而仅仅因为镇魂灯,他只能在轮回里做一个庸庸碌碌的凡人……他还会这么坦然、这么快乐吗?

没有阴阳眼,但看得见一切真实。

天降大功德,却默默无闻。

"可是什么?"郭长城疑惑地问。

"不……我只是在想,为什么昆仑君留下的令牌名叫'镇魂令'呢?"林静喃喃地问出这么一句,而后不等郭长城听清,就又问,"对了,你下班以后去干什么?"

郭长城:"哦,我先去李奶奶家送点东西,然后藏南支教行动组的暑期计划开始启动,我晚上得帮他们做海报和宣传册。"

林静的手指无意识地拨动着佛珠手串:"小乘讲究修行度自己,大乘修行度众生——其实我一直很好奇,小郭,你整天东跑西颠地忙,是为了修什么呢?"

"修……修什么?"郭长城一头雾水,"我不会法术。"

祝红:"那你为什么要无偿地帮别人呢?"

"我又没别的事……"郭长城像一只刚从水里被拎出来的鹅,呆呆地伸长了脖子,不知道为什么大家突然都对他感起兴趣来,这情景要是在电视剧里，大约就是他得了什么绝症，即将不久于世了，于是他吓得结巴起来，"就……就是不做坏事，偶尔遇到能帮上忙的，就搭把手，大多数时候也帮不上什么，我什么都不会的。"

"我突然想起一句话，"一直沉默的楚恕之忽然说，"是在一个古墓的壁画里看见的，什么年代已经不可考了，叫'人心存污，常忧思而多苦，固怒而生怨，尽可为不可为之事，唯不作恶三字，乃天下大善，可济世镇魂者，无他耳'。"

"可济世镇魂者，无他耳……"这话仿佛飘出了半个龙城，从赵父——不，是神农药钵的嘴里吐了出来，"这些日子我一直心存疑惑。"

赵云澜斜靠在窗边，懒洋洋地跷着二郎腿，望着窗外，窗外就是龙城大学本部，不知道是不是快考试了，刚下课的沈巍被好几个学生围住问问题。赵云澜看着他，眼睛里就带了一点笑意，有些漫不经心地问："嗯，什么？"

"山圣当年留下的大神木木牌，为什么叫镇魂令？"

赵云澜扫了他一眼："你说呢？"

神农药钵想了想，慎重地斟词酌句说："我听说世上有两种人不怕死，一种是心中有大执念，无怨无悔的，还有一种人是知道死亡那边有什么的人。这五千年里，镇魂灯一直在烧，而今小轮回破碎，大轮回以鬼王魂为媒，借镇魂灯的大功德连成，是否也是先圣们的一场豪赌？"

赵云澜嘴角扬起来，露出脸颊上的酒窝："我们要是有那么大的本事，为什么要一个接一个地死光光？神农让你看着斩魂使，上万年了，就把你看成了一个阴谋论者吗？"

神农药钵表情愈加疑惑："那为什么山圣留下了镇魂灯和镇魂令？为什么祖师偏偏那时候，正好放出了山圣您的记忆和力量？"

"沈巍决定抹去我记忆的时候，就已经完成了他和神农的一切契约。"赵云澜给自己倒了一杯茶，"契约终了，神农加诸在我们两人身上的力量自动消散，我当然能'醒'过来。"

神农药钵："那么说……是巧合？"

"也不是。"赵云澜想了想。

神农药钵更加迷惑。

赵云澜看了他一眼，那眼神不是儿子看父亲，而是透过两个人的身体，落到了药钵本人的身上。

这一刻，他忽然变得像一个长辈。

"再等等吧。"他说，"也许再过上一两千年，你自己就明白了，这些事别人告诉你不管用，非得你自己去体会。当你想要以身殉道的时候，总是能触碰到一些别人不明白的事，镇魂灯也好，神农的契约也好，当年对我们来说，未来的事，我们都只能大概摸到一个影子，也许是往好的方向发展，也许……"

神农药钵问："如果没有往好的方向发展呢？"

"以前也有人问过我这话——我们死了，天地间自然有新神圣，前车之鉴，不算枉死。"赵云澜听见熟悉的脚步声，知道是沈巍上楼来了，就拎起搭在椅子背上的风衣挂在胳膊上，起身时，他转头看了一眼神农药钵，"你不就是'新神圣'的其中一个吗？"

神农药钵呆了片刻，沈巍已经走上来了，冷淡但彬彬有礼地对他点了个头，目光落到赵云澜身上，却瞬间就温柔了下来："现在就走吗？你们的话说完了？"

"嗯。"赵云澜应了一声，又对神农药钵说，"回去时候开车慢点，别让我爸察觉到什么，照顾好他的身体。"

神农药钵站起来，恭恭敬敬地说："多谢山圣教导，其实今天我过来，也是向山圣请辞，晚辈也算功成身退，再附在凡人身上就不像话了。"

赵云澜愣了一下："什么时候走？"

"今天。"神农药钵说，"我马上把赵先生送回去。"

"也好。"赵云澜想了想，洒脱地对他挥挥手，"保重，有什么事，随时可以来找我。"

两人一起下了楼，神农药钵默默地站在窗口，看见他们一起缓缓地、用午后散步一般的速度往龙城大学对面的一片花园洋房小区走去。

再往远处望去，看见小区绿化带里、房子巨大的露台上，锦簇的花团在他们经过的地方悄无声息地大片绽放，神农药钵这才发现，原来春意已经十分浓重了。

番外二

特别调查处从光明路4号搬走了，搬到了大学路9号，过一个红绿灯就是龙城大学。

临走的时候，林静依依不舍地扛着他的长炮筒单反，把光明路4号的边边角角都拍了个遍，连大蜘蛛网都没放过，然后挑出了自己满意的几张投给了杂志社，希望取名为"故地"发表。

杂志社主编纤细的神经受到了莫大的惊吓，主编因此进了医院，并且对这一起"故意制造灵异照片吓人"的恶性事件报了警。家丑不可外扬，赵处只好自己默默地出面把这事摆平了，回来把林静揍了一顿。

吃饭、睡觉、打林静，成了大学路九号全体工作人员的平淡日常。

新办公室的条件非常好，上有向阳的小阁楼，下有双层的地下室，地下二层是藏书室，地下一层是围着一个麻将桌摆了一圈的牌位，供鬼魂工作人员白天休息，有个别失眠的还可以起来打一圈麻将。

顶层的阁楼阳光明媚，刷了厚厚的隔音漆，可以上去午休，推开窗户，视野覆盖整个小院……

可惜，小院里没有美景——由于所有成员之间意见不合，花园被他们割据之后，变成了一个异常诡异的混搭风格，什么玩意儿都有。赵云澜一个人占了整个后院，这位一辈子和文艺挨不上边的青年品位独特，否决了祝红喜欢的蔷薇、否决了楚恕之提议的藤蔓植物、否决了林静要求的菩提树……最终，他经过谨慎考量，种了一后院的菜，有小油菜、小番茄、南瓜秧子、豌豆苗、香椿……众多蔬菜比邻而居，中间还众星捧月一般，围绕着一株风骚的茄子。

赵云澜表示，将来他还要把后院栽满大白菜，在阁楼里摆一排腌辣白菜和酸菜的咸菜缸，随吃随取。

听了他的豪情壮志，再也没有人和鬼去后院里散过步。

沈巍下课时，太阳已经开始偏西，但是正暖和。他从学校溜达过来，连过马路等红灯的时间都算上，也就五六分钟。特别调查处全体成员人手一份沈老师课程表，每天盼星星、盼月亮地盼着他来——自从他们领导赵云澜不四处鬼混了开始，就安安心心地在办公室过上了死宅的日子，以往上梁不正下梁歪、领导小兵一起翘班之类的好事，就再也不能发生了。因此，众人感到即使搬了新家，生活仍然有些苦闷。

但只要沈老师一来，立马就能把领导弄走，沈老师是提前下班的号角，是幸福生活的源泉。因此他一进门，就受到了群众的热烈欢迎，"沈老师好""沈老师辛苦了"此起彼伏，众人看着他的眼神热切非常。

这天，沈巍来的时候，众人都条件反射似的开始收拾东西，只有林静还在闷头鼓捣一种新型的窃听装备，女孩的小手指甲大小，鳞片一样，据说这种带着法术的黑科技很厉害，一旦被贴到什么东西上就会自动隐身，开始窃听。

黑猫大庆则窝在楼梯扶手上，冲沈巍摇了摇尾巴："他在阁楼。"

"嗯，多谢。"沈巍点点头，经过的时候，看了大庆一眼——楼梯扶手只有黑猫肚子的一半大，大庆俯卧的动作看起来摇摇欲坠，沈巍忍不住提醒，"你怎么不去宽敞点的地方？留神点，别掉下去。"

大庆愣了一秒钟，意识到沈巍在说它胖，"嗷"一嗓子炸了毛："我是在练瑜伽！练个瑜伽怎么了？有什么问题吗？"

沈巍伸手摸了摸它的脑袋，保持着微笑上楼去了。

大庆愤愤地重新趴在了扶手上。林静贱兮兮地凑过来："大庆公子，你练瑜伽哪一式？"

大庆："……猫式。"

林静本着"出家人不打诳语"的原则，中肯地评价道："哈哈哈哈哈哈哈！"

于是他脸上多了两道血口子，手里的窃听器也飞了出去，也不知道粘在了什么地方，隐形看不见了。

神出鬼没的老李不知从哪里冒出来，默默地递上止血棉签和创可贴，就像自家猫把人挠了、主动出来善后道歉的主人……而那猫还十分不领情，哼都没哼一声，一言不发地从楼梯扶手上跳下来，伸了个懒腰，走了。

有的时候，感情这种东西就像一块脆弱的玻璃，无论是哪一种感情，摔了，就再也粘不住了，哪怕早就不在意甚至是原谅了。

所以一个人最好从一而终，要么自私到底，伤人无数也绝不后悔，要么就从一开始就好好珍惜别人的感情，哪怕那感情看起来很傻。

沈巍轻轻地推开阁楼的门，阁楼上有一个沙发床，正好能全天接受阳光，赵云澜一条毯子搭在了腰间，手里拿着一本书，手指还夹在书页里。沈巍轻手轻脚地走过去。赵云澜眼睛也没睁，懒洋洋地说："嗯……你下课了？"

沈巍应了一声，伸手托住他的上身，把赵云澜围了起来："醒醒，不早了，再睡晚上要失眠的。"

赵云澜含含糊糊地说："其实没想睡的。"

他半睁着眼，扬了扬手里的《蔬菜种植技术》："这本书，一定是被诅咒了，每次我都坚持不到第一章，光是前言就能把人撂倒，我现在才看到第八页，还停留在引论里。"

沈巍拿起来翻了翻——纯农业大学流出来的教科书，一厘米的版面都不浪费，连图都是黑白的，毫无娱乐性。沈巍随口说："看这个干什么？院里的菜是你亲手撒的种子，如果那些东西运气好，说不定能借着你的机缘成精，不会养不活的。"

赵云澜固执："不，科学技术才是第一生产力。"

沈巍："……那你就回去慢慢研究科学技术。"

赵云澜不怀好意地看着他："第一生产力跟我犯克，一看就困。"

沈巍低下头，发现他漆黑的眼珠里睡意已经散了，正似笑非笑地看着自己。

赵云澜鬼话连篇地说："看不下去，我就会茶饭不思地惦记它，然后就会心情压抑，时间长了会抑郁的！你看，北欧人的自杀率就很高，说明寒冷的地方容易让人抑郁，昆仑山上常年冰雪不化，连暖气也没有，所以我骨子里一定就有容易抑郁的基因。"

沈巍："……恕我眼拙。"

赵云澜笑出一口整齐的白牙。

沈巍无奈："我念给你听，行了吧，走了，回家。"

他们俩前脚走了，其他人后脚就跟着作鸟兽散，数祝红溜得最快，林静紧随其后，楚恕之倒了一杯茶水，一直坚守到股市收盘，才慢慢悠悠地收拾东西，结果一抬头，发现郭长城竟然还没走。屋里没别人了，郭长城就像块布景板，一声不吭地坐在那儿发呆，呆得失魂落魄。楚恕之随口问："你怎么还不走？"

郭长城如梦方醒，猛地一哆嗦，把办公桌上的水生植物碰洒了，"稀里哗啦"地把办公桌泡了汤。楚恕之下意识地摸了摸自己的脸，怀疑自己修为倒退，尸斑露出来了，才把这倒霉孩子吓成这副熊样。

"我、我、我、我这就走。"

楚恕之察言观色，问："看你……满脸紧张，神色悲壮，一会儿是打算炸碉堡去吗？"

如果郭长城有一对狗耳朵，估计这时候已经耷拉下来了。

二十分钟之后，他们俩一起走出了大学路9号，楚恕之："也就是说，你二舅是让你去相亲的。"

郭长城的兜口里爆出一簇小火花。

楚恕之连忙往旁边退了一步："小心点，你害怕什么？相的是个母老虎吗？"

郭长城为了怕把裤子烧着，连忙把小电棒捧在手里，还没来得及走到停车的地方，就被十字路口的交通协管员断喝一声："怎么回事？市区内不许燃放烟花爆竹！那么没有公德心啊！"

楚恕之默默扭开脸，假装跟郭长城不是一起的。

尸王冷漠孤僻，除了跟熟人能耍几句贫嘴，整个人都散发着生人勿近的气息，因此时常空虚寂寞冷，漫长的业余时间，他除了修炼没别的好打发，内心隐秘的八卦欲望永远得不到满足。他忽然有些好奇起人类是怎么相亲的，于是灵机一动，自告奋勇地说："行了，你别放花了，一会儿罚款了，要不然这样吧，一会儿我坐你旁边，假装路人，全程陪你相亲行不行？"

郭长城糟心地看了他一眼，隐约从不苟言笑的楚哥脸上看到了八婆一般的跃跃欲试。

他俩早到了半个多小时，直到楚恕之无所事事地看完了整本旧杂志，女孩才过来。

楚恕之就眼睁睁地看着郭长城僵硬成了一根人棍，他叹为观止地想，已经很多年没见过这么有潜质成为僵尸的凡人了。

目光再往下移动，楚恕之还发现郭长城的裤脚正不受控制地簌簌抖动着，整个人就像个一屁股坐在了玻璃碴子上的鹌鹑。他庆幸自己先没收了郭长城的小电棒，不然对面满头"清汤挂面"的姑娘非让他给电成自来卷不可。

"出息。"楚恕之怒其不争。

姑娘本人性格不错，没有当场发一个主题为"相亲碰到极品"的微博留念，体谅郭长城不善言辞，还不断试图引起话题，郭长城却像个被刑讯的犯人，别人问他什么都要抖三抖，还不断地往楚恕之这边发求救信号——可惜楚恕之假装对菜单发生了兴趣，压根儿不接收。

他这样哆嗦了十来分钟，姑娘终于忍不住问："你……你是不是有点紧张啊？"

不是有点……郭长城面红耳赤地点点头。

姑娘笑了笑："不要紧的，就随便聊聊。"

郭长城又面红耳赤地点点头，小心翼翼地看了她一眼，接着非常局促地移开目光。

按理，碰到一个话也说不清楚的货，对方应该摔盘子走人了，可这位来相亲的姑娘萌点诡异，面对着这样的郭长城，莫名地心生了某种保护欲。

"我觉得你特别像《生活大爆炸》[①]里的那个小印度人，"她开心地说，"特别可爱——我姑姑说你是警察，真的吗？"

[①]《生活大爆炸》：美国幽默情景剧。

郭长城蚊子似的"嗯"了一声。

"真的呀！一点儿也看不出来，那你平时遇到坏人怎么办？"

郭长城回忆了一下，诚实地描述了自己怎么抓"坏人"。他做了个抓的动作，假装拿起了自己的"秘密武器"："就这样，跟、跟它说'你、你……不要过来'，然后就抓住了。"

姑娘愣了一下，随即意识到这是个"玩笑"，顿时前仰后合地笑了起来："哈哈哈哈哈！你太可爱了！"

郭长城心想，不，这不是开玩笑。

楚恕之托着腮帮子冷眼旁观，回忆起工作中的真实情况，竟然也从中找到了名叫"蠢萌"的蛛丝马迹。然而他看了看兀自欢乐的妹子和不在状态的郭长城，又低头看了一眼表，觉得自己这么孤零零地坐在一边有点无趣了。

可是那俩货聊起来还没完没了了，楚恕之耐着性子，拿出手机打了半天游戏，眼睛都开始有些花了，他终于不想再忍耐了，抬手叫服务员："点菜。"

服务员颠颠地过来，就听楚恕之用一种轻而阴森的声音说："一份宫保鸡丁，肉要三成熟带血丝的。"

郭长城远远地听见，立刻回头看了楚恕之一眼，见到尸王尸体一样的脸色，顿时意识到自己忘形了。

不过就在他绞尽脑汁地想要结束对话的时候，对方姑娘突然正色下来，对他说："对了，其实我还是想说……"

她顿了顿，似乎有些难以启齿。

郭长城："什么？"

姑娘垂下眼睑想了想："第一次见面，我说这话挺不合适的，不过我确实是挺喜欢你的……"

郭长城就地变成了一棵红高粱，连眼都直了。

姑娘接着说："所以有些话还是想先说在前头，其实我今天本来不是特别想来的，因为听我姑说你是个特调员，我觉得和一个特调员生活在一起，特别不踏实，真的，天天得跟着你提心吊胆……唉，所以我想问问，你是一定想干这一行吗？"

郭长城愣了一下，还没来得及回答，一只手忽然伸过来，猝不及防地揪住了郭长城的肩膀，直接把他从座位上拽了起来。

郭长城："楚……楚哥？"

相亲的姑娘一脸没反应过来地看着楚恕之。楚恕之皮笑肉不笑地看了她一眼，随后目光落到郭长城身上，用一种十分暧昧不明的口气说："背着我相亲？你可真长行市了！"

什……什么情况？

姑娘睁大了眼睛，完全被尸王的气场和狗血的情节震慑住了。楚恕之直接从郭长城兜里掏出了几张人民币，压在了杯子底下结账，而后不由分说地把人夹在胳肢窝下面，拎走了。

"看什么看，我也是为她好，挖昆仑君的墙脚，亏她想得出来。"楚恕之一路拎着郭长城，塞进车里，大爷一样地伸长了腿，支使道，"开车，先送我一趟。"

郭长城什么也没说，红着脸，默默地发动了车子。

番外三　山鬼

奸佞当道，忠良被谤，朝中有重臣王、张二人被小人陷害，一个满门抄斩，一个发配北疆，各地民间义士愤而群起。其中有一人姓沈，江湖人尊一声"三爷"，素有狂生之名，尤以一身神鬼莫测的轻功冠绝天下。沈三爷千里驰援，从鹰犬眼皮底下捞走了王大人的遗孀与幼子，又胆大包天地在充军路上将张侍郎劫走，此后销声匿迹，纵使鹰犬们将通缉令贴满街巷，也是萍踪难觅，倒成了一段叫人津津乐道的传奇。

（一）

漫山的火把连成了一条灼眼的火龙，人声、马嘶声、仗人势的狗吠声此起彼伏，听得人心惊胆战。

妇人抱孩子的手一直在哆嗦，冷汗浸透了衣襟，叫夜风一扫，一层薄冰似的贴在皮上。她的皮是凉的，心肝也是凉的，中间夹着一层左支右绌的血肉，挣着命地发出一点热气，依旧是入不敷出。

突然，她一脚没踩实，从一块松动的山石上滑了下去。妇人尖而短促地惊呼了一声，闭了眼，竭力护住了怀里的婴儿，预备一个好摔。这时，一根长竹竿伸了出来，轻轻巧巧地挡住了她往前栽的趋势。妇人刹得太狠，把竹竿压弯了，一弹，她整个人又往后仰去。那长竹竿就好似不着力似的，闪到了她身后，一撑一搭，将她扶稳了。

"留神。"一个有点沙哑的声音说。

说话的，是个身量颀长的男人，他一身破衣烂衫，脖子上挂了个狗牌似的小木头片，腰间别了个锈迹斑斑的酒壶，很是不修边幅。他披头散发地遮着半张脸，眼睛半睁不睁的，带着点酒意，也看不出多大年纪，反正是不怎么体面。他嘴里叼着根草，手里拎着根不知从哪儿捡来的竹竿，后背上背了一把破布裹着的剑，走路时肩膀微晃，吊儿郎当的，仿佛是一副随时准备寻衅滋事的模样。

要是走在大街上遇见这么一位，路人多半是要敬而远之的。

然而此时，那抱着孩子的妇人被一个山头的人追杀，身边只有这位能指望，也就只能死马当成活马医，凑合了。但她是个深宅妇人，与这些撒尿和泥的江湖草莽素无瓜葛，心里仍是怕他，因此那男人向她走来的时候，她就下意识地抱着孩子往后退了一步。

那男人虽然是一副预备沿街要饭的尊容，竟也颇有眼色，立刻察觉到她的畏惧，便不再靠近，将竹竿放平一递，说："抓着。"

妇人小心翼翼地看了他一眼，迟疑着抓住了那竹竿。竹竿有七八尺长，在男人手里，如同臂膀一样灵活，随时能搭扶她，又能将两人隔开，不教她不自在。她抓着竹竿，无端生出了一点安全感，期期艾艾地开口道："沈……大侠。"

"沈三，一个混混，不是什么大侠。"男人懒洋洋地说，"夫人，本人虽然卖相不佳，但绝对不会无故挠人，您就放心吧。"

"沈……三爷，"妇人哼哼似的小声说，"多谢您施以援手，救我们母子一命，大恩大德，无以为报……"

"嗯，"沈三应了她的谢，又说，"应该的，不必报，我也是受人之托。"

"先夫……先夫在时，访客络绎不绝，如今一朝落难，落井下石者甚众，满朝却无一人应声。您与我们夫妻二人，不过是萍水相逢……"

这妇人可能是紧张，絮叨起来没完没了的，沈三只觉得好似有只声气虚弱的蜜蜂在他耳边"嗡嗡"飞，烦得他脑壳都肿了。见她一边说一边瑟瑟发抖，又不好喝令她闭嘴，只好挖了挖耳朵眼。忽然，他的目光一凝，乱晃的肩头陡然定住。

长篇大论的妇人被竹竿猛地往前一带，紧接着，她眼前寒光一闪，剑风刮得她脸生疼，有什么温热的东西滴到了她脸上，血腥味扑鼻而来。妇人骇得失了声。只见地上落下一具小小的尸体，像鸟，又像尖嘴狐狸，通体灰毛，背生双翅，已经被利剑一分为二，猩红的小眼睛仍好像直勾勾地盯着人看。

"'千里追'，这些人就为了追杀个孤儿寡母，至于这么大动干戈吗？"沈三哼了一声，用破布把剑上的血抹掉，脚尖拨了拨小尸体，朝妇人伸出手，"夫人，孩子给我看看。"

他不由分说地接过婴儿的襁褓，低头仔细嗅了嗅，闻到了一股微弱的香气——介于脂粉与香烛之间，很轻，但是凑近了闻，有点辛辣刺鼻。空中紧接着又响起几声尖鸣，只见七八只"千里追"盘旋在空中，叫起来像针一样，锋利无比地穿过夜空，传出去老远。

"你们身上沾了追踪香，被这些畜生盯上了。"沈三说，"快走！"

追兵不知道养了多少这种叫"千里追"的小怪物，前赴后继地往下冲，被沈三切了一个又一个，几乎要下起血雨来。那玩意儿的尖叫、一路留下的血迹，好像是个指路标，引得追兵越来越近。沈三瞥了一眼抱孩子的妇人，感觉她那两条腿长着就是为了显个高，全然是个装饰，非得安上轮子才能跑得过那些纵马牵狗的追兵，这么跑也不是办法，于是他忽地刹住脚步："夫人，失礼。"

他把这母子俩塞进了一个隐蔽的山洞里，把孩子的襁褓扒下来，将那妇人的外衫塞进去捏成个人形，转头看了一眼眼巴巴望着他的母子。他又把身上的干粮和酒壶放下："翻过这座山，往南二十里就到渡口了，渡口有船接应，我的朋友，靠得住，过了江就能甩开追兵。夫人到了南边，有地方去吗？"

妇人小声道："尚有些娘家亲戚可以投奔。"

"嗯，那我这江湖草莽就不多管闲事了。"沈三一点头。这时，他无意中对上了那婴儿的眼睛，说来也奇怪，这样颠沛地逃生半宿，他居然不哭也不闹，只睁着一双黑豆似的眼睛望着初来乍到的陆离人间，像是有点神性的样子。

沈三觉得稀奇，冲那小东西一笑。妇人这才发现，他长了一双星子似的眼。

沈三摘下他脖子上的木牌。那木牌正面刻着"镇魂"二字，背面有四句神神道道的话，文风像路边支摊算命的江湖骗子手笔。男人把那木牌挂在了孩子的脖子上："我娘说，这是我从胎里带来的，能逢凶化吉，估计是她编的，反正我也无灾无病地活到这把年纪了，给了你这小东西，图个心安。"

妇人忙叫住他："三爷，您呢？"

"这些没长腿的王八蛋，追不上我。"沈三不怎么在意地一摆手，"藏好了，我有办法脱身。"

妇人惶惶道："三爷！"

然而沈三爷夹着那假襁褓，站没站相地朝那母子俩一拱手，身形已如燕子般钻进了无边夜色，转眼就没了踪迹。"千里追"闻着他手里的味，一窝蜂地追了出去。

无数火把汇成的长龙从不同方向往山顶追去，披甲执锐的兵堵住了所有下山通路，将沈三堵在了山巅。山巅风声猎猎，沈三目光一扫追上来的千军万马，轻飘飘地笑了一下，当着众人的面，纵身跳了崖。

（二）

右臂好似被人拧下来了，骨头"嘎嘣"一声脆响，活生生地把他疼醒了。沈三下意识地挣动了一下，睁了眼，黯淡又模糊的视线被视野里的人点亮了——那人一袭黑衣，长发曳地，水似的，一时看不清是男是女，只见鸦羽似的睫毛低垂。

"神仙。"沈三心里迷迷糊糊地想。

"神仙"感觉到他的动静，轻轻地在他耳边安慰说："你骨节脱开了，得合上，忍一忍。"

"啧，男神仙。"沈三失望地晕了过去。

沈三爷大好年华，自然不肯被人撵着跳崖，他早准备好了金蝉脱壳，纵身一跃后，袖中就甩出一把蛛丝似的细线，堪堪将他吊在了山崖间一棵古木上，挡住了身形，随后把外衣扒了往下一扔——外衣里用树杈撑着，远看像一个人似的，正好引开追兵的视线。他本打算等这些鹰犬走了再爬上去，谁知这些大爷活像长在了崖上，四处搜索，还生火做饭，就是不走。

就这样，沈三爷在悬崖上吊了一天一宿，右臂早已没了知觉，人也险些被山顶风吹成腊肉。眼看这么下去不是办法，他只好艰难地挥舞着独臂，顺着山崖往崖底爬去，连磕再碰，时不时还滑下几丈。他险象环生地到了崖底，掉进了湍急的水流里，一口热气散了，便不知被冲到哪去了。

眼下，应该是被人捞起来了。

恍惚间，沈三总觉得有人盯着他看，一只冰凉的手时而在他发梢与面颊处来回逡巡，一股新雪一般冰冷又清净的味道充斥在他鼻尖。不知过了多久，天色暗了下来，水汽凝结，露水将落未落，山谷里开始有那些夜行的野兽活动，远远地不知什么畜生咆哮的声音传来，沈三一激灵，警醒过来。

他发现自己在一间小茅屋里，身下是茅草榻，草塌弄得干净松软，躺着倒是舒服。他身上摔脱的关节都合上了，左腿摔断的骨头也给木板夹得整整齐齐，身上大小伤口都给擦干净上了药，清爽多了。

他一动，就有人在他身后说："你醒了？喝口水吧。"

沈三一惊，单手把自己从榻上弹了起来，倏地扭头去看来人。他十三四岁行走江湖，轻功无双，不然也不敢顺着那么高的悬崖往下跳——可方才竟一点儿都没察觉到有人靠近。

这一抬眼，沈三把来人看了个分明。那是个年轻男子，脸色苍白，眉目俊秀如画，眼睫一垂，带着点说不出的清寂之气，像个雪堆的人。

沈三看得一时失神："你……是人还是……"

那人应声一抬眼："嗯？"

那双眼特别得很，眼角像是一笔淡墨扫出来的，但执笔人可能不是什么正经画匠，于是这一笔扫得带了妖气、鬼气、冷森森的，勾得人三魂动荡。

沈三与他目光一碰，到了嘴边的"神仙"二字跑了调，脱口说："妖？"

（三）

"妖兄"自称"嵬"，没有姓。

沈三爷问他，这名是不是取意"高耸入云，岿然不动"，答曰不是——就是把"山鬼"随便一拼，取个字形，很是不走心。妖兄话不多，开口永远是轻声细语的，不想说的时候就笑，笑起来大约是带了什么法力，沈三总觉得他这一笑，漫山的花就齐刷刷地含着露水绽放了，非常惊心动魄。

妖兄是个好妖，斯文善良，见沈三摔断了腿，就收留他养伤。其实不轰他走，已经算仁至义尽，妖兄还对他照顾得很精心——每天不知从哪儿挖来一些稀奇古怪的草药给他换，颇有效果，一日三餐，虽然没有什么玉盘珍馐，山珍野味也自有一番滋味。小茅草屋里甚至有个石刻的棋盘，两色的石头棋子都是手磨的，闲来无事，还会与他手谈一局消磨时光。

沈三时而有种错觉，觉得自己可能已经不在人间了，可能是一失足摔到了某个仙界之类的地方。每天早晨一睁眼，就听得见清风扫着窗上的小铃铛，那铃铛一响，总是能引来许多鸟，高高低低地跟着七嘴八舌。白日悠长而清淡，听不见车马喧嚣、人言是非，也没有那许多腥风血雨、江湖争斗。夜里，细碎的风变得很长、很散漫，月缺时，举首见"星河万里"，月圆时，低头有"霜华满地"。

他和妖兄在小院里的大梅花树下，下了无数盘棋，不下棋的时候，就天南海北地闲聊下酒——妖兄还有酒，据说是自己酿的，跟他的棋盘一样醇厚古朴，入喉极润，不醉人也不伤人。

这位妖兄就像个从地里长出来的，独自隐居在这么个鸟不生蛋的山旮旯里，偏偏活得什么都不缺。沈三爷养伤期间，多次问起他究竟是什么变的，他都只是笑而不语，及至沈三爷报菜名似的把他叫得出的花草树木报了个遍，忽然灵机一动："我知道了！"

正在捣药的妖兄头也不抬地说："我不是山茶，不是茉莉，不是杜鹃也不是梅花。"

"不是那些庸脂俗粉。"沈三似笑非笑地说，"你是雪花。"

妖兄听了这等鬼话，感觉他纯粹是撩闲，却还是无可奈何地摇摇头，很纵容地接了话："雪花落下来就化了，哪有工夫成精？该换药了。"

"也有不化的。"沈三搬起受伤的腿，有些吃力地放平，动手拆起断腿上的夹板，嘴里还不闲着，"去年我应一个朋友之邀，到过西边，全是山，山连着山。六月里，山顶朔风凛冽得像数九寒天，终年被雪，千万年也不化的——我看你啊，说不定就是哪座神山上的雪顶成的精。"

他的脑子荒腔走板地从山海间穿梭而过，带起了一堆志怪传奇，不由自主想入非非的时候，妖兄已经仔细地给他上了药，重新包扎了断腿。妖兄手脚麻利，动作却极轻，几乎没让沈三感觉出疼来。沈三垂下眼，只见一个乌黑的发顶，那人半跪在地上，小心翼翼的样子，好像手里不是野汉子皮糙肉厚的一条腿，而是什么吹弹即破的传世珍宝。煮着汤的小锅喷出细细的白气，隐约有蜂鸣之声，茅屋里干燥而洁净，被褥与衣服上都有太阳晒过的香气。

江湖浪子，没家没业，风里来雨里去，浮萍转蓬一般，有时候一口温过的粥都能让人热泪盈眶。

沈三更是个浪子中的浪子，浪到这悬崖底，被激流后的小茅屋当中一截，那么一瞬间，他心里竟轻轻地动了一下，鬼使神差地开了口："妖兄，你把我捞回来，又尽心替我疗伤，这要是按话本里的规矩，下一折我就该以身相许了。"

妖兄听了手一哆嗦，药碗摔在地上，碎成了八瓣。

沈三愣了愣："我说……"

"笑的"两字尚未出口，妖兄就头也不抬地匆匆收拾了碎片，仓皇地跑了。

他带起的风把几个小铃铛吹得响个不停，像一帮豆蔻年华的碎嘴子，悦耳得烦人。沈三后知后觉地回过味来，目瞪口呆地盯着半开的茅屋门，迷迷糊糊地明白了什么。

就像说书人嘴里的书生与狐仙、迷路旅人与山中精魅、许官人与白娘子……

他遇上了公狐狸、男精魅、雄蛇。

天降一艳果，甘冽甜美……有点牙碜。

（四）

自打那天沈三胡说八道引出了一场疑似风月官司，两个人都不像一开始那么自在了，下棋的时候，都尽量看棋不看人，闲聊起来——就沈三自己感觉，多半也像没话找话，很是尴尬。

而与此同时，他那摔断的腿骨也很快长好了。沈三皮糙肉厚，是挨刀挨惯了的，伤筋动骨用不了一百天，脱去木板在地上瘸了几天，跑跑跳跳也并不成问题了。既然已经全胳膊全腿，他也就没有赖在别人家里的道理，何况外面还有他挂心的事。

这一日，妖兄给茅屋后面的药圃浇水，沈三收拾停当，站在屋檐下，看着他的背影发呆。妖兄无意中一回头，正好对上他的目光，两人同时呆了呆。妖兄站直了，在一片药圃中先开了口："你要走了吗？"

"嗯。"沈三应了一声，随后又好似欲盖弥彰似的解释了一句，"我受人之托，送王大人遗孀与幼子过江，还不知道他们怎么样了，得去看看……中秋过后，张侍郎发配北疆，他请我喝过一壶酒，我还要去护送一二。"

妖兄怔了片刻，张了张嘴："我……"

我也请你喝过酒。

沈三："嗯？"

"没什么，"妖兄一低头，"那就后会有期。"

江湖人如草，从来不诉别离，沈三一低头，将后脊的剑正了正，往外走去，行至门口时，他脚下忽然一停，转头看向目送他的妖兄："大恩不言谢，我心里记着，待我了了那些事，就带两坛好酒回来……回来……"

他的油嘴滑舌卡了个壳，后脊蓦地冒出一层薄汗，蒸起的热气漫过脖颈直达耳根，把他蒸成了一个结巴："来、来、来任你驱使。"

妖兄似乎是笑了一下，笑也是有些忧郁的样子。沈三深深地看了他一眼，拔腿走了。他沿河跋涉百丈，又远远地看了一眼那茅屋和小院。他走着走着，就觉得腿发沉，心里空荡荡的，提不起劲头，连心跳也十分敷衍，脖子好像给人牵了根绳，拉着扭着让他反复回头。

千里无踪的沈三爷不干脆了，不潇洒落拓了，于是他恍然大悟，自己这是中了妖法，把魂给人家扣下为质了。

他还得回去。

（五）

九月底，秋意深潜进了泥里，草木尽凋。

沈三的剑折了。

不过这剑是他在路边铁铺里随便打的，不值几个钱，折了也不心疼，他就挖了坑，把那几个收了钱要暗中将张侍郎置于死地的差人埋了，在旁边竖了块木板，上书："烂狗坑——你沈家爷爷立。"

然后他把断剑往木牌旁边一插，只留了个剑柄在外面，嚣张得不可一世。

同行的几个朋友扶走了惊魂甫定的张侍郎，看了一眼他的"大作"，都很牙疼地劝："杀就杀了，你这是干什么，给自己招祸吗？往后还怎么在江湖上行走？"

"不走了，"沈三慢条斯理地把自己被断剑震伤的手包上，抬起头，顶着怒吼的西北风，他朝南看了一眼，"我金盆洗手，退隐了。"

"等等，你退隐到哪里洗手去？"

"桃花源，盘丝洞。"

这鬼地方一听就不是什么正经金盆，朋友正待问清楚他被什么鬼迷了心窍，沈三已经施展出他踏雪无痕的轻功，几个起落，就没了影。

一路往南，他从深秋开始赶路，赶到了雪满人间。

这一年冬天来得格外早、格外冷，江南、江北都落上了一层白霜，朝廷的通缉令追着他，大雪撵着他，好不狼狈，可他莫名揣着一口热气，窝在心口，催着他扬鞭飞驰、归心似箭。

隆冬时，沈三顶着一身细盐似的雪渣，扛着两坛精心挑的好酒，找到了他养伤的那个小山谷，一眼看见那小小的茅草屋，他心花就忍不住开了一茬又一茬，急急忙忙地迈开腿，又想起什么，退回来，对着冷飕飕的西风仔细地把身上的风尘拍打干净，又就着冰凉刺骨的寒潭水把裤腿上的泥搓了搓，冻得十指红成了一盘熟虾。他还没忘了把脸洗干净——手冻得不听使唤，拿小匕首刮胡子的时候,不小心把下巴割出了一条小口子。

他把这一点美中不足藏在了衣领里,故作悠闲地踱步过去,预备着开门见了那人,就笑眯眯地说一句:"我给你当牛做马来了。"

短短几百米,他心里就如炖豆腐一般,把这句话滚了足有一千遍,什么姿势、什么腔调、怎么笑……都彩排得滚瓜烂熟。到了柴扉前,行将脱口而出了,沈三忽然瞥见小院里覆了一层薄冰碴,上面竟有积雪,药圃里破败的枝叶病恹恹地铺在那里,已经跟淤泥混作了一团。

他心里忽地一沉,热气凉了。

妖兄是很爱干净整洁的一个人,他在的时候,院里连一片落叶也不会有。那人走了不知有多久,小院被遗弃了。

沈三在门口发了会儿呆,就拎了酒进去,里出外进地寻了一圈——连石头棋盘上都落了一层灰,除了窗棂上依旧随风轻轻摆动的风铃,这里的一切,都好像是他重伤后臆造出来的幻觉。

北风一吹,就散成了尘埃。

(六)

沈三在茅屋里住下了,他笨手笨脚地清理了小院里的淤泥和积雪,又把茅屋里的落灰打扫干净,将带来的两坛酒埋在了梅花树下。苦寒过了,梅花就开了,盛着月色,沾着细碎的霜花。

沈三把茅屋用木石加固了一回,大有要常住的意思,又拿木头磨了一把木剑,每天鸟鸣时练剑,白天打猎翻园子,日落归息。世外仙居似的茅草院也被他修整得像个人家,原本清雅的药圃被他种满了菜,风铃底下挂了一排腊肉和果干,叫人间烟火气压得连铃声仿佛都香喷喷了起来。

唯独门口的梅花树,他没舍得改动,任它自由自在地长。

转眼,梅花三开三谢,沈三在山中茅草屋里,自己跟自己对弈了三年。

沈三如约而至,但那人没来。

终于,他似乎等不下去了。

有天傍晚,他把石头棋盘刷干净挂了起来,在潭水里洗净了棋子,收起了窗口挂腊肉和果干的架子，不等天黑，就整理好了随身的行李。行李不多，团在一起只有一个小包裹，他用木剑穿在包袱上，挂在了门上，早早熄灯休息了，像是要出远门。

半夜刚过，月牙悄悄挂上了梅树枝头，一个黑衣人忽然从树影里走了出来，冰凉的手在那小包袱上摸了一把。他像个影子似的，悄无声息地穿过茅屋门，进了屋——正是此间主人，妖兄鬼。

三年前，沈三离开崖底，鬼就一路跟着他，看他南北奔波、险象环生，也看他风光无限、一呼百应，以为他不会再回来了，谁知他真能放下人世喧嚣，竟回来了。见不得光的山鬼只好隐而不见，盼着他早点失望离开，没想到一等，就是一千多个日夜。

不过……

鬼的长袖带起轻风，榻上落叶都能惊醒的高手就像魂魄出窍一样，陷入了更深的沉睡。鬼轻轻地坐在他身边，指尖细细描摹过他的五官，往下落在他手背上，将那只手拢入自己手心，低喃一声："昆仑。"

他发过誓，永生永世不能见他的转世，上次照顾他一个多月已经是破戒，偷来了几十日的朝夕相处，本不该再起贪心。

好在，这人总算是要在他忍无可忍之前离开了。

第二天，鬼照例藏在梅花影里，看着沈三背起行李、牵了马离开后才露出身形。他靠着柴扉发了会儿呆，觉得心口像是被什么掏空了一样，于是从梅花树下挖出了沈三埋的酒坛子。沈三可能是嫌他酿的酒淡，带回来的两坛都是塞北的烈酒，一口咽下去，烈火似的撕开了他的喉咙胸膛。他很少在人间闲逛，因此从没怎么沾过人间的烈酒，也不知道自己酒量欠佳，几口下去，已经靠着梅树滑了下来。漫长的前世今生不断地把他往下拉扯，他眼前混沌一片，数不清自己单方面地经历过多少次生离死别，浮光掠影地看过去，便如同烈酒一样烫着胸口。

鬼在梅花树下好一场大醉，昏睡了三天三夜，第四天清晨时，被晨光刺了眼，突然感觉到不对，倏地坐起来，发现自己不知什么时候被移到了屋里。

这时，有人挪了一步，挡住了窗口射进来的光，双臂抱在胸前，审视着他，慢吞吞地说："我一共带回来两坛酒，你居然趁我不在，连喝再酒糟蹋了一整坛。"

鬼难以置信地抬头看他，张了张嘴，没发出声音。

你不是……走了吗？

奇异地，沈三好像听见了他心里的话："我去山那边找人买盐，厨房里存的几罐盐都见底了，我又不能像你一样神通广大地变出来，妖兄。"

说完，他好像有些生气似的，倦怠地直起腰，往门外走去。鬼惊慌失措地站了起来，也不知道是怕他走还是怕他留，因为脑子里是宿醉的一团糨糊，这只避而不见的孤魂野鬼难得地遵从了自己的本心——他一把拉住了沈三："别……"

沈三捏住他苍白的手腕，突然说："其实这几年你一直都在这儿吧？只是不知道用了什么办法，你看得见我，我却看不见你。"

鬼："……"

"哦。"沈三从他的表情里得知了答案，面无表情地掰开他的手指丢开。

鬼心里凉了下去，看着他走到门口，双手撑住门框，回过头来："所以你真的不是人。"

鬼不知道说什么好，眼睛里的慌张和情谊就像白雪上的乌木一样显而易见。

沈三睨了他一眼，走到了院子里，就在鬼以为他这次真的走了时，忽然听见院子里传来一声怒吼，他连忙出门去看，只见沈三怒气冲冲地拿他那把木剑往梅花树上抽："我在乎吗？我说过我在乎你是人是鬼还是妖魔鬼怪吗？我如约而来，你避而不见，三年！三年！混账东西！"

"我……"

"没轮到你说话呢！"

"……我真的不是梅花精，你抽它也没用。"

刚凋了一轮花的梅花瑟瑟发抖着，落了一把娇嫩的小叶。

（七）

他不是梅花精，那么是个什么精，沈三最后也没打听出来，但想一想，别人也没打听他小时候尿过几条裤子、掏过几个鸟窝，那么自己也没必要非得揭别人的老底，于是这么稀里糊涂的，他单方面地大吵了一架，单方面地原谅了妖兄后，两个人过到了一起。

无论大俗大雅，妖兄都甘之如饴，对沈三爷的腊肉，果干与满园瓜果蔬菜，一概没有意见，闲来无事，还会帮他一起侍弄。沈三出去打猎也好，翻山越岭地到外面采买也好，每次走在路上，一想起家里有人在等他，心里就像升起一个暖烘烘的炉子，连乌糟糟的世道都不那么凉了。

安逸日子过久了，沈三觉得自己功夫都搁下了，明明每天早起练剑的时候也不短，但许是旁边有那人看着，总让他心猿意马的缘故，木剑有点日渐凝滞的感觉，偶尔竟还会气力不继……他没往心里去，不继就不继，一个退隐江湖的山中猎户，三脚猫的功夫有一点也够用了。

两人日夜同吃同住，这么热热闹闹地过了一整年，临近年关，江北又下了雪。

沈三乔装打扮，翻山越岭，到最近的集市上采买。瑞雪兆丰年，这一年是难得的好年景，虽然天子依然不着四六，奸臣也依然兴风作浪，但四境之外战事暂歇，老天爷也见缝插针地赏脸给了一年风调雨顺，百姓的日子便如悬崖上的小草，借着这股微弱的春风，又颤颤巍巍地红火了起来。

集市也比往年多了人气。沈三先拿兽皮和山珍换了钱，四处寻摸好吃好玩的，他要把鼓鼓囊囊的钱袋子重新清空，不一会儿，马背上就挂满了各色年货小吃。及至挂不下了，他才打算打道回府，买了自家妖兄爱吃的几样点心，刚出锅就用厚厚的油纸包了，这样，他揣进怀里温着，快马加鞭回去，点心还是热的。卖点心的大娘见他生得俊俏，未语先笑，还多给他包了几块白糖糕。剩下的铜子，沈三抓了一把给路边的乞丐，又瞧见小铺里卖文房话本的，就想买几本有趣的，拿回去给妖兄解闷。他随手挑、随手翻，忽然，翻到一本压箱底的画册，名曰《分桃记》。沈三打开就是一愣，见这玩意儿竟还是个有图有字、事无巨细的，厚颜无耻地混迹在一堆之乎者也中间，很泰然的样子，也不知道脸红。

小贩眼尖，凑过来小声说："客官，好眼光，这是孤本。"

沈三失笑，拂袖而去："呸，什么孤本，有辱斯文。"

不到一炷香的光景，这位"斯文人"又回来了，装模作样地挑挑拣拣一番，做贼似的迅速抽出那话本，扔下几文钱，揣怀里跑了。

他怀里揣着这本鬼胎，顶着三九的雪，人和马都跑出一身大汗，热气腾腾地回了家。被寒气一激，先打了个摆子，崽怕他着凉，急急忙忙地让他换衣服泡热水。沈三自觉身强体健，浑不在意，团团转地围着他调笑耍赖，喂他点心吃，打算早早把他家妖兄哄睡了，好拿出新得的"秘籍"好好拜读。

不料没来得及学习人生真谛，来势汹汹的风寒就把他撂倒了，沈三当晚就发起了高烧。他少年漂泊四方，好些年没这么病过，烧得迷迷糊糊，一身一身的大汗。崽不眠不休地照顾他，扒了他汗湿的衣服给他擦身，直到后半夜，才略微消停下来，昏昏沉沉地睡过去了。崽怕他反复，不敢合眼，在旁边点着油灯守着，一只眼盯着沈三起伏的胸口，一边随意地翻着他带回来的话本闲书，长篇大论从眼前过，一个字都没入眼，打发时间似的翻书……直到他从湿衣服底下翻出了那本《分桃记》。

崽无意中扫了一眼，又漫不经心地往后翻了五六页，陡然反应过来自己看了什么，脱手丢开，心虚地看了一眼旁边的沈三。沈三面颊微红，人事不知，没有一点被惊动的意思。崽屏息屏了半天，手无意识地在床铺上搓了一会儿，终于壮着胆子，把那本丢出去的书捡了回来，偷偷翻了几页，他就好像要歇眼睛似的，面红耳赤地四处乱看一番，目光落到沈三身上，脸色就再刷一层红晕。

看一眼书红一层，看一眼沈三爷又红一层，还没到年夜，他就闷不作声地把自己刷得红红火火，喜袍加身。

快要同窗外落雪一起融化了。

沈三的病是寒气入体，精心调养了几天，总算赶在大年夜，好了起来。他扫清了恹恹的病气，活蹦乱跳起来，这才发现私藏的"宝贝"找不着了。这茅屋里总共住着他们俩，一本小破春宫不像有自己修炼成精的资质，断然不会长腿跑，那把它藏起来的，自然也就只有另一位了。

妖兄为人，就好像一碗清水，能让人一眼看到底，他藏起东西来，总无外乎那么几个地方，沈三掐掐指头，闭着眼都能翻出来，于是借口让崽到院里给他折几枝好看的梅花，趁机翻箱倒柜起来。谁知妖兄刚出门又转回来，本想问他花插在哪儿，正撞见沈三偷鸡似的摸出了那本书。

沈三被他吓了一跳，书也脱手掉了。

短短三五天的光景，一本线装的旧书不知被那位"白纸一张"的妖兄翻了几百遍，纸页早已松散，一落地就摔得四分五裂，把斯文扫了地。

两人面面相觑，沈三大笑，他家妖兄窘迫得落荒而逃。

（八）

然而，浮生若幻。

良辰美景，总如泡影一般。

过了年，不知怎么的，沈三爷身上的一点活气化作了青烟似的，他总是困，越发提不起精神来。

这一天，鬼出门找了些黑白石子，坐在院里磨新的棋子——沈三爷是个臭棋篓子，输了要悔棋，不让悔就拿棋子砸人。他有一手名头很响的暗器功夫，可惜遇上他家这位能时隐时现的妖兄，一次也没砸中过，倒是把棋子弄丢了不少，眼看不够下一盘的了。

沈三睡不醒似的，懒洋洋地靠在梅花树下晒太阳，忽然开口说："妖兄，你没个来龙去脉，也没有姓氏，要不跟了我姓沈吧。"

鬼没应声，吹落棋子上的石粉，嘴角却翘了起来。

"山鬼鬼，这名字也是随便，阴气森森的，不好，也换一个。"

"换什么？"

"嗯……你看，这世间山海相接，巍巍高峰绵亘不绝，不如再加上几笔，好凑个大名——叫'巍'，怎么样？"

沈……巍。

沈三一跃而起："我去给你写下……"

他不知是起得太急还是什么，一句话没说完，整个人忽然晃了一晃。他下意识地一把扶住梅树，四肢却软得没了知觉，眼前一点一点地黑了下去。

可能是过年时那场风寒又反复了，沈三病了好、好了病，一直也没好利索，郁郁葱葱的小菜园又给腾出来一半做了药圃，可他不管吃了多少药，依然不怎么有起色。这样折腾了大半年，春去秋来，眼看又是一场严冬，被病拖得久了，他整个人瘦了一圈，精气神越发跟不上了，临到年关，才勉强能出来走动。

这一年，妖兄无论如何也不肯放他独自出门了，两人头一次一起离开了深山茅屋，到镇上采买。可是出去一看，才发现，去年熙熙攘攘的集市已经荡然无存，附近几个村落十室九空，好不容易寻到了一个逃荒的难民，才知道北边爆发了战事，皇帝老儿并一窝乱臣贼子慌了神，仓皇南下，连京城也丢了，兵祸过处，百姓人人自危，背井离乡，四处出逃，偏偏又赶上黄河大水、江南大旱，弄得饿殍遍地，满目疮痍。

去年那短暂的繁华好似回光返照，昙花一现，给人们带来一点虚假的安慰，旋即破灭。

他们俩最终什么也没买成，沈三一路心事郁郁，回到茅屋，一脚刚踏进门槛，就吐了口血——这一倒下，他再也没起来。

朦胧中，沈三听见有人在他耳边带着哭腔说"人鬼殊途""本不该破誓见你"之类，他悚然一惊，拼命地跟昏沉的身体挣出一缕清明，正好听那只妖轻轻地说："我不该害你，我走了。"

沈三不知道哪儿来的力气，一抬手挂住了他的衣带："你敢……

"你招惹了我，你敢……敢再不告而别……我就……我就把心挖出来……下锅煮了……"

这一年，紫微帝星陨落，国破家亡。

有个山间的孤魂野鬼，立于苍茫天地间，肝肠寸断，走投无路。

（九）

惊蛰那天，路边雪化了，露出盖了一冬天的白骨，暴露在朗朗晴空下。

昏迷了两天的沈三忽然醒过来，目光清明地看向守着他的妖兄，脸上带着点笑模样。

"我方才做了个梦，梦见你和我在一座雪山上。"

那妖强颜欢笑地接了一句："什么山？"

"好像是……昆仑山吧。"沈三神色有些悠远，没看见他家妖兄听见昆仑二字后狠狠地一震，兀自说，"山上还有一棵树，是你的原身吗？你是那棵大树变的吗？"

嗐……沈巍的喉咙好像给什么堵住了，艰难地说："……不是。"

"我说也不是，那树一把年纪了，长得怪丑的，你其实真是终年不化的昆仑雪吧？"沈三忽然一笑，"我以前不相信这些怪力乱神，现在突然有点信了……我小时候有一块木牌，上面神神道道地刻着'镇魂'俩字，我娘说那是胎里带出来的，叫我好好存着，怕我没了它，就活不长了，我一直不信……前几年随手给了个小娃娃，果然，从那以后我就一年不如一年，寿数到了头。这是我不听老人言，自找的，跟你没关系。"

他的妖兄眼睛像是要滴下血来，沈三就轻轻地攥住他的手，摇了摇："小巍，你等等我，别走，还在这小院，有来生，我还来找你，好不好？"

"好不好？"沈三追问。

"……嗯。"

沈三听了他这话，心满意足地闭了眼，话说了没几句，他又倦了，倦得一根手指都抬不起来。

说好了的，这回可要一诺千金啊，妖兄。

他这么想着，轻轻地往沈巍怀里一靠，纠缠着那人的手指忽地松了。

兴冲冲地，他去赴来世的约了。

（十）

嗐……沈巍，后来找了十年，遍寻人世，找到了沈三遗失的那块木牌。

凡人眼里蒙尘的旧木牌到了他手里，忽有流光掠过，隐隐似有神光。

沈巍纵身直上云霄，见人间有一处闪烁着与木牌如出一辙的微光，像是遥相呼应似的。他隐去身形，循着那道光找过去，见一人家出生了一个小男孩，眼睛还没睁开，翘起的嘴角却依稀已经有了那人的模子。

沈巍伸出手，想碰一碰孩子的小脸，忽然想起了什么，又黯然缩回手，转身化作流光，朝昆仑山巅而去。

昆仑山巅封着一只神兽白虎族混血后裔，已经安然地睡了成千上万年。

沈巍把镇魂木牌挂在它脖子上，手掌轻轻拂过它巨大的头顶，把它早期的记忆涂涂抹抹，只剩下一个主人，然后挥手撤了封印。

"以后，你来保护他吧。"

人间从此有了镇魂令。

（十一）

第一任镇魂令主，什么都好，就是没有定性，长到了三十岁，同辈中人，成婚早的都快抱上孙子了，他还在油嘴滑舌地蹉跎岁月，满世界浪，不时惹一身风流官司。家人每次问起，这不要脸的东西必然振振有词："我掐指一算，冥冥中觉得有人与我前世有约，我得等他。"

前世之约等到了三十一岁，他生母重病，眼看是阳寿将尽、药石罔效，临死时哀哀地拉着他的手，说死不瞑目。

他听完，朝窗外看了一眼，仿佛那里有什么人会来一样，可是等了很久，窗外依然只有一株开残的寒梅。他心里"咯噔"一声，好像丢了什么重要的东西，一时失魂落魄地茫然起来。

这位"老大难"终于松口让步，家人都欣喜若狂，早就相看好了人家，立刻派人上门说媒，把喜事办得红红火火。新娘珠圆玉润，怯生生地扯着红绸牵了他，似乎还微微地发着抖，蝴蝶似的，抖得他心烦意乱，忽然若有所感，又回头张望了一眼——

然而只看到满院宾客如云，锣鼓喧天，好一个良辰吉日。

"一拜天地——"

（十二）

茅屋院里，还剩一坛前世埋下的烈酒。

沈巍旁观了一场圆满的婚礼，独自回到小茅屋里，将那酒挖出来，当成喜酒，一口一口地喝了。

他依旧是不胜酒力，穿心的万箭还扎在肉里，居然也能醉。

醉得不知今夕何夕时，他好像回到了当年在幽冥轮回前，与神农结契时，隐约间听到那先圣一声长叹："不让你见他，是为你好啊。"

（十三）

那是万万年来，他唯一一次越轨。

差点儿万劫不复。

神农先圣，真是伟大、光荣、正确极了。

番外四　芥子

（一）

"……然后点这个，你再设一个支付密码就行了。"赵云澜把手机递给沈巍，不等沈巍接，他想了想，又顺手给代劳了，"算了，我给你设，反正你也没什么新鲜的。"

沈老师死心眼，所有密码都是他们家门牌号，一点儿安全意识也没有。

赵云澜："幸亏你也没什么钱。"

从微观上看，沈巍同志挺会生活，把摆布三界的心用在安排衣、食、住、行上，必定是游刃有余、妥妥帖帖的。

从宏观上看，沈巍从不过日子——乱世他就找个山旮旯一苟，太平年间就随便租个房凑合住，他在人间游荡多年，清清白白、一毛不攒，更别提买房置地，至今，除了一张学校发的工资卡，可以说是两手空空。

至于天下名山大川，旅游开发由国家统一规划收费，并不给他分成。

"来，我再教你怎么发红包。"赵云澜一伸手，勾过沈巍的肩膀，破坏了他端庄的坐姿，借教学的名义，拿人家手机给自己发了个红包，美滋滋地收了，"21世纪最后一个老古董正式进入移动支付时代，可喜可贺……啧，怎么又来了？"

话没说完，他电话就响了，赵云澜瞄了一眼，不想接，把手机扣过去了。不料对方不依不饶，连打三个，发现他装聋作哑，又把电话打到了他办公室座机上。赵云澜就伸长了腿，跨过小沙发，用脚丫子捅了捅专心舔毛的大庆："死胖子，接电话。"

碍于沈巍在场，大庆敢怒不敢言，愤怒地甩着尾巴跳上旁边的办公桌，把座机听筒当成赵云澜的脸，一巴掌扇了上去："喂，特调……啊？啊哈哈……那个老领导好……您找我们赵局啊？哦，他说他不在。"

赵云澜把手机翻过来一看，这才发现三通电话不是一个人打的——后面那俩来电显示是他爸，只好头疼地爬起来，一步一挪地往办公桌边晃："这些妖魔鬼怪，有事没事啊？后门都走到老头子那儿去了。"

人间的特别调查处，也就是"镇魂令"，以前就是个"托儿所"加"劳动改造定点收容所"。

团队里，除了凡人小郭，以及汪徵、桑赞等被镇魂令主收留的个别同志，剩下的大体可以分为两种：一种像祝红、林静，被长辈或者家族送来历练，一种就是楚恕之这样前服刑人员。因为镇魂令本就是协调三界、保人间安宁的，日常得给各路在人间行凶的亡命徒擦屁股不说，自己还得遵守社会法律法规，干起来吃力不讨好，老大呢，又是个凡人，跟着他混也没什么前途，所以也没什么高人愿意来。

但现在不一样了，自从大封轰轰烈烈地破了一场，而后四圣重置，大轮回落成，鬼王成圣，昆仑归位。这些事虽然不至于天下皆知，但对于三界各路消息灵通人士来说，也不算什么秘密。于是苦差事特调处一夜之间成了个"香饽饽"，谁都想钻进来沾点仙气。赵云澜烦不胜烦，都以"镇魂令写不下那么多人名"为借口推了。

然而，镇魂令上写不下那么多人名，特调处可以——特调处是个行政机构。

于是聪明人为了跟镇魂令沾点关系，开始到处活动，硬是推着原来的特调处改制。龙城特调处改为"特殊调查总局"，在各地成立分支机构，弄得挺像那么回事。

就这样，天天在大学路9号阁楼里躺着的赵处，莫名其妙地躺成了

"赵局"。

今年是改制后的特调局第一年正式对外招聘。岁月静好、一心种菜的赵云澜应上级指示，被他们从阁楼拖出来主持工作。虽然招来的这些人不入镇魂令，但好歹挂个"分支机构"的名，赵云澜也不想招来一帮歪瓜裂枣来凑数——他手下又不缺脑残——现在总局人手有限，大规模公开招聘不现实，因此今年只发了有限的报名表，摊给各族各派，由他们自行选拔。

为了能多拿几张报名表，各界高人们八仙过海，各显神通。

"喂？"赵云澜懒洋洋地接起电话，"唉，您老不都退休了吗？不好好组织老年妇女们跳广场舞，操那么多闲心干什么？谁找您活动关系了？呃……"

大庆支起耳朵，听电话那头传来了中气十足的长篇大论，赵云澜一开始还试图插话，辩解"我不是，我没有"，均未果，于是他放弃了，靠在桌边，百无聊赖地蹺脚站着，目光从天花板一直检阅到沈老师一尘不染的袖口，认真地怀念起神农药钵来——起码那位破碗先生没有这么强的演说欲。

这位退休老干部近日接到了好多不明人士的殷勤拜访，等弄明白怎么回事以后，勃然大怒，万万没想到，现在这时候了，还有人为了个破报名表走这么迂回的后门，这办的叫什么事！

于是打电话把儿子训了一顿。

赵云澜念经似的回答："是，我知道……您说得对……不是，我不是借机搞寻租，真的是条件有限，报名的太多，接待不过来……我没有被腐蚀，龙城又没下酸雨……不是，没天天耍贫嘴，我天天都对着墙认真自省，真的，防微杜渐……不信您问沈巍！"

办公室的门被人敲了三下，林静举着一本日历探头进来，先朝沈巍作了个揖："谢谢沈老师——领导，明天端午节，我代表全体同事来问问，咱过节发点什么？"

赵云澜歪脖子夹着电话，正没好气，一指门口："发一份关于廉洁过节的通知，出去！"

林代表挨了卷，臊眉耷眼地跑了。

他前脚刚走，祝红又敲门："谢谢沈老师——赵局，我四叔让我跟你约顿饭，几个妖族长老都想来拜见，唉，我就是帮他传句话，他们真挺烦人的，你懒得去就不去，不用看我面子。"

祝红是自己人，确实不用跟她讲那些虚头巴脑的面子，可是妖族算是昆仑君的铁杆嫡系，妖族长老的面子不能不看，赵云澜只好无奈地冲她摆摆手。

祝红一转身，差点儿跟楚恕之撞在一起。楚恕之行色匆匆，只来得及跟她点个头："慢点——老赵，出了点事，有人在报名表上搞小动作。"

正在专心玩手机的沈巍闻声抬起头："怎么了？"

特调局日常事务，沈巍一般不插话，除非有人问他，这回他主动开口，是因为报名表上的"防伪标识"是他帮忙做的。斩魂使看守大封，上下五千年不是白混的，各界各族看家的本领从兴起到衰落，都在他眼皮底下，他整个人就是一座活体"失传术法图书馆"……不过鉴于没人敢跑来跟他买专利，"图书馆"依旧很贫穷。

楚恕之说："离报名截止日期还有十天，但是咱们回收的报名表已经超过发出去的数量了——哦，对了，谢谢沈老师。"

沈巍一皱眉。

"都收集起来，给我看看。"赵云澜放下电话走过来，"哎，话说回来，'谢谢沈老师'是什么接头暗号？怎么谁进来都是这句？"

沈巍："呃……"

楚恕之说："沈老师刚发的红包啊，端午节过节费，对吧？"

赵云澜从沈巍手里抽走手机，一看，自己就接个电话的工夫，沈巍同学已经熟练掌握了移动支付技巧，并且认真做了课后练习——他沿着通讯录，给特调局每个人都发了红包。

不是群发一个让大家去抢的那种，赵老师还没讲到这里，他是挨个单独发的。

通讯列表刚发完一半，还剩一半，账户里没钱了。

他们家沈老师视金钱如游戏币——还是登录即送，不用氪金的那种。

赵云澜："……"

沈巍："……？"

"没……事。"赵云澜把"没"字拖出了二里地，并在二里地外，往回传送了一个牙疼的微笑，"没钱我给你转点，别剩一半，接着发吧，都发完，啊……哈哈，你学得还挺快。"

就这样，今年端午，大家还是领到了过节费，由某赵姓先生匿名赞助，感天动地。

（二）

出了问题的报名表都堆在地下室，地下室没开灯，但也不暗，报名表上淡淡的银色荧光汇聚在一起，够顶一排白炽灯管了。

汪徵和桑赞白日全天加班，赵云澜他们下楼来的时候，他俩刚把报名表按种族和地域分门别类。

报名表做得很精致，发下去的时候装在白纸信封里，上面贴个小封印，也是沈巍出品。谁能打开封印，里面的报名表就算谁的，其他人就算拿了，信息也录不进去，这也算是个代替笔试的初级筛选——组织笔试不太现实，一来是"术业有专攻"，大家的专业领域不同，理论知识统考不公平；二来，好多在深山老林里修炼的也认不全简体中文。

桑赞说："赵局，我们总而言之发了七百二十九份报名表，此时此刻收回了一千五百六十多份。"

赵云澜："差这么多？"

桑赞叹了口气："唉，是啊，蔚为大观。"

桑赞兄弟在特调局工作的几年间，非常上进，通过努力学习，他现在已经能把普通话说明白了，成功甩脱了"洁扒"的污名，于是对自己有了更高的要求——他开始自学成语，并常常试图引经据典。对同事们的忍耐力发起了新一轮的挑战。

赵云澜差不多已经习惯了，熟练地忽略掉他话里所有四个字的词，摆摆手:"辛苦了。"

"岂有此理,不辛苦,"桑赞笑眯眯地回答,"我身无长物,也就能帮上这点九牛一毛了。"

夭寿了,汪徵也不管管,还一脸纵容地站在旁边,就知道看着他傻笑!

"好吧,你开心就好。"赵云澜无可奈何道,"赶紧下班吧,二位。"

沈巍的防伪标识,不是一般人能山寨的——尤其还山寨得这么像。赵云澜和桑赞他们两口子说话的工夫,他已经把摞在那儿的报名表都翻了一遍。

楚恕之:"沈老师,您怎么看?说实话,我是真没看出区别来。"

沈巍没作声,沉吟片刻,他忽然一挥手,打乱了汪徵他们原来的分类,闪着荧光的报名表蝴蝶似的飞了起来,"呼啦"一下,在一片让人眼花缭乱的光影交叠里,落成了两堆,其中一堆明显比较厚实。

赵云澜一拎裤腿,半跪下来,从两摞里各抽了几张看了看,指着比较厚的那一摞:"这边的都是一样的?"

沈巍一点头。

楚恕之在一旁听得一头雾水:"不然呢?不就是都一样才分不出真假吗?"

"不,"沈巍说,"他指的是每张报名表上的封印。"

原来每张报名表信封上的封印看着虽然都一样,但解法各有不同,这样可以有区别地选来不同素质的人才,还可以防止私下对答案。

报名表下发的时候,不同属性的封印其实是按着不同种族分的,比如蛇族属水,拆封印非得让人拿出三昧真火烧,这就属于强人所难了。

而回收的报名表封印当然都已经被破开了,但上面残留的一点气息,已经足够让"出题人"看出问题了——比较厚的那一摞报名表上的封印完全相同,明显是拿其中一张复制的。

沈巍说:"发报名表的时候,每一张的去向我那儿都留了底,可以先查查这张是给了哪族哪派的。"

楚恕之目瞪口呆:"不是……您等等!七百多份,每一份都不一样?还有跟踪留底?"

"嗯，"沈巍扶了一下眼镜，"怎么了？"

楚恕之大悟：怪不得局里从没提过给这位大外援申请劳务费，这个工作量换算成市场价，恐怕只有拍卖昆仑君才请得起了！

有了线索，后面的事就简单了，一查记录，出问题的报名表给的就是妖族——南海水族。

赵云澜站起来："叫祝红给她四叔打个电话。"

妖族大体分飞禽、走兽、水族、精怪几大类，也就是天上飞的、地上跑的、水里游的，以及山、石、草、木成精，下面又根据具体种族，各有各的聚居地。

因为特调局的祝红是蛇族的，族长四叔又比较会来事，处事公允不藏私，蛇族可以说是"上面有人，下面又会做人"，所以格外有排面，短短几年，已经成了群妖之首。妖族出事，都找蛇四叔。

蛇四叔接了侄女电话，不到五分钟，就顶着烈日赶到了大学路九号，了解情况以后，先跟昆仑君请了罪，报名表肯定是没脸再要了，转身，他老人家就亲自前往南海捉王八去了。

（三）

"这件事，其实细想起来很奇怪，"晚上回家，沈巍在厨房片火腿的时候说，"山外有山，我做的东西，当然也不敢说绝对没人能复制，可那信封简陋得很，真正的高人一摸就知道每张报名表上的封印都有差别，怎么会干出照着一张复制几百份的蠢事？"

赵云澜游手好闲地靠在橱柜上，不干活，光捣乱。沈巍一边切，他一边从案板上捏着吃："那法宝呢？这些年环境污染得厉害，妖族素质都不怎么样，不过各族都有历史，没准谁那儿有什么祖宗传下来的小道具。"

沈巍片完火腿，沉思片刻，转身去拿瓷盘："可我一时还真想不起来有什么东西……"

厉害到能复制斩魂使这个先天鬼王的印记，还能被拿来干这么无聊的事——这能是什么法宝?

盘古大神牌复印机?

等他拿了瓷盘回来盛火腿,一回头,发现案板上的火腿片已经被某人捏完了。

沈巍:"……"

赵云澜后知后觉地顺着他的目光看了一眼,飞快地嚼了几下,把嘴里的"证据"咽了,然后若无其事地伸了个懒腰,好像这事跟他一点儿关系也没有。

沈巍:"……不咸吗?"

还没等赵云澜畏罪潜逃出厨房,他心里忽然"咯噔"一下,沈巍同一时间抬起头,两人一起朝南天望去。

沈巍:"是什么?"

"不知道,但是……"赵云澜眯起眼,"好像有三皇的气息……喂,祝红?"

"老赵,我四叔出事了!"

"稳一点儿,慢慢说。"

"他不是去南海了吗?方才族里传来消息,族长的本命灯忽然灭了!我四叔他……"

"你先别着急。"赵云澜说,"大妖陨落会有异象,不会这么无声无息,也许是出了什么意外,让他跟本命灯的联系暂时断了,这样,你先让蛇族把你四叔的本命灯拿来,我和沈巍走一趟。"

晚饭是来不及好好吃了,沈巍匆忙把处理了一半的食材塞进冰箱,看来两人只能晚上回来叫外卖了。

蛇族一个长老很快送来了蛇四叔的本命灯,赵云澜和沈巍缩地成寸,转眼到了南海。

自从南海的旅游资源被开发出来以后,南海水族的虾兵蟹将们就一天不如一天,小妖们被"阳光沙滩椰子树"的花花世界吸引,天天穿个大花裤衩，混在度假的人类里傻玩傻淘。可是人家度完假走了，回去接茬上班、上学，该干什么干什么，这帮缺心眼的小妖就跟着下一拨游客继续混，混来混去，文化素质没见提高，修行也耽误了，把虾线、鱼鳞都晒成了小麦色。

按理说，蛇族族长亲临，这帮不成器的玩意儿是要拉横幅迎接的，哪个海胆给他们勇气造反的？

莫非是天天在岸上嗑淡水，改变了渗透压，膨胀了？

反正赵云澜没想通。

等到了南海一看，发现那里的水族已经乱了套，听说昆仑君和鬼王殿下驾到，各族管事的吓尿了，在沙滩上跪了一片，都穿着大裤衩，光着膀子，面朝白沙背朝天，一人后背刺了一个大字，连起来看，写的是："吾辈罪该万死，向上神请罪。"

太壮观了，把寄居蟹吓得都不敢冒头。

"都起来，干什么你们？有话好好说，别现眼了！"赵云澜坐在云端，雷得太阳穴直蹦——他俩下不去，沙滩没地方落脚，"我就不明白了，怎么那点封建糟粕都埋土里一百年了，还能在你们妖族里保持完整器形？长点心吧！"

南海物产丰富，海鲜——不，水族的种类繁多，这一支水族是多族混居的，各族族长成立了联盟，联盟主事是一位三千岁的大海龟，副主事是位两千五百年的海参。

俩主事堪称黄金搭档，谁也不嫌谁磨蹭，赵云澜听他俩"嘤嘤嘤"地上前汇报事情原委，听了一半，神魂已经绕着三十六山川游完了八圈，眼神都涣散了，头一次觉得他们的郭长城真是个小机灵鬼儿。

难为沈巍耐心地听完："也就是说，贵族看守南海禁地的长老没分到报名表，心怀不满，所以私自偷走了一份，利用禁地大量复制？"

海龟主事唉声叹气道："唉，是啊，此人原形是条梭子鱼，贩售假报名表，从中牟取暴利，用来批发槟榔，现在已经畏罪潜逃啦！"

"……批发什么不要紧，先不谈。"沈巍说，"方不方便告诉我们，贵族禁地看守的是什么东西？报名表是怎么复制的？"

海参副主事愁眉苦脸地回答："大人，除了历代看守禁地的梭子鱼一族，我们小妖都不敢靠近的，相传那里封印着上古神器。对了，方才蛇族大族长也来过，嫌我们说不明白，非要亲自去禁地查看，我们也不敢拦呀，结果他刚进去没多久，南海突然大震，大族长也一去不回，现在还不知道什么情况呢！"

沈巍回头和赵云澜对视一眼。赵云澜醒了盹，直起腰："哎，那别废话了，带路。"

此时，夜色已深，端午未过，不见月华，海面看起来沉重而浓稠，但海底深处像是有什么庞然大物骤然惊醒，躁动不安，激起来来回回的浪，竟隐隐呼应着赵云澜的心跳声。距离禁地还有两百多里时，南海水族两位主事就已经吓得脸色惨白，说什么也不敢再往前走了。

副主事说："以往我们逢年过节，还能鼓起勇气到禁地里巡视一圈，自从那个龇牙臭鱼动了不该动的东西，禁地就一天比一天恐怖，刚开始是外围十里，现在百里以外，我们就已经喘、喘不上气来了……"

说到这儿，副主事两眼一翻，气血两虚地往水底沉去。沈巍手里黑影一闪，斩魂刀凭空落进他手里，瞬间伸长了数丈，隔着刀鞘，眼明手快地把沉底的大海参捞了出来。

海龟主事顾不上多客套，老远朝沈巍作了个揖，现了原形，驮起自己的搭档，鱼雷似的游走了。

两道影子飞快地掠过暗潮，往南海禁地去了。

越靠近禁地，海水就越平静，到了五十里处，水面开始平静得不自然，仿佛被一双看不见的手强行抻平，死水似的，一点儿波澜也没有。

很快，赵云澜和沈巍就到了禁地的最核心处，那里有一个奇怪的漩涡，直径不超过两米，转得飞快，像一根针笔直地戳进了海底。都说抽刀也不能断水，可这漩涡里和漩涡外的海水像是被什么割断了，里面转得飞快，外面纹丝不动。

漩涡上隐约缠着一点若隐若现的黑气，与沈巍的斩魂刀遥相呼应——正是同源。

"如果是洪荒时期某位圣人留下的神器，很可能跟我相克。"沈巍说，

"别的东西就算了,那份报名表上沾着我的痕迹,刺激了封在这儿的东西,封印松动,蛇四又闯进来,加了把火,我看这封印已经破得差不多了——这里面是什么,你有印象吗?"

赵云澜皱起眉,想了半天,摇摇头:"我没见过,但……"

这时,他手里拎的公文包里有东西一闪,是蛇四叔那盏本命灯亮了——本命灯其实就是一小截蜡烛,外面有龙珠护着,像个水晶灯,忽明忽灭,要断气似的,微弱的光落在海面上,很快凝成一线,直指漩涡处。

紧接着,本命灯外面的龙珠毫无预兆地崩裂,瞬间碎成渣,微弱的火苗狠狠地跳了一下。赵云澜下意识地伸手一拢,海面的漩涡突然往四周"炸"开,满天星辰一瞬间如同被狂风吹散的尘埃,几乎同时,沈巍一把揽过赵云澜,长刀横在两人身前。

然而随即,沈巍感觉出了不对——他的手没能碰到赵云澜。

沈巍惊愕地一转头,两个人近在咫尺,中间像是隔了一层透明的膜,赵云澜说了句什么,声音却传不过来。沈巍只能看他的唇语,他说:"这些气泡是……"

气泡?

沈巍往周围望去,蛇四叔本命灯的光来回反射、折射,纷繁的光影交叠,照出了他们周围无数透明的膜,像密集的肥皂泡。"气泡"上隐约掠过海市蜃楼似的影子,映照出千万个赵云澜、千万个沈巍,让人看了心惊胆战,片刻的光景,分别被关进了两个"气泡"的二人越离越远。沈巍眼眶一红,抽出斩魂刀,劈手就砍。

"轰"的一声,能破开万物的斩魂刀似乎陷进了泥沼里,无数诡异的"气泡"被他一刀震碎,更多的"气泡"从海底升腾起来,海面卷起排山倒海般的浪,呼啸而来的,仿佛是开天斧破开混沌时的那声巨响,群山震荡,沧海沸腾,沈巍眼前一黑——

(四)

赵云澜惊醒过来的时候,手里还攥着本命灯上那截短短的蜡烛,上面亮着豆大的火光。他才刚动了一下，倏地一愣，脸上闪过震惊神色。

赵云澜缓缓地垂下目光，落在自己的右脚上……脚崴了。

昆仑君的化身，刀枪不入，寒暑不侵，赵云澜神魂觉醒后六年，都已经快忘了蚊子包长什么样，没想到今天在南海居然"崴了脚"！

他一边龇牙咧嘴，一边又觉得有点新鲜，摸了摸自己的脚踝，觉得大概没有伤筋动骨，就小心翼翼地活动了一会儿，扶着墙站了起来。这一站，他又发觉了不对，手和脚沉重得不像自己长的，昆仑君飞天遁地、踏碎三界的力量消失了。

不光是这样，他的手表明鉴停了，钱包里剩下的半打符纸都成了普通的糊墙纸，一点儿反应也没有，长鞭召唤不出来，就连与他血脉相连的镇魂令，这时也悄无声息地躺在他掌心，成了一块凡木。

赵云澜举起蛇四叔的本命灯，看清了周遭——这里荒凉极了，一眼看过去，整条街的路灯没一盏亮的，两侧是里出外进的破房子，到处浮着沙尘。

像个遗迹。

一瘸一拐地走了两步，他又不得不停下来，把鞋里的细沙倒出去，呼吸间肺腑针扎似的，心脏一阵一阵地难受，有点喘不上气来。赵云澜记得自己以前做凡人的时候，身体不能说十分健康，可好像也并没有这么多毛病……难道是不适应了？

赵云澜拖着有点沉的身体，沿街转了一圈，手机也没信号，他看了一眼时间，20:45。

晚饭前捏的那一小碟火腿也就是塞牙缝的，继崴脚、胸口疼之后，这具凡胎肉体又让他回忆起了胃病的滋味。

这时，"喵"的一声，赵云澜一抬头，看见只黑猫从旁边的枯树枝头跳到了房檐上，肉垫轻巧地踩过破破烂烂的墙头，竖着大尾巴，不慌不忙，怎么看怎么像他们家大庆小时候——那有脖子又有腰，是还没发福的青葱岁月！

赵云澜习惯性地招猫逗狗，冲那猫吹了声流氓哨。就在黑猫碧绿的眼睛看过来的一瞬间，赵云澜看见它嘴里叼着一张纸符。不等他看清，眼前忽然天旋地转，猫消失了，街道飞快地扭曲变形。赵云澜一脚踩空，重重地摔在地上，好不容易不疼了的右脚又崴了一次。

赵云澜"嘶"地骂了一声，然后他愕然地发现，自己回到了刚醒来的地方。

他扶着扶过一次的墙，重新站起来，才一迈步，就觉得脚感不对——已经倒出去的沙子又回到了他的鞋里。

赵云澜瞳孔微微一缩，瞬间意识到了什么，掏出手机再次看了一眼时间，20:35。

这是……十分钟以前？

赵云澜快步走过街道，拿出手机掐算着时间，十分钟以后，那只黑猫果然又一次出现，以同样的姿势，从同一个地方跳了出来。这回，赵云澜没有贸然过去招这只魔性的猫，他靠在墙角暗中观察了一会儿。

叼着符纸的猫抬起脚，走了五步……方才那天旋地转的感觉又回来了！

再一次地，赵云澜又回到了十分钟以前。

这么来回反复了两三次，赵云澜干脆不想站起来了——他那鞋忒不好脱。

这个世界就像单曲循环，曲长大约十分钟，空间应该也不大，而他被困在这十分钟里，周而复始。

赵云澜摩挲着身边的墙，想起他和沈巍分开时那些奇怪的"气泡"。

"气泡"……循环的时间……

忽然，赵云澜站了起来，再一次把鞋里的沙子倒干净，飞掠过荒凉的街道。在黑猫出现的刹那，他叼起本命灯，助跑几步，双手一搭屋檐，踩着矮墙蹿上了屋檐，一把捞起参毛的黑猫，拽出了猫嘴里的纸符，翻身一跃而下。还不等他落地，时空重置的时间点就快到了，赵云澜眼明手快地把纸符往本命灯的火苗上一凑，纸符一下子着了。与此同时，赵云澜听见耳畔"啪"的一声轻响，仿佛有什么东西碎了，手里的黑猫倏地化作一缕青烟。

赵云澜踉跄几步站稳，再抬起头，发现自己没有被重置回原点——眼前的街道也发生了微妙的变化，一盏路灯亮了，空气中的风沙浮尘少了许多，大树不再是光秃秃的，虽然只多了几片叶子，却有了生机。

赵云澜掸了掸衣服上的尘土："原来是这样啊，啧，我还当南海真有什么宝贝呢，原来是个麻烦。"

众所周知，时间不可能倒流，一个人也不可能在自己的时间线上来回乱蹦。同等维度下，因果律牢不可破。

昆仑君没归位时，赵云澜曾经有一次"穿越"回十一年前的壬午年，但其实那并不是真正的时间穿越。当时是神农把一个十一年的小轮回放进了女娲鳞里，"小轮回"就是神农捏的一个芥子世界，一个很像但不同于现实的幻境——他是在芥子世界里走了一遭。

蛇四叔把女娲鳞交给他的时候，赵云澜就无知无觉地走进了这个芥子里，芥子世界到时间重置，于是身在其中的赵云澜也跟着一起，转到了十一年前……直到沈巍用斩魂刀从外面劈开这个世界，才把他拉回现实。

方才把他和沈巍分开的"气泡"，原来就和那十一年的小轮回一样，每一个"气泡"都是个在一定时间内无限次循环的世界。

有十分钟就重置的简陋世界，也可能有成千上万年才重置一次，无限逼真、无限复杂的大世界。

所以这根本不是什么"神器"，就是先圣们在缔造真正的轮回前走的歪路，留下的"实验垃圾"，一直封印在南海，没想到这回封印意外被鬼王气息惊扰，又被大妖误闯撞破，重现人间。

赵云澜抬头看了看那盏路灯，心说："我就知道，你们才不会给我留遗产，留下的都是要打扫的烂摊子。"

现在沈巍自己都不知道被卷到猴年马月去了，指望他的刀当外援，肯定不现实。这一个一个无限轮回的小世界，只能从内部破开。

这也不难——每一个芥子世界，都有一个和现实粘连的点，通过这个点，赵云澜他们才能从外面进来。找到它，破坏掉，芥子世界就会无所依凭，继而灰飞烟灭。

举个例子来说，当年那个十一年小轮回的"粘连点"，就是那本神秘的《上古秘闻录》。

当时，现实世界的赵云澜手里有一本，小轮回里也有一本，他带着这本书走进小轮回的时候，里外两本一模一样的《上古秘闻录》重合，芥子世界同时和真实世界"粘"在了一起，幻境与现实交叠。

那会儿赵云澜迫切地想知道沈巍向他隐瞒了什么，一直跟着这本书跑，没想毁掉它。但如果他在小轮回里拿到这本《上古秘闻录》的时候就把它烧了，小轮回里的因果就会与现实世界的因果严重背离，这个小轮回世界自然就灰飞烟灭了，不用等沈巍从外面劈那一刀。

如果他当时在小轮回里烧了里面的《上古秘闻录》，回到现实以后，那本书就应该还在他手上，而不会永远留在小轮回里。

至于现实的《上古秘闻录》，最早搞不好就是神农药钵那老头偷偷塞进特调处的。

此时，这些重重叠叠的芥子世界形如"气泡"，赵云澜的倒影投射其中，每一重都会复制他身上的一样东西，作为芥子世界和现实的"粘连点"，停摆的明鉴、废纸似的纸符、变成凡木的镇魂令、召唤不出的长鞭……甚至是他作为昆仑君的神力。

赵云澜不知道每一重世界对应的都是什么，只能一个一个摸索。他在每一个世界中毁去一样东西，才能敲碎一重芥子，那东西才会跟着他回到现实。

"麻烦死了，"赵云澜叹了口气，"早知道这样，还不如回去组织统考呢。"

都是这帮没轻没重的南海水族，他出去一定要吃一次海鲜大排档。

（五）

赵云澜已经不知道在无数芥子中盘桓了多久。

一开始，芥子世界都是一些简单的场景，破败的街道、暗无天日的城市、郊外、水下……周围没有其他人，循环的时间最短十分钟，最长三天，复制的都是他身上一些无关紧要的小玩意儿。

可是紧接着，芥子世界开始越来越复杂、越来越大，里面开始出现其他人，甚至是他认识的人——比如明鉴表的那个世界，循环时间是整整三年，场景是赵云澜的前世，民国初年。

明鉴表是赵云澜的上一任镇魂令主，也就是他上一次转世留下来的，当时他追一只绑了人质的魍魉，在逮捕过程中撞碎了表盘。人质是个孤儿院的小孩，一个自称院长的男人赶来，接走了孩子，看见他手表坏了，就主动说认识好匠人，帮他拿去修，还回来时，那块表就已经是能沟通阴阳的法宝明鉴了。

赵云澜冷眼旁观，看见那个跟自己长得一模一样的前世回过味来，跑到孤儿院去找院长，发现孤儿院的院长是个矮墩墩的修女，根本不是那个替他修表的男人。

"沈巍啊，"赵云澜缀上前世的自己，想起了这表的来历，摇头失笑，"这藏头露尾的王八蛋。"

再后来，循环时间越来越长，当循环时间超过五十年时，赵云澜就不再是芥子世界里的旁观者了，他发现自己会以某一个身份融入其中，按着芥子世界的剧本走。

一个个芥子世界里发生的事也不一定是他的记忆，有些很像他某一世的记忆，只有些细微的差别，有些则是一些光怪陆离的世界，里面闪过几个熟悉的片段——赵云澜比较喜欢后者。

因为在他五千年轮回的真实记忆里，沈巍很少出现，偶尔被他逮到一次，也只是惊鸿一瞥，旋即消失。

但不真实的世界里，沈巍一直都以不同的身份在他身边，陪他过一辈子，一直到两个人各自拿到关键物品，破开轮回……真的沈巍——沈巍的斩魂刀果然也已经被扣在了里面，而且他就算有刀也不敢用，从外面破开芥子世界的话，被复制的东西就会像那本《上古秘闻录》一样，永远留在这个轮回里了。

赵云澜打破了八十个芥子世界，每一次离开，时间都会回到20:35。

他仿佛已经在转瞬间历尽众生。

好在昆仑君是千万年轮回锻造的神魂,始终清明如初,终于,来到了第八十一个芥子世界。

八十一,是九九之数。

赵云澜有种预感,这应该是最后一个世界了,可是没想到,这个世界的循环时间居然有万年之久,漫长的时间让这世界无限接近于现世,世界的束缚力无限大。颠倒沉浮,行将走到时间尽头时,赵云澜仍然没找出这个世界的粘连点。

他身上带进来的大大小小物件——连同心头血、脊梁骨在内,都被打碎在轮回中了,还会是什么?

还剩下什么?

（六）

哦,对了,还有他自己。

人为外物役。

心也为形役。

（七）

赵云澜从最后一重芥子中脱身而出,十万大山雀跃不止,巨大的海浪仿佛从九天而下,有灵性似的自动在他面前让开一条通路,让大荒山圣扶摇而起。

与此同时,他耳畔传来一声凄厉的呼啸,斩魂刀从虚无处来,落在海面上,整个南海眼看要被一分为二。赵云澜倏地睁开眼,一伸手探入怒浪中,攥住了持刀的手:"沈巍!"

巨浪落下,露出沈巍的身形,比他还要狼狈。乍一见他,沈巍似乎还没从无限的轮回中回过神来,怔了半晌没言语。

"没事了,"赵云澜轻声说,"回来了。"

沈巍整个人晃了晃，踉跄着扑在他身上，手腕瞬间脱力，斩魂刀轻飘飘地掉了下去——落在了一条浮起的大蛇背上。

赵云澜松了口气，太好了，蛇四叔的魂灯还亮着，这老长虫还健在，祝红还可以继续在特调局混吃等死，不用回族里继位了。

（八）

"啊？啊……啊！那好……好吧。"

一大早，大学路9号办公室里，就听见郭长城接电话的声调连变了好几次，从震惊、不知所措……到不好意思——郭长城不好意思地对着电话说："我没什么想要的东西，谢谢领导，真、真的不用……免税店的也不用，您就别费心了，自己开心最重要……哎，好好玩，假期愉快……"

最后一句美好的祝福没说完，楚恕之和林静就同时拍案而起，大庆夯成了毛球。

楚恕之："是不是老赵？什么意思？什么叫假期愉快？他有溜没溜！"

林静："他跑了？他就这么撂挑子跑了？天理何在啊！"

大庆直接从沙发上蹦了上来："这个臭不要脸的，你把电话给我。"

郭长城讪讪地放下听筒："已……已经挂了。"

大庆咆哮："打回去！他电话打不通就打沈老师的！"

不出所料，赵云澜挂了电话就关机，操作那叫一个熟练。

然而众人万万没想到……

沈老师光脚站在沙滩上，一手揪着自己的领子，一手攥着腰带，脸都挣扎红了，宁死也不肯入乡随俗地换上大花裤衩。

什么玩意儿！有辱斯文，太有辱斯文了！

赵云澜追着他跑："试一下嘛，不试试怎么知道不好呢？你肯定喜欢的。沈巍，小巍……你老穿一身黑，自己看着不烦吗？没准儿就打开新世界大门了……哎！不穿就不穿，别跳海啊！"

沈巍被他逼到海边，一脚踩进海水里，手机从兜里滚了下去，正好一个电话打进来，刚响了一声，手机就壮烈牺牲，黑屏了。

大学路9号，郭长城一脸无辜地宣布："沈老师把电话挂了。"
大庆崩溃了，"喵嗷"一嗓子。
"沈老师这种浓眉大眼的，怎么也能叛变革命？！"

图书在版编目（CIP）数据

镇魂：大结局 / Priest 著. -- 北京：国际文化出版公司，2022.12（2023.3 重印）

ISBN 978-7-5125-1458-4

Ⅰ．①镇… Ⅱ．①P… Ⅲ．①长篇小说－中国－当代 Ⅳ．① I247.5

中国版本图书馆 CIP 数据核字（2022）第 186060 号

镇魂：大结局

作　　者	Priest
责任编辑	侯娟雅
品质总监	张震宇
出版发行	国际文化出版公司
经　　销	全国新华书店
印　　刷	河北鹏润印刷有限公司
开　　本	710 毫米 ×1000 毫米　16 开 19 印张　290 千字
版　　次	2022 年 12 月第 1 版 2023 年 3 月第 2 次印刷
书　　号	ISBN 978-7-5125-1458-4
定　　价	49.80 元

国际文化出版公司
北京朝阳区东土城路乙 9 号　邮编：100013
总编室：（010）64270995　传真：（010）64270995
销售热线：（010）64271187
传真：（010）64271187-800
E-mail：icpc@95777.sina.net

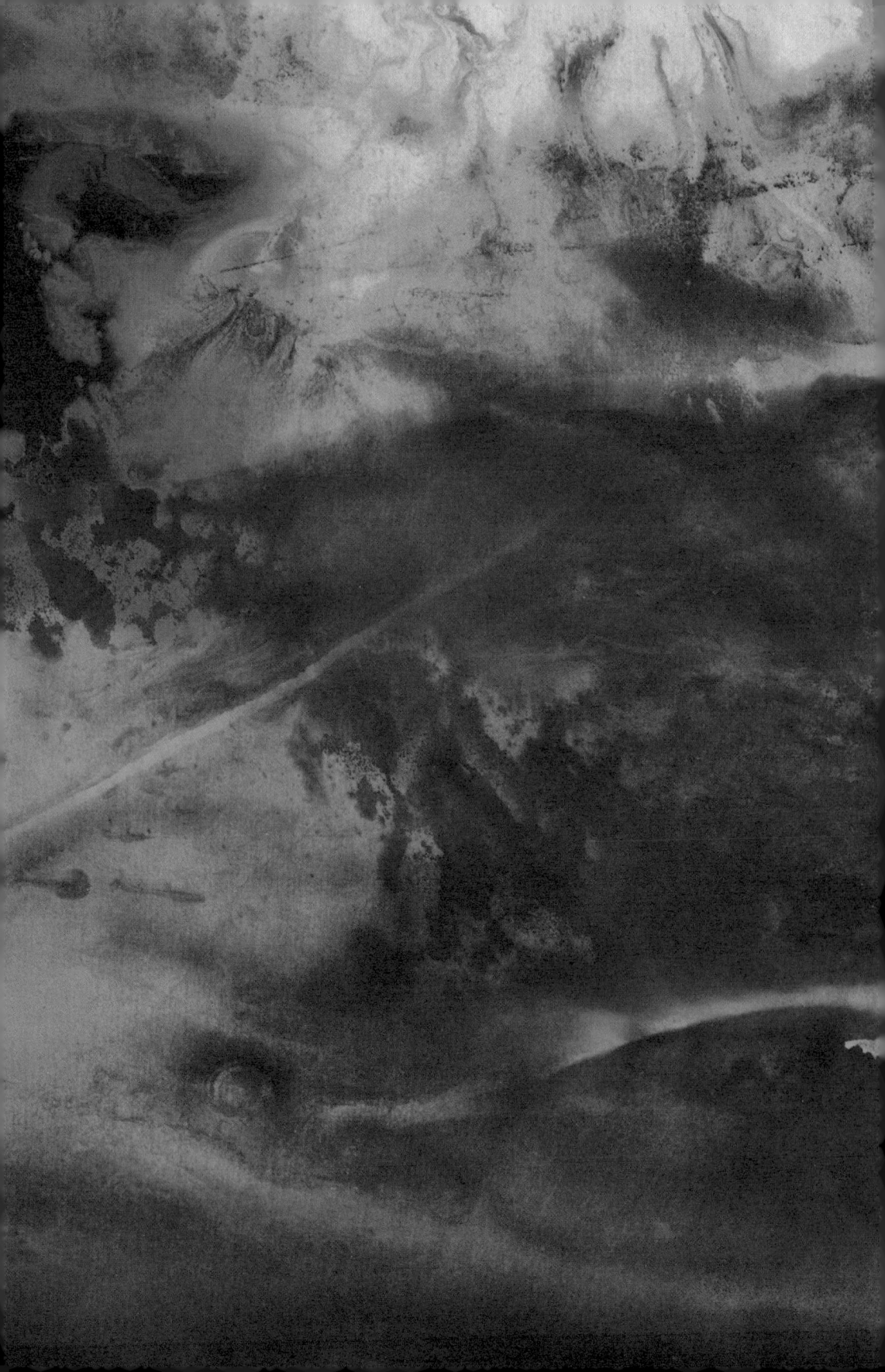

邓林之阴初见昆仑君，惊鸿一瞥，乱我心曲。